UM MUNDO MELHOR

Obras do autor publicadas pela Galera Record:

Brilhantes
Um mundo melhor

MARCUS SAKEY
UM MUNDO MELHOR
VOLUME 2

Tradução
André Gordirro

1ª edição

— **Galera** —
RIO DE JANEIRO
2016

CIP-BRASIL. CATALOGAÇÃO NA PUBLICAÇÃO
SINDICATO NACIONAL DOS EDITORES DE LIVROS, RJ

S152u Sakey, Marcus
Um mundo melhor / Marcus Sakey; tradução de André Gordirro. – 1. ed. – Rio de Janeiro: Galera Record, 2016.
(Brilhantes; 2)

Tradução de: A better world
ISBN 978-85-01-07159-0

1. Ficção americana. I. Gordirro, André. II. Título. III. Série.

16-31225
CDD: 028.5
CDU: 087.5

Título original:
A better world

Copyright © 2014 Marcus Sakey

Publicado originalmente por Thomas & Mercer

Todos os direitos reservados.
Proibida a reprodução, no todo ou
em parte, através de quaisquer meios.

Texto revisado segundo o novo Acordo Ortográfico da Língua Portuguesa.

Composição de miolo: Abreu's System

Direitos exclusivos de publicação em língua portuguesa somente para o Brasil
adquiridos pela
EDITORA RECORD LTDA.
Rua Argentina, 171 – Rio de Janeiro, RJ – 20921-380 – Tel.: (21) 2585-2000,
que se reserva a propriedade literária desta tradução.

Impresso no Brasil

ISBN 978-85-01-07159-0

Seja um leitor preferencial Record.
Cadastre-se e receba informações sobre nossos lançamentos
e nossas promoções.

Atendimento e venda direta ao leitor
mdireto@record.com.br ou (21) 2585-2002.

Para meu pai, que me mostrou o que significa ser um homem.

O líquido frio em seu rosto fez Kevin Temple recuperar os sentidos.

Ele passou a noite inteira na estrada, levando um carregamento de verduras frescas para uma entrega especial, saindo de Indiana. Quinze minutos depois de deixar o depósito em Cleveland, Kevin sentiu aquela sensação ruim de café em excesso misturado com carne seca em excesso. O que ele queria mesmo era um cheeseburger duplo, mas, embora não fosse surpresa para ninguém ver um caminhoneiro ganhar uma pança, Kevin sentia orgulho de, aos 39 anos, pesar apenas cinco quilos a mais do que na época do ensino médio.

Quando as sirenes iluminaram a escuridão atrás dele, Kevin tomou um susto, depois praguejou. Ele devia ter cochilado ou metido o pé no acelerador — mas não, o velocímetro marcava 107 quilômetros por hora. Uma lanterna quebrada? Passava das 4 da manhã; talvez os policiais estivessem simplesmente entediados.

Kevin reduziu e parou no acostamento. Bocejou e se espreguiçou, depois ligou a luz interna e abaixou o vidro. Faltava uma semana para o Dia de Ação de Graças, e o ar frio estava gostoso.

O guarda rodoviário de meia-idade tinha uma aparência esbelta e selvagem. O uniforme estava irretocável, e o chapéu escondia os olhos.

— O senhor sabe por que foi parado?

— Não, senhor.

— Desça da cabine, por favor.

Devia ser uma lanterna quebrada. Alguns policiais gostavam de esfregar isso na cara. Kevin tirou a habilitação da carteira, pegou o manifesto e o documento do veículo, depois abriu a porta e saiu. Um segundo guarda rodoviário juntou-se ao primeiro.

— Mãos para cima, por favor.

— Claro — respondeu Kevin ao entregar a papelada. — O que eu fiz, seu guarda?

O policial ergueu a habilitação e ligou uma lanterna.

— Senhor... Temple.

— Sim, senhor.

— Cleveland é seu destino na noite de hoje?

— Sim, senhor.

— Faz esse trajeto regularmente?

— Duas a três vezes por semana.

— E o senhor é um esquisito?

— Hã?

— O senhor é um anormal? — perguntou o guarda.

— O que o senhor... por que se importa?

— Apenas responda à pergunta. O senhor é um anormal?

Foi um daqueles momentos em que ele sabia o que *deveria* fazer, naquela visão idealizada de mundo. Kevin deveria se recusar a responder. Deveria fazer um discurso sobre como aquela pergunta violava seus direitos civis. Deveria mandar aquele guarda racista calar a boca idiota e parar de dizer em voz alta uma palavra como "esquisito".

Mas eram quatro horas da manhã, a estrada estava vazia, ele estava cansado, e às vezes o que se *deveria* fazer era sobrepujado pelo que se estava *disposto* a fazer. Assim sendo, Kevin conformou-se em colocar um pouco de arrogância na voz ao responder:

— Não, não sou um brilhante.

O guarda rodoviário o encarou por um instante e, em seguida, ergueu a lanterna. Kevin fez uma careta de dor, pestanejou e disse:

— Ei, opa, eu não consigo enxergar.

— Eu sei.

Houve um movimento em sua visão periférica quando o outro policial ergueu um dispositivo que soltava faíscas azuis e acertou Kevin Temple bem no peito. Todos os músculos travaram ao mesmo tempo, e ele ouviu algo como um grito sair da boca; estrelas espocaram em sua visão enquanto garras se fincaram nas costelas.

Quando a dor finalmente passou, Kevin desmoronou. Os pensamentos lhe escapavam, e ele teve dificuldade para entender o que acabara de acontecer. O chão estava frio. E em movimento. Não, ele estava em movimento, sendo arrastado. Suas mãos estavam para trás, e algo as prendia.

Então um líquido bateu em seu rosto. O frio fez Kevin arfar e engolir um pouco do fluido. Era horrível. Uma substância química pungente que ele nunca provara antes, mas da qual sentira o cheiro milhares de vezes, e foi então que o pânico varreu os últimos vestígios de dor, porque Kevin estava algemado no acostamento da estrada e alguém jogava gasolina sobre ele.

— Ai, Deus, por favor, por favor, não, por favor, não...

— Shh. — O guarda de aparência feroz ficou de cócoras ao lado de Kevin. O parceiro levantou o galão de gasolina e andou para trás, formando um rastro. — Silêncio agora.

— Por favor, seu guarda, por favor...

— Eu não sou um policial, Sr. Temple. Sou... — Ele hesitou. — Acho que é possível dizer que sou um soldado. No exército de Darwin.

— Eu faço o que o senhor quiser, eu tenho um pouco de dinheiro, o senhor pode ficar com tudo...

— Calado, ok? Apenas preste atenção. — A voz do homem era firme, mas não severa. — Está prestando atenção?

Kevin concordou com a cabeça freneticamente. O cheiro de gasolina estava por toda parte, incomodava o nariz, ardia os olhos, gelava as mãos e o rosto.

— Quero que saiba que não é porque o senhor é um normal. E lamento sinceramente que a gente tenha que fazer as coisas dessa maneira. Mas, em uma guerra, não existe testemunha inocente. — Por um momento, pareceu que o homem acrescentaria mais uma coisa, porém ele simplesmente se levantou.

O medo mais puro que Kevin Temple conheceu na vida tomou conta dele, expulsou-o de si mesmo, apoderou-se do que restara. Kevin quis chorar, implorar, berrar, correr, mas não conseguiu encontrar nenhuma palavra; os dentes batiam, os braços estavam travados, as pernas, molengas.

— Se serve de consolo, o senhor faz parte de algo maior agora. Uma parte essencial do plano.

O soldado riscou o fósforo na lateral da caixa, uma, duas vezes. A chama acendeu e brilhou. A luz amarela intensa refletiu nos olhos dele.

— É assim que construímos um mundo melhor.

Então soltou o fósforo.

TRÊS SEMANAS ANTES

CAPÍTULO 1

De braços abertos e mãos vazias, superconsciente de quantas armas estavam apontadas para ele, Cooper pensava sobre todas as maneiras pelas quais a situação não saíra como planejada.

Tinha sido um mês agitado. Um ano agitado. Cooper passara metade do tempo escondido, longe dos filhos, caçado como o homem mais procurado dos Estados Unidos. Mas, quando encontrou John Smith, Cooper descobriu que tudo em que acreditava se baseara em mentiras. Que sua agência não era apenas secreta — era corrupta, liderada por um homem que fomentava uma guerra para o próprio proveito.

O resultado daquela descoberta foi sangrento e dramático, especialmente para o chefe. E as semanas desde então foram divididas entre limpar a sujeira e recuperar o contato com os filhos.

Mas o dia de hoje deveria ter sido calmo. A ex-esposa, Natalie, levou os filhos para visitar a mãe dela. Cooper não tinha reuniões, nenhum detalhe para cuidar, e, no momento, nenhum emprego. Planejava ir à academia e depois sair para almoçar. A seguir, talvez passar a tarde em uma cafeteria, perdido em um livro. Improvisar o jantar, abrir uma garrafa de bourbon, ler, beber e dormir cedo. Dormir dez horas seguidas pelo simples fato de poder se dar ao luxo disso.

Ele só conseguiu chegar ao almoço.

Era uma birosca árabe que Cooper adorava, com sopa de lentilha e sanduíche de falafel. Ele estava sentado em um banco na vitrine, com o sol fraco de novembro refletido nos talheres, e jogava molho de pimenta na sopa quando percebeu que não estava sozinho.

Aconteceu simplesmente do nada. Em um momento, o banco ao lado estava vazio; no seguinte, lá estava ela. Como se tivesse sido formada pela luz do sol.

Shannon estava linda. Não linda do tipo *sarada e saudável*, mas linda do tipo *que faz um homem pensar em sacanagem*: uma blusa preta justa que deixava os ombros de fora, cabelo caído por cima da orelha, lábios em um meio sorriso.

— Oi — disse ela. — Sentiu a minha falta?

Ele se recostou e encarou Shannon.

— Sabe, quando eu te chamei para sair, pretendia que fosse em breve. Não um mês depois.

— Eu tive que cuidar de algumas coisas.

Cooper captou Shannon; não apenas as palavras, mas a tensão sutil nos músculos do trapézio, a olhadela ao redor que os olhos quiseram dar, mas não deram, o estado de alerta com que ela observou o ambiente. *Ainda um soldado, e em dúvida se você está do mesmo lado.* O que era justo. Ele também estava em dúvida.

— Certo.

— Não é que eu não confie...

— Eu entendi.

— Obrigada.

— Mas você está aqui, agora.

— Estou aqui, agora. — Ela se inclinou para se servir da metade do sanduíche de Cooper. — Então, Nick. O que faremos hoje?

A resposta, como se revelou mais tarde, era perfeitamente óbvia para os dois, e eles passaram a tarde derrubando retratos das paredes do apartamento de Cooper. Curioso; aquela era apenas a segunda vez que eles transavam — e a terceira e quase quarta —, mas os dois ficavam à vontade de uma maneira espontânea que normalmente exigia uma grande intimidade. Talvez fosse porque Cooper pensou nela o mês inteiro, à espera de que aparecesse, e a expectativa tivesse sido parecida com estar juntos.

Ou talvez fosse apenas porque o relacionamento dos dois já tinha complicações o suficiente. Ele era um anormal que passara a carreira caçando outros anormais para o governo. Ela era uma revolucionária cujos métodos beiravam o terrorismo. Ora, diabos, no dia em que os dois se conheceram, Shannon apontou uma arma para Cooper, e aquela não tinha sido a última vez.

Por outro lado, ela também salvou a vida de seus filhos e ajudou a derrubar um presidente.

Como o principal agente do Departamento de Análise e Reação, Cooper fez carreira interceptando terroristas, geralmente antes que atacassem. Mas o que escapou dele — que escapou do país inteiro — era também o mais perigoso. John Smith era um líder carismático e um gênio estratégico. Além disso, tinha sido culpado pelo massacre de incontáveis inocentes.

Após um ataque especialmente assustador que custou mais de mil vidas, Cooper participou de uma missão secreta para encontrar Smith. Foi naquela ocasião em que ele e Shannon se conheceram, primeiro, como inimigos mortais, depois, como companheiros relutantes, e, por fim, amantes. Mas quando Cooper finalmente localizou Smith, o homem abriu seus olhos para uma verdade assustadora — o verdadeiro monstro era o mentor de Cooper, Drew Peters. A prova estava em um vídeo em que Peters e o presidente dos Estados Unidos planejavam um massacre em um famoso restaurante do Capitólio. Foi uma manobra política, uma maneira de polarizar o país e colocar mais poder nas mãos do governo. Ao pôr a culpa do ataque em terroristas anormais, Peters e pessoas como ele ganharam enorme poder para controlar e até mesmo assassinar brilhantes.

E o preço foi apenas as vidas de 73 pessoas inocentes, seis delas, crianças.

Depois que Cooper descobriu a verdade, Drew Peters sequestrou seus filhos e a ex-esposa como garantia. Shannon ajudou Cooper a resgatá-los. Ele não tinha dúvida alguma de que, sem ela, os filhos estariam mortos.

Então, sim, era complicado. Ele e Shannon eram como aqueles diagramas de círculos sobrepostos. Partes dos dois poderiam estar sempre afastadas, mas a interseção no meio, uau.

Não obstante, o sexo tinha sido ótimo, o banho tinha sido ótimo, o sexo no banho tinha sido ótimo. A conversa foi tranquila. Ela atualizara Cooper sobre seu último mês, passado na Comunidade de Nova Canaã, no Wyoming, onde os anormais tentavam construir um mundo novo. Contou como estava a mentalidade lá, que as pessoas estavam ficando preocupadas. Falavam sobre a identificação marcada para começar no próximo verão, o plano do governo de implantar um dispositivo de rastreamento na artéria carótida de todos os anormais dos Estados Unidos. Começando com brilhantes do primeiro escalão tipo Shannon. Tipo ele.

Até onde era possível saber, o fenômeno anormal começou no início de 1980, embora não tivesse sido detectado até 1986, quando um estudo científico revelou que, por razões desconhecidas, um por cento de todas as crianças nasceram "brilhantes", dotadas de habilidades prodigiosas. Esses dons se manifestavam de diversas formas; a maioria era impressionante, mas inofensiva, como a capacidade de multiplicar números grandes ou tocar perfeitamente uma canção ouvida apenas uma vez.

Outros mudavam o mundo. Como John Smith, cujo dom estratégico o permitiu derrotar três grão-mestres de xadrez simultaneamente — com 14 anos.

Como Erik Epstein, cujo talento para análise de dados lhe valeu uma fortuna pessoal de 300 bilhões de dólares e provocou o fechamento de mercados financeiros globais.

Como Shannon, que podia sentir os vetores do mundo ao redor, de forma que fosse capaz de andar sem ser vista, apenas por estar onde ninguém está olhando.

O de Cooper era reconhecer padrões nas pessoas. Uma espécie de intuição turbinada. Ele podia captar expressões corporais, saber o que alguém estaria prestes a fazer através de movimentos de músculos subcutâneos. Era capaz de examinar o apartamento de um alvo e, baseado nos livros que a pessoa leu, na forma como organizou o closet e no que deixava sobre a mesa de cabeceira, ter uma boa noção do lugar para onde ela tentaria fugir. O dom o tornou um caçador excepcional, mas com um preço. As coisas que Cooper tinha visto o atormentavam. Era irônico ser um soldado de elite desesperado para prevenir a guerra.

Você não é mais um soldado. E a guerra não é sua.

Esse era o mantra que ele vinha repetindo havia um mês. Mas a repetição não fez com que parecesse verdade.

— Eles interrogaram você? — Os dois estavam no sofá naquele momento, nus e doloridos, embaixo de um cobertor. Shannon estava com a cabeça no ombro de Cooper, e uma das mãos brincava com o pelo no peito dele. — Sua antiga agência?

— Sim.

— O que você contou sobre Peters?

— Eles não perguntaram.

— Sério? O diretor de uma divisão do DAR pula de um prédio de doze andares, e eles estão dispostos a considerar águas passadas?

— Tenho certeza de que eles sabem que fui eu. Mas Quinn cuidou disso. — O velho parceiro de Cooper tinha sido o terceiro integrante da equipe naquela noite. Quinn tomara conta da central de segurança do prédio e apagara todos os traços da presença deles. — Se houvesse provas explícitas, o DAR não teria escolha. Mas, sem provas, eles preferiram evitar o escândalo no momento. Até mesmo me ofereceram o antigo emprego de volta. — Cooper sentiu Shannon ficar tensa. — Relaxe, eu recusei.

— Então você está desempregado?

— Estamos chamando de licença para tratar de assuntos pessoais. Tecnicamente, eu ainda sou um agente do governo, mas já fiz o suficiente por Deus e pela pátria. Preciso de um tempo para resolver as coisas.

Shannon assentiu. O dom de Cooper, nunca desligado, nunca sob controle, colocou um pensamento em sua mente. *Ela tem algo para perguntar a você. Há um plano além desse encontro.*

Mas quando Shannon falou, tudo que perguntou foi:

— Como estão seus filhos?

— Fantásticos. Ambos tiveram pesadelos por um tempo, mas são tão fortes que parece que superamos o que aconteceu. Kate está numa fase nudista, não para de tirar a roupa e correr pela casa dando risinhos. E Todd decidiu que quer ser presidente quando crescer. Diz que, se o último fez aquelas coisas, nós precisamos de um melhor.

— Eu voto nele.

— Eu também.

— E Natalie? — perguntou Shannon, muito casualmente.

— Vai bem. — Cooper era esperto o suficiente para parar por aí.

Mais tarde, eles saíram para dar uma volta. Era a hora mágica, quando o sol está prestes a se pôr e a luz vem de todos os lados ao mesmo tempo. Havia sido um outono ameno; as árvores eram uma profusão de cores que começaram a desfolhar apenas na semana anterior. Tempo mais fresco, folhas estalando embaixo dos sapatos, bochechas rosadas e a mão dela quente na dele. Washington no outono... havia algo melhor? Eles passearam no parque National Mall, passaram pelo espelho d'água, o Reflecting Pool.

— Então, quanto tempo você vai ficar aqui?

— Não tenho certeza — respondeu Shannon. — Talvez algum tempo.

— Fazendo o quê?

— Coisas.

— Ah. Mais coisas.

— A situação está piorando, Cooper. Aquela guerra com a qual você sempre se preocupa está mais próxima do que nunca. A maioria das pessoas, normais ou anormais, só quer conviver, mas os extremistas estão forçando todo mundo a escolher um lado. Você sabia que, na Libéria, eles começaram a abandonar bebês com marcas de nascença? Acreditam que seja um sinal dos superdotados, então simplesmente se livram dos bebês. No México, os brilhantes tomaram os cartéis e os estão usando contra o governo. Exércitos privados comandados por tiranos anormais e financiados por dinheiro do tráfico.

— Eu assisto ao noticiário, Shannon.

— Sem falar que há grupos paramilitares de direita surgindo por todo o país. É a volta da Ku Klux Klan. Semana passada, em Oklahoma, um grupo de banais sequestrou um anormal, amarrou-o na picape e arrastou por um campo. Sabe que idade eles tinham?

— Dezesseis anos.

— Dezesseis anos. Bombas em escolas na Geórgia. Microchips implantados na garganta das pessoas. Senadores na CNN falando sobre expandir as academias para incluir crianças do segundo escalão e até mesmo do terceiro.

Cooper deu as costas, andou até um banco e se sentou. Os pilares do Memorial Lincoln emitiam um brilho branco sob a luz dos refletores, e os degraus ainda estavam lotados de turistas. Ao longe, ele não conseguia ver a estátua, mas podia imaginá-la: Abe, o Honesto, absorto nos pensamentos, avaliando os problemas que ameaçavam dividir sua União.

— Cooper, estou falando sério...

— Que pena.

— O quê?

— Eu meio que esperava que você tivesse vindo me ver.

Shannon abriu e fechou a boca.

— Então, o que John quer? — perguntou Cooper.

— Como você...

— Suas pupilas se dilataram, um sinal de concentração, e você deu uma olhadela para a esquerda, o que indica memória. Sua pulsação ficou dez batidas mais rápida. Você fez uma lista de horrores, o que é fácil, mas citou-a em ordem geográfica, do mais distante ao mais próximo, o que é improvável que aconteça ao acaso. E me chamou de Cooper, em vez de Nick.

— Eu...

— O argumento inteiro foi memorizado. O que significa que você está tentando me convencer de alguma coisa. O que significa que *ele* está tentando me convencer de alguma coisa. Então, vamos ouvir.

Shannon encarou-o, mordendo o canto do lábio. Então se sentou ao lado dele.

— Desculpe, eu realmente vim aqui por sua causa. Isso foi uma coisa separada.

— Eu sei. É o que John Smith faz. Ele veste os objetivos com planos e embrulha os planos em esquemas. Eu entendo. O que ele quer?

Ela falou sem olhar para Cooper.

— As coisas mudaram desde que John foi exonerado. Você sabe, ele escreveu um livro.

— *Eu sou John Smith*. Ele realmente se esforçou no título.

— John é uma figura pública agora, dá palestras e fala com a mídia.

— Sim. — Cooper apertou a ponte do nariz. — E o que isso tem a ver comigo?

— John quer que você se junte a ele. Imagine como isso seria irresistível: Smith e o homem que antigamente o caçava, trabalhando juntos para mudar o mundo.

Cooper olhou para a claridade cada vez mais fraca, para as pessoas subindo os degraus do memorial. Ele ficava aberto 24 horas por dia, o que ele sempre considerou comovente.

— Eu sei que você não confia em John — falou Shannon baixinho. — Mas também sabe que ele é inocente. Você provou sua inocência.

Não foi apenas Lincoln, tampouco. Martin Luther King Jr. esteve naqueles degraus e falou para o mundo sobre o sonho que teve. E agora qualquer um podia ir ali, a qualquer hora do dia, da aristocracia ao cara que esvazia a lata de lixo...

A postura do lixeiro é rígida, o cabelo curto é típico de um agente secreto, e ele está esvaziando aquela lata há muito tempo.

Enquanto recolhe o lixo, o lixeiro olha para todos os lugares, menos para a direita... onde um executivo fala ao celular. Um celular com uma tela preta. Um executivo com um volume embaixo do braço.

E esse som que você está ouvindo é o giro de um motor de alta cilindrada.

... e todo mundo é bem-vindo.

Cooper voltou-se para Shannon.

— Primeiro, John é tão inocente quanto Genghis Khan. Ele pode não ter feito as coisas de que o acusaram, mas está sujo de sangue até os cotovelos. Segundo, saia daqui.

Ela era uma profissional e não fez nenhum movimento brusco, apenas observou o espaço como se apreciasse a vista. Cooper notou a sutil tensão na postura de Shannon quando ela viu o lixeiro.

— Unidos, nós somos melhores.

— Não — disse ele. — Eu ainda sou um agente do governo. Ficarei bem. Você é uma criminosa procurada. Faça seu truque. Atravesse paredes.

O som ficou mais alto, motores vindo de várias direções. SUVs, provavelmente. Ele deu uma olhadela para trás e se virou para ela.

— Preste atenção, estou falando sério...

Shannon tinha ido embora.

Cooper sorriu e balançou a cabeça. Aquele truque nunca cansava.

Ele ficou de pé, tirou o casaco e a carteira do bolso, e pousou os dois no chão. Depois se afastou e ergueu os braços com as mãos vazias.

Eles eram bons. Quatro Escalades com vidros escuros chegaram ao mesmo tempo, vindo de quatro direções diferentes, um ataque surpresa com coreografia de cinema. As portas se escancararam, e homens emergiram com precisão ensaiada e se debruçaram sobre os capôs com fuzis automáticos. Havia facilmente vinte homens, muito bem distribuídos e com visadas perfeitas.

A boa notícia é que aquela equipe era tão evidentemente profissional e operava com tanta impunidade que era praticamente garantido que fosse do governo. A má notícia é que havia muita gente no governo que queria vê-lo morto.

Bem, é isso aí. Mantendo as mãos espalmadas, ele berrou:

— Meu nome é Nick Cooper. Sou um agente do Departamento de Análise e Reação. Estou desarmado. A identificação está na carteira, no chão.

Um homem de terno saiu do banco de trás de uma das SUVs. Ele cruzou o círculo e, conforme o sujeito andava, Cooper notou que as armas agora giravam para cobrir outras direções.

— Sabemos quem é o senhor.

O agente se abaixou, pegou o casaco e a carteira de Cooper, e os devolveu. A seguir, falou, enunciando claramente cada palavra em um microfone.

— Área segura.

Uma limusine deu a volta no círculo. Subiu no meio-fio, passou por dois carros e parou diante dos dois homens. Um agente abriu a porta.

Com ar de indiferença, Cooper entrou. O carro tinha cheiro de couro e abrigava dois ocupantes. O primeiro era uma mulher elegante de 50 e poucos anos, com olhar sério e uma aura de competência intensa. O outro era um homem negro com a aparência de um professor de Harvard... o que, na verdade, ele costumava ser.

Hum. E você pensou que o dia estava tomando um rumo diferente antes.

— Olá, Sr. Cooper. Posso chamá-lo de Nick?

— É claro, Sr. Presidente.

■

— Peço desculpas pela maneira um tanto quanto dramática que esse encontro aconteceu. Estamos um pouco tensos hoje em dia. — Lionel Clay tinha a voz de um palestrante, forte e grave, e exalava erudição, com um sotaque da Carolina do Sul.

É uma maneira educada de dizer. Conforme os superdotados continuavam a dominar todos os campos, do atletismo à zoologia, as pessoas normais ficavam cada vez mais nervosas. Não era difícil imaginar um mundo dividido em duas classes como algo criado por H. G. Wells, e ninguém queria ser um morlock. Por outro lado, os mais extremistas dos superdotados não lutavam por simples igualdade — eles acreditavam que eram superiores e estavam dispostos a matar para provar. O país tinha se acostumado ao terrorismo, a homens-bomba em shoppings e veneno enviado por correio a senadores. O pior de tudo tinham sido os ataques de 12 de março: 1.143 pessoas morreram quando os terroristas explodiram a bolsa de valores em Manhattan. Cooper estivera lá, andara a esmo pelas ruas cinzentas destruídas, atordoado. Às vezes, ainda sonhava com o bichinho de pelúcia cor-de-rosa abandonado em um cruzamento da Broadway. *Estamos mais do que tensos — estamos assustados pra cacete.* Mas o que Cooper disse foi:

— Eu compreendo, senhor.

— Essa é a minha chefe de gabinete, Marla Keevers.

— Sra. Keevers.

Embora Cooper tivesse sido um agente do governo por onze anos, política jamais fora seu forte; ainda assim, até ele conhecia Marla Keevers. Uma mediadora política durona, uma negociadora de bastidores com reputação de feroz.

— Sr. Cooper.

O presidente bateu os nós dos dedos na divisória, e a limusine entrou em movimento.

— Marla?

— Sr. Cooper, foi o senhor quem divulgou o vídeo do Monocle? — perguntou a chefe de gabinete.

Bem, lá se foram as preliminares.

Ele se recordou da noite em questão. Após Shannon ter libertado seus filhos, Cooper perseguiu o antigo chefe até o telhado. Ele recuperou o vídeo de Drew Peters conspirando com o presidente Walker e depois atirou o mentor do alto do prédio de doze andares.

Aquilo fez Cooper se sentir bem.

Em seguida, sentou-se em um banco não muito longe dali e decidiu o que fazer com o vídeo. O massacre no restaurante Monocle tinha sido o primeiro e mais incendiário passo para dividir o país: não era o Norte contra o Sul, não era liberal contra conservador, mas sim, normal contra anormal. Revelar a verdade sobre aquele atentado pareceu a coisa certa a ser feita, mesmo que Cooper soubesse que haveria consequências fora de seu controle.

O que foi que Drew disse logo antes do fim? *"Se você fizer isso, o mundo vai pegar fogo."*

O presidente Clay o observava. Era um teste, percebeu Cooper.

— Sim, fui eu.

— Foi uma decisão muito imprudente. Meu antecessor pode não ter sido um bom homem, mas era o presidente. O senhor enfraqueceu a fé da nação no cargo. No governo como um todo.

— Senhor, perdoe-me a franqueza, mas foi o presidente Walker quem enfraqueceu a fé da nação quando ordenou o assassinato de cidadãos americanos. Tudo que eu fiz foi contar a verdade.

— A verdade é um conceito escorregadio.

— Não, a grande qualidade da verdade é que ela é verdadeira. — Um pouco do velho tom antiautoridade se manifestou, e Cooper se deteve. — Senhor.

Keevers balançou a cabeça e olhou pela janela.

— O que você anda fazendo hoje em dia, Nick? — perguntou Clay.

— Estou de licença pelo DAR.

— Planeja voltar?

— Não tenho certeza.

— Venha trabalhar para mim. Consultor especial do presidente. O que acha?

Se Cooper tivesse listado uma centena de coisas que o presidente dos Estados Unidos poderia ter dito para ele, essa não teria entrado na seleção. Ele se deu conta de que sua boca estava aberta e a fechou.

— Acho que o senhor talvez esteja mal informado. Eu não sei nada sobre governar.

— Vamos falar francamente, que tal? — Clay encarou Cooper com um olhar firme. — Walker meteu os pés pelas mãos. Ele e o diretor Peters transformaram o DAR, que poderia ter sido nossa melhor esperança para um futuro pacífico, em uma agência de espionagem particular para benefício próprio. Concorda?

— Eu... Sim. Senhor.

— Você mesmo matou mais de uma dezena de pessoas e vazou informação altamente confidencial.

Cooper concordou com a cabeça.

— E, no entanto, durante toda aquela catástrofe, você foi a única pessoa que agiu de maneira correta.

Keevers franziu os lábios, mas não disse nada. O presidente se inclinou para a frente.

— Nick, as coisas estão piorando. Estamos à beira do precipício. Há normais que querem aprisionar ou até mesmo escravizar os brilhantes. Há anormais que defendem o genocídio de todos os normais. Uma nova guerra civil que pode fazer a última parecer uma pequena escaramuça. Eu preciso de ajuda para evitá-la.

— Senhor, fico lisonjeado, mas eu realmente não entendo nada de política.

— Eu tenho consultores políticos. O que eu não tenho é a opinião em primeira mão de um anormal que dedicou a vida a caçar anormais revolucionários. Além do mais, você provou que fará o que acredita ser o certo, não importa o preço. Esse é o tipo de consultor de que preciso.

Cooper olhou fixamente para a frente e fez esforço para se lembrar do que sabia sobre o presidente. Professor de história em Harvard, depois senador. Ele tinha uma vaga lembrança de um artigo que havia lido, uma reportagem que indicava o verdadeiro motivo de Clay ter sido escolhido como vice-presidente: matemática eleitoral. Como negro da Carolina do Sul, ele mobilizou tanto o voto sulista quanto o afroamericano.

Meu Deus, Cooper. Uma vaga lembrança de um artigo? Isso já mostra se seu lugar é nesse carro ou não.

— Lamento, senhor. Realmente agradeço a oferta, mas não acho que eu seja o homem para o cargo.

— Você não entendeu direito — disse Clay com gentileza. — Seu país precisa de você. Eu não estou pedindo.

Cooper olhou para...

A postura e a expressão corporal de Clay estão em perfeita sintonia com as palavras.

Isso não é uma jogada de relações públicas ou uma maneira de calar você.

E tudo o que ele disse sobre o estado do mundo está correto.

... o novo chefe.

— Nesse caso, senhor, estou à disposição do presidente.

— Ótimo. O que sabe a respeito de um grupo chamado Filhos de Darwin?

UMA SEMANA ANTES DO DIA DE AÇÃO DE GRAÇAS

CAPÍTULO 2

Ethan Park olhou, espantado.

A prateleira do supermercado estava vazia. Não com pouco estoque. Não com falta de variedade. Vazia. Esvaziada.

Ele fechou os olhos e sentiu o mundo girar. Ethan estava acostumado a uma longa jornada de trabalho; a equipe de pesquisa esteve à beira de uma grande descoberta por um ano, e quando eles começaram os testes de prova de conceito, os dias começaram a se confundir, refeições foram feitas em pé, sonecas aconteceram em cadeiras da sala de descanso. Ele estava cansado havia um ano.

Mas Ethan não tinha descoberto a verdadeira exaustão até o momento em que Amy deu à luz Violet. A escuridão atrás dos olhos fechados parecia perigosamente boa, uma cama em uma noite fria na qual ele poderia simplesmente se enroscar e ser levado...

Ele teve um sobressalto, abriu os olhos e verificou a prateleira novamente. Ainda vazia. A placa em cima do corredor dizia SETE: VITAMINAS — ENLATADOS ORGÂNICOS — TOALHAS DE PAPEL — FRALDAS — FÓRMULA PARA BEBÊS. Ainda havia muita toalha de papel, mas, na prateleira que até hoje oferecia Enfamil, Similac e Earth's Best, só havia poeira e uma lista de compras abandonada.

Ethan se sentiu estranhamente traído. Quando acabava alguma coisa, a pessoa ia ao mercado. Era praticamente a base da vida moderna. O que acontece quando não se pode confiar nisso?

Você volta para a esposa cansada e o bebê faminto com uma expressão estúpida na cara.

Antes de eles terem um filho, Ethan desdenhava da ideia de que amamentar era difícil. Ele era um geneticista. Os seios serviam para alimentar os filhotes. Como poderia ser difícil?

Na verdade, era bem difícil para os delicados seios modernos, seios envoltos em algodão e renda, que nunca sentiram vento ou luz do sol, que jamais foram friccionados ou apalpados com força. Após um mês de mamadas excruciantemente demoradas, de ser tratada com paternalismo por "consultoras de lactação" que vendiam travesseiros especiais e cremes homeopáticos, de os mamilos de Amy racharem, sangrarem e finalmente infeccionarem, eles decidiram parar. Amy envolveu os seios com atadura elástica para impedir a produção de leite e eles trocaram para fórmula em pó. A geração inteira dos dois tinha sido criada à base daquilo, e ficaram bem. Além disso, era tão fácil.

Quer dizer, fácil até não haver na prateleira.

Logo, vamos às opções.

Bem, na idade de Violet, leite de vaca não era ideal. Proteínas de caseína micelar exigiam muito dos rins em desenvolvimento de um bebê. *Por outro lado, leite de vaca é melhor do que leite nenhum...*

A vitrine de laticínios estava vazia. Havia um papel colado com fita adesiva.

Pedimos desculpas pelo transtorno. Ataques recentes interromperam as remessas. Esperamos renovar o estoque em breve. Obrigado pela paciência nesses tempos difíceis.

Ethan olhou para o papel, espantado. Ontem, tudo estava normal. Agora não havia fórmula nas prateleiras. Nenhum leite na geladeira. O que estava acontecendo?

Seção de mercearia.

Ele deu meia-volta e disparou pelo corredor, ciente dos clientes que empilhavam mercadorias indiscriminadamente, que esvaziavam prateleiras inteiras nos carrinhos, discutiam e se empurravam. Ethan teve uma imagem da loja dali a uma hora, vazia exceto por cartões comemorativos, revistas e material escolar. Talvez ninguém tivesse pensado em...

Onde o leite em pó deveria estar havia apenas um buraco enorme.

Ethan ficou de cócoras em frente ao espaço e olhou fixamente para o fundo da prateleira, na esperança de que uma lata ou duas não tivessem sido vistas. Sabendo que isso não teria acontecido.

Outra loja.

A frente da Sav-A-Lot estava lotada, com filas enormes para pagar. Os caixas pareciam atordoados. Ethan empurrou gente para sair.

Era meio de novembro, nublado e frio. Ele tomou um susto com a buzina de um Audi que mal diminuiu. O estacionamento estava lotado, e a fila de carros ia até a avenida Detroit. Ethan entrou no carro e sintonizou na WCPN ao sair da vaga.

— ... relatos de desabastecimento em toda a área metropolitana de Cleveland. A polícia pede que todos mantenham a calma. Conosco estão agora o Dr. James Garner, do Departamento de Transportes, e Rob Cornell, do Departamento de Análise e Reação. Dr. Garner, o senhor pode explicar essa situação para nós?

— Vou tentar. Hoje pela manhã houve uma série de ataques arrasadores na indústria de transportes em Tulsa, Fresno e, é claro, Cleveland. Terroristas sequestraram mais de vinte caminhões e assassinaram os motoristas.

— Não apenas assassinaram.

— Não. — O homem tossiu. — Os motoristas foram queimados vivos.

Meu Deus. Houve muitos ataques nos últimos anos. O terrorismo virou um fato corriqueiro no país. Quase todos se acostumaram com aquilo. Então aconteceu o atentado de 12 de março, a explosão na nova bolsa de valores em Manhattan. Mais de 1.100 pessoas mortas, milhares de feridos, e de repente não havia como ignorar o cisma que se formava no país. Porém, por mais que aquele ataque tenha sido medonho, havia algo pior nessa situação, algo mais brutal e íntimo ao se retirar uma vida de um caminhão, jogar gasolina na pessoa e acender um fósforo.

— ... além disso, depósitos nas três cidades sofreram atentados à bomba. Os bombeiros detiveram as chamas em Tulsa e Fresno, mas o depósito de Cleveland foi destruído.

A locutora interrompeu.

— Tudo isso foi atribuído ao grupo de anormais que se intitula Filhos de Darwin. Mas essas são cidades grandes, com milhares de entregas.

— Sim. Porém, por causa dos ataques aos caminhoneiros, as seguradoras não tiveram escolha a não ser retirar toda a cobertura. Sem seguro, os caminhões são proibidos até mesmo de sair do pátio.

Ethan pegou dois semáforos abertos, mas parou no terceiro. Tamborilou os dedos no volante enquanto esperava.

— O senhor está dizendo que após um dia sem entregas, as lojas ficam vazias?

— O mundo moderno é conectado de maneira intrincada. Negócios como mercados operam sob o que é conhecido como gestão de estoque *just in time*. Se você compra uma lata de feijão, o scanner da caixa registradora diz ao computador para encomendar mais, e as latas chegam na remessa seguinte. É uma estrutura de sistemas incrivelmente complexa. Os Filhos de Darwin parecem saber disso. Os ataques miram nos pontos fracos dos nossos próprios sistemas.

— Sr. Cornell, o senhor trabalha para o Departamento de Análise e Reação. Não é para prevenir esse tipo de ataque que existe o DAR?

— Antes de mais nada, obrigado por me receber. A seguir, eu gostaria de lembrar a todos, inclusive à senhora, para manter a calma. Esse é um problema temporário causado por uma organização terrorista pequena, porém, violenta...

Ethan acelerou em direção a leste, passou por um restaurante, um estacionamento, um colégio de ensino médio. Havia inaugurado um novo mercado de luxo perto do rio há pouco tempo. Era tão caro que talvez as pessoas não tivessem pensado nele. *Mesmo que você esteja certo, não vai durar muito tempo, então planeje seus passos. O primeiro objetivo é fórmula para bebês, seja qual for a marca vegana riponga que eles tiverem. Depois, leite. Quanta carne for possível empilhar no carrinho. Evite os perecíveis, vá atrás de enlatados e legumes congelados...*

A rua da loja estava lotada, com carros buzinando e piscando os faróis em fila dupla na pista única. Quarenta metros à frente, ele viu uma multidão cercando a entrada. Enquanto observava, uma mulher tentou forçar a passagem do carrinho no meio das pessoas. Ouviram-se gritos, e o círculo de gente se apertou. Um homem de terno puxou as sacolas de compras da mulher. Ela berrou, mas o sujeito encheu os braços e deu meia-volta, o que derrubou o carrinho. Latas e garrafas se espalharam pelo chão, e todo mundo mergulhou atrás. Um cara magro enfiou uma galinha embaixo do braço como uma bola de futebol americano e fugiu em disparada. Duas senhoras com penteados caros lutaram por uma caixa de leite.

— ... de novo, nós esperamos ter o problema sob controle em breve. Se todo mundo simplesmente ficar calmo e trabalhar junto, nós superaremos isso.

Houve um estrondo, e a vitrine da entrada do mercado desmoronou. A multidão avançou aos berros.

Ethan deu meia-volta com o carro.

■

Quando o casal se mudou para Cleveland, o corretor garantiu que Detroit Shoreway era o bairro que eles procuravam: a 1,5 quilômetro do lago Erie, 3 quilômetros do centro da cidade, boas escolas, ruas arborizadas, e uma comunidade de pessoas amigáveis "como eles" — basicamente todas as vantagens dos subúrbios sem morar em um.

Um ótimo lugar para criar os filhos, disse o corretor com um olhar de quem sabe das coisas, como se visualizasse o encontro de um esperma com um óvulo.

Eles levaram um tempo para se acostumar. Ethan era nova-iorquino de nascença e desconfiava de qualquer lugar onde era preciso ter carro. Diabos, se alguns anos atrás alguém tivesse dito que ele acabaria em Cleveland, Ethan teria dado um muxoxo de desdém. Mas foi em Cleveland que Abe instalou o laboratório, e apesar do fato de o sujeito ser o babaca mais arrogante que Ethan conheceu na vida, ele também era um gênio, e o segundo posto no Instituto de Genômica Avançada era bom demais para ser dispensado.

No fim das contas, Ethan se surpreendeu. Por mais que amasse Manhattan, era possível morar no mesmo apartamento por uma década e jamais encontrar os vizinhos. Foi um contraste agradável viver no meio da gentileza simples do Meio-Oeste, dos churrascos de quintal, do clima eu-pego-a-sua-correspondência-você-pode-pegar--o-cortador-de-grama-emprestado-estamos-todos-juntos-nessa.

Além disso, ele adorava ter uma casa. Não um apartamento, não um condomínio, mas uma casa de verdade, com porão e jardim. A casa *deles*, onde podiam colocar a música no volume que quisessem, onde o choro de Violet no meio da noite não acordava o vizinho de baixo. Ethan era um sujeito relativamente jeitoso, sabia instalar uma luminária e embolsar as paredes de um quarto de criança, e foi um prazer enorme deixar a casa do jeito que eles queriam aos poucos, de tarde suarenta em tarde suarenta, e depois se sentar na varanda com uma cerveja para ver o sol se pôr entre os bordos.

Agora Ethan se perguntava se não esteve se enganando. Manhattan podia ser congestionada e cara, Washington podia ser imensa e agitada, mas jamais haveria falta de leite nos mercados.

Ontem você teria dito a mesma coisa sobre Cleveland.

Ele desligou o motor e ficou sentado no escuro. Poderia sair da cidade no dia seguinte, pegar a estrada e encontrar fórmula em algum lugar.

É, mas ela está com fome hoje à noite. Vira homem, papai.

Ethan saiu do Honda CVR e foi na direção da casa do vizinho, uma casa modelo tomada por hera na parte detrás. O casal tinha três filhos espaçados por intervalos metronômicos de dois anos, e a barulheira de brincadeiras reverberava nas paredes.

— Ei, parceiro — disse Jake Ford ao abrir a porta. — O que é que você manda?

— Olha, lamento pedir, mas acabou nossa fórmula, e as lojas estão vazias. Você tem um pouco?

— Desculpe, Tommy parou com fórmula há mais ou menos seis meses.

— Entendi. — Uma sirene soou, um carro de polícia ou ambulância não muito longe. — E leite normal?

— Claro. — Jack fez uma pausa. — Quer saber? Eu tenho leite em pó no porão. Você quer?

Ethan sorriu.

— Você salvou minha vida.

— Para que servem os vizinhos, certo? Entre, tome uma cerveja.

A casa de Jack era cheia de desenhos feitos com giz de cera, desenho animado aos berros e cheiro de comida no forno. Ethan o acompanhou e desceu pelos degraus rangentes do porão até um espaço semiacabado. No resto de um carpete em um canto, havia duas poltronas reclináveis voltadas para uma enorme tela 3D, um novo modelo com o campo de projeção melhorado. O resto do porão era tomado por prateleiras profundas, lotadas de comida e mercadorias enlatadas.

Ethan assobiou.

— Você tem o próprio mercado aqui embaixo.

— É, você sabe, uma vez escoteiro.

O vizinho balançou a cabeça em um gesto não muito envergonhado, depois abriu um frigobar e tirou duas Budweisers. Ele se jogou em uma poltrona reclinável e apontou para a outra.

— Então, os supermercados estão vazios?

— No último pelo qual acabei de passei, as pessoas começaram a saquear.

— São os anormais — disse Jack. — A situação com eles está piorando a cada dia.

Ethan assentiu de maneira evasiva. Ele conhecia um monte de brilhantes: embora os anormais elevassem o nível de qualquer campo, era na ciência e tecnologia que as vantagens eram mais evidentes. Claro, havia dias em que aquela situação o deixava maluco, quando Ethan sabia que, apesar dos diplomas das universidades de Columbia e Yale, havia pessoas por aí às quais ele simplesmente jamais seria capaz de se igualar. Era como jogar basquete de rua com os Lakers; não importava se as habilidades da pessoa fossem o máximo, naquela quadra alguém sempre jogaria muito melhor.

Ainda assim, o que a pessoa faria? Pararia de jogar? Não, obrigado.

— Toda geração acredita que o mundo está indo para o inferno, certo? — Ethan tomou um gole da cerveja. — A Guerra Civil, o Vietnã, proliferação nuclear, seja o que for. A destruição iminente é nosso estado natural.

— É, mas não ter leite no mercado? Os Estados Unidos não são assim.

— Vai ficar tudo bem. O rádio disse que a Guarda Nacional vai começar a distribuir comida.

— Para meio milhão de pessoas? — Jack fez que não com a cabeça. — Deixe-me perguntar uma coisa. Você estuda evolução, certo?

— Mais ou menos. Sou epigeneticista. Eu estudo a forma como o mundo e o nosso DNA interagem.

— Isso parece uma simplificação das grandes — disse Jack com um sorriso —, mas eu aceito. O que quero saber é se já houve uma ocasião como essa. Quando um grupo novinho em folha simplesmente apareceu, sabe?

— Claro. Espécies invasivas, quando organismos são transportados para um novo ecossistema. Carpa asiática, mexilhões-zebra, doença do olmo holandês.

— Foi o que pensei. Todos esses casos foram bem desastrosos, certo? Quero dizer, não sou racista; não tenho nada contra os superdotados. É a *mudança* que me assusta. O mundo é tão frágil. Como seremos capazes de viver com uma mudança como essa?

Era uma pergunta ouvida com frequência atualmente, discutida em jantares, debatida em noticiários e transmissões. Quando os superdotados foram descobertos, as pessoas ficaram mais intrigadas do que qualquer outra coisa. Afinal de contas, um por cento da população era uma curiosidade. Foi apenas quando aquele um por cento se tornou adulto que o mundo finalmente se deu conta de que eles representavam uma mudança fundamental.

O problema era que, a partir dessa compreensão, foi um pequeno passo para odiá-los.

— Eu te entendo, cara. Mas as pessoas não são carpas. Temos que dar um jeito.

— Claro, você está certo. — Jack saiu da poltrona. — De qualquer forma, tenho certeza de que dará certo. Vamos cuidar desse leite.

Ethan seguiu o vizinho pelo porão. As estantes tinham quatro prateleiras lotadas com caixas de comida enlatada, pilhas, cobertores. Jack puxou uma caixa com 24 latas de leite em pó da estante.

— Prontinho.

— Umas duas latas bastavam.

— Leve, não é problema.

— Não seja bobo.

Parte de Ethan queria contestar mais, mas ele pensou em Violet e no supermercado vazio, e simplesmente disse:

— Obrigado, Jack. Eu vou repor.

— Tudo bem. — O vizinho olhou de lado para ele. — Ethan, isso pode parecer estranho, mas você se protege?

— Tenho um pacote de camisinhas na mesa de cabeceira.

Jack sorriu, mas apenas por educação.

— Não sei se entendi o que você quis dizer — completou Ethan.

— Venha cá. — Ele foi até um armário de metal e começou a mexer na combinação da tranca. — Até que a Guarda Nacional resolva essa situação toda, eu me sentiria melhor se você tivesse um desses.

O armário de armas era organizado; havia fuzis, escopetas e meia dúzia de pistolas trancadas em suportes.

— Não sou chegado em armas — disse Ethan.

Jack ignorou o vizinho e pegou uma arma.

— Esse é um revólver calibre 38. A arma mais simples do mundo. Tudo o que você precisa fazer é apertar o gatilho.

As luzes fluorescentes reluziram no metal lustroso.

— Tudo bem, cara. — Ethan deu um sorriso forçado e ergueu o leite. — Sério, já é o suficiente.

— Leve o revólver. Só por precaução. Coloque em uma prateleira fechada e se esqueça dele.

Ethan quis fazer uma brincadeira, mas a expressão no rosto do vizinho era séria. *Esse cara está ajudando você. Não o ofenda.*

— Obrigado.

— Ei, como eu disse. É para isso que servem os vizinhos.

■

Após as últimas duas horas, entrar pela porta da frente de casa foi como receber um abraço. Ethan virou a tranca e tirou os sapatos. Gregor Mendel veio perambulando e esfregou a cabeça nos tornozelos de Ethan, ronronando baixinho. Ele fez carinho no pescoço do gato, depois pegou a caixa de leite e seguiu a luz cálida que vinha pelo corredor, à procura das meninas. Encontrou as duas na cozinha, Amy segurando Violet contra o peito.

— Ah, graças a Deus. — O rosto da esposa ficou radiante ao vê-lo. — Eu estava ficando apavorada. Você ouviu o noticiário? Estão dizendo que as pessoas estão saqueando os mercados.

— Sim. — Ethan esticou os braços, e Amy passou Violet para ele. A filha estava acordada e inacreditavelmente linda, sem pescoço, rechonchuda e com um tufo de cabelo castanho-avermelhado. — Eu estive lá. Acabou tudo. O leite é um presente de Jack.

— Que bom que ele tinha. — Amy abriu uma lata e colocou em uma mamadeira. — Quer dar para ela?

Ethan encostou-se na bancada, colocou a filha no braço esquerdo e apoiou seu peso na cintura. Ela viu a mamadeira e começou a chorar, um som desesperado, como se o pai pudesse estar provocando-a. Ethan colocou a chupeta na boca sedenta.

— É uma lata inteira?

— Cento e quarenta gramas — leu Amy na etiqueta. — É muito calórico. Provavelmente podemos aguar o leite para durar mais.

— Por quê? Há mais 23 latas.

— Ela come quatro vezes ao dia. Não é nem uma semana de leite.

— Os mercados estarão funcionando até lá.

— Ainda assim — disse Amy.

Ele assentiu.

— Você está certa. Boa ideia.

Os dois pararam um instante, ambos mortos de cansaço, mas com uma sensação de doçura também. Tudo era doce hoje em dia, tudo tinha um brilho dourado, como se Ethan visse a própria vida através de uma película esmaecida pelo sol. Tornar-se pai deixava tudo repleto de significado.

— Ei — disse Ethan —, quer ouvir uma coisa engraçada?

— Sempre.

— Jack é um maluco por sobrevivência. O porão é estocado como se fosse um abrigo nuclear. Ele até mesmo me deu uma arma.

— O quê?

— Eu sei. — Ethan riu. — Não me deixou ir embora sem ela.

— Você está com a arma? Agora?

Ethan equilibrou Violet em um braço, segurou a mamadeira com o queixo, e puxou o revólver do bolso do casaco.

— Loucura, não é?

Amy arregalou os olhos.

— Por que ele acha que precisamos de uma arma?
— Disse que deveríamos nos proteger.
— Você disse que a gente usa camisinha?
— Ele não pareceu achar que isso era suficiente.
— Posso ver? — perguntou Amy.
— Cuidado, está carregada.
Ela a sopesou com cuidado na palma aberta.
— É mais pesada do que eu imaginava.
— Eu sei. — Ethan colocou o bebê de bruços no ombro e começou a massagear suas costas. Violet prontamente arrotou como um caminhoneiro. — Você não está bolada com a arma?
— Um pouco. — Ela pousou o revólver na bancada. — Mas provavelmente não é má ideia. Só por precaução.
— Por precaução contra o quê?
Amy não respondeu.

Jake Flynn, de *O Indestrutível*, sai do armário!

O GALÃ JAKE FLYNN É famoso pela barriga de tanquinho. Mas é o fato de ele ser um anormal que está surpreendendo o público. Na semana passada, o cantor-que--estourou-na-bilheteria-dos-cinemas anunciou que ele é um brilhante do quinto escalão, um dado nunca antes relevado.

Agora, em uma entrevista exclusiva à revista *People*, o gato faz confissões sobre a vida, o amor e o fato de ser brilhante.

PEOPLE: Vamos começar pelo seu dom. Você é hipertimésico. O que isso significa?

FLYNN: Eu me lembro de certos detalhes triviais com uma clareza excepcional. Se você me der uma data, sou capaz de dizer o que eu vestia, como estava o tempo, esse tipo de coisa.

PEOPLE: 3 de maio de 1989.

FLYNN: Um daqueles dias que você sabe que a primavera chegou. Céu azul, nuvens pomposas, o cheiro de coisas crescendo. Eu usava pijamas do Homem-Aranha. (Risos). Tinha 5 anos.

PEOPLE: Você sempre foi discreto a respeito de ser superdotado. Por quê?

FLYNN: Se eu falasse sobre isso, teria sido o meu rótulo. "Ator anormal estrelará blá-blá-blá." Não é importante para mim, e eu não queria que fosse tão importante assim para qualquer pessoa.

PEOPLE: Então por que saiu do armário agora?

FLYNN: As pessoas estão ficando muito raivosas quanto aos normais e anormais. Achei que, ao não mencionar o fato, eu me tornava parte do problema. Só queria dizer: ei, vocês todos achavam que eu era uma coisa e agora sabem que sou outra. E, no entanto, nada mudou realmente. Portanto, relaxem.

PEOPLE: Seu dom deve facilitar a memorização de diálogos.

FLYNN: Quem dera. Não é uma questão de memória. Eu perco as chaves do carro o tempo todo.

PEOPLE: Os anormais estão na moda neste exato momento. O que você diz das pessoas que insinuam que você saiu do armário como um golpe de publicidade?

FLYNN: Isso é ridículo.

PEOPLE: Por quê?

FLYNN: Para começar, ser anormal é a vigésima coisa que eu me considero. Sou marido, pai, americano, ator, cantor, torcedor dos Cubs, fã de cachorros. E por aí vai. Depois de tudo isso, vem, tipo, ah, é, também sou anormal.

PEOPLE: O que acha a respeito do conflito crescente entre normais e anormais?

FLYNN: Eu odeio. Para mim, ser um anormal não é diferente de ter olhos azuis. Eu entendo que existam anormais de primeiro escalão por aí, pessoas excepcionais que estão mudando o paradigma. Mas há muito mais gente como eu. Quero dizer, fala sério — eu sei que choveu em Denver no dia 9 de junho do ano passado. Por causa disso, o governo quer implantar um microchip no meu pescoço?

PEOPLE: Do jeito que você fala, a Iniciativa de Monitoramento de Falhas realmente parece meio boba.

FLYNN: O problema é que a mídia cria um quadro como se houvesse duas facções, normais e anormais, e que todos nós devemos escolher um lado. Mas, na verdade, é uma gama de coisas. Em uma ponta, temos o presidente Walker assassinando o próprio povo porque tem medo do que os brilhantes representam e quer poder para contê-los. Na outra, temos anormais terroristas dizendo que a luta não deveria ser por direitos iguais, que os brilhantes deveriam dominar o mundo. Os extremistas são o problema. A maioria das pessoas só quer viver suas vidas.

PEOPLE: Falando em vidas, você e sua esposa, a modelo da Victoria's Secret Amy Schiller, recentemente tiveram uma filhinha...

FLYNN: Ai, meu Deus. Lá vem a pergunta sobre o nome.

PEOPLE: É um nome fora do comum.

FLYNN: Não sei o que te dizer, cara. Queremos que ela seja dona do próprio nariz, que não ache que tenha que se encaixar em padrões, e nós dois realmente gostamos de comida tailandesa, então...

PEOPLE: Noodle Flynn.

FLYNN: Não haverá outras no jardim de infância.

CAPÍTULO 3

Ele estava sendo a aranha quando a SUV finalmente parou.

O carro era preto. Havia dois homens dentro. O veículo estava rodando com o motor desligado havia quase três minutos. Levaria mais três até abrir as portas. Depois, cinco minutos para cruzar a meia dúzia de passos até onde ele estava sentado. Havia muito tempo para ser a aranha. Um oceano de tempo, enorme, profundo, esmagador e frio. Um tempo como a Fossa das Marianas, com 11 quilômetros de profundidade. Um tempo que intensificava e destorcia.

A aranha. Preta e bege, com 2,5 centímetros. Uma aranha-de-jardim, achava ele, embora não fosse um grande especialista em aranhas. Ele a observou por onze horas. Primeiro veio a repulsa, aquele arrepio primitivo. Com o tempo, o contorno do pelo nas patas e no abdômen da aranha — que ele concluiu ser fêmea — passou a parecer macio, quase convidativo, como um bicho de pelúcia. Oito olhos, grandes e brilhantes. As presas o fascinaram. Portar as armas de maneira tão escancarada, andar pelo mundo como um pesadelo. A aranha o olhou, e ele olhou a aranha.

Ela era perfeita. A própria imobilidade, até que fosse necessário se mover. E o movimento era tão rápido e preciso que mal podia ser notado pela presa. Brutal e sem remorso. Para ela, o mundo era apenas comida e ameaça. Havia aranhas vegetarianas? Ele achava que não.

Não, ela era uma assassina.

De sua posição, ele conseguia ver tanto a aranha quanto o SUV, e transferiu a atenção para o veículo. Seus olhos não se mexeram, é claro; estavam travados no ritmo glacial de músculos, de carne e osso. Porém, há muito tempo ele aprendera a transferir a atenção mesmo que o corpo ficasse para trás. Era fácil ficar atento ao SUV e aos dois homens dentro dele. O motorista estava falando. Ele levou 20 segundos para dizer seis palavras, e a leitura labial foi fácil.

Dentro do SUV, o motorista perguntou:

— Então, quem é esse cara mesmo?

— O nome dele é Soren Johansen. Ele é a pessoa mais perigosa que já conheci. — John Smith sorriu por trás do para-brisa. — E meu amigo mais antigo.

Olá, John. Senti sua falta.

■

Era mais difícil com pessoas.

Havia um motivo para ele estar sozinho. Em reclusão, como um monge budista no topo de uma montanha. E, assim como o monge, ele não se esforçava para obter conhecimento ou sabedoria, mas sim para obter o nada. Não a ideia do nada, não o exercício do nada, em que pensamentos eram jogados rio abaixo quando se intrometiam na meditação. Não, o alívio vinha, quando vinha, nos verdadeiros momentos de nada. Momentos em que ele não existia. Apenas nesses momentos o arrastão implacável do tempo não o sobrepujava.

Quando ele não conseguia ser nada, o que era frequente, Soren se tornava outra coisa qualquer. Algo simples e puro. Como a aranha.

As pessoas, porém, não eram simples nem puras. Era uma agonia vê-las passar pela vida como se atravessassem cimento fresco. Cada movimento era infinito, cada palavra levava uma eternidade, e para quê? Movimentos sem sentido ou graça, palavras que perambulavam e se perdiam.

Portanto, ele ficou surpreso ao se dar conta de que sentira falta de John. Porque, entre todos os superdotados — e mais ninguém merecia ser levado em consideração —, John era o mais parecido com o próprio Soren. John vivia em uma visão multifacetada do futuro, planos dentro de planos, eventos que ocorreriam dali a um ano postos em prática por uma conversa hoje. Era diferente da própria perspectiva de Soren, mas fornecia um referencial, uma forma de compreensão.

Como agora, a forma como John deu uma corridinha para cruzar os 5 metros entre os dois, em vez de fazê-lo padecer durante a caminhada. A forma como ele falou da velha maneira:

— Comovaivocê?

Não era uma gentileza, Soren sabia. Era uma pergunta em vários níveis. John quis saber se ele estava se controlando.

Um vislumbre de lembrança, tão nítido quanto uma imagem 3D: John Smith com 11 anos, falando com ele no recreio da Academia Hawkesdown. Oferecendo um lenço de papel para o nariz ensanguentado de Soren, quebrado por um dos meninos mais velhos. Dizendo:

— É melhor se eu falar rápido, não é?

Dizendo:

— Vocêéinteligentemasnãoestápensando.

Dizendo:

— Façadissoasuaforça.

Dizendo:

— Eninguémvaibateremvocênovamente.

Ensinando meditação, como afastar o redemoinho estonteante do futuro e existir apenas no presente. Ensinando que, se Soren conseguisse se controlar, poderia usar essa terrível maldição para fazer qualquer coisa, usá-la contra os inferiores patéticos que tentavam machucá-lo. John compreendia que o menino que todo mundo imaginava derrotado estava apenas sobrepujado, derrubado por cada segundo.

As pessoas pensavam que o tempo era uma constante porque era isso que a mente dizia para elas. Mas o tempo era água. A água mais parada ainda vibra e se agita com energia.

John ensinou para Soren, e na próxima vez que os meninos mais velhos foram atrás dele, Soren se lembrou. Ele tornou-se nada além do momento. Não planejou. Não previu. Ele simplesmente observou os meninos em câmera lenta, e calmamente, com um bisturi roubado, cortou a garganta do maior deles.

Ninguém jamais veio atrás de Soren novamente.

— Eu tenho mais nada do que nunca.

Smith compreendeu.

— Issoéótimo.

— Você precisa de mim.

— Sim.

— Lá fora no mundo.

— Sintomuito. Sim.

— É importante?

— Crucial. — Uma pausa. — Soren. Chegouahora.

Ele parou de ser a aranha e tornou-se o homem novamente. Por um instante, o futuro ameaçou sobrepujá-lo com sua terrível infinidade, como estar sozinho no Pacífico no meio de uma noite sem estrelas, toda aquela água e tempo em volta e embaixo dele sendo sugado para a escuridão pelo buraco mais fundo no planeta.

Seja o nada. Não seja a aranha, nem o homem, nem o futuro, nem o passado. Seja o momento. Seja o nada. Exatamente como John o ensinou.

Soren se ergueria e entraria no mundo com o amigo. Ele faria...

— Qualquer coisa.

ANÚNCIOS PESSOAIS > ENCONTROS CASUAIS > NORMAL/ANORMAL

Trate-me como o esquisito nojento que eu sou
Homem 18a E4, magro, raspado. Meu pai me expulsou — quer ser meu novo papai?

Casal normal procura parceira anormal
Somos: quarentões, executivos, em forma, bem-sucedidos. Você é: captadora E2 ou 3. Se você é quem nós queremos, já sabe o que queremos.

Anormal casado procura por diversão sem compromisso
Há um motivo para nós sermos chamados de superdotados. Vamos fazer algo esquisito.

Sozinho no topo
Físico E1 procura outros de primeiro escalão para conversa, amizade, algo mais se ambos estivermos a fim. Idade, raça, sexo não importam.

Tiete procura sexo gostoso com anormais
Sei que é errado e não me importo. Tem que trazer resultados do teste Treffert-Down e/ou diploma da Academia. Posso receber em casa.

Me engravide
Mulher normal atraente, 37, procura E1 para noite de procriação ardente. Sem camisinha, sem compromisso. Tire a calça jeans e me passe esses genes.

CAPÍTULO 4

Cooper não estava acostumado àquilo. Nem um pouquinho.

Havia três semanas desde que ele pegara aquela carona não programada na limusine. Vinte e um dias como consultor especial do presidente dos Estados Unidos, com todos os dias úteis — Cooper tinha a sensação de que os fins de semana em breve seriam uma vaga lembrança — passados em reuniões e conferências, estudando relatórios, sentado na Sala de Crise.

A Sala de Crise, pelo amor de Deus. Vinte e um dias não foram o suficiente para que Cooper se acostumasse àquilo. Ele mostrou o crachá para a guarita na avenida Pensilvânia e esperou pelo apito da porta.

— Bom dia, Sr. Cooper.

— Bom dia, Chet. Eu já disse, é apenas Cooper. — Ele tirou o casaco, colocou em cima da pasta na esteira de raios X, depois passou o crachá e digitou o código de identificação na máquina. — Como foi a noite?

— Perdi vinte dólares no jogo do Red Skins para meu genro. Braços para cima, por favor.

Cooper ergueu os braços enquanto Chet passava um bastão de cima a baixo pelo seu corpo, à procura de explosivos e armas biológicas. O bastão era de neotecnologia, desenvolvido como resposta aos protestos da opinião pública sobre os atrasos no setor de segurança dos aeroportos. Na opinião de Cooper, aquilo não acelerou em nada o processo.

— Já não bastava ter casado com sua filha, ele ainda tira seu dinheiro?

— Nem me fale. — O guarda sorriu e gesticulou para a outra ponta da máquina de raios X. — Tenha um bom dia, Sr. Cooper.

E, simplesmente assim, ele atravessou a cerca e estava nas dependências da Casa Branca. Uma rua interna comprida e sinuosa passava pelas câmeras 3D do Jardim das Rosas, onde os repórteres esperavam dia após dia. Cooper colocou o casaco de volta e andou, sorvendo a realidade do prédio. A casa do povo, o símbolo daquilo de melhor que a nação podia representar, o epicentro do poder global — seu escritório.

Bem, mais ou menos. Na verdade, seu escritório ficava no edifício Eisenhower, o prédio comercial do outro lado da rua. Mas Cooper mal tinha visto o gabinete até então; suas horas de trabalho tinham sido passadas quase que inteiramente na Ala Oeste.

Um fuzileiro naval em traje de gala executou um movimento preciso de direita-volver e abriu a porta para Cooper. No saguão de entrada, ele verificou o telefone e viu que estava na hora; faltavam alguns minutos para as 7 horas. Passou pelo Salão Roosevelt, deu passagem para um general e dois ajudantes de ordens. O tapete era espesso e macio, e tudo reluzia; a mobília tinha sido recentemente encerada. Cooper jamais tinha pensado muito sobre qual seria o cheiro da Casa Branca, mas mesmo assim ficou surpreso com a resposta: flores. A Casa Branca cheirava a flores, com novos arranjos chegando todo dia.

Uma virada à direita fez Cooper passar pela Sala do Gabinete — *a Sala do Gabinete!* — e, após um punhado de passos, ele entrou no escritório externo do presidente. Dois assistentes digitavam em teclados sobre mesas antigas, e as telas eram de monovidro polarizado, tão fino que, de lado, elas desapareciam completamente. Uma curiosa justaposição do velho e do novo.

O porta-voz da Presidência, Holden Archer, estava ocupado conversando com Marla Keevers. A chefe de gabinete parecia elegante e cruel em um traje cinza. Ambos eram políticos veteranos e deixavam pouca coisa transparecer, mas, aos olhos de Cooper, a tensão sutil diante de sua chegada dizia muita coisa.

Relaxe, gente. Eu não estou atrás do emprego de vocês.

Cooper enfiou as mãos no bolso e voltou a atenção para um quadro de moldura dourada, a Estátua da Liberdade envolta em uma bruma impressionista. Bonito, pensou, embora, se tivesse visto em uma feirinha de rua, não teria prestado atenção.

— Sr. Cooper.

Ele virou-se.

— Sr. secretário. Bom dia.

Embora agora fosse o secretário de Defesa, Owen Leahy viera do setor de espionagem, o que era perceptível. A postura indicava que ele não apenas não comentaria sobre a qualidade da manhã, como também não confirmaria nem negaria que era, de fato, manhã. Não havia gente que deixasse tão pouca coisa transparecer aos olhos de Cooper.

— Alguma novidade sobre os Filhos de Darwin? — perguntou Cooper.

Leahy fez uma expressão neutra.

— Ainda não encontraram um escritório para o senhor?

— Do outro lado da rua.

— Ah.

Ele deixou escapar um sorrisinho ao dizer isso; Cooper notara que as pessoas ali davam muita importância à localização do escritório.

— E está gostando de trabalhar aqui? — continuou Leahy. — Todas essas reuniões devem parecer chatas depois do DAR.

— Ah, não é tão diferente assim — respondeu Cooper. — Menos tiroteio, mas ainda assim muitas baixas.

Leahy deu uma risadinha de *como-você-é-engraçadinho*. Cooper notou que o secretário de Defesa preparava outro insulto velado, mas, antes que pudesse dispará-lo, uma porta curva na parede a sudoeste se abriu. O presidente Lionel Clay colocou a cabeça para fora e falou com a assistente.

— Adie tudo que não for essencial. — Ele deu meia-volta, gesticulou por sobre o ombro para que eles o seguissem e retornou para o interior da sala.

A luz do sol matinal era refletida por todas as superfícies enceradas, e o Salão Oval reluzia. Keevers, Leahy e Archer entraram à vontade, como se fosse qualquer outra sala. Cooper ajeitou os ombros e tentou fazer o mesmo, ainda ouvindo o rugido sutil nos ouvidos que sentia todas as vezes.

— Owen, qual é a nossa situação a respeito dos Filhos de Darwin?

— Estamos obtendo uma visão mais abrangente, senhor, mas lentamente. — O secretário de Defesa começou a informar o presidente, mas ficou claro que não havia sido feito nenhum progresso significativo.

Cooper havia se tornado um tipo de especialista sobre a organização terrorista desde que entrou para a equipe de governo de Clay. Ele devorou todos os memorandos sobre os Filhos, teve reuniões com o DAR, o FBI e a NSA, passou horas olhando fotos de caminhoneiros queimados vivos. No entanto, apesar de todo o tempo que investiu, ainda não sabia muita coisa. A organização terrorista parecia ter surgido plenamente formada. Ninguém sabia seu tamanho, onde era baseada, como era bancada, se tinha uma liderança centralizada ou apenas uma rede desconexa de células terroristas.

— No fim das contas, senhor — continuou Leahy —, nós aprendemos muito nos últimos dias: as bombas nos depósitos de comida ilustram que eles têm conhecimento técnico e acesso a produtos químicos; vídeos de câmeras de segurança mostram que os terroristas usaram carros de polícia roubados quando atacaram nossos caminhões. Nossos analistas estão obtendo informações através de padrões de mineração de dados, mas nada disso está fornecendo respostas práticas.

— Talvez seja porque eles são fanáticos. Lunáticos — disse Keevers. — Eles queimaram pessoas vivas. Por que estamos falando a respeito dos FDD como se fossem um regime estrangeiro em vez de um culto?

O presidente coçou o queixo.

— Nick? O que você acha?

Apenas a ex-esposa Natalie e Shannon usavam seu prenome, porém, de certa forma, ele não se sentiu à vontade para pedir ao presidente dos Estados Unidos para chamá-lo de Cooper. Pigarreou e levou um momento para medir as palavras.

— Pense em como a nação inteira ficou furiosa com o que viu no vídeo do Monocle. O próprio presidente tentando matar o povo.

Clay manteve uma expressão calma, mas os três integrantes da equipe se entreolharam e mexeram nos papéis. Ele percebeu o trio se esquivando cautelosamente. *Deixe que façam isso. Já que está aqui, é melhor dizer a verdade.*

— Bem, agora considere o ponto de vista dos brilhantes. Crianças do primeiro escalão são retiradas à força dos pais e enviadas para academias. Sem o devido processo legal ou um júri, o DAR mata anormais que considere uma ameaça à sociedade. Graças à Iniciativa de Monitoramento de Falhas, todo superdotado americano será forçado a ter um microchip implantado no pescoço...

— Veremos quanto a isso — falou Clay. — Não sou fã da ideia.

— É ótimo ouvir isso, Sr. Presidente. Mas mesmo que o senhor consiga que a lei seja revogada, e o senhor deveria fazer isso, não mudará o fato de que os superdotados são tratados como cidadãos de segunda classe.

— Não tenho certeza — disse Leahy — se vejo o valor tático dessa análise.

— É assim — falou Cooper. — Eles podem ser fanáticos, mas não são lunáticos e têm motivos para estarem irritados. Eu passei minha vida inteira caçando terroristas. Odeio tudo que eles representam. Mas não vamos fingir que não foram provocados.

— E não vamos esquecer — disse Leahy — que eles mataram milhares, queimaram vivos homens e mulheres inocentes, e estão tentando matar de fome três cidades americanas. O que o senhor propõe, que nos sentemos à mesa para discutir nossas diferenças?

— Não — falou Cooper. — Não podemos negociar com terroristas.

— Então...

— Mas podemos conseguir alguém que negocie em nosso nome.

O presidente Clay pareceu pensativo.

— Em quem você está pensando, Nick?

— Erik Epstein.

O homem mais rico do mundo ganhara mais de 300 bilhões de dólares usando o dom para descobrir padrões na bolsa de valores. Quando os mercados de ações globais finalmente foram fechados para se protegerem de pessoas como ele, Epstein tinha voltado a atenção para um novo projeto: construir um lar para os brilhantes. Ele usou a fortuna para criar um estado de Israel anormal no coração do deserto do Wyoming.

— Como líder da Comunidade Nova Canaã — continuou Cooper —, ele tem contatos com a comunidade de superdotados em todos os níveis. E não tolera o terrorismo, portanto...

Cooper foi parando de falar. Os outros integrantes da equipe se entreolharam.

— O que foi? — perguntou ele.

— Claro que o senhor não sabe — disse Marla Keevers. — Esse mundo é novo para o senhor, como poderia saber? Mas, veja bem, não existe Erik Epstein.

Cooper olhou fixamente para ela, perplexo. Lembrou-se de estar em um país das maravilhas subterrâneo, cheio de computadores, embaixo da Comunidade Nova Canaã, falando com Epstein. Um homem estranho e inteligente com um dom de enorme poder, a habilidade de correlacionar fontes de dados aparentemente independentes e distinguir padrões através deles.

Obviamente, o mesmo dom transformou Erik Epstein em um recluso, que mal conseguia se comunicar com outras pessoas. Foi por isso que seu irmão atuava como "Erik Epstein" em público, aquele que ia a programas de entrevistas e se encontrava com presidentes. Era um segredo conhecido por apenas um punhado de pessoas.

— Veja bem — continuou Keevers —, é óbvio que o homem que finge ser Epstein não é o mesmo homem responsável por quebrar o mercado de ações.

— O que torna impossível a diplomacia com ele — falou o presidente. — Nunca teríamos certeza de com quem estaríamos lidando.

— Mas...

Cooper se deteve. Ele sabia uma verdade que essa gente não sabia, uma verdade que poderia ser importante. E, no entanto, essas eram algumas das pessoas mais poderosas no planeta. Se Epstein escolhera mantê-las na ignorância, havia um motivo.

Da última vez que encontrou Epstein, você prometeu que mataria John Smith. Em vez disso, poupou a vida dele. Você realmente quer foder duas vezes com o homem mais rico do mundo?

— Entendi.

— Por enquanto — disse Leahy, voltando ao ponto como se não tivesse sido interrompido —, estamos nos concentrando na situação prática. Esperamos começar a distribuir comida e suprimentos essenciais amanhã.

— Amanhã? — O presidente franziu a testa. — Os supermercados ficaram vazios há dois dias. Por que a demora?

— Na verdade, consideramos isso uma vitória, senhor — respondeu Keevers. — A Guarda Nacional não mantém estoque de comida. Estamos negociando com distribuidoras de mercados em Tulsa e Fresno, mas o maior depósito de comida na área de Cleveland foi destruído. Temos que coordenar com outras distribuidoras no nordeste de Ohio.

— E quanto à Agência Federal de Gestão de Emergências?

— A Fema não pode agir até que o governador Timmons declare estado de emergência e peça ajuda formalmente.

— E por que ele não fez isso?

— Ele é um democrata — respondeu Keevers. — Se pedir ajuda a um presidente republicano, parecerá fraco no momento da reeleição.

— Dê um jeito. As pessoas estão passando fome.

— Sim, senhor. — Marla Keevers desdobrou o datapad e tomou nota. — Enquanto isso, a Guarda Nacional está tentando estabelecer centros de distribuição de comida, mas enfrenta problemas. Houve incidentes na maioria dos mercados. Vitrines quebradas, troca de socos, saques. A Guarda Nacional está tentando manter a paz, mas enquanto estiver controlando multidões e defendendo mercados, não pode montar estações de auxílio. E quanto maior o atraso em distribuir a comida, mais pessoas vão às ruas.

O presidente Clay deu as costas para eles e foi até a janela. Enquanto olhava para o Rose Garden, a luz do sol fez o contorno perfeito de sua silhueta.

— Alguma baixa?

— Ainda não. Algumas pessoas hospitalizadas.

— Precisamos que todo mundo se acalme — falou Clay. — O pânico é pior do que o problema.

— Sim, senhor — disse Keevers. — Achamos que o senhor deveria fazer um pronunciamento à nação.

— Hoje à tarde?

— Conseguiremos melhor cobertura à noite — sugeriu o porta-voz Archer.

— Apenas um pronunciamento breve — falou Keevers. — Declarações preparadas. O senhor está supervisionando pessoalmente todas as tentativas...

— Esforços — disse Archer —, não tentativas. Supervisionando pessoalmente todos os esforços nesse momento difícil.

— Um tempo de adversidade durante o qual os americanos precisam se unir...

— ... para demonstrar o espírito de determinação que define o caráter nacional etc.

— A Guarda Nacional tem sua mais alta confiança, assim como o povo de Cleveland, Tulsa e Fresno.

— Enquanto isso, não ficará pedra sobre pedra na caçada por aqueles que atacaram nossa nação de maneira vil.

— Com licença — falou Cooper.

O ritmo do ambiente foi quebrado; todo mundo voltou-se para ele como se tivesse esquecido que Cooper estava ali. Ele deu um sorriso afável.

— A senhora disse "pronunciamento." O presidente não deveria responder a perguntas?

— Não — responderam Keevers e Leahy ao mesmo tempo.

— Absolutamente não — falou Archer.

— Três cidades estão sob caos — argumentou Cooper. — Falta comida, há saques e medo de tumultos. Por que o presidente não responderia a perguntas?

O rosto de Keevers estava tenso.

— Sr. Cooper, eu não acho...

— Na verdade — disse o presidente Clay —, ele tem razão. Por que não responder a perguntas?

Os outros três se entreolharam. Após um momento, Archer falou:

— Porque, senhor, as perguntas serão: quem são os Filhos de Darwin? Onde estão eles? O que eles querem? Estamos próximos de detê-los?

— Por que não pegar pesado? — indagou Clay. — Dizer que a situação está sob controle, que os FDD em breve serão neutralizados por ações secretas, rápidas e definitivas?

— Porque as informações sugerem que mais ataques podem acontecer — respondeu o secretário de Defesa. — Se o senhor disser que temos a situação sob controle e uma hora depois algo explodir, vai parecer que estávamos dormindo no ponto.

— Então diga a verdade — falou Cooper. — Diga ao povo que o senhor não tem todas as respostas ainda. Diga que toda a força do governo americano está sendo aplicada. Que o terrorismo não será tolerado, e os Filhos de Darwin serão capturados ou mortos. E que, enquanto isso, o senhor precisa que seus cidadãos se comportem como homens e se acalmem.

Fez-se um silêncio. Era possível sentir seu peso e sua textura. Era um silêncio com muitos significados; um silêncio composto por pelo menos três pessoas se perguntando como ele era tão burro.

E lá se foi o "a verdade vos libertará".

Após um longo momento, o presidente falou:

— Tudo bem. Sem perguntas.

Cooper se recostou na cadeira. Lutou contra a vontade de dar de ombros.

— Mas Nick levantou uma boa questão — continuou Clay. — É importante preservar a confiança do povo no fato de que eu tomo decisões e a responsabilidade é minha, e se eu fizer um pronunciamento e não responder a perguntas, isso sugere que estamos escondendo alguma coisa. Holden, por outro lado, pode filtrar as perguntas. Ele passará as informações.

— Sim, senhor.

— E, Owen, quero respostas sobre os Filhos de Darwin. Nem na semana que vem, nem amanhã; agora.

— Sim, senhor.

— Ótimo.

Lionel Clay deu a volta por trás da mesa, pegou os óculos de leitura e começou a folhear uma pasta. Sua atenção foi absorvida imediatamente. Um efeito colateral do dom de Cooper era que ele tinha a tendência de categorizar as pessoas em tons de cores; pessoas esquentadas pareciam vermelhas para ele, introvertidos tinham tons de cinza. Lionel Clay era do tom dourado com manchas de fumaça das paredes de cafés, acolhedor e sofisticado.

O que é ótimo. Mas me pergunto se agora nós não precisamos de um homem com padrões de aço escovado.

Ele ficou de pé, abotoou o paletó e acompanhou os demais na saída do Salão Oval. Marla Keevers esperou até que a porta se fechasse para atacá-lo.

— Que os cidadãos se comportem como homens?

— Como mulheres também — disse Cooper.

O sorriso dela foi contido, frio, e morreu longe dos olhos.

— O senhor entendeu que tudo que conseguiu foi deixá-lo empolgado com algo que ele não pode fazer?

— Pelo meu entender, ele pode fazer basicamente tudo o que quiser.

— O senhor está errado. E agora em vez de um presidente dizendo à nação para não se preocupar, teremos um porta-voz filtrando perguntas. Holden é bom, mas o que precisamos é do líder do mundo livre dizendo ao povo que tudo está bem.

— Mesmo que não esteja.

— Especialmente quando não está.

— Veja bem, é aí que discordamos. Acho que a função do presidente é proteger o país. E dizer a verdade ao povo é a melhor maneira de fazer isso.

— Ai, Jesus. — Ela revirou os olhos. — Eu diria que torço para que o senhor saiba o que está fazendo, mas é evidente que não é o caso.

— Veremos — respondeu Cooper.

— Sim — respondeu Marla Keevers. — Veremos.

A VERDADE POR TRÁS DAS MENTIRAS: UM FÓRUM DIGITAL PARA DESCRENTES

Por favor, registre-se antes de postar

Con$piração sobre o assassinato de diretor do DAR
El Chupacabra
"Por que é chamado de 'senso comum' quando é tão raro?"
Usuário: 493324

Vocês têm que ouvir isso.

Sabem a história de Drew Peters, do DAR, que pulou de um arranha-céu de Washington há três meses? A versão mentirosa era que ele foi tomado pela culpa por causa do papel que teve no Monocle, subiu o vídeo em que ele e Walker planejam o atentado e depois mergulhou para a morte.

Isso já é doideira, para início de conversa, porque o cara era o chefe dos Serviços Equitativos, e aquela divisão matou sabe Deus quantas pessoas, então por que ele ficaria preocupado sobre as 73 no restaurante?

Mas aqui está a parte mais louca. Eu tenho um amigo na polícia de Washington, e ele me contou que, naquela mesma noite, naquele mesmo prédio, houve um tiroteio em um estúdio de design. Aparentemente, o lugar foi detonado a balas, monitores explodiram, vidros quebraram. Ele disse que houve muito sangue, mas nenhum corpo.

Meu amigo chegou à cena e foi expulso por homens de preto. Ele acha que talvez fossem agentes do DAR. E mais tarde, naquela noite, ele recebeu um telefonema do comissário de polícia dizendo que ele estava enganado; que não houvera sangue, não houvera tiroteio.

Obviamente, outra coisa aconteceu. Na minha opinião, não foi Peters quem divulgou o vídeo, e sim a mesma pessoa que detonou o estúdio de design a bala.

O que significa que Peters foi assassinado. E ninguém está falando a respeito disso.

Portanto, a ordem veio de cima. Alguém com poder estava mexendo nas peças nos bastidores.

Se preparem, pessoal. Dias sinistros estão vindos.

Re: Con$piração sobre o assassinato de diretor do DAR
Benito, o Poderoso
"Aquietai-vos e sabei que eu sou Deus"
Usuário: 784321

Você só pensou nisso agora?

Tem que ter tido mais gente envolvida. Walker era o presidente, e Peters, um diretor do DAR. Nenhum dos dois fez o trabalho sujo no Monocle. E ninguém conseguiu encontrar os atiradores, o que significa que foram apagados também.

E você está surpreso que outros estejam envolvidos?

Existe todo um governo secreto agindo aqui. Eles aparecem na TV e fazem um espetáculo de mágica para nós. Deixam a gente revoltado porque um prefeito mandou a foto do pau para uma garota qualquer, ou um senador disse algo racista, ou um assessor fumou crack. E a gente se revolta e julga, e, enquanto isso, não olhamos para o que eles estão realmente fazendo.

As decisões que norteiam a nação são tomadas em salas escuras. Não são mantidos registros, não se divulgam comunicados à imprensa.

O buraco é muito mais fundo do que o Monocle. Há um grupo de pessoas que mexem os pauzinhos, e elas não têm medo de deixar um rastro de mortos. É melhor seu amigo policial tomar cuidado.

Re: Con$piração sobre o assassinato de diretor do DAR
Reidasmulheres87
"Vocês se comportam como gado"
Usuário: 123021

Isso tem cheiro de mentira. Acobertar o assassinato de um diretor do DAR exigiria muito poder.

Re: Con$piração sobre o assassinato de diretor do DAR
Benito, o Poderoso
"Aquietai-vos e sabei que eu sou Deus"
Usuário: 784321

É verdade, exigiria, tipo, o presidente dos Estados Unidos.

Ah, não, calma... ele estava envolvido. Desgraçado.

Re: Con$piração sobre o assassinato de diretor do DAR
El Chupacabra
"Por que é chamado de 'senso comum' quando é tão raro?"
Usuário: 493324

Então qual será a profundidade desse buraco de coelho? Walker era o presidente; quem mais está na panelinha dele? O presidente Clay? O secretário de Defesa Leahy?

Re: Con$piração sobre o assassinato de diretor do DAR
Benito, o Poderoso
"Aquietai-vos e sabei que eu sou Deus"
Usuário: 784321

Pode ser. Tudo que sei é que a mochila está pronta e a cabana está preparada. Duas bancadas de enlatados, 750 litros de água, e o armamento necessário para defendê-la.

Quando a merda rolar, eu vou sobreviver com estilo. E pobre do maluco que cruzar minha cerca.

Re: Con$piração sobre o assassinato de diretor do DAR
GarotaBanana
"Preocupação é um mau uso da imaginação"
Usuário: 897236

Cara, você não precisa de toda essa água. Basta montar uma caixa de captação e um sistema de purificação. Aqui, <u>veja o diagrama</u>.

CAPÍTULO 5

— Como mulheres também? Ele realmente disse isso?

— E sorriu como se estivesse sendo engraçadinho. — Marla Keevers tomou um gole do café.

— Ele é rápido, pelo menos. — Owen Leahy balançou a cabeça.

Como secretário de Defesa, ele não ousava revelar o que pensava para muitas pessoas. Mas Marla era uma amiga, ou Leahy tinha por ela o máximo de amizade que a política praticada naquele nível permitia. Os dois trabalharam juntos para o presidente Walker, e ele rapidamente descobriu que Marla Keevers era uma dessas raras pessoas que executava o trabalho sem se importar com o custo. Leahy gostava de pessoas assim. Ele era uma delas.

— O presidente parece impressionado — disse Leahy.

— Cooper conquistou o presidente imediatamente. Sabe como? Quando Clay ofereceu a vaga para ele, Cooper recusou.

— Você está brincando.

— Não. Acredita? Sentado na limusine, após ser apanhado por uma demonstração de força de vinte agentes do Serviço Secreto, e o cara diz não.

Os dois estavam no gabinete dela, a portas fechadas, e Leahy estava com a perna cruzada, balançando a cadeira apoiada em duas pernas. Essas conferências informais começaram como uma forma de manter o trem nos trilhos durante a transição de Walker para Clay, mas viraram longas conversas.

— Foi um teatro?

— Não. Isso é que é esquisito. Ele honestamente não queria a vaga.

Aquilo era irritante. Eles estavam em Washington. Todo mundo queria a vaga.

— Então Cooper é o novo queridinho.

Marla concordou com a cabeça. Eles se entreolharam, depois começaram a rir. A sensação foi boa, por mais absurda que fosse a situação.

— Que mundo, hein? Jogue seu chefe de um telhado, acabe servindo ao presidente — falou Leahy. — Acho que sempre há a possibilidade de usarmos isso como vantagem para controlá-lo.

— Cooper não será um fantoche. Além do mais, será que nós queremos mesmo mexer nesse vespeiro? — Marla fez que não com a cabeça. — Se a verdade sobre aquela noite for revelada, as pessoas começariam a perguntar quem mais esteve envolvido.

— Eu não tive nada a ver com o Monocle.

— Nem eu. Mas existe um monte de outras coisas das quais nós... tomamos conhecimento.

Ela parou por ali, um gesto pelo qual Leahy ficou grato. Um gesto habilidoso.

— Eu não sei, Marla. Será que sou apenas eu ou o mundo está enlouquecendo? Estamos enfrentando talvez a maior crise da história do país, e o presidente está recebendo conselhos de um escoteiro.

— Você sabe quantas pessoas Nick Cooper matou?

— Ok — disse Leahy. — Um escoteiro perigoso.

Ela deu de ombros. Uma mensagem apitou no sistema, Marla deu uma olhadela e digitou uma resposta rápida. Leahy entrelaçou os dedos atrás da cabeça e olhou fixamente para o teto.

— Em 1986, quando Bryce publicou o estudo sobre os superdotados, eu mal tinha começado na CIA. Trabalhei quatro anos no setor de inteligência do exército, transferido. Eu era o novato na pasta do Oriente Médio, um analista júnior que só pegava serviço merda. Mas quando li aquele estudo, me levantei do cubículo, fui até o gabinete do diretor adjunto, e pedi cinco minutos de sua atenção.

— Você não fez isso — falou Keevers.

— Eu era jovem.

— Ele recebeu você?

— Sim.

Leahy sorriu ao se lembrar daquele dia. Era janeiro e fazia frio; seus sapatos tinham manchas de sal, e, enquanto esperava do lado de fora do gabinete de Mitchum, Leahy lambeu os dedos para limpar o couro. Ele ainda era capaz de sentir o gosto forte do sal e da sujeira.

— O diretor adjunto olhou para mim como se eu fosse retardado. — Leahy deu de ombros. — Como àquela altura eu não tinha saída, pensei: dane-se, hoje ou você faz seu nome ou perde o emprego.

— E o que você disse?

— Eu coloquei o estudo na mesa dele e falei: "senhor, pode esquecer os xeiques, Berlim e os soviéticos. Este será o conflito que vai definir os próximos cinquenta anos da espionagem americana."

— Não. — Marla deu um sorriso rasgado. — Não.

— Sim.

— E?

— Ele me expulsou do gabinete rindo, e passei mais um ano como analista júnior. Mas eu estava certo. Eu sabia na ocasião e sei agora.

E Mitchum sabe também. Levou cinco anos para o diretor adjunto enxergar a verdade, mas, quando isso aconteceu, ele se lembrou de quem lhe informara primeiro. A partir de então, o diretor adjunto se interessou pessoalmente por Leahy, e sua escalada acelerou dramaticamente.

— Nada em nossa história apresenta a mesma ameaça que os superdotados — disse ele.

— Fácil. O *New York Times* pagaria uma fortuna para citá-lo dizendo isso.

— O *Times* pode ir para o inferno. Eu tenho três filhos e cinco netos, e nenhum deles é superdotado. Que chances você calcula que eles terão? Acha que daqui a vinte anos eles estarão dominando o mundo? Ou servindo batatas fritas?

Marla não respondeu, apenas digitou outra mensagem no sistema.

— O que você acha dele? — perguntou Leahy.

— Cooper?

— Clay. Ele é o presidente há dois meses. Acabou o período de tolerância. O que você acha?

Ela tirou as mãos do teclado, pegou o café e tomou um gole pensativo. Finalmente, respondeu:

— Acho que ele daria um excepcional professor de história.

Os dois se entreolharam.

Não havia realmente razão para dizer mais alguma coisa.

CAPÍTULO 6

Era o tipo de dia de céu azul que fazia um homem sentir orgulho de ter uma casa, de estar do lado de fora em roupas velhas trabalhando no jardim. Uma cerveja na beirada da varanda, vozes no rádio ao fundo. Ethan estava praticando a maior das mentiras do mercado profissional, "trabalhando de casa", e não se sentia mal a respeito disso. Ele trabalhava muitas horas no laboratório. Além disso, o que o noticiário chamava de "Crise em Cleveland" já vinha ocorrendo havia três dias. As pessoas ficariam sem provisões, começariam a sentir fome. Pessoas com fome faziam coisas estúpidas, e ele não deixaria a mulher e a filha sozinhas.

— ... deve se pronunciar à nação hoje à noite. Antecipando a coletiva de imprensa, a Casa Branca reiterou que a Guarda Nacional está em processo de montar estações de auxílio para distribuir comida e provisões em cada uma das cidades afetadas...

Uma coisa que Ethan descobriu sobre ter uma casa era que as malditas folhas não paravam de cair. Mas ele percebeu que era meio zen encher os sacos, curtir os pequenos detalhes, o cheiro, a forma como cada braçada lançava fragmentos flutuando no ar, iluminados pelo sol dourado do outono.

— ... indicam que isso será no máximo um inconveniente, sem repercussões duradouras. Eles pedem a todos que fiquem calmos...

— Dr. Park?

Ethan ergueu o olhar. Havia um homem e uma mulher no meio-fio. Eles usavam ternos escuros e óculos de sol, e o homem mostrou uma carteira com um distintivo.

— Sou o agente Bobby Quinn, e essa é a agente Valerie West, do Departamento de Análise e Reação. O senhor tem um momento?

Ethan ajeitou a postura, e suas costas estalaram.

— Hã. Claro.

— O senhor é o Dr. Ethan Park, do Instituto de Genômica Avançada?

— Sim.

Quinn acenou com a cabeça, notou o jardim, as roupas rasgadas de Ethan e as mãos sujas.

— O senhor se importa se entrarmos para conversar?

— Qual seria o assunto?

— Dr. Abraham Couzen. Podemos falar lá dentro?

Abe? Ele deu de ombros e disse:

— Claro.

Achando um pouco surreal — onde, a não ser no cinema, agentes do governo surgiam no jardim de alguém? —, Ethan subiu os degraus com eles e entrou.

— Sentem-se. Vocês querem um café ou alguma coisa?

— Não, obrigado.

Os dois agentes se sentaram lado a lado no sofá.

— Bela casa — falou Quinn.

— Obrigado.

— Você tem um filho pequeno? — Ele apontou para o balanço infantil.

— Uma menina de dez semanas. Olha só, lamento, não quero ser grosso, mas qual é o assunto?

— Quando foi a última vez em que o senhor viu o Dr. Couzen?

— Há alguns dias.

— O senhor pode ser mais preciso?

Ethan pensou a respeito. Abe entrava e saía de acordo com a própria vontade. *Na verdade, ele basicamente faz tudo desse jeito.*

— Anteontem. No laboratório.

— E o senhor teve notícias dele desde então?

— Não. Aconteceu alguma coisa?

Quinn parecia atormentado.

— Lamento informar, mas ontem um vizinho relatou ter ouvido tiros vindo da casa do Dr. Couzen. A polícia atendeu e descobriu a porta dos fundos arrombada. O escritório tinha sido saqueado, e Couzen sumiu.

— *O quê?* Abe está bem?

— É o que estamos tentando descobrir.

— Dr. Park — perguntou West —, o senhor sabe de alguém que tenha feito ameaças contra o Dr. Couzen?

— Não.

— Alguém demitido do instituto recentemente ou que guarde algum ressentimento?

Ethan quase riu ao ouvir isso.

— Demitido, não. Guardar ressentimento? Certamente. Não é fácil trabalhar com Abe.

— Como assim?

— Ele é... — Ethan deu de ombros. — Antigamente, teriam dito que Abe era brilhante, mas isso significa outra coisa agora. Ele não é um anormal, mas é um gênio fora de escala, e não é uma pessoa muito paciente.

— O que isso quer dizer, exatamente?

— Ele é grosseiro. Difícil. Desdenha de qualquer um que não seja tão inteligente quanto ele, o que significa que desdenha de praticamente todo mundo.

— Incluindo você?

— Às vezes. Mas eu não invadi a casa dele, se é o que está perguntando.

— Não — respondeu Quinn erguendo as mãos. — Estamos apenas tentando entender por que alguém pode ter escolhido Couzen como alvo.

— Como alvo? — Ele olhou de um agente para o outro. — Desculpe, ainda estou tentando entender.

— Aquilo não foi um simples roubo — explicou Quinn. — Eles invadiram enquanto Couzen estava em casa. Houve uma briga, e ele sumiu. A essa altura, estamos considerando que seja um sequestro.

Ethan recostou-se na cadeira e tentou assimilar o que ouviu. Sequestro? Quem sequestraria Abe?

— Dr. Park...

— Ethan...

— Ethan, você pode nos dizer no que o Dr. Couzen estava trabalhando?

— Raízes epigenéticas para expressões variáveis de genes.

Os agentes se entreolharam. Quinn afastou as mãos e ergueu as sobrancelhas.

Certo. Ethan falou:

— Vocês já ouviram falar da fome holandesa? — Não houve mudança nas caras de paisagem. — No fim da Segunda Guerra Mundial, a Alemanha fez a Holanda passar fome. Foi chamado o Inverno da Fome; cerca de 20 mil pessoas morreram. Como era de se esperar, as mulheres grávidas naquela época deram à luz bebês mais fracos. Essa parte faz sentido. Mas a surpresa é que aquelas crianças acabaram gerando crianças com os mesmos problemas. E o mesmo aconteceu com os filhos *delas*. Em resumo, isso é epigenética.

— Uau — exclamou a agente West. — É sério?

— Bacana, né?

— É. Pois então, a fome mudou o DNA?

Ethan notou que gostara da agente. O outro tinha pinta de federal ardiloso, mas essa era nerd de um jeito que tinha a ver com ele

— Não, essa é a parte complicada. Não o DNA em si, mas a forma como os genes se expressam, a forma como são influenciados. A epigenética é a forma de a natureza enfrentar as mudanças de ambiente sem alterar o DNA em si.
— Mas como?
— Bem, essa é mais ou menos a questão.
— Nos últimos meses — disse Quinn —, vocês fizeram algumas descobertas.
Você não faz ideia.
— Fizemos avanços.
— Pode nos dizer o que descobriram?
Ethan fez que não com a cabeça.
— Todos nós assinamos um acordo de confidencialidade quando entramos no laboratório. O trabalho que estamos fazendo pode valer muito dinheiro.
— Eu compreendo, senhor, mas não somos geneticistas...
— Lamento, não posso mesmo. Não tenho permissão para contar para a minha *esposa* no que estamos trabalhando. Abe é muito sério a respeito dos acordos de confidencialidade. — Ethan fez uma pausa. — Um momento. Você está insinuando que alguém o sequestrou por causa do nosso trabalho?
— Quem quer que tenha invadido a casa estava atrás de algo maior do que o Dr. Couzen — disse a agente West. — Eles levaram tudo de valor do escritório, até o disco rígido do servidor.
— Seu laboratório tem patrocínio privado, certo? — perguntou Bobby Quinn.
— Sim.
— De quem?
— Não sei.
Quinn inclinou a cabeça.
— Você não sabe?
— Como eu disse, Abe é excêntrico. Ele já se deu mal antes. Não queria correr o risco de alguém roubar a nossa pesquisa e levá-la

adiante. — Ethan tinha uma ideia da identidade do benfeitor, mas agora não parecia o momento para compartilhá-la.

— Espere um momento. — Quinn coçou o queixo, um gesto que pareceu ensaiado. — Você está dizendo que faz uma pesquisa sobre a qual não pode falar, para um patrão que não sabe quem é?

— Nós não estamos refinando plutônio. E recursos são recursos.

Ainda que, se nossos resultados forem corretos, recursos nunca mais serão um problema. Um monte de coisas nunca mais será um problema novamente. Ethan afastou esses pensamentos e disse:

— Eu realmente não sei o que isso tem a ver com o fato de Abe ter sido sequestrado.

— Ethan — falou West —, eu sei que tudo isso é muito inesperado. Mas eu ganho a vida analisando dados, e os dados aqui são horríveis. Couzen está em perigo, e qualquer coisa que você possa nos dizer sobre o trabalho dele pode salvar sua vida.

Que mal tem? Saber o objetivo não significa que eles serão capazes de replicar os resultados. Merda, nem mesmo você é capaz de fazer isso. Abe é a única pessoa com todas as peças do quebra-cabeças...

Espere um instante.

— Por que o DAR?

— Perdão?

— Se ele foi sequestrado, por que o DAR estaria envolvido? Quem cuida disso não é o FBI?

— Estamos trabalhando com eles. Couzen é um sujeito importante, e estamos fazendo tudo que é possível para descobrir o que aconteceu.

— Mas por que a pesquisa dele ajudaria? Teoria epigenética não revelará quem invadiu a casa de Abe. Vocês não deveriam, sei lá, estar procurando por digitais e coletando DNA?

— E estamos — respondeu Quinn. — Estamos fazendo todas as coisas que você viu no 3D. Mas, se quiser ver seu amigo de novo, precisamos saber o que você sabe.

Ethan olhou, espantado, e a suspeita incômoda virou certeza.

— Vocês não estão atrás de Abe de maneira alguma, não é?

Os dois agentes não piscaram, nem ficaram surpresos, mas a temperatura na sala pareceu cair.

— Agentes do DAR. Hum. — Ele sorriu. — Vocês estão atrás do nosso trabalho.

— Ethan...

— É Dr. Park — disse ele. — E está na hora de vocês irem embora.

Os agentes se entreolharam.

— Você sabe que podemos intimá-lo, certo? — falou Quinn. — Que então estará legalmente obrigado a revelar qualquer informação que tenha?

— Se vocês me intimarem, então eu revelarei. Com meu advogado. Mas já chega de falar.

Ethan se levantou, com o pulso acelerado. Parte dele não acreditava no que estava fazendo, mas a outra tinha certeza absoluta de que estava certo. Esses agentes não davam a mínima para Abe. *Eles sabem do seu trabalho. Só podem saber. É capaz até que saibam que você obteve êxito.*

E aquilo os assustava.

Ethan foi até a porta e a abriu. Após um longo momento, os dois agentes se levantaram.

— Tudo bem, Dr. Park.

Na varanda, Quinn virou-se, e a pose amável sumiu.

— Entretanto, eis aqui uma coisa que você talvez queira pensar a respeito, *Ethan*. Todo mundo com quem falamos diz que você é o pupilo dele. Que Abe pode ter sido o gênio, mas que não teria conseguido sem você.

— E daí?

— Daí que havia sangue dele espalhado por todas as paredes do escritório. — Quinn passou a mão na ombreira da porta e olhou de maneira significativa para ele. — É melhor você pensar se realmente quer que as mesmas pessoas venham atrás de você.

O agente deu um sorriso frio ao oferecer um cartão de visitas.

— Ligue para mim quando meter na cabeça que está em perigo.

A MELHOR DEFESA CONTRA O TERRORISMO NÃO É O GOVERNO.

É você.

Notou um passageiro suspeito no trem? Avise a segurança.
O vizinho está agindo de maneira estranha?
Telefone.
O amiguinho do filho sabe de coisas
que não deveria? Avise-nos.
Juntos, podemos proteger o país.*

Se você **VIR** alguma coisa, **DIGA** alguma coisa.

DEPARTAMENTO DE ANÁLISE E REAÇÃO

* O DAR é uma organização que defende oportunidades iguais. Por favor, lembre-se de respeitar os direitos e sentimentos de todos. Anormais são pessoas também.

CAPÍTULO 7

Foi um dia péssimo, cheio de frustração e café queimado. Mas melhorou assim que Cooper pousou na décima quarta lua de Saturno.

— Enceladus — disse o filho dele — é o lugar mais provável para vida no sistema solar. Tem um monte de água, carbono e nitrogênio.

— Parece o lugar ideal para procurar por homenzinhos verdes.

— Sim — falou Todd. — Mas temos que chegar às paredes da estação primeiro. Está fazendo 180 graus negativos lá fora.

— Uau! — Cooper pegou um lado do cobertor, dobrou sobre o encosto de uma cadeira e deu um nó na ponta para segurá-lo no lugar. — Melhor não perdermos tempo então. Agente Kate?

Ele passou a outra ponta do cobertor para a filha, que o esticou pela sala de estar. Cooper e Todd arrastaram o sofá para formar uma parede, depois colocaram outro cobertor em cima.

O filho observou o forte, e seus lábios formaram uma careta.

— Precisamos de um telhado melhor.

— Vou cuidar disso — respondeu o pai.

Ele saiu rastejando por baixo do cobertor frouxo, foi à cozinha e procurou um rolo de fita isolante na gaveta da bagunça. Na ponta dos pés, fez um laço na luminária do ventilador de teto. Então puxou o meio do cobertor, enfiou no laço lá em cima e amarrou com fita ao redor.

— Como ficou, capitão?

— Sensacional!

Cooper sorriu e entrou rastejando novamente. A luz do teto brilhava através do cobertor em um céu de estrelas de furinhos. Agora, a tenda tinha altura suficiente para ele ficar sentado de pernas cruzadas no meio, observando os filhos continuarem a construir. Todd trabalhava no ambiente como um todo, formava paredes com almofadas, mexia no sofá para diminuir a entrada. Kate se concentrava nos detalhes, fechava fendas e ajeitava as dobras. Deixava as coisas em ordem. Era o jeito dela.

Claro que é. Ela é superdotada. Tudo no mundo dela gira em torno de padrões.

Com esse pensamento veio um arrepio involuntário. Kate não era apenas uma anormal; ela era do primeiro escalão. Das quatro milhões de crianças que nasciam a cada ano nos Estados Unidos, apenas duas mil tinham alguma espécie de poder. De acordo com a lei, elas eram tiradas dos pais e enviadas para escolas especializadas do governo. As academias eram um segredo notório, conhecido, porém não discutido. Afinal de contas, o número de superdotados de primeiro escalão era pequeno o suficiente a ponto de as academias não causarem impacto na maioria das pessoas. Assim como os campos de concentração na Alemanha, os campos de internação após Pearl Harbor ou as prisões da CIA na África, as academias eram uma atrocidade nacional fácil de ignorar.

Mas Cooper visitara uma delas. Ele tinha visto como as crianças eram isoladas e abusadas, como os professores jogavam umas contra as outras. Como o corpo docente catalogava seus segredos e construía seus maiores medos. As academias eram centros de lavagem cerebral, pura e simplesmente. Cooper ouvira o diretor Norridge calmamente explicar o processo: *"Em suma, nós pegamos as experiências negativas de formação pelas quais todas as crianças passam e as fabricamos de acordo com perfis psicológicos e em uma escala dramaticamente maior. Desde a infância nós ensinamos que eles não podem confiar uns nos outros. Que os outros anormais são fracos, cruéis e mesquinhos."*

A impotência que Cooper havia sentido naquele momento tinha sido igualada apenas pelo desejo de bater com a cabeça do diretor na mesa até que uma delas se quebrasse. Ele conseguira controlar os nervos, mas fizera um juramento naquele momento: sua filha nunca acabaria em uma academia. Jamais.

Cooper mexeu no cabelo de Kate. Ela olhou para trás.

— Papai?

— Sim, filha?

— Será que os marcianos vão ser bonzinhos?

— Bem, não estamos em Marte, meu amor, então não serão marcianos.

— O que eles vão ser?

— Amigão?

— Enceladianos.

— Será que os enceladianos vão ser bonzinhos?

— Claro. Está frio demais para ser mau. — Cooper ouviu um som e deu uma espiada através de uma fenda nos cobertores. — Na verdade, eu vejo um deles agora. Parece uma garota enceladiana, ao meu ver.

Os pés de Natalie apareceram na porta da tenda, depois os joelhos quando ela se agachou, e finalmente a cabeça.

— Posso entrar?

— O que vocês acham, pessoal? Um pouco de cooperação entre as espécies? Dia de Ação de Graças em Enceladus?

As crianças se entreolharam, em seguida Kate assentiu, muito séria.

A ex-esposa de Cooper sorriu diante do gesto e disse:

— Ufa. Eu sempre quis entrar em uma nave espacial. — Natalie se ajeitou ao lado dele.

— É uma *estação* espacial, mãe.

— Desculpe. Ela tem banheira? Porque é hora da pequena astronauta tomar banho.

— Não!

— Sim. Vamos.

— Podemos deixar a estação espacial montada?

— É claro — respondeu Natalie. — O que mais a gente faria com a sala de estar?

Juntos, eles colocaram os filhos em ação, fazendo a dança noturna de lanche, banho e escovação dos dentes. Todo o ritual estava impregnado por uma doçura que chegava a ser dolorosa, e que Cooper adorou.

A luz do banheiro refletindo nos azulejos brancos. Canções bobas. Super-heróis de pijamas. A pasta de dentes de Kate escorrendo pelo queixo. Uma festa improvisada no quarto, Kate animadíssima, Todd um pouco tímido até que Cooper correu atrás dele e fez cócegas. Livros lidos. Acordos feitos. Livros relidos.

Em seguida, Cooper desligou a luz no lado do quarto ocupado pela filha e ajeitou bem os cobertores em volta dela. Todd, com quase 10 anos e permissão para ficar acordado lendo até mais tarde, já estava mergulhado em um romance de ficção científica e grunhiu um boa-noite quando Cooper beijou sua testa. O pai saiu do quarto e fechou a porta, sentindo aquela mistura de leveza e perda por colocá-los para dormir.

Ele desceu a escada e entrou na cozinha. Nada de Natalie. Nem na sala de brinquedos. A sala de estar estava dominada pelo forte que eles fizeram, com o sofá afastado do lugar, a mesa de centro encostada na parede, a fita isolante pendurada da luminária até o cobertor.

— Nat?

— Na estação espacial.

Ele riu e rastejou para dentro. A ex-esposa estava sentada de pernas cruzadas no centro da tenda. Cooper não entendia muito de moda feminina, mas tinha certeza absoluta de que calças de ioga eram uma das maiores invenções dos últimos 20 anos. Natalie estava com uma garrafa de vinho aberta e duas taças.

— Eles estão na cama?

— Todd está lendo.
— Onde estamos?
— Em Enceladus — respondeu ele. — A décima quarta lua de Saturno. Ou assim me disse nosso filho mais velho.
— Aquele moleque é maluco.
— Doido de pedra — concordou Cooper.
Ele pegou a taça que a ex-esposa ofereceu e tomou um longo gole.
— E como você está?
Uma coisa que Cooper sempre gostou a respeito de Natalie era que suas palavras e sua intenção estavam mais alinhadas do que na maioria das pessoas que ele conhecia. Era uma qualidade prima da franqueza, mas sem a arrogância; ela não irritava ninguém, não tinha nada a provar. Natalie apenas dizia o que tinha em mente. Para alguém com o dom de Cooper, aquilo era um alívio maravilhoso.

Ele encarou a pergunta da maneira que a ex-esposa tinha em mente, com sinceridade.
— Como se diz quando ainda não há certeza se a pessoa está nadando ou se afogando?
— Mantendo a cabeça fora d'água?
— Acho que sim.
— O que está te chateando?
Cooper hesitou. Havia três anos e meio desde o divórcio. Os dois eram amigos, eram bons pais separados, mas não era justo desabafar sobre o dia que ele teve. Aquilo era para casais casados.
— Eu vou dar um jeito.
— Nick — disse Natalie, gesticulando para as paredes da tenda, os cobertores que balançavam suavemente em uma corrente de ar. — Você está seguro. Estamos em Enceladus. Converse comigo.

Ele riu ao ouvir aquilo. Então começou a falar e viu que era difícil parar. Cooper queria compartilhar as coisas boas, a caminhada pela alameda que levava à Ala Oeste, a sensação de entrar no Salão Oval, a emoção de ver as palavras e os pensamentos transformados em algo que aparecia no telejornal da noite. Mas essas partes eram inseparáveis das batalhas nas mesas de reuniões, que alimentavam sua frustração crescente.

— Keevers e o resto, até mesmo Clay, estão presos na mentalidade dos velhos tempos. Tão concentrados no dia a dia que não percebem o panorama geral. — Ele riu sem achar graça. — Eles estão sinceramente preocupados com as aparências para a época da eleição. E eu fico lá, dizendo: "pessoal, não deveríamos nos preocupar com o fato de que pode não *haver* uma eleição?"

— Isso é ruim?

Cooper fez uma pausa. Tomou um gole de vinho. Concordou com a cabeça.

— Então conserte a situação.

— Hã?

— Conserte. — Natalie deu de ombros. — O presidente dos Estados Unidos escuta o que você diz. Use essa vantagem.

— Não é tão simples.

— Era mais simples quando você caçava a própria espécie para os Serviços Equitativos?

— Não.

— Toda a sua vida você vem lutando por um mundo onde nossos filhos não precisem ter medo. Eu sei que o ano passado foi difícil para você. Mas, se as coisas estão tão ruins quanto antes, você precisa se equipar, soldado.

Cooper olhou para ela, essa mulher excepcional que ele amou por mais de uma década, passando por altos e baixos. Amou apaixonadamente uma vez; depois, quando seu dom e seu trabalho ficaram entre os dois, amou com respeito, mesmo quando eles decidiram viver vidas separadas.

— Equipar?

— Sim. E outra coisa.

Natalie pousou a taça de vinho. Foi um gesto premeditado, considerado cuidadosamente; ele percebeu pelo movimento dos músculos, pela maneira com que os lábios dela estavam ligeiramente sepa-

rados, e pela forma como ela se inclinou à frente ao rastejar para...
uau.

Beijá-lo.

Firme e forte, lábios macios contra os dele, a língua de vinho tinto dançando dentro da boca de Cooper. A sensação foi ao mesmo tempo conhecida e nova; a roçada elétrica do antebraço de Natalie contra o dele quando ela se debruçou, o cheiro da ex-esposa nas narinas.

Natalie manteve o beijo por tempo suficiente para deixar claro que não era um gesto amigável, um estalinho entre dois antigos amantes. Quando o interrompeu, olhou nos olhos de Cooper e disse:

— Estou orgulhosa de você.

A seguir, pegou a taça de vinho e rastejou para sair. Olhando para trás, ela falou:

— Conserte essa situação.

Hã.

Hã.

Hã.

ENTREVISTA COLETIVA
PELO PORTA-VOZ DA PRESIDÊNCIA HOLDEN ARCHER
24/11/2013, Sala de Imprensa James S. Brady

Sr. Archer: Boa noite a todos. Como vocês sabem, a situação permanece a mesma em Cleveland, Fresno e Tulsa. No entanto, o presidente Clay está supervisionando pessoalmente os esforços de recuperação.

Ele pede que, durante esse momento de adversidade, nós nos unamos como americanos, com a determinação que define nossa personalidade nacional. Ele tem a maior confiança na Guarda Nacional, bem como no povo de Cleveland, Fresno e Tulsa.

Dito isso, responderemos a algumas perguntas. Jon?

New York Times: *Já se passaram quatro dias desde os sequestros. O senhor tem mais informações sobre os Filhos de Darwin? E o presidente considera dar início a uma ação militar contra eles?*

Sr. Archer: Nossa comunidade de inteligência é a melhor do mundo. Posso lhe garantir que o governo sabe muito a respeito deles, e não deixaremos pedra sobre pedra na caçada por aqueles que atacaram nossa nação de maneira tão vil.

Como todo ataque terrorista, o objetivo foi causar caos e sofrimento aos americanos comuns. Sob esse aspecto, esses ataques podem apenas ser julgados como um fracasso; embora tenham levado a desabastecimento temporário, nossa nação está mais forte do que nunca.

New York Times: *E a ação militar?*

Sr. Archer: Quem cuida da segurança interna é a polícia, o FBI e o DAR. Não posso comentar sobre seus planos individuais. Sugiro que o senhor os procure. Sim, Sally?

Washington Post: *Sobre as afirmações de que...*

New York Times: *Desculpe, uma pergunta complementar. Fontes do Departamento de Defesa confirmam que o secretário Owen Leahy conclamou reação militar, eu repito, reação não policial. O secretário Leahy solicitou o uso de tropas americanas em solo nacional; o presidente consideraria isso?*

Sr. Archer: Não responderei a uma citação anônima. Sally, sua pergunta.

Washington Post: *Sobre as afirmações de que os Filhos de Darwin estão planejando mais ataques?*

Sr. Archer: Não posso comentar sobre as intenções de uma organização terrorista. Mas posso dizer que todos os esforços estão sendo feitos para manter a salvo os cidadãos americanos.

CBS: *Os Filhos de Darwin têm conexão com a Comunidade Nova Canaã no Wyoming? Estão associados a Erik Epstein?*

Sr. Archer: Não vimos provas disso. E lembremos que as pessoas que vivem em Nova Canaã, incluindo o Sr. Epstein, são cidadãos dos Estados Unidos. Este governo respeita os direitos de todos os cidadãos cumpridores da lei, normais ou superdotados.

NBC: *As pessoas em Cleveland estão dizendo que a Guarda Nacional não tem comida para distribuir.*

Sr. Archer: A Guarda Nacional está montando acampamentos em parques, igrejas e ginásios. Pedimos que todos usem o bom senso ao visitá-los e compreendam que os vizinhos também precisam de auxílio neste momento.

NBC: Desculpe, mas o senhor não respondeu à pergunta: há comida disponível em Cleveland?

Sr. Archer: Eu, hã, é difícil... Eu indicaria o senhor à Guarda Nacional para saber detalhes operacionais.

Associated Press: *Também há relatos de que integrantes da Guarda Nacional ameaçaram multidões.*

Sr. Archer: A Guarda Nacional está lá para ajudar. Se uma multidão for um perigo para si mesma ou outras pessoas, é possível que sejam usadas medidas não letais de controle de multidão.

Associated Press: *Eu tenho relatos de que os guardas apontaram fuzis para cidadãos e até deram tiros de advertência. Se a situação piorar, o presidente dará autorização para a Guarda Nacional atacar civis?*

Sr. Archer: Não imagino que a situação chegue a esse ponto. O presidente tem a mais alta confiança tanto na Guarda Nacional quanto nos cidadãos de Cleveland, Fresno e Tulsa.

Associated Press: *Então os guardas nacionais não serão autorizados a atirar?*

Sr. Archer: Não vou especular a esse respeito.

CNN: *Eu cito uma fonte do alto escalão da Casa Branca, que disse: "não temos nenhum conhecimento operacional sobre os Filhos de Darwin, literalmente nenhum. Eles são fantasmas com armas."*

Sr. Archer: Não posso comentar sobre informações ultrassecretas. Mas quero reiterar que todos os esforços...

CAPÍTULO 8

Havia dois dias desde que agentes federais o visitaram para contar que o chefe tinha sido sequestrado e a família corria perigo, e Ethan pensou em pouca coisa além disso desde então. Todo estranho parecia cheio de maldade. Todo carro estacionado poderia estar vigiando a casa. Ele passava o tempo em um estado alterado de tensão, espiando através das cortinas e dedilhando o cartão de visitas dado pelo agente Quinn.

O que piorou a situação foi não poder compartilhar o fardo com Amy. Ethan contou a respeito do sequestro de Abe, obviamente, mas minimizou a ideia de que aquilo estava relacionado com o trabalho dos dois. Em primeiro lugar, não havia provas. Em segundo, não havia como contar para ela sem falar sobre o trabalho — o que ele não podia fazer, se quisesse manter o emprego. Abe não brincava em serviço com esse tipo de coisa; Ethan não tinha dúvidas de que o chefe o demitiria sem pensar duas vezes.

E isso não pode acontecer. Não com um bebê de dez semanas. Não quando você está prestes a ter sucesso.

No entanto, ele passou a deixar a arma na mesa de cabeceira. Só por precaução.

Portanto, quando Jack, o vizinho, ligou para convidá-lo para uma reunião, Ethan aceitou imediatamente a distração. A ideia era boba

— uma patrulha da vizinhança para proteger os lares? O grupo de advogados e executivos de marketing era tão ameaçador quanto um coral de colégio —, mas lá estava ele, com a maioria dos homens do quarteirão, enfurnado na sala de estar de Jack, comendo pretzels e bebendo Coca Diet em copos vermelhos de festa.

— Então — disse Ethan —, vamos fazer justiça com as próprias mãos?

— Não, é claro que não. — Jack parecia desapontado. — É apenas uma questão de cooperação entre vizinhos.

Ethan pensou na caixa de leite dada pelo outro e ficou vermelho de vergonha.

— Eu não quis bancar o engraçadinho. Apenas não compreendo.

— É simples. No momento, não podemos contar com o governo para manter as coisas funcionando. Faz cinco dias que as lojas ficaram vazias, e ainda não há comida. Estão ocorrendo roubos, incêndios criminosos e tiroteios, e não há policiais e bombeiros o suficiente para evitá-los. O sistema deu defeito, então vamos trabalhar juntos para sobreviver.

— Você quer dizer patrulhar a vizinhança?

— Por que não? — disse um homem que Ethan não conhecia. — Sei que é uma coisa politicamente incorreta de se dizer, mas se você é um cracudo da zona leste, quem vai roubar? O vizinho cracudo que não tem nada? Ou um de nós?

— Não vamos formar um grupo armado — falou Jack. — Mas se o governo não funciona, então a responsabilidade cabe à comunidade.

— Fico contente em ajudar qualquer um de vocês — disse Ethan.

Ele olhou em volta da sala e categorizou mentalmente: *caras com quem você bate um papo; sujeitos para quem você acena achando que sabe os nomes; homens para quem você acena com a certeza de que não sabe os nomes; completos estranhos.* Três ou quatro eram bons amigos, como Jack. Ou Ranjeet Singh, que, quando viu o olhar de Ethan, imitou King Kong batendo no peito. Ethan começou a rir, disfarçou com uma tosse e falou:

— Não sei por que temos que formalizar a iniciativa.

— Porque precisamos nos organizar. Deus permita que não, mas digamos que Violet fique doente. Você acha que, se chamar uma ambulância, ela vai chegar dois minutos depois? — Jack fez que não com a cabeça. — Mas Barry é médico. Ou digamos que Lou esteja certo — ele acenou para o Politicamente Incorreto — e que alguns maus elementos apareçam aqui para roubar sua casa. Se estivermos organizados, todo mundo no quarteirão vai aparecer para ajudar.

— Maus elementos? — Ethan ergueu uma sobrancelha.

— Você sabe o que eu quero dizer.

— Acho que não. Como você diz que alguém é um mau elemento? Se não reconhecê-los? Se parecerem pobres? Se estiverem com fome?

— Qual é o seu problema, cara? — Lou era baixo, mas parrudo, e tinha um pavio curto.

— Tudo bem, Lou. — Jack sorriu e ergueu as mãos. — Ele tem razão em perguntar. E devemos ser capazes de responder. Nós não somos uma gangue de rua.

Aquilo foi perfeito, pensou Ethan. Jack desarmou a tensão sem insultar ninguém, e o uso do "nós" uniu todos eles subconscientemente. O termo *macho alfa* passara com o tempo a ser usado para se referir a atitudes primitivas, mas, na verdade, ele descrevia um atributo mais poderoso e sutil do que a superioridade física. O desejo de organizar estava arraigado no DNA; grupos se saíam melhor do que indivíduos, e portanto, *a priori*, os indivíduos em volta dos quais se formavam grupos eram propensos a ser muito atraentes. Uma vantagem de sobrevivência reforçada pela evolução.

Uau, obrigado, professor. Ethan deu um tapa na própria cara mentalmente, depois prestou atenção ao que Jack dizia.

— ... passando por situação difícil. Acho que todos compreendemos isso. Mas se alguém tentar roubar um de vocês, então, na minha cabeça, isso faz dele um bandido, e vocês devem ser capazes de se proteger. E eu vou apoiá-los. — Jack se voltou para Ethan. — Essa é uma definição que você aceita?

Uma olhadela pela sala informou que os mais ou menos 20 homens que retribuíam o olhar de Ethan já estavam unidos em uma tribo. *Deixe para lá. Não há mal em permitir a fantasia.*

— Claro.

— Uma ideia — disse um engenheiro chamado Kurt. — Nós deveríamos fazer um grupo de mensagens no celular, de maneira que a gente mande um recado e ele seja enviado para todos nós. Nosso próprio número de emergência local.

— Belo raciocínio.

— Eu tenho uma ideia — falou Lou. — Temos muita coisa para organizar, certo? Vamos colocar Ranjeet como responsável por isso. Ele é um anormal, se sairá melhor.

Fez-se um silêncio incômodo. Ethan encarou Jack, torcendo para que o homem tivesse uma solução rápida, mas o vizinho não disse nada.

Após um momento, Ranjeet disse:

— Eu sou um anormal, Lou, mas meu dom é contagem de grandes números.

— O que diabos é...

— Significa — explicou Ethan — que ele pode estimar instantaneamente sistemas de grandes dígitos. Folhas em uma árvore, palitos de fósforo caídos no chão, pessoas em um estádio.

— Eu sou o terror em quermesses — disse Ranjeet. — Aquela jarra que você tem que adivinhar quantas jujubas tem dentro? Que beleza!

Ele deu um sorriso, e os dentes brancos reluziram em contraste com a pele escura.

Jack riu pelo nariz, o que quebrou a tensão.

Eles passaram a próxima hora dividindo responsabilidades. Talentos foram oferecidos voluntariamente — quem era um bom carpinteiro, quem possuía treinamento em primeiros socorros — e números de celular foram trocados. Então, quando as janelas escureceram, os homens começaram a ir embora. A maioria deu um aceno geral de despedida para o grupo, mas todos dedicaram um tempo para apertar a mão de Jack. Ethan esperou até ver Ranjeet colocar o casaco para se despedir do anfitrião.

— Obrigado por ter vindo — agradeceu Jack.

— Claro.

— Ei. — Jack manteve o aperto de mão. — Como está Violet com o leite?

Essa é sua forma de me lembrar que lhe devo uma?

— Ótima, obrigado.

— Avise se precisar de mais.

— Ficaremos bem. Mesmo assim, obrigado.

O ar do lado de fora estava seco e fresco após a umidade da sala de estar cheia de gente. Ethan respirou fundo, enchendo os pulmões. O crepúsculo dava lugar à noite; o céu tinha um tom escuro de índigo com nuvens de carvão. Ele abriu a porta telada para Ranjeet, depois deixou que batesse com força. A quietude não tão quieta assim da cidade envolveu os dois, com sons fracos de trânsito e uma sirene distante.

— Uau — disse Ethan.

Ranjeet assentiu e meteu a mão no bolso para pegar cigarros. Ele acendeu um com um isqueiro Bic amarelo, depois ofereceu o maço. Ethan recusou com a cabeça. Por todo o quarteirão, as casas pareciam quentes e acolhedoras, com painéis 3D brilhando nas janelas das salas de estar e luminárias nas varandas iluminando os jardins bem-cuidados.

— O que aquele ambiente precisava — falou Ranjeet — era de uma mulher.

— Sem brincadeira. Uma esposa rindo e todo aquele machismo à la John Wayne teria evaporado. — Ele balançou a cabeça. — E aquilo que Lou disse. Meu *Deus*. Ele é o tipo que, quando joga basquete, diz que quer o negro no seu time.

— Ah. — Ranjeet fez um gesto de desdém com o cigarro. — Não importa. Estamos considerando sair da cidade de qualquer forma.

Temos um pacote de férias compartilhadas na Flórida e pensamos em aproveitar a nossa vez.

— Amy e eu andamos pensando a mesma coisa. Ficar com a mãe dela em Chicago. Não sei por que ainda não fomos.

— Pelo mesmo motivo por que a gente não foi. Você vai para a cama pensando sobre o assunto, mas, quando acorda, o sol está brilhando, e você acha que é impensável que isso continue por mais um dia.

— E por quanto tempo você vai continuar fazendo isso?

— Até o freezer esvaziar, creio eu. — Ranjeet deu de ombros. — Sabe, provavelmente essa situação vai acabar amanhã. No verão que vem, teremos esquecido tudo. A Grande Patrulha da Vizinhança de 2013 será uma piada.

— Sem dúvida — respondeu Ethan.

Ele esteve prestes a acrescentar *tudo ficará bem* quando, em todas as casas, todas as luzes se apagaram.

Simultaneamente.

CAPÍTULO 9

Faltava uma hora para o Força Aérea Um chegar a Washington quando um agente do Serviço Secreto informou Cooper que sua presença era esperada na sala de reuniões.

Durante toda a carreira militar e no DAR, Cooper tinha andado em elegantes jatinhos particulares e sacolejantes transportes do exército, voado em um planador sobre o deserto do Wyoming e saltado de um C-17 em perfeito funcionamento com um paraquedas nas costas. Mas o Força Aérea Um era diferente de qualquer aeronave em que ele já esteve.

Um 747 modificado, o avião tinha três pisos, duas cozinhas, quartos de dormir luxuosos, uma unidade de cirurgia completamente equipada, capacidade de transmissão nacional, assentos de primeira classe para a equipe de imprensa e do Serviço Secreto, e a capacidade de voar um terço do trajeto da volta ao mundo sem reabastecer — o que era possível fazer em pleno ar.

Cooper soltou o cinto de segurança e foi à dianteira do avião. Os agentes na porta da sala de reuniões o cumprimentaram com a cabeça.

O cômodo era uma versão móvel da Sala de Crise, com uma ampla mesa de reuniões e cadeiras de veludo. Uma tela de holoconferência mostrava uma imagem nítida em 3D de Marla Keevers em seu escritório na Casa Branca. O presidente estava na cabeceira, com Owen Leahy à direita e Holden Archer à esquerda.

— Tulsa, Fresno e Cleveland estão sem energia — disse Archer ao olhar para ele.

— Marla, como está a situação? — falou o presidente Clay.

— Baseados em imagens de satélite, estimamos que toda a área metropolitana das três cidades esteja às escuras.

— Por que baseados em imagens de satélite? — perguntou Clay.

— Porque os engenheiros responsáveis pela rede de energia de cada região não relatam atividades fora do normal. Todas as subestações dão sinal verde.

— Um ataque cibernético — disse Leahy. — Um vírus diz ao sistema para enviar enormes quantidades de energia de uma rede para transformadores individuais, o que faz com que explodam, enquanto ao mesmo tempo coopta os sistemas de segurança de maneira que não haja um indicador de emergência.

— Sim — concordou Keevers. — Foi isso que agitou os engenheiros. As equipes de manutenção dizem que não há defeito nas subestações. Os transformadores estão funcionando. Elas só não estão enviando energia para as cidades.

— Como isso é possível?

— Os Filhos de Darwin — respondeu Cooper.

Keevers assentiu.

— Parece que nossos protocolos foram reescritos. Seriam necessários programadores anormais para conseguir isso.

— Então vocês estão me dizendo — disse o presidente — que uma organização terrorista desligou três cidades como se tivessem mexido no interruptor?

— Infelizmente, sim, senhor. Com algumas anomalias. Em cada cidade, várias regiões ainda possuem energia. Duas em Fresno, três em Tulsa e duas em Cleveland.

A imagem de Keevers foi substituída por uma transmissão ao vivo via satélite. A visão era perturbadora. Em vez do brilho feérico das cidades à noite, os hologramas mostravam um preto intenso marcado por tênues faixas de luz que deviam ser as rodovias. Os únicos pontos reluzentes estavam em quarteirões discretos, praticamente retangulares, onde as coisas pareciam normais.

— Então o vírus não é cem por cento eficiente — comentou Archer. — É um pequeno alívio, mas é alguma coisa.

Cooper debruçou-se à frente e encarou os mapas. Havia um padrão, ele tinha...

Duas áreas em Fresno, três em Tulsa, duas em Cleveland.

Qual é a conexão entre elas? Algumas estão em grandes rodovias, outras ficam longe. Algumas estão no centro, outras, não.

E, no entanto, não parece aleatório. O vírus foi muito bem-sucedido em toda parte para ter falhado completamente nesses pontos.

Essas áreas foram deixadas com energia de propósito. O que significa que elas têm algum valor.

Então, o que une essas sete áreas?

... certeza.

— Hospitais — disse Cooper.

Archer olhou para as telas, depois de volta para ele.

— O quê?

— Todas essas regiões têm grandes hospitais.

— Por que terroristas acabariam com a energia de três cidades, mas deixariam hospitais funcionando?

— Porque eles precisam deles — respondeu Leahy, que se voltou para o presidente. — Senhor, eu conversei com os diretores do FBI e do DAR, bem como com o chefe dos Institutos Nacionais de Saúde. Todos acreditam, e eu concordo, que esse possa ser o precursor de um ataque biológico.

— Isso não faz sentido — falou Archer. — Por que deixar os hospitais funcionando se estão tentando lançar uma arma biológica?

— Porque — retrucou Leahy — hospitais são a melhor forma de espalhar uma arma biológica. As pessoas ficam doentes e vão para o hospital, onde contaminam outras. Médicos, enfermeiras, recepcionistas, faxineiros, pacientes e famílias. Com um agente biológico realmente infeccioso, o número de casos pode se expandir enormemente mesmo sob circunstâncias normais. Mas, como essas três cidades estão sem comida, e agora sem luz, a situação é bem pior. Em vez de descansar em casa, as pessoas vão fugir. Vão ficar com parentes ou em segundas casas. E nesse processo, vão rapidamente se tornar vetores da doença pelo país inteiro. Senhor, acreditamos que os FDD criaram essa situação caótica para camuflar o verdadeiro ataque.

— Isso é um enorme exagero — disse Cooper. — Anormais seriam tão vulneráveis à infecção quanto. Qual o proveito que os FDD tirariam de um ataque biológico?

— Eu não sei — respondeu Leahy, olhando feio para Cooper.
— Mas os FDD são terroristas. Não sabemos qual é o objetivo final deles.

— Claro que sabemos. Eles estão insatisfeitos com o tratamento dado aos anormais e querem mudanças.

— No que o senhor se baseia para dizer isso, Sr. Cooper? Intuição anormal? — Leahy deu um sorriso frio. — Eu compreendo que o senhor simpatize com a situação deles, mas não podemos permitir que isso influencie nossa reação.

Você consideraria minha reação influenciada se eu lhe chamasse de racista intolerante atolado em uma mentalidade dos velhos tempos? Em vez disso, Cooper respondeu:

— Reação a quê? O senhor está perdendo tempo com uma situação hipotética quando temos desastres de verdade nessas cidades. As pessoas estão passando fome. Sem energia, elas vão congelar, ficar desesperadas, violentas. Em vez de nos preocuparmos com ataques imaginários, por que não começamos a mandar alguns cobertores e comida, porra?

Na tela, Marla Keevers tossiu. O porta-voz da Presidência, Archer, fez um gesto exagerado para olhar o relógio. Leahy encarou Cooper friamente.

— Sr. Cooper, seu entusiasmo é bastante tocante, mas o senhor está um pouco fora da sua alçada aqui. E não é qualificado para falar sobre o que é hipotético ou não.

— Talvez não — disse Cooper. — Mas eu posso falar sobre o que é certo.

Ele olhou em volta da sala. *Vocês não me entendem, não é? Eu nem queria esse emprego, então não tenho nada a perder ao dizer a verdade.*

— As pessoas precisam de comida — falou ele. — Precisam de remédios. De eletricidade. É nisso que deveríamos nos concentrar. Esse é o nosso dever.

— Também é nosso dever protegê-los de um ataque — disparou Leahy. — Comida e cobertores em Cleveland não protegem pessoas morrendo em Los Angeles.

Antes que Cooper pudesse responder, o presidente falou:

— Owen, o que você sugere exatamente?

— Quarentena imediata das três cidades, senhor. A Guarda Nacional já foi chamada. Assuma o comando federal, reforce a Guarda Nacional com tropas do exército, e isole aquelas cidades imediatamente. Ninguém entra ou sai.

Por um momento, Cooper achou que o avião estivesse girando, até que percebeu que era apenas sua cabeça.

— O senhor só pode estar de brincadeira.

— Eu não vejo graça alguma nessa situação.

Cooper voltou-se para Clay, esperando ver o mesmo raciocínio, a certeza de que aquilo era mais do que um absurdo. Mas, ao invés disso, ele viu que o presidente estava nervoso.

Nervoso.

— Senhor, o senhor não pode considerar essa solução. Estaria dando ordens para uma ação militar em solo doméstico. Transformaria três cidades em estados policiais, revogaria os direitos básicos das pessoas. Isso vai causar um caos inimaginável. As cidades já estão no limite. Em vez de ajudá-las, nós estamos aprisionando-as.

— Não — falou Leahy. — Estamos temporariamente suspendendo a liberdade de ir e vir de menos de um milhão de pessoas. Com o objetivo de proteger mais trezentos milhões.

— Pânico. Crimes de ódio. Tumultos. Além disso, se os soldados estiverem ocupados colocando a cidade sob quarentena, não poderão distribuir comida. Tudo baseado em nada além de uma teoria maluca.

— Baseado — disse Leahy — na análise coletiva das melhores mentes nos serviços de saúde e inteligência. Um grupo que inclui muitos anormais. Sr. Cooper, eu sei que o senhor está acostumado a fazer as coisas do seu jeito, mas essa não é sua cruzada pessoal. Estamos tentando salvar o país, e não jogar um jogo moralista qualquer.

Cooper ignorou a provocação.

— Sr. Presidente, quando me pediu para que eu me juntasse à equipe, o senhor disse que estávamos à beira de um precipício. — *Você é um intelectual. Um historiador. Sabe como essas coisas começam. A Primeira Guerra Mundial começou quando um radical matou um obscuro arquiduque. E nove milhões de pessoas morreram.* — Se o senhor fizer isso, estaremos dando um passo na direção do precipício. Talvez para dentro ele.

— E se o senhor estiver errado? — perguntou Leahy. — O senhor diz que os FDD estão interessados em direitos dos anormais, mas não fizeram esforço algum para dialogar. E se o que eles quiserem for realmente matar o maior número possível de americanos? Há uma centena de armas biológicas para as quais não temos nenhuma defesa pronta, a não ser a quarentena.

O presidente olhou de um para o outro. Suas mãos estavam sobre a mesa, com dedos dobrados. Os nós estavam brancos.

Vamos, Clay. Eu sei que você está assustado. Todos nós estamos. Mas seja o líder que precisamos que você seja.

O presidente pigarreou.

A VIDA NÃO É FÁCIL

Mas é mais difícil para nossa espécie.

- Para captadores que nasceram sabendo os segredos mais obscuros do papai
- Para os que têm memória eidética e se lembram de cada humilhação
- Para superdotados do primeiro escalão desprezados por serem superiores

Não importa o que esteja sentindo, você não está sozinho. Todos nós passamos por isso. Literalmente — nossa linha direta de prevenção de suicídio possui uma equipe composta apenas por voluntários brilhantes.

Todo mundo fica deprimido.

Mas se está pensando em se machucar,
ligue para nós primeiro.

0800 2BRILHO

*Só porque sua luz brilha duas vezes mais forte...
não quer dizer que tenha que brilhar pela metade do tempo.*

CAPÍTULO 10

Em Washington, onde galgar degraus escorregadios estava na lista de atribuições de todo mundo, havia várias maneiras de se medir poder. Orçamentos e equipe eram maneiras óbvias, mas Owen Leahy considerava mais significativo observar os paramentos, os indicadores secundários. Tamanho do escritório, onde prédio estava localizado. Se havia uma janela ou um banheiro privativo. A distância de lá até o chefe, senador ou presidente.

A capacidade de convocar outras pessoas para uma reunião às dez horas da manhã.

Como secretário de Defesa, havia pouquíssimas pessoas em um patamar suficientemente elevado para que *ele* fosse ao escritório *delas*. E apenas uma que poderia convocá-lo diretamente do Força Aérea Um no meio de uma crise.

Terence Mitchum tinha saído da CIA para a NSA, mas Leahy sempre se lembraria dele como o diretor adjunto que ele abordara 25 anos antes. Toda vez que via o homem, Leahy se lembrava da espera nervosa do lado de fora do gabinete, do gosto de sal e terra ao lamber os dedos para limpar os sapatos. Mitchum o criou, e podia destruí-lo, ambos sabiam disso.

Tecnicamente, ele era o número três na Agência de Segurança Nacional, mas os organogramas mentiam. Se Mitchum quisesse a principal vaga, teria conseguido duas décadas atrás. Em vez disso, ele se manteve no poder enquanto os homens e mulheres acima dele iam e vinham com mandatos presidenciais. Daquela posição, Mitchum dirigiu as carreiras de um número incontável de pessoas, escolhendo a dedo os leais e destruindo os que resistiram. Quarenta anos de trabalho de espionagem, a última metade em uma agência tão misteriosa que não apenas o orçamento era sigiloso, como também o tamanho. Quarenta anos coletando chantagem, omitindo informações e enterrando corpos.

Incluindo 1.143 em Manhattan. A culpa da explosão de 12 de março na Bolsa de Valores de Manhattan fora de John Smith, mas, embora ele tivesse plantado os explosivos, sua intenção era que o prédio estivesse vazio. Smith até anunciou o objetivo para a imprensa previamente. Leahy não podia provar, mas tinha certeza de que fora Mitchum quem sufocou o aviso prévio e amordaçou sete grupos de comunicação, e que ordenou a detonação dos explosivos quando ficou claro que Smith não faria aquilo. Um gesto calculado e brutal, como o sacrifício de uma rainha no xadrez. O ataque agitou o país e resultou na aprovação de uma lei que poderia salvá-lo.

— Olá, senhor. — Leahy observou o resto do gabinete e não ficou surpreso ao ver um terceiro ocupante na sala. — Senador.

— Já disse, me chame de Richard. — O senador deu um de seus sorrisos prontos para as câmeras. — Somos todos amigos aqui.

Mitchum apertou uma série de botões na mesa. O céu noturno de Washington do lado de fora das janelas tremeluziu e desapareceu quando o vidro ficou escuro. Um ferrolho mecânico trancou a porta, e houve um zumbido fraco, alguma espécie de tecnologia de isolamento acústico, imaginou Leahy. Depois, Mitchum uniu as pontas dos dedos, olhou através da mesa e falou:

— Estamos perdendo o controle da situação.

— Senhor, eu aconselhei o presidente exatamente da maneira que discutimos...

— O que eu quero saber — interrompeu o senador — é como os ataques dos Filhos de Darwin ocorreram, antes de mais nada.

Richard era um aliado, e útil. Mas, às vezes, Leahy queria estrangulá-lo.

— É complicado.

— Sério? Porque me parece simples. — O senador balançou a cabeça. — Eu fiz tudo que vocês, rapazes, me pediram depois da queda da Bolsa de Valores. Vocês não fazem ideia de quantos favores eu cobrei para que a IMF não apenas fosse aprovada, como tivesse uma vitória esmagadora. Walker assinou. Então por que vocês estão perdendo tempo?

— As coisas mudaram desde que a Iniciativa de Monitoramento de Falhas foi aprovada. — Leahy puxou uma cadeira. — Você deve ter notado.

— Notei. Desde que fornecemos o fundamento legal para implantar microchips em todos os superdotados do país, terroristas anormais tomaram três cidades como refém. Preciso salientar que se tivéssemos *implementado* a lei, em vez de apenas aprová-la, nós saberíamos quem foi o responsável?

— Você não precisa me dizer como a IMF seria útil. Fui eu que a sugeri, para início de conversa. Tudo o que fizemos até hoje foi avançar na direção dela.

— Então por que vocês não estão implementando a lei?

— Clay não é o presidente Walker. Vai levar algum tempo.

— Tempo — disse Mitchum.

O homem falava pouco, e, no entanto, as palavras eram cuidadosamente escolhidas, faladas em tom baixo e, ainda assim, sempre escutadas.

— Sim, senhor. O presidente Walker era um de nós desde o início. Ele sabia que proteger o país exigia métodos não convencionais.

Clay... ele é um professor. Sua experiência é teórica. Ele não fica à vontade com esse tipo de realidade.

— Então... e aí? — perguntou o senador — Ele vai engavetar a IMF?

— Essa seria a preferência dele. Clay sabe que não tem os votos para anular a lei, mas pode protelá-la indefinidamente.

— Então como a colocaremos em prática?

— Teremos nossa oportunidade. — Leahy voltou-se para Mitchum. — Senhor, posso perguntar uma coisa?

O diretor ergueu uma sobrancelha.

— Os Filhos de Darwin. Por acaso eles seriam uma operação de bandeira falsa?

Antes que o diretor pudesse responder, o senador interrompeu:

— Bandeira falsa? O que é isso?

Leahy conteve um suspiro. *Richard, você vai descobrir que a queda é muito grande da altura a que você chegou se não compreender logo a montanha.*

— Uma operação clandestina feita para parecer que foi instigada por outra pessoa a fim de criar um pretexto para ação.

— Você quer dizer tipo o atentado na Bols...

— Senador — falou Mitchum delicadamente, mas a palavra era uma chicotada.

Richard desviou o olhar. O diretor voltou-se para Leahy.

— Não.

— Temos certeza?

— Sim. Os FDD são exatamente o que aparentam ser: um grupo de terroristas anormais.

— Ótimo.

— Ótimo? — O senador ficou irritado. — Ótimo? Terroristas tomaram três cidades nossas, as pessoas estão passando fome, e isso é ótimo?

— Sim — disse Leahy. — Esses terroristas podem ser brilhantes, mas não tenho certeza de que sejam muito espertos. Falta visão a eles. Não percebem que cada gesto que fazem serve aos nossos propósitos.

— Como?

Leahy ignorou o senador.

— Como saberemos qual será a próxima ação deles? — perguntou Mitchum.

— A principal teoria é um ataque biológico. Mas não importa. Mesmo que os terroristas não tenham mais nada planejado, o que eles começaram é suficiente. A cada dia que passa, o público clama por uma atitude. O presidente está sendo forçado a agir.

— Isso não significa que ele agirá a nosso favor.

— Mesmo um intelectual como Clay terá que tomar uma decisão em algum momento. — Leahy deu de ombros. — E, quando o fizer, será através de mim.

O senador interrompeu:

— E você tornará a IMF a pedra fundamental dessa decisão. Eu vejo o método na sua loucura, mas há muita loucura no seu método. Nós deveríamos seguir as vias tradicionais. Levar o caso ao senado, cobrar responsabilidade de Clay na mídia.

Você quer dizer arrebatar mais manchetes para si mesmo.

— Arriscado demais. Isso abre portas para as pessoas alegarem que a IMF justifica as ações dos Filhos de Darwin.

— Quem alegaria isso?

Meu Deus. É sério?

— Os FDD.

Richard deu um muxoxo de desdém.

— Você acha que eles distribuirão um comunicado à imprensa?

— Se eles disserem que devolverão tudo ao normal caso nós rasguemos a lei, você acha que as pessoas em Cleveland, Tulsa ou Fresno dirão: "não, obrigado, morreremos de fome por nossos princípios?" — Leahy voltou-se para Mitchum. — Senhor, se abrirmos a IMF para discussão, esse é o cenário. Estamos negociando com terroristas, e de uma posição inferior.

Mitchum tamborilou dois dedos na mesa. Após um momento, perguntou:

— Você tem certeza disso, Owen?

— Sim, senhor. Eu tenho a situação sob controle.

Assim que as palavras saíram da boca, ele se arrependeu. *Sob controle? Você está confiando em um grupo de terroristas anormais e em um presidente com a firmeza de um macarrão.*

O mesmo raciocínio pareceu passar pela mente de Mitchum.

— Muito bem, Owen — disse ele com o olhar de um leão que assistia a uma gazela se afastando da manada. — Desde que você tenha certeza.

Leahy assentiu e deu um sorriso forçado. *Mitchum criou você, e pode quebrá-lo.*

É melhor controlar essa situação — ou se tornará o jantar.

CAPÍTULO 11

Houve um tempo em que Ethan era capaz de fazer uma viagem de duas semanas com uma única mala de mão. Aos 22 anos, ele passou três meses cruzando a Europa com nada além de uma mochila.

Agora eles não conseguiam sair da cidade sem lotar o Honda até o teto.

A própria bagagem do casal era a menor parte. A mala do bebê era maior do que a deles e estava tão cheia que Ethan precisou sentar em cima para fechar o zíper: fraldas diurnas, fraldas noturnas, lenços umedecidos, macacões, pijamas, leite em pó, babadores, mantas, um cavalo-marinho musical, livros ilustrados, babá eletrônica, uma coisa atrás da outra. Adicione a isso o berço portátil, o balanço portátil, a banheira cor-de-rosa shocking e o tapete de brincar. E também uma caixa de coisas, caso a estada na casa da mãe de Amy se tornasse mais longa do que Ethan esperava: controles de videogame e carregadores, a faca de culinária e a frigideira favorita de Amy, roupas de ginástica, medicamentos e artigos de toalete, casacos de inverno. Ethan colocou a lanterna entre os dentes para liberar as mãos e abriu espaço para a caixa de transporte do gato. No interior, Gregor Mendel deu um miado tristonho, e os olhos verdes reluziram.

— Está tudo bem, amigão.

Em cima da gaiola entraram uma caixa de areia e um saco de ração. Ao lado, um cofre contendo os passaportes, algumas joias que pertenceram à avó de Amy e um punhado de títulos do Tesouro.

Ethan balançou a cabeça, depois desceu a tampa do porta-malas e bateu com o quadril para fechá-la. Estava contente que eles estivessem indo. As coisas estavam ficando um pouco sérias demais em Cleveland. *E, além disso, alguém sequestrou Abe. Não há como saber se estão atrás de você também, mas, se estiverem, é melhor estar em outro lugar no momento.*

A casa já estava fria. A caldeira usava gás natural, mas era preciso eletricidade para o ventilador que movia o ar. Uma vela grossa na bancada da cozinha jogava um círculo de luz tênue sobre as latas vazias que serviram como jantar. Sem fogão nem micro-ondas, Amy arrancou os rótulos e aqueceu as latas sobre o fogo da vela.

Mulher esperta. Sopa de feijão morna não é nada para se gabar, mas é melhor do que sopa de feijão fria.

Amy desceu a escada com Violet nos braços.

— Vou dar uma última verificada pela casa. Você pode trocar a fralda dela?

— Claro.

O trocador estava na sala de estar, praticamente invisível, mas ele era capaz de trocá-la de olhos fechados. Violet recentemente começara a dar um certo sorriso, erguendo as bochechas e colocando a língua para fora. Assim que Ethan deixou a filha limpa, ele passou um minuto mordendo a barriga de Violet até que ela desse aquele sorriso bobo.

— Acho que isso é tudo — disse Amy.

— Tem certeza? Arranje uma chave inglesa e eu poderia soltar o fogão e amarrá-lo em cima do carro.

— Engraçadinho.

Na porta da frente, Amy ligou o painel do alarme e começou a apertar botões. Ela estava no meio da senha até que riu e balançou a cabeça.

— Certo. Deixa pra lá.

— Vai dar tudo certo.

Ethan fechou a porta e passou o ferrolho. O quarteirão estava assustador. Sem postes de luz ou luminárias nas varandas, sem o brilho dos painéis 3D nas salas de estar, sem música ao fundo. As luzes tremeluzentes de velas e lanternas pareciam minúsculas contra o peso da escuridão. Ao longe, ele ouviu uma sirene.

Ethan prendeu o cinto de segurança na filha, entrou no banco do motorista e ligou o carro.

— Parece tão solitária — comentou Amy.

— A casa?

— A cidade. — Ela apoiou a cabeça na janela lateral. — Cacete.

— O que foi?

— Dá para ver as estrelas. — A voz de Amy estava perplexa. — Muitas. Quando foi a última vez que você viu estrelas?

Ethan fizera o curto trajeto até a autoestrada várias vezes, em todos os horários. Mas jamais o vira daquela forma. Todos os edifícios estavam às escuras, as janelas como órbitas vazias. As árvores, desfolhadas e agitadas pelo vento de novembro, eram vultos sinistros. A cidade não estava apenas sob uma escuridão típica do meio na noite; estava sob uma escuridão típica da Idade Média. Sem luminárias nas varandas, sem postes de luz, sem refletores nos outdoors, nenhum brilho refletido nas nuvens. Os únicos sinais de vida eram outros carros, com faróis fracos e turvos na escuridão. Foi um alívio entrar na I-90; a rodovia parecia quase normal, com tráfego fluindo bem para o oeste.

Amy virou-se no banco para olhar Violet.

— Ela está dormindo.

— Ótimo.

— Você concorda com essa solução?

— Não há mal em esperar a situação passar na casa da sua mãe. Tiramos um pouco das férias, gastamos um pouco de gasolina, fingimos interesse enquanto sua mãe fala sobre jardinagem.

— Ela vai ficar realmente feliz.

— Ela vai ficar feliz em ver a macaquinha. Não sei se gostará de nós dormindo no sofá-cama.

— Podemos ficar em um hotel. E, no caminho, paramos em um mercadinho e estocamos fórmula.

Ethan concordou com a cabeça. Por alguns momentos, eles dirigiram em silêncio, com apenas o zumbido do concreto embaixo dos pneus. Os dois passaram por complexos comerciais e grandes lojas, um enorme letreiro do McDonald's com os arcos amarelos às escuras.

— Ethan. — Amy apontou com o queixo.

O marido acompanhou o olhar dela. Havia uma luz no horizonte, um clarão brilhante que iluminava as nuvens por baixo. Ele não conseguiu identificar a fonte, mas o brilho intenso era branco, um oásis de luz. Ethan sentiu algo que ele não tinha se dado conta de que estava comprimido dentro de si relaxar. Luz significava energia, e energia significava normalidade, e um pouco de normalidade cairia muitíssimo bem para os dois naquele exato momento.

— Aquela é a saída do shopping, certo? Eu gostaria de saber por que eles têm energia.

— Parece que a luz está vindo de... — Amy foi parando de falar. — Algo está errado.

O trânsito ficou congestionado, e todo mundo começou a virar à direita. A luz ficou cada vez mais brilhante. Um minuto depois, Ethan viu o motivo.

Duas fileiras inclinadas de barreiras pesadas de concreto bloqueavam a I-90. Uma bateria de luzes de vapor de sódio iluminava a noite com a claridade inclemente do meio-dia. Além das luzes, havia jipes militares Humvees parados. Os veículos grandalhões pareciam com equipamento de construção, só que com metralhadoras acopladas na traseira. Ethan viu soldados a postos em cada arma, um pouco mais do que silhuetas contra o brilho da luz. Foi capaz de ouvir os geradores mesmo através do vidro.

Uma seta piscante indica o caminho — todo o trânsito para a saída. Ethan deu uma olhadela no retrovisor e viu carros se enfileirando atrás dele. Olhou para a esposa; ela não falou nada, mas as pequenas rugas em volta dos lábios cerrados diziam muita coisa.

Ethan entrou na fila para a saída. Levou cinco minutos para se afunilar. No topo do viaduto, a estrada para o norte havia sido interditada. Um tanque estava estacionado no centro do cruzamento. Soldados estavam postados ao longo da lagarta, observando o fluxo do trânsito.

Um tanque. No cruzamento.

O tráfego fluiu para o sul por uma ponte sobre a rodovia. Do outro lado, ficava o Crocker Park Mall. Ethan se lembrou da primeira vez em que ele e Amy foram ali, como fora surreal a experiência para um casal de cidade grande: um shopping a céu aberto que fingia ser um vilarejo, um parque temático do que há de mais vulgar no consumismo.

A experiência estava consideravelmente mais surreal agora.

O shopping tinha sido tomado pela Guarda Nacional, com fileiras de Humvees estacionados ao lado de meia dúzia de tanques. Soldados corriam para armar tendas no meio do estacionamento. Geradores roncavam ao fornecer energia para os refletores que coloriam o céu.

— Estão nos fazendo voltar — disse Amy.

Ela apontou para o viaduto do outro lado, que retornava para Cleveland. Mais barricadas e soldados, e outra seta piscante. Os mesmos carros que Ethan estivera seguindo para o oeste faziam fila obedientemente de volta para Cleveland.

— Você acha que houve algum tipo de ataque?

— Ou eles estão esperando um.

— E agora? Será que devemos voltar para casa?

Ethan bufou, irritado. Pensou na casa às escuras, na vizinhança às escuras, ficando cada vez mais fria. Pensou no freezer quase sem carne, na geladeira sem frutas ou verduras.

— Não — disse ele, e girou o volante.

— Ethan, o que você...

Ele saiu da fila da rodovia e virou para a direita, dando a volta na barricada que impedia a passagem para o shopping. Passou por quatro carros, cinco, e depois pelo Humvee. Teve um vislumbre de soldados dentro e ao redor do jipe: camuflagem digital, fuzis de assalto e capacetes com acessórios. Ethan sempre considerou a Guarda

Nacional uma versão light do exército, mas aqueles homens não pareciam ser feitos de adoçante.

— Eu não quero ser uma dessas esposas — falou Amy — que diz "tome cuidado", mas por favor, tome cuidado. Nossa filha está no banco de trás.

— Eu não vou fazer nenhuma estupidez. Mas eles têm que nos deixar passar.

Na entrada do estacionamento do shopping havia dois soldados com metralhadoras, ao lado de uma barricada de madeira. Ethan parou diante dela e abaixou o vidro.

— O senhor tem autorização para estar aqui?
— O senhor pode me dizer o que está acontecendo?
— Preciso que o senhor dê meia-volta com o veículo.
— Eu estou com minha filha pequena comigo — respondeu Ethan. — Estamos quase sem comida, sem fórmula para bebê, e agora sem calefação. Só estamos tentando chegar a Chicago para ficar com minha sogra. Tem alguém com quem eu possa conversar?

O soldado hesitou, depois apontou.
— Meu comandante.
— Obrigado.

Ethan dirigiu até o ponto que o homem indicou. Um punhado de carros de passeio e um caminhão estavam estacionados em um aglomerado. Ele parou ao lado e desligou o motor. Virou-se para Amy, viu o olhar da esposa e disse:

— Eu não vou fazer nenhuma estupidez. Só quero ver se vão nos deixar passar.

Ela inspirou, segurou o ar e depois bufou.
— Ok. Fale direito.

Ethan sorriu, se debruçou e deu um beijo rápido em Amy.

A noite estava mais fria do que ele esperava, e sua respiração se condensou. O centro de comando improvisado estava iluminado por faróis e refletores montados em postes. Ethan ouviu uma discussão e seguiu o som até um grupo de pessoas em roupas civis que encaravam um soldado de postura rígida e expressão implacável. Um ajudante de ordens estava ao lado do homem, segurando um fuzil. Atrás deles havia mais veículos, um Humvee, um tanque e, uau, um par de helicópteros de combate repletos de armamento. Ethan juntou-se à multidão.

— ... você não está entendendo, minha esposa precisa de insulina, nós usamos a última hoje de manhã, e sem insulina, ela vai...

— ... esperam meu caminhão lotado em Detroit amanhã de manhã...

— ... não há calefação, não há comida, ora, vamos, tenha um pouco...

O soldado ergueu ambas as mãos em um gesto de *calma*. Quando todo mundo ficou em silêncio, ele disse:

— Eu compreendo suas preocupações. Mas minhas ordens são explícitas. Ninguém deve passar deste posto de controle. Para aqueles com emergências médicas, nós temos instalações rudimentares aqui, e os hospitais em Cleveland estão operacionais. Para todos os demais, tudo que posso dizer é que todos os esforços estão sendo feitos para fornecer comida e consertar a rede elétrica.

— O senhor pode nos dizer o que está acontecendo? — perguntou Ethan.

O oficial avaliou Ethan rapidamente.

— O DAR acredita que a liderança dos Filhos de Darwin está aqui. Há missões em andamento para capturá-los. Nosso dever é garantir que nenhum escape. O que significa, infelizmente, que ninguém pode sair de Cleveland.

— Isso é loucura — disse um moleque de cavanhaque na frente de Ethan. — Vocês estão isolando a cidade inteira para pegar alguns terroristas? Não faz o menor sentido.

— Olha só, cara. — Um sujeito corpulento com um boné da montadora de tratores John Deere deu um passo à frente. — Eu sou caminhoneiro. Já é ruim que estejam queimando a gente vivo, mas se eu não fizer minha entrega em Detroit a tempo, tenho que pagar a conta toda. Isso não vai acontecer. Então, que tal me deixar passar?

— Ninguém passa.

— Olha só...

— Senhor. — Soldados e policiais tinham um jeito de dizer "senhor" que significava "estou a um passo de te dar porrada" com uma voz que estalava como um cabo quebrado. — Volte ao seu veículo imediatamente.

Isso é uma perda de tempo. Ethan estava prestes a ir embora quando John Deere agarrou o braço do oficial.

Ah, não faça isso, vai ser muito ruim...

Os refletores pareceram brilhar nos olhos do oficial. O ajudante de ordens deu um passo à frente e acertou a cara do caminhoneiro com a coronha do fuzil.

O som foi o de um ovo jogado contra o concreto. O homem desmoronou.

Ethan viu um movimento atrás dos dois soldados, no Humvee.

A metralhadora .50 girou para mirar nos civis. Devia estar a uns 6 metros, e mesmo a essa distância, o cano parecia ser um buraco grande o suficiente para se entrar rastejando.

Ethan olhou para trás da metralhadora, para o homem que a segurava. Ele era bonito daquele jeito louro de ser, com bochechas rosadas embaixo do capacete, mãos enluvadas na metralhadora, dedo no gatilho. Parecia ter não mais do que 19 anos e estar assustado.

O que estava acontecendo? Como e quando as coisas entraram nesse estranho patamar novo? Um mundo onde o mercadinho não tinha mercadorias, onde a luz desaparecia, onde o terrorismo não era algo que acontecia com outra pessoa qualquer. Um mundo onde a divisão entre o momento presente e o desastre completo era tão tênue a ponto de ser definida pelo medo no coração de um rapaz de 19 anos.

Os outros civis pareciam paralisados. No chão, sangue saía da boca do caminhoneiro. Lentamente, Ethan ergueu as mãos. Mantendo os olhos fixos no soldado atrás da arma, ele começou a recuar. Um passo, depois outro, até se afastar do grupo o suficiente para dar meia-volta e retornar ao Honda CRV onde a esposa e a filha aguardavam. Ethan abriu a porta e entrou.

— Deu sorte? — Amy examinou o marido, notou sua expressão e assumiu a mesma para si. — O que foi? O que aconteceu?

— Nada — respondeu e ligou o carro. — Estamos indo para casa.

Eis a verdade sobre a liberdade: liberdade não é um sofá.

Não é uma televisão, um carro, nem uma casa.

Não é um item sujeito a posse. Não é possível comprá-la a prazo; não é possível refinanciar a liberdade.

A liberdade é algo pelo qual você precisa lutar para conquistar, não uma vez, mas todo dia. A natureza da liberdade é ser fluida; como água em um balde furado, a tendência é se esvaziar.

Deixados de lado, os buracos por onde a liberdade escapa se alargam. Quando políticos restringem nossos direitos para "nos proteger", a liberdade é perdida. Quando os militares se recusam a revelar fatos básicos, a liberdade é perdida. Pior de tudo, quando o medo se torna parte de nossas vidas, nós abrimos mão da liberdade de boa vontade por uma promessa de segurança, como se a liberdade não fosse o próprio fundamento da segurança.

Há um famoso poema sobre a complacência do povo alemão durante o regime nazista; hoje, ele poderia ser assim:

Primeiro, eles vieram atrás dos revolucionários,
e eu não me manifestei porque não era um revolucionário.

Depois eles vieram atrás dos intelectuais,
e eu não me manifestei porque não era um intelectual.

Depois eles vieram atrás dos superdotados do primeiro escalão,
e eu não me manifestei porque não era do primeiro escalão.

Aí eles vieram atrás de mim,
e não havia sobrado ninguém para se manifestar por mim.

— Da introdução de *Eu Sou John Smith*

CAPÍTULO 12

O prédio não parecia grande coisa do lado de fora. Mas, pela experiência de Shannon, os lugares realmente assustadores nunca davam essa impressão.

A primeira coisa que ela viu foi um muro baixo de granito com os dizeres DEPARTAMENTO DE ANÁLISE E REAÇÃO. Atrás da mureta, um arvoredo denso escondia o complexo de vista. Shannon ligou a seta, esperou por uma brecha no trânsito, e depois guiou o sedã até uma guarita de segurança. Era um dia claro de outono, e os dois homens de coletes pretos à prova de balas pareciam alienígenas em contraste com o céu azul sem nuvens. Eles eram ágeis, e um deles se afastou para dar a volta no carro enquanto o outro se aproximou pelo lado do motorista. Ambos tinham submetralhadoras penduradas em bandoleiras.

Shannon abaixou a janela e colocou a mão dentro da bolsa. O crachá, gasto e esmaecido, identificava-a como analista sênior; a foto parecia ter sido tirada alguns anos antes.

— Boa tarde — disse ela, educada e entediada ao mesmo tempo.

— Boa tarde, senhora.

O guarda pegou o crachá, e seu olhar alternou-se entre o documento e o rosto de Shannon. Ele passou o crachá em um aparelho no cinto, que bipou. O guarda devolveu o documento para ela e disse:

— Dia bonito, não é?

— Um dos últimos — respondeu Shannon. — Deve esfriar na semana que vem.

Ela não olhou para trás, não verificou o retrovisor a fim de observar o homem armado que examinava a traseira do carro.

O guarda deu uma olhadela por cima do carro para o parceiro, depois acenou com a cabeça para ela.

— Tenha um bom dia.

— O senhor também.

Ela guardou o crachá na bolsa. O portão de metal se abriu, e Shannon passou de carro por ele.

E lá vamos nós para a jaula do leão.

Não, não era realmente isso. Estava mais para entrar na jaula do leão, cutucar a fera e enfiar a cabeça em sua boca.

O pensamento provocou um arrepio de adrenalina. Ela sorriu e continuou dirigindo.

As dependências do DAR eram bacanas, de uma forma letal. A via serpenteava em curvas que pareciam sem sentido, mas impediam que um carro-bomba adquirisse velocidade. A cada mais ou menos 50 metros, ela sentiu os pneus passarem por cima de faixas de pregos retráteis. O cenário era de jardins verdejantes e árvores cuidadosamente podadas, mas havia torres altas entre elas. Sem dúvida, atiradores de elite acompanhavam seu avanço.

O prédio em si era enorme e sem graça, se parecia mais com um escritório de uma grande empresa do que com a maior agência de espionagem do país. Na extremidade oeste, uma equipe de construção trabalhava em um anexo de cinco andares, e soldadores nas vigas provocavam chuvas de fagulhas. Aparentemente, os negócios iam bem no DAR.

Shannon encontrou uma vaga no meio de uma alameda, desligou o carro e abaixou o quebra sol a fim de se olhar no espelho. Ela não conseguia se acostumar ao cabelo louro. Era estranho que muitas mulheres pintassem daquela cor. Por experiência própria, ser morena não afastava os homens.

Aquela era uma boa peruca, porém, com boas camadas de luzes para se misturar com um pouquinho de raiz. A maquiagem era mais pesada do que ela preferiria, mas esse era o objetivo. Shannon colocou um par de óculos de grife com armação de acrílico. Uma vaidade nessa época de cirurgias fáceis, mas era justamente o que tornava chique o adereço.

— Ok — disse ela, depois pendurou a bolsa no ombro e saiu do carro.

Era realmente um dia bonito; o ar estava fresco e com cheiro de folhas caídas. Uma das coisas que Shannon adorava quando estava em missão era o aumento da percepção de tudo. Todos os sabores eram mais doces, todos os toques, elétricos. Na entrada, ela viu as pontas das baterias antiaéreas montadas no telhado do prédio.

O saguão tinha piso de mármore, pé direito alto e guardas armados. Uma fila se dividia em várias, e cada uma levava a detectores de metal. Câmeras filmavam fixamente, sem pestanejar, em todos os cantos. Shannon entrou na fila, olhou as unhas e pensou em John.

■

Quando ele propôs essa pequena aventura, a reação de Shannon foi:
— Você quer eu vá *aonde*?
— Eu sei.

John Smith estava de terno cinza e barba feita, e parecia mais alto do que ela se lembrava. Mais saudável. Os benefícios de não estar fugindo, considerou Shannon, de não ter a pressão da paranoia 24 horas por dia, sete dias na semana.

— Parece loucura — disse ele.
— Eu não tenho problemas com loucura. Isso soa a suicídio. Além do mais, já tenho uma missão. Toda a minha atenção está concentrada em West Virginia. Eu tenho pecados a compensar.
— Eu compreendo — respondeu John Smith com aquele sorriso típico.

Um bom sorriso, pois ele era um cara bonito, embora não fosse o tipo de Shannon. Convencional demais, como um corretor de imóveis.

— Mas eu não pediria se não valesse a pena.

— Por quê? — perguntou Shannon.

John Smith contou para ela, e quanto mais falou, mais incrível pareceu o conto. Vindo de qualquer outra pessoa, Shannon não teria acreditado. Mas se John estivesse certo — uma aposta garantida —, então aquilo poderia mudar tudo. Alterar toda a balança de poder. Recalibrar o mundo.

Obviamente, primeiro eles tinham que encontrar aquilo. E era aí que entrava o roubo do DAR. Para que procurar sozinho no palheiro quando alguém já possuía as coordenadas da agulha?

— O problema é que não podemos simplesmente invadir o sistema. O DAR sabe que qualquer dado conectado à internet é vulnerável. Eles mantêm os segredos mais preciosos em redes secretas dentro do complexo. Os computadores estão conectados uns aos outros, mas não com o mundo, portanto, a única maneira de acessá-los...

— É entrar no complexo em si.

Ele concordou com a cabeça.

— Como é que eu vou sequer passar do portão?

— Eu cuidarei disso. O crachá não apenas deixará que você entre, como confirmará toda sua vida. Registros redundantes inseridos no sistema deles. Dados de pagamento, avaliação de serviço, currículo, tudo. Meu melhor pessoal está cuidando disso. Deve ser simples.

— Se é tão simples, por que precisa de mim?

— Caso a missão acabe não sendo simples. Veja bem, não vou mentir para você, Shannon. Se te pegarem, não haverá julgamento. Eles provavelmente sequer vão divulgar que estão com você. Acabará em uma cela de segurança máxima onde eles passarão o resto da vida tentando dobrar você, e não haverá nada que eu possa fazer para ajudar.

— Você realmente sabe como provocar uma garota.

— Mas isso não vai acontecer. Você é capaz dessa missão. Eu sei que é. — John Smith apoiou o queixo na mão, e a bebida permaneceu intocada na frente dele. — Além disso, tem mais uma coisa. Enquanto estiver lá dentro, pode descobrir tudo sobre West Virginia. O pacote de segurança completo. Será capaz de expiar seus pecados sem arriscar vidas.

Ela considerou esse argumento.

— E se eu disser não?

— Então você diz não. Depende de você, sabe disso.

■

A fila andou bem, e, após um minuto, Shannon passou pelo detector de metal. Ela tirou o cordão delicado de prata com três pingentes e enrolou ao lado da bolsa dentro de uma caixa na esteira.

O medo bateu quando Shannon andou até o detector de metal, com guardas armados de ambos os lados, agentes do DAR atrás e ao lado. Uma repentina batida forte dentro do peito como uma bateria, e uma enxurrada de substâncias químicas na corrente sanguínea. Nada novo, nada a que Shannon não estivesse acostumada. Mas desta vez foi mais forte, mais intenso.

Mais divertido.

Shannon sorriu para o guarda ao passar pelo detector de metal. Ele fez um gesto para que ela seguisse. Shannon esperou a caixa sair pela esteira, colocou o cordão, pegou a bolsa e entrou no quartel-general de uma agência que manteve uma ordem para matá-la por anos. John não estava brincando: quem quer que fosse o brilhante que programou o crachá era realmente bom.

É melhor que seja mesmo.

Como se respondesse ao pensamento, os óculos ganharam vida. O interior de cada lente estava coberto por uma tela de monofilamento, visível apenas por aquele ângulo. O esquerdo mostrou um mapa com o esqueleto 3D da posição de Shannon dentro do prédio; no direito, as palavras BOA CAÇADA apareceram. Ela sorriu por dentro.

Shannon andou pelo saguão com os saltos das botas fazendo barulho no ladrilho. Após a passagem pela segurança, o Departamento de Análise e Reação parecia mais com uma grande corporação: escritórios e cubículos, elevadores e banheiros de funcionários. Fazia sentido. O departamento era dividido em duas partes, e esse era o lado da análise. Era de longe o maior, empregando dezenas de milhares de cientistas, gestores, consultores, psicólogos e analistas.

A outra seção era a reação, uma criatura completamente diferente. Uma que planejava sequestros, prisões e assassinatos. Que tinha licença do governo para matar. O antigo departamento de Nick.

Antigamente, essa instalação tinha sido o escritório dele, a fonte de seu poder. Nick fora o principal agente da divisão mais secreta. Quantas vezes havia andado empertigado por esses corredores? O que pensava ao percorrê-los na época em que rezava pela cartilha da agência, em que acreditava em tudo que o DAR representava? Shannon imaginou Nick, aquela calma quase arrogante que ele usava como um terno feito sob medida.

O tipo de homem dela.

Shannon odiou Nick no primeiro encontro que tiveram. Ele havia matado um amigo dela, um brilhante que começara a roubar bancos. Um rapaz triste e perturbado, desvirtuado pela academia, perdido no mundo. A culpa não era dele por ter dado tão errado, e embora Shannon concordasse que o amigo precisasse ser detido — inocentes foram mortos —, isso não significava que ela concordava com o assassinato dele ou que estava preparada para perdoar o assassino sem alma que cometera o ato.

Mas Nick era diferente. Ele era caloroso, entusiasmado e inteligente. Dedicado aos filhos e disposto a fazer qualquer coisa por eles. Na verdade, os dois eram realmente muito parecidos, ambos lutando para fazer um mundo melhor. Eles apenas tinham ideias diferentes de como chegar ao objetivo.

Shannon queria poder contar a ele o que estava fazendo hoje. A primeira reação de Nick teria sido de fúria, mas assim que ela expusesse os argumentos, Shannon tinha certeza de que ele passaria para o seu lado.

Afaste isso da cabeça. Contar para ele seria um risco muito grande, e esse lugar é perigoso demais para você ficar pensando em qualquer coisa que não seja a missão.

Shannon andou por um longo corredor e subiu três andares em um elevador até um grande átrio. Pessoas passavam olhando datapads e conversando sobre reuniões. Aos 30 anos, Shannon jamais estivera em uma reunião e gostava disso. Uma passarela elevada com vidros em ambos os lados oferecia uma visão do complexo, que era enorme e lembrava um labirinto em constante expansão. Ela chegou ao fim e virou à esquerda.

A 20 metros, uma porta se abriu, e dela saíram um homem e uma mulher. Ela era pequena, talvez tivesse 1,50 metro de altura, mas andava empertigada com uma energia irascível. O homem era atlético, tinha altura mediana e usava um coldre axilar. Shannon reconheceu o sujeito. Eles derrubaram um mandado presidencial juntos. Bobby Quinn, o velho parceiro de Nick, o planejador de humor sarcástico. Um cara engraçado, bom no que fazia; Shannon gostava dele.

Ela não tinha absolutamente nenhuma dúvida de que, se Bobby Quinn a reconhecesse, ele a prenderia.

Não se engane, meu amor. Não há "se." Você acha que um cabelo louro falso, botas de salto alto e um par de óculos vão protegê-la de Bobby Quinn?

Ele falava com a mulher enquanto andava, gesticulando. Bobby Quinn alcançaria Shannon em segundos, e, se a visse, ela jamais veria outra tarde de outono.

Shannon não precisou pensar. Não precisou olhar ao redor. O truque para fazer o que Nick chamava de "atravessar as paredes" e ela chamava de deslizar não consistia em estudar o mundo e depois tomar uma decisão. A única maneira de ser invisível era saber onde todo mundo estava o tempo todo, para onde olhavam e aonde estavam indo. Cada ambiente, cada minuto. Em dias ruins, Shannon tinha terríveis enxaquecas por sobrecarga de dados, como quem se senta muito perto de um painel 3D.

Dados. Tipo:

O analista com a gravata feia fuçando papéis impressos em um fichário, achando que o governo está atrasado.

O cara da FedEx empurrando um carrinho e assobiando, as paradas em sua rota tão evidentes para Shannon quanto um diagrama.

A assistente administrativa saindo da sala de descanso com um café na mão direita e olhos no datapad, na esquerda.

O casal flertando e quase não se tocando, a mão dele prestes a encostar no braço dela.

Quinn se afastando da mulher, a certeza no movimento; eles eram parceiros de equipe.

O compressor do bebedouro funcionando.

Shannon deslizou.

Entrou no caminho do entregador, parou, abriu a bolsa como se procurasse alguma coisa, cruzou o saguão e passou pela assistente com o café, esticou a ponta da bota o suficiente para acertar o salto do sapato da mulher, que tropeçou e não caiu, mas segurou em pânico o datapad em vez do café, agora Shannon entrou na sala de descanso, abriu um fichário de maneira que suas costas ficassem voltadas para a parede, o copo de café fez um arco no ar e acertou a lateral do carrinho da FedEx no momento em que Quinn e a mulher o alcançaram.

— Ai, meu Deus, me desculpe — disse a assistente enquanto Shannon olhava fixamente para o interior do fichário e contava os segundos.

No três, Shannon fechou a porta e saiu da sala de descanso sem olhar para a assistente ou o cara da FedEx que diziam que estava tudo bem, sem olhar para Bobby Quinn e sua amiga, que já haviam passado e olhavam para trás, porém para a coisa errada.

Sempre para a coisa errada.

Três minutos e cinco andares depois, ela estava em um corredor do porão iluminado por lâmpadas fluorescentes. O ar estava frio e quieto. Na lente esquerda dos óculos, um ponto do mapa começou a piscar. Ele foi ficando maior até Shannon chegar ao lado de fora de uma porta de metal. Havia uma câmera montada no teto e um leitor na parede, ao lado de um grande botão vermelho.

Na lente direita dos óculos, apareceu uma mensagem. Registros não mostram nenhuma entrada desde a última saída. Deve estar vazia.

Deve estar? Isso é reconfortante.

Houve uma longa pausa enquanto a máquina lia o crachá. Esse era o verdadeiro teste. Havia provavelmente menos de uma dúzia de pessoas com credencial para abrir essa porta.

Com um clique, a tranca se abriu.

A sala atrás da porta estava congelante, talvez uns 4 graus, e era cheia de suportes de metal impecavelmente organizados, cada um contendo fileiras e mais fileiras de servidores de *wafers*, uma espécie de computador de um centímetro de espessura, cada um recebendo e processando terabytes de dados. Feixes de cabos corriam por trás dos servidores em conjuntos do tamanho do braço de Shannon. O zumbido de ventiladores invisíveis tomava conta do ambiente.

O coração pulsante do DAR. Os fatos e arquivos de todas as operações clandestinas, todas as instalações secretas, todos os perfis sobre todos os alvos. Shannon estava ali, em algum lugar; os detalhes da vida, da infância, da educação, as coisas que ela fez e as pessoas que conheceu. Shannon percorreu as fileiras acompanhando o mapa, e os pelos de seus braços se eriçaram, eletrificados. Depois de cinco fileiras para a frente e quatro para o lado, ela estava em frente a um suporte simplesmente igual a todos os outros.

Shannon segurou o cordão e girou o pingente central. Ele se soltou e relevou um microdrive. Ela passou os dedos pelo painel de entrada/saída, encontrou uma conexão e inseriu o pequeno objeto. Nada pareceu acontecer, mas Shannon sabia que o programa estava se desenroscando, penetrando pelos corredores de dados à procura das informações de que eles precisavam. Uma barra de progresso surgiu na lente da direita, aumentando lentamente, 1%, 2%, 3%.

Não havia nada a fazer, a não ser esperar.

Aquele sempre foi o momento mais estranho de uma missão. A natureza das habilidades de Shannon significava que ela geralmente tinha que se posicionar e depois esperar. Era tenso, e, no entanto, havia algo delicioso a respeito daquilo, como a primeira tragada de um baseado muito bom, como guiar um planador de uma corrente de ar para outra no deserto, como a contração antes de um orgasmo. Sua memória a levou a um cruzamento em Washington, e ela se deu conta de que aquela foi a primeira vez que viu Nick, há quase um ano. O DAR havia conseguido dobrar um fornecedor militar chamado Bryan Vasquez, e Nick enviara o sujeito para encontrar o contato dele, na esperança de pegar os dois.

John havia previsto a manobra, obviamente, e tinha um plano de contingência na forma de uma máquina de vender jornais cheia de explosivos. Foi Shannon quem acionou os artefatos ao deslizar e passar pela equipe de segurança inteira até parar ao lado do maior fodão dos Serviços Equitativos e explodir de uma vez só a bomba e a operação dele.

Obviamente, na época, Shannon não imaginava que acabaria namorando Nick.

Namorando? É isso o que estamos fazendo?

A barra de progresso avançou com uma lentidão agoniante. 63%.

Era imprudente se envolver com ele. Nick saiu do DAR, mas agora trabalhava para o presidente, o que era, na melhor das hipóteses, uma mudança profissional pouco diferente no tocante à possibilidade de um final feliz para os dois. E ela não era uma adolescente qualquer perdida em uma fantasia ardente. Dois meses antes, quando Cooper foi atrás de John Smith, Shannon apontara uma escopeta carregada para ele, e embora não tivesse gostado da ideia, ela poderia ter apertado o gatilho.

É claro que também houve um momento em que vocês dois se sentaram em um bar de porão na Comunidade Nova Canaã e suas coxas se tocaram enquanto ele citava Hemingway. Também houve um momento em que Nick confiou a vida dos filhos a você.

Noventa e seis por cento completo, mas a barra parecia paralisada, apenas a uma mínima fração de um centímetro para terminar. Ela suspirou, deu batidinhas com o pé no chão e lutou contra a vontade de xingar. Não importava o avanço da tecnologia, algumas coisas nunca mudavam.

Vamos, vamos.

97%, 98%, 99%. 100%.

O mostrador sumiu. Shannon retirou o microdrive e reconectou ao cordão. Se tudo tivesse ocorrido como previsto, o programa teria baixado todos os detalhes de que eles precisavam, uma massa de informações sobre laboratórios de investimento privado, centros de estudos secretos e instalações clandestinas que faziam pesquisas de ponta. O tipo de lugar que não tinha acionistas e não dava muita atenção à regulamentação do governo. O tipo de lugar onde quase tudo poderia ser desenvolvido.

Até mesmo uma poção mágica que poderia mudar o mundo.

Shannon deu meia-volta e retornou à entrada, com as botas fazendo um som impactante no piso da sala vazia. Saltos de 7,5 centímetros mais uma plataforma de 2,5 centímetros; sapatos ridículos, especialmente em missão, mas tinham um objetivo. Na porta, ela inspirou, expirou, ajeitou o cabelo louro para trás e saiu da sala. Então virou à direita e voltou pelo caminho que viera.

— Ei! Você!

A voz veio de trás. Ela pensou em correr, mas em vez disso se virou com uma expressão de *eu?* no rosto.

O sujeito era alto e pálido, usava jeans, camiseta com logomarca e um cardigã puído. Tinha um crachá na mão, já esticado na direção da porta. Um técnico ou programador. Shannon começou a testar mentiras, todas esfarrapadas.

Na verdade, Shannon nem sequer teve chance de falar. Como uma das doze pessoas que trabalhavam naquela sala, o sujeito sabia que ela não deveria estar ali. Ele arregalou os olhos e bateu no grande botão vermelho de pânico.

Nada pareceu acontecer, mas Shannon sabia que alarmes estariam soando pelo prédio inteiro, em cada estação de guarda. Todas as forças de segurança do DAR seriam mobilizadas, centenas de soldados fortemente armados.

Não houve alarmes nem luzes piscantes, e de alguma forma isso apenas tornou a situação mais assustadora.

Shannon deu meia-volta e correu.

O corredor pareceu mais comprido e estreito, e as câmeras, mais numerosas. Sua boca ficou com gosto de cobre, e o coração disparou no peito. Ela fez a curva e correu para a escadaria. A distância entre Shannon e a segurança era medida não em metros, mas em impossibilidades. Ela estava no coração de um complexo militarizado, sendo efetivamente caçada por inimigos. Não apenas isso; estava disparando por um corredor vazio, um alvo fácil.

Ok. Comece por ali.

Shannon diminuiu o suficiente para esticar o braço e puxar o alarme de incêndio.

Nesse momento surgiram as sirenes, uma buzina alta que se repetia e um alerta de perigo. Portas começaram a se abrir atrás dela. Shannon entrou rapidamente na escadaria e subiu correndo. Fez uma pausa, depois saiu. O corredor estava cheio de gente. Ela teve vontade de beijar cada uma daquelas pessoas. Sem elas, Shannon estaria exposta. Mas no meio de uma enorme confusão e perambulando de um lado para o outro?

Shannon deslizou.

Ela se enfiou atrás das pessoas e entre elas, parou, deu meia-volta e desviou. Sorriu e parou para se abaixar como se o zíper da bota precisasse ser fechado. Entrou em escritórios abertos no ponto cego de quem saía deles. *Você se move como a água flui, menina.* A voz do pai, anos antes, falando a respeito dela no campo de futebol. *A água sempre encontra um caminho.*

Encontre um caminho.

Ao seguir um par de executivos corpulentos, Shannon usou uma sequência codificada de piscadelas para controlar o monitor dos óculos. O mapa diminuiu o zoom, depois se alterou para uma visão 3D, e os corredores agora estavam dispostos como se um dos olhos jogasse videogame. Shannon queria poder se comunicar com o encarregado do outro lado das lentes e pedir para ele — ela? — transmitir o que precisava. Mas a conexão era de mão única; um sinal transmitido de dentro do DAR teria acionado toda espécie de alarme.

Como se lesse os pensamentos de Shannon, o alarme de incêndio foi desligado repentinamente. Não era surpresa alguma; a segurança teria percebido que era uma distração. Não importava. O corredor estava lotado agora, e pessoas perambulavam de um lado para o outro e começavam a conversar. Aquilo tinha lhe dado o tempo de que precisava. Shannon seguiu os óculos enquanto deslizava através, em volta e por trás da multidão. As câmeras iriam vê-la, não havia o que fazer a respeito disso, mas com tantas câmeras e tanta gente assim, desde que Shannon não atraísse atenção para si, seria questão de sorte alguém estar olhando exatamente para o monitor certo.

Ali. Um banheiro feminino, bem no local que o mapa indicava. Ela empurrou a porta e entrou. Um espelho, duas pias, cinco cabines e um leve odor de merda. Shannon entrou na cabine do meio e trancou a porta.

Ela sentou-se na privada, depois tirou as botas e colocou diante de si. O vestido saiu em seguida. Da bolsa, Shannon retirou uma calça jeans clara e rebolou para passá-la pelos quadris. A blusa era de seda e estava amarrotada por ter ficado guardada num espaço tão apertado, mas estava bem. A melhor parte eram as rasteirinhas prateadas, que pareciam maravilhosas depois das botas ridículas. Shannon levou a mão ao cabelo, retirou as presilhas de plástico e arrancou a peruca. O cabelo louro, o vestido e os óculos foram todos enfiados nas botas; ela as jogaria fora ao sair.

Agora, a parte divertida. Shannon soltou um dos menores pingentes do cordão. A ponta de uma agulha subcutânea brilhou sob as lâmpadas do teto. Usando um espelho compacto da bolsa, ela a levou cuidadosamente acima da sobrancelha. Shannon não gostava de agulhas, mas cerrou os dentes e começou a trabalhar. Houve uma ruptura quando a ponta penetrou. Ela pressionou com delicadeza, depois retirou, mudou de lugar e repetiu o processo. Cada injeção colocou alguns centímetros cúbicos de solução salina dentro de sua testa. Com osso do outro lado, o líquido não tinha para onde esticar a pele a não ser para fora. Uma quantidade maior teria parecido cômico, mas as minúsculas injeções simplesmente mudaram o desenho da testa.

Quando terminou a sobrancelha direita, Shannon foi para a maçã do rosto. Aquilo doeu.

Ela estava terminando o lado esquerdo com a segunda agulha do pingente quando ouviu a porta do banheiro ser aberta.

Que seja uma analista querendo mijar, pensou Shannon. *Que sejam duas assistentes fofocando.*

— Senhora? — A voz era feminina e brusca. — Preciso que a senhora saia daí.

Merda.

A boa notícia é que era apenas uma guarda, o que significava que não sabiam que ela estava lá dentro. Devia ser uma verificação de rotina, as forças de segurança varrendo e liberando o prédio.

A má notícia era que a guarda estaria armada e de prontidão. Shannon sabia se virar, mas ir mano a mano com um comando do DAR não seria uma situação com chances favoráveis.

Encontre um caminho, menina. Mova-se como a água flui.

— Com licença? — disse Shannon. — Estou usando o banheiro.

O mais silenciosamente possível, ela girou no assento da privada e sentiu a porcelana fria através da calça jeans.

— Eu entendo, senhora, mas preciso que saia imediatamente.

— Você está de brincadeira comigo? — Ela meteu um pé ao longo da privada, depois o outro. — Estou no meio de uma coisa.

A guarda foi até a sua porta. Shannon viu a ponta dos coturnos, então houve uma batida com força na porta.

— *Agora*, senhora.

— Tudo bem, tudo bem. Meu Deus. Posso me limpar?

Ela ficou de cócoras ao lado da privada, tentou não pensar na frequência com que o chão era esfregado, e mexeu no papel higiênico.

— Se a senhora não sair em cinco segundos, eu vou chutar a porta.

A voz vinha bem de perto, e Shannon pôde imaginá-la de prontidão com a arma na mão, mas não erguida. Daquele ângulo, a guarda não seria capaz de ver nada.

— Cinco.

Shannon deitou no chão, perpendicular à cabine. Ergueu uma perna e acionou a descarga com o pé.

— Quatro.

A descarga disparou imediatamente, o rugido alto do fluxo de água de um banheiro público. Ela se aproveitou do som para escorregar por baixo da divisória para a cabine vizinha, as mãos e o rosto esfregando no ladrilho.

— Três.

Bem, isso foi muito nojento. Shannon ficou de pé silenciosamente.

— Dois.

Ela abriu a porta da cabine e saiu.

A mulher era corpulenta, com músculos fortes sob a camada volumosa de um colete à prova de balas. Tinha rabo de cavalo e uma expressão irritada, além de uma submetralhadora automática pendurada em uma bandoleira no ombro. Estava com a mão direita no cabo e a esquerda, esticada para a porta. Parecia extremamente competente, e Shannon sabia que tinha razão, que não havia jeito de ter encarado aquela mulher cara a cara.

Mas, de lado e de surpresa, a história era outra.

Sem hesitação, Shannon avançou e enfiou a agulha do pingente na lateral do pescoço da mulher.

A agulha só tinha um centímetro e pegou no músculo, mas a intenção não era matar, apenas surpreender e distrair, o que aconteceu, pois a guarda gritou ao girar o corpo, levou a mão esquerda ao pescoço em vez de à arma, e deu a Shannon a brecha que ela precisava para dar um chute rodado em seu nariz.

A guarda desmoronou. Shannon caiu com ela e apertou a bandoleira no pescoço da mulher. Ela tentou dar socos, mas Shannon posicionou-se bem perto e manteve a pressão, torcendo a bandoleira cada vez mais.

Quando terminou, Shannon arrastou a mulher de volta para a cabine vizinha e apoiou-a contra a privada. Verificou a pulsação e viu que estava forte. A guarda teria uma senhora dor de cabeça quando acordasse, mas acordaria.

Shannon fechou e trancou a porta da cabine, deslizou por debaixo novamente e depois se olhou no espelho. Os guardas estariam à procura de uma loura de 1,74 metro com uma roupa diferente e um rosto diferente. Não era um disfarce perfeito, mas teria que servir.

Ela lavou as mãos e voltou ao corredor.

As chances de Shannon escapar não pareciam mais impossíveis. Porém, ainda seria um risco — a segurança verificaria todo mundo detalhadamente.

Um conjunto de relógios na parede mostrava a hora em Londres, Chicago, Los Angeles, Singapura, e, obviamente, ali em Washington, onde eram 16h45.

Shannon sorriu. O DAR podia ser a maior agência de espionagem do país, mas ainda era um prédio do governo. O que significava que, para a maioria das milhares de pessoas que trabalhavam ali, faltavam quinze minutos para o fim do expediente. Quinze minutos até eles saírem aos borbotões para as saídas.

Ela foi para a cantina. Era melhor tomar um café enquanto esperava.

O ÍNDICE DE AGITAÇÃO

A ESCALA TREFFERT-DOWN

OS DESUMANOS
O MONOCLE
O 12 DE MARÇO

Esmagado pela vida moderna? Você não está sozinho.

Nossos avós estavam certos. A vida é melhor sem datapads e transmissões 24 horas por dia, sete dias na semana. Melhor quando você não tem que se preocupar com tom politicamente correto. Melhor quando sua esposa está cuidando do peru no forno e seu cão está enroscado aos seus pés.

E só porque sua esposa não sabe cozinhar e você não tem um cachorro não significa que você deva ficar sem esses prazeres.

O objetivo do Programa Tardio é desacelerar. Voltar o relógio para uma época mais simples, e experimentar a vida da forma como era para ser. Nossos seminários estão a um fim de semana de distância do mundo — e deixarão você pronto para encará-lo novamente.

Esqueça a realidade. Seja Tardio©.

* Os pacotes do Programa Tardio começam a partir de 1.999 dólares por três noites com tudo incluído, companhia conjugal sem contato íntimo,** aluguel de cães/gatos, material didático e aconselhamento pessoal. As localidades são secretas, e exige-se informação de contato de emergência. Sem superdotados, por favor.

** Pacotes disponíveis com companhia conjugal com contato íntimo.

CAPÍTULO 13

— Ora, quem diria. Você não é famoso? O melhor amigo do presidente? — Bobby Quinn ficou parado na porta do apartamento, abrindo lentamente um sorriso.

— Isso mesmo. Mostre respeito. — Cooper estufou o peito. — É preferível que você se ajoelhe, mas, sendo meu velho parceiro, uma mesura será suficiente.

— Que tal, ao me abaixar, eu apontar o caminho para você ir à...

— Tá bom, tá bom. — Cooper pegou o amigo pelos ombros e deu um abraço caloroso. — É bom te ver. Vamos tomar uma cerveja.

— Cara, eu adoraria, mas acabei de entrar em casa nesse minuto, voltando de Cleveland. Estou morto.

— Eu falei que é por minha conta?

— Por outro lado, álcool faz parte de uma dieta balanceada.

A placa do lado de fora informava que o bar se chamava Jack Chittle's; o interior era composto por cabines profundas e luzes de Natal que ficavam acesas o ano inteiro. O conhecimento de Cooper sobre cerveja acabava com a noção de que ele gostava, portanto, ele deixou que Quinn pedisse pelos dois, o que resultou em uma jarra de algo escuro chamado *milk stout*. Era uma cerveja encorpada e deliciosa, com notas de chocolate e café, e ficou ainda melhor depois que os dois adicionaram duas doses de uísque irlandês.

— Então você voltou de Cleveland, hein? — Cooper pousou o copo da dose. — Os Filhos de Darwin?

— Acredite se quiser, não. Estive lá trabalhando com um suspeito, um cientista. O cara decidiu fugir, então tive que visitar seu pupilo e colocá-lo contra a parede.

— Ele sabe de alguma coisa?

— É cedo demais para dizer.

Eles colocaram as novidades em dia, e Cooper deixou a conversa ser informal por um tempo, sem querer apressar as coisas. Bobby Quinn informou sobre a situação na agência.

— Está uma bagunça de primeiríssima linha. Todo mundo tirando o seu da reta, tropeçando uns nos outros para tomar distância. "O quê? Nós caçamos e matamos bandidos? Minha nossa, que indelicadeza." — Quinn riu. — E, ao mesmo tempo, ainda temos aqueles alvos em potencial à solta por aí, então os malucos do alto escalão, que ficam fazendo cara de preocupação na CNN, estão mudando de ideia e falando baixinho, dizendo para continuarmos, que as coisas vão se acertar em breve.

— E vão?

— Os Serviços Equitativos acabaram. Mas, sim, é claro. Daqui a um ano o caso estará esquecido, e nós recomeçaremos sob um novo nome. Todo mundo sabe que o trabalho ainda tem que ser feito. Enquanto isso, os melhores agentes do DAR estão em um limbo. Sabe o que mais me mandaram fazer? Estou no comando de uma força-tarefa de sindicância interna para apoiar uma CPI. Quer passar uma boa noite de sábado? Tente escrever um relatório sobre o assassinato de um terrorista conhecido sem usar a palavra *matar*.

— Exterminar?

— Neutralizar. Faz parecer que nós mostramos que ele estava errado e oferecemos treinamento vocacional. — Quinn balançou a cabeça. — E você? Você é o único cara que eu conheço capaz de matar o chefe e acabar trabalhando para o presidente. Isso é que é se dar bem fracassando.

— Não foi o meu plano.

— Você tinha um plano?

Cooper riu e gesticulou para pedir outra rodada de doses.

— É sério, Coop. Você é um soldado, não um executivo. O que está fazendo, trabalhando para Clay?

— O de sempre. Tentando deter uma guerra.

— Como está indo?

— Como sempre.

Quinn puxou um maço de cigarros do casaco, tirou um e girou entre dois dedos. O barman veio servir as doses e disse:

— Você não pode fumar aqui.

— É sério? Isso é uma nova lei municipal ou apenas uma política pessoal?

— Tanto faz. — O sujeito colocou a garrafa de volta na prateleira e foi embora.

— É, tanto faz. — O velho parceiro de Cooper bateu com o cigarro na mesa e brincou com ele. — Mundo engraçado. John Smith recebe cheques polpudos para falar em campi universitários, mas um cara que quer um cigarro pode ser morto e devorado.

— Você nem gosta de fumar. Só gosta de pensar em fumar.

— Isso é verdade. Gratificação postergada, como sexo tântrico.

Cooper riu. Era bom estar ali, falando com alguém que vivia no mesmo mundo que ele. Mas pensar naquilo fez com que ele se lembrasse do motivo de estar ali, do medo que o atormentava.

— Ok, sendo sincero, isso não é exatamente uma visita social.

— O que você tem em mente?

— O que vocês sabem sobre os Filhos de Darwin?

Quinn deu de ombros.

— Não havia registro sobre eles até seis semanas atrás, então, de repente, puf, aqui estão, colocando água no chope de todo mundo.

— Alguma ideia de como eles operam?

— Nós presumimos que sejam células discretas, com uma estrutura fluida de comando. Sistema padrão de procedimento terrorista. Mas com os Serviços Equitativos desativados, ninguém foi capaz de mirar neles.

— Como isso é possível? Como podemos não saber nada?

Quinn recostou-se.

— Isso é a Casa Branca perguntando?

— Não — respondeu Cooper. — Não estou abrindo sindicância. Estou tentando entender a situação e preciso de sua ajuda. Você é meu planejador.

— Bajulação funciona. — Quinn tomou um gole da cerveja. — Ok, cá entre nós? A ideia toda de que os Filhos de Darwin surgiram do nada não cola. Ninguém se organiza dessa forma tão rápido assim, nem mesmo brilhantes.

— Então você está dizendo que eles estão por aí há algum tempo.

— Bem, os Filhos de Darwin sabem exatamente como nos prejudicar, certo? Antes, a maioria dos terroristas plantava bombas nos correios, assassinava autoridades menores, descarrilava trens. Ruim, mas essencialmente um transtorno. Mas esses caras sabem o que estão fazendo. Em vez de atacar prédios, eles sequestram alguns caminhões e matam os motoristas, sabendo que as companhias de seguro vão retirar as apólices. Pronto, os Filhos de Darwin fizeram a cidade passar fome.

— A mesma coisa com a energia — argumentou Cooper. — Acho que eles derrubaram a rede sabendo que reagiríamos implementando uma quarentena.

— É, essa foi uma manobra terrível. — Quinn balançou a cabeça. — Tudo que a quarentena fez foi criar caos. Nós essencialmente demos aquelas cidades aos terroristas. Como você deixou que isso acontecesse, cara?

— Não foi decisão minha.

— E a justificava de que estamos isolando a cidade para capturar terroristas? Quem estamos tentando enganar, uma criança de 10 anos que bateu com a cabeça?

— Eu sei, eu sei. Honestamente, acho que Leahy acredita que vocês do DAR vão surgir com as coordenadas para lançar um míssil no alvo.

Quinn balançou a cabeça.

— Nem pensar. Acho que os FDD não têm mais do que dez ou quinze agentes em cada cidade. Comando discreto e descentralizado. E a rede provavelmente foi invadida por algum esquisito adolescente em um porão de Poughkeepsie.

— Por que tão poucas pessoas?

— É tudo que você precisa para sequestrar caminhões e queimar um depósito. Ao manter a estrutura tão pequena, eles são praticamente impossíveis de encontrar. Especialmente agora.

— Se for verdade, então tudo isso foi planejado com antecedência. — Cooper escolheu as palavras com cuidado; ele achava que estava certo, mas queria ver se Quinn chegara à mesma conclusão. — Não foi há semanas. Foi há anos. Alguém organizou isso, colocou as pessoas em posição, financiou e deixou tudo adormecido para o momento em que o DAR estivesse no caos.

Quinn lançou um olhar curioso para ele.

— Você está dizendo que foi John Smith.

— Um plano como esse exigiria uma mente estratégica incrível.

— Uma vez, você me disse que John Smith era o equivalente ao Einstein em estratégia. — Quinn tomou um gole de cerveja. — Mas... espere aí.

— Um plano sendo preparado há anos. Um grupo pequeno e dedicado que usa nossos sistemas contra nós. Mais do que isso, uma ação coordenada precisamente no pior momento, quando um presidente forte, embora imoral, sofre *impeachment* e aguarda julgamento, e a organização que normalmente teria protegido o país está em frangalhos.

— Se for verdade, então significa que... Você está dizendo... — Quinn olhou espantado para Cooper. — Você percebe o que isso significa?

— É o que está me tirando o sono à noite, Bobby. Eu apenas continuo raciocinando e chegando ao mesmo lugar.

Era um lugar em que Cooper nunca imaginou que acabaria chegando. Quando embarcou em uma missão secreta para caçar John Smith, Cooper jamais teve dúvidas sobre a culpa do homem. Mas a jornada para chegar até ele abriu os olhos para certos fatos que Cooper não podia ignorar. Fatos como a amiga anormal de Shannon, Samantha, cujo dom para empatia poderia tê-la transformado em uma médica ou uma professora, mas que, em vez disso, a transformou em uma prostituta. Fatos como a equipe tática do DAR, que prendeu uma família que ajudou Cooper, aprisionando os pais e colocando a filha de 8 anos em uma academia. Fatos como a tênue beleza da Comunidade Nova Canaã no Wyoming, onde uma geração de sonhadores otimistas estava construindo algo novo e melhor.

Quando Cooper finalmente encontrou Smith, a fé tinha chegado ao limite. E quando Cooper descobriu a verdade sobre o massacre no restaurante Monocle, a fé cedeu.

De certa forma, ele cedeu.

Cooper lembrou-se de ter sentado em um pico no Wyoming, um dedo fino de pedra de 45 metros de altura, e observado a aurora. Ele e Smith escalaram juntos, e enquanto um sol vermelho-sangue surgia sobre o cenário poeirento, os dois conversaram. Mais do que conversaram; trocaram confissões. Conversar com o inimigo jurado tinha sido uma experiência terrivelmente surreal. Foi naquela manhã que Smith contou a respeito da existência do vídeo que mostrava Drew Peters e o presidente Walker tramando o ataque ao Monocle. Smith alegou que eram os dois que queriam uma guerra, que apenas as pessoas já no poder se beneficiariam.

Embora Cooper não tivesse acreditado em tudo que Smith dissera, acreditou o suficiente para levar o caso adiante. A ponto de encontrar o vídeo, matar Drew Peters e derrubar um presidente.

E agora Cooper se perguntava se esse não tinha sido o objetivo de Smith desde o início.

— Bobby — disse ele. — Eu preciso que você me diga a verdade. Eu estou maluco? Ou é possível?

O amigo pousou o copo. Pegou o cigarro, colocou na boca, depois tamborilou no bar, olhando para baixo. Cooper deixou que ele pensasse. Torcendo, sem muitas esperanças, para que Quinn dissesse que aquela era uma fantasia paranoica. O dom de Cooper para reconhecimento de padrões lhe dava enormes vantagens, mas eram mais táticas do que estratégicas, mais a respeito da próxima manobra do que dez passos adiante. Quinn era o planejador.

— É possível. — Toda a jocosidade sumiu da voz do amigo. — É, sim.

Cooper recostou-se. O estômago se revirou, e a garganta ardeu com bile. Possível era praticamente certo, se John Smith fosse o xis da questão.

— Ele nos manipulou.

— Mas você percebe o que isso significa? Tudo aquilo, todas as coisas que fizemos, foi parte do plano dele. Quando Smith contou sobre o vídeo para você, quando nos mandou atrás de Peters, não tinha nada a ver com a inocência dele ou com a verdade. Smith fez aquilo porque...

— Porque ele sabia que, se eu encontrasse o vídeo, eu o divulgaria. E isso derrubaria o presidente e paralisaria o DAR. Smith sabia que eu faria o que era certo e usou isso para piorar a situação. — Cooper hesitou, tentou engolir as próximas palavras e viu que elas rasgavam a garganta como navalhas. — Significa que a culpa é minha, Bobby.

— Besteira. Você não pode se responsabilizar por isso.

— Eu preciso. Claro, eu estava tentando fazer o melhor, mas entrei direitinho no jogo dele. Todos nós entramos. Eu pensei que John Smith estivesse me usando para ser exonerado e sair do esconderijo. Mas esses eram benefícios extras. Enfraquecer nossa reação aos FDD era o verdadeiro objetivo.

— Mas por quê? Quero dizer, se tudo que Smith fez para aliciá-lo e enganá-lo foi apenas o primeiro passo, e ele já estava pensando no décimo, então qual é o objetivo final?

— Guerra — respondeu Cooper. — O objetivo final é guerra. Acho que John Smith não está mais interessado em direitos iguais para anormais. Acho que ele quer começar uma guerra civil.

— E fazer o quê? Matar todos os normais?

Cooper não respondeu.

— Meu Deus. — Quinn esfregou os olhos. — Espere. Como esse plano faz com que John Smith consiga o que quer? As coisas estão piores agora para os anormais do que jamais estiveram. A identificação por microchips, os crimes de ódio... diabos, cada deputado está convocando coletivas de imprensa para dizer que precisamos prender todos vocês.

— Exatamente. Lembre-se, os anormais não estão unidos. Ele não pode simplesmente nos mandar um e-mail. A maioria das pessoas, banais ou esquisitas, não teria nada a ver com Smith. Elas estão apenas querendo viver suas vidas. Se quiser tomar o poder, ele precisa de um exército. E uma vez que Smith não pode começar a recrutar...

Quinn arregalou os olhos ao compreender todo o alcance do plano.

— Ele deixa o recrutamento por conta do governo. Smith leva o governo a se tornar repressor. As pessoas passam de ter preocupação com os anormais a ter medo deles. A partir daí, é um pequeno passo para atacá-los. Linchamentos, tumultos. O exército de Smith ganha forma. Afinal, se todo mundo está tentando matar sua espécie, é melhor se unir e se defender.

— E será preciso um líder para isso. Um homem de visão ousada, alguém que prometa um mundo onde você não apenas esteja a salvo, mas sim no comando. Sem direitos iguais. Superioridade para os superiores.

A porta do bar se abriu, e um grupo de jovens de 20 e poucos anos entrou, rindo e brincando. Uma rajada gelada entrou com eles, e Cooper sentiu um arrepio. Quinn pousou o copo.

— De repente, fiquei sem sede.

— É.

— O DAR está observando Smith da melhor maneira possível. Não vimos nenhum sinal de que ele esteja em contato com os FDD.

— Ele não precisaria estar. Smith pode ter feito esse plano há dois anos e deixado um conjunto bem específico de instruções. Faça isso, depois faça aquilo, depois aquilo outro. Como você disse, um pequeno grupo que sabe exatamente como nos prejudicar.

— E, enquanto isso, John Smith percorre o país fazendo discursos e dando autógrafos em livros, aparecendo no 3D, falando que é uma vítima. Arrebanhando apoio enquanto finge ser a voz da razão.

Conserte essa situação, disse Natalie. O pensamento quase fez Cooper rir. Consertar? Ele tinha quebrado. Na verdade, suas intenções foram puras, ele fez o tipo de escolhas que seu pai teria aprovado. Mas, de qualquer modo, elas serviram aos objetivos de John Smith. O certo fora distorcido para tanta coisa errada.

— Sabe de uma coisa? Tem dias que eu odeio todo mundo. — Quinn balançou a cabeça. — As coisas estão piorando, não é? Quero dizer, nós sempre estivemos na linha de frente, e sempre pareceu que tudo estava prestes a ir para o inferno. O jogo é esse. Mas essa situação é diferente. — Ele ergueu os olhos e encarou Cooper. — Nós realmente podemos estar na beira do precipício. O fim de tudo.

O fim de tudo. Era uma declaração tão melodramática, tão grande e vagamente boba. O fim de tudo? Claro que não. O cataclismo nunca acontecia de verdade. Apenas andava à espreita lá fora. Furacões nunca destruíam cidades para valer. Pragas nunca devastavam populações para valer. Pessoas não cometiam genocídios para valer.

Só que... eles faziam tudo isso, sim.

— Você falou com o presidente?

Cooper fez que não com a cabeça.

— Ninguém quer ouvir a respeito. Todos estão muito convencidos de que tudo acabará bem.

— Você pode estar errado a respeito de Smith.

— Nada me faria mais feliz. Mas eu não acho que esteja. E você?

— Não.

— Então, o que faremos a respeito?

Quinn respirou fundo com os dentes trincados.

— Na situação atual, não há como o DAR agir contra Smith. Segundo a opinião pública, ele é um rebelde do bem. A vítima de um governo repressor. Nós não poderíamos prendê-lo nem se estivesse dando tiros em estranhos com uma das mãos enquanto tocasse punheta com a bandeira americana usando a outra.

— Que imagem forte.

— Obrigado. E quanto ao presidente Clay?

— Nada, sem chance — respondeu Cooper. — John Smith é intocável.

— Completamente fora de cogitação.

— Cem por cento. — Cooper pegou o guardanapo, rasgou uma tira certinha, depois outra e mais outra, então ergueu o olhar para o amigo. — Quer pegá-lo mesmo assim?

Quinn sorriu.

— Ah, com certeza, porra.

LOJA MILITAR DO RINGO
★★ TEMOS O QUE ★★
VOCÊ PRECISA

NOSSO KIT DE SOBREVIVÊNCIA AOS FDD INCLUI:
- FOGÃO PORTÁTIL DE GÁS BUTANO
- PANELA DOBRÁVEL
- TABLETES DE PURIFICAÇÃO DE ÁGUA
- COBERTOR PARA TODO TIPO DE CLIMA
- LAMPIÃO À MANIVELA
- FERRAMENTA MULTIUSO

APENAS 999,99 DÓLARES!
(OS ESTOQUES SÃO LIMITADOS E ESTÃO VENDENDO RÁPIDO)

LEMBRE-SE: APENAS
VOCÊ
PODE PROTEGER SUA FAMÍLIA!!

A BATERIA DO DATAPAD ACABOU? RECARREGUE EM NOSSO GERADOR! (50 DÓLARES/HORA)

CAPÍTULO 14

Com fumaça de condensação saindo da boca, Ethan separava latas.

A cozinha tinha uma despensa, um fato que ainda o surpreendia. Um ambiente feito especialmente para estocar comida? Que novidade! Que luxo! Em Manhattan, uma despensa teria sido alugada como um apartamento eficiente. Ele tinha certeza de que havia morado em uma.

A luz tinha acabado havia 24 horas agora, e a casa estava fria. Ethan estava com dois suéteres e luvas sem dedos. Era engraçado como poucas latas de comida realmente valiam como comida: molho de tomate, abacaxi fatiado, castanha-d'água e canja. Tudo de que um cozinheiro precisaria, e nenhuma delas consistia em uma refeição. Ele reorganizou e colocou as latas mais úteis em uma prateleira. Feijão preto, feijão branco, feijão-de-lima. Sopa, especialmente as mais nutritivas. Duas latas de leite de coco; não era exatamente alta gastronomia, mas cada uma tinha quase mil calorias, e o alto conteúdo de gordura os manteria quentes. Embaixo disso tudo vinham as peras, saladas de frutas e vagens. Menos vitaminas do que frutas, legumes e verduras frescos, mas melhor do que nada. Macarrão e arroz. Finalmente, produtos para fazer pães e bolos, farinha, açúcar e fubá. Sem energia, eles não podiam fazer nada disso, mas poderiam misturar os produtos em uma massa fria se a situação apertasse.

— Ela dormiu — disse Amy atrás do marido. — Eu vou começar a cuidar da água.

Ethan se levantou e bateu os pés para ativar a circulação.

— Ok. Encha tudo o que tivermos. Copos, vasos, baldes, latas vazias...

— A banheira. Pode deixar.

— Obrigado.

Ethan viu um pacote de velas de aniversário e o adicionou à pilha na bancada. Uma caixa de velas finas, três velas grossas queimadas pela metade que estavam no quarto e onze, não, doze velas de aniversário. Três lanternas e um punhado de pilhas. Era melhor não gastá-las; eles teriam que começar a usar as horas de luz solar. Sem ler antes de dormir.

Eles acenderam um pequeno fogo na lareira, e Ethan ajoelhou-se para aquecer as mãos enquanto flexionava os dedos rijos. Considerou jogar mais duas toras e desistiu. Eles não tinham muita lenha.

Sempre há a mobília.

A seguir, a geladeira. Ambos eram viciados em comida e geralmente mantinham a geladeira cheia. Mas havia seis dias que as lojas foram esvaziadas, e eles já tinham consumido a maior parte da comida fresca. O gaveteiro de frutas e legumes só tinha duas maçãs, uma toranja e meio pacote de rúcula, com as folhas do fundo já gosmentas. Normalmente, Ethan teria jogado a rúcula inteira fora; agora ele simplesmente selecionou e tirou apenas as piores folhas. Havia uma sobra de talharim tailandês, dois dedos de suco de laranja e um monte de condimentos.

O freezer já havia perdido a maior parte do frio; o gelo boiava nas formas, os pacotes de hambúrguer e frango estavam com as bordas moles. Um par de pizzas não estava mais congelado. Ethan suspirou e começou a retirar tudo.

Enquanto enchia copos na torneira, Amy falou:

— Nós podíamos colocar a comida lá fora.

— Que temperatura você acha que está?

— Uns 7 graus?

Hum. Essa provavelmente era a temperatura de uma geladeira em funcionamento. Colocar a carne lá fora renderia uns dois dias a mais, na melhor das hipóteses.

— Ela duraria mais se pudéssemos cozinhá-la.

— Eu te disse que deveríamos ter escolhido um fogão a gás. — Amy sorriu, depois disse: — Ei, espere. A churrasqueira.

Ethan era um purista quando se tratava de churrasco; era com carvão ou nada. Foi um argumento fácil quando a vida era normal, mas agora ele realmente queria ter escolhido uma churrasqueira a gás. Ethan fuçou a garagem e encontrou meio saco de carvão Kingsford. Jogou tudo na chaminé, forrou o fundo com jornal e acendeu a chama. Um vento frio soprou do oeste e jogou fumaça em seu rosto, mas o carvão pegou.

De volta à cozinha, ele abriu os pacotes de carne. Um quilo de fraldinha, quatro peitos de frango, meio quilo de carne moída. Ele fez hambúrgueres com a carne moída, depois começou a cortar a fraldinha em tiras de meio centímetro.

— Vai refogar?

— Vou fazer carne seca — respondeu Ethan. — Ferver água para o macarrão, depois grelhar o frango e os hambúrgueres, e finalmente assar as pizzas. Isso vai praticamente acabar com o carvão, mas se pendurarmos essas tiras no varal, elas ainda vão secar em algumas horas. E carne seca dura semanas.

— Bacana. — Amy endireitou o corpo, colocou as mãos na lombar e se inclinou para trás enquanto as vértebras estalavam. — Cara, o que eu daria por um banho quente.

— Nem fala — disse ele.

Do lado de fora, a tarde terminava. As nuvens baixas eram opressivas, e o vento balançava as árvores.

Inventariada, a comida parecia o bastante para sustentá-los. Mas Ethan sabia que, se eles comessem normalmente, ela acabaria rapidinho. Ele pensou nas idas às compras que os dois costumavam fazer, com o carrinho cheio, uma dezena de sacolas para desempacotar, e, no entanto, eles iam ao mercado quase semanalmente.

Teremos que começar a racionar. Fazer a comida durar, beber muita água. Senhoras e senhores, o estilo de vida americano foi temporariamente suspenso.

O que não era problema. Um dos benefícios de se viver no país mais rico do mundo era que havia uma grande margem entre a normalidade e a fome. Mas, ainda assim, o que aconteceria quando a comida acabasse? Será que a situação duraria tanto assim?

E quanto às pessoas que sequer têm isso? De alguma forma, Ethan não achava que elas passariam fome tranquilamente.

— Eu não acredito neles — falou Amy.

— Hã? Em quem?

— Nos soldados. Você disse que eles estavam isolando a cidade para que os terroristas não conseguissem fugir. Isso não faz sentido.

— Não.

— Tem algo que eles não estão nos contando.

Antes que o marido pudesse responder, ouviu-se uma batida na porta. O som assustou os dois. Ethan nunca havia se dado conta de como o silêncio americano era barulhento até que todos os aparelhos estivessem desligados.

— Fique aqui — disse ele, depois foi até a porta da frente.

Ethan colocou a mão na maçaneta, depois se conteve. *É um novo mundo.* Ele espiou pelo olho mágico.

Jack Ford estava na varanda, juntamente com dois caras da reunião da patrulha da vizinhança. O engenheiro, Kurt, e Lou, o cara que perguntou qual era o problema dele.

Ethan abriu a porta.

— Ei.

— Oi, Ethan. — Jack sorriu e esticou a mão, e eles se cumprimentaram. — Como vai?

— Ah, estamos fazendo um levantamento.

Ele quis dizer um levantamento do que estava ocorrendo, mas Jack entendeu literalmente.

— Ideia inteligente. É importante saber quanto duram suas provisões. Ei, por acaso eu te vi colocando as malas no carro ontem à noite?

— Sim.

Surgiu uma imagem na cabeça de Ethan: Jack passando de janela a janela, com uma escopeta na mão enquanto espiava pelas persianas. Atento aos maus elementos.

— Estávamos indo a Chicago para ficar com a mãe de Amy — explicou ele. — A Guarda Nacional mandou que voltássemos.

— Eu soube. Tenho um gerador e ando ligando-o em intervalos para carregar os aparelhos eletrônicos e ver o noticiário. Estão dizendo que a cidade está isolada enquanto o governo caça os Filhos de Darwin.

Ethan assentiu. Esperou. Os três homens se encararam.

Jack começou a falar, mas Lou foi mais rápido.

— Você conhece bem aquele tal de Ranjeet?

— Sim, jantamos algumas vezes. Gente boa.

— Estávamos pensando em talvez falar com ele.

— Sobre o quê?

— O governo diz que estão procurando por terroristas anormais. Pensei que a gente pudesse ajudar.

— Ora, vamos lá. Ranjeet é um designer gráfico.

— Não, ei, você entendeu mal — falou Jack. — Nós sabemos que ele não é um terrorista. Mas Ranjeet é um anormal.

— Então ele provavelmente conhece terroristas?

— Talvez ele conheça alguém que está agindo de forma estranha.

— Os anormais andam juntos — disse Kurt. — Acredite em mim, eu sou engenheiro. Conheço um monte de anormais.

Jack o ignorou e disse:

— O governo tem um disque-denúncia para que as pessoas liguem sobre qualquer coisa suspeita. E uma vez que realmente não há nada mais a fazer agora, nós pensamos... que mal teria?

Claro. Que mal teria em caçar terroristas em uma cidade inteira cheia de gente faminta e assustada?

— Esqueça. Eu disse que ele não toparia. — Lou pigarreou, virou-se e cuspiu nos arbustos. — Vamos embora.

Jack não se moveu, apenas ficou parado com as mãos para baixo. Ethan percebeu que ele estava tentando realçar um fato, informá-lo sobre alguma coisa. Na prática, Jack era o líder da vizinhança agora, o sujeito a quem todo mundo apelava. Será que estava pedindo para Ethan se juntar a eles? Uma ameaça vaga? Ou apenas sugerindo que, se pessoas como Ethan não participassem, aquilo tornava pessoas como Lou ainda mais fortes?

— Por que você não vai com eles, amor?

Amy estava fora de vista dos homens na varanda, e sua expressão de preocupação negava a leveza da voz ao falar alto o suficiente para que eles ouvissem.

— Vá em frente, eu dou conta da churrasqueira. Só me dê um abraço primeiro. — Ela ergueu os braços.

Ethan deu uma olhadela para Jack, depois para ela, e foi abraçá-la. Em seu ouvido, Amy sussurrou:

— Ranjeet tem duas filhinhas.

Claro. Ele murmurou:

— Eu te amo.

— Eu também. Tome cuidado.

Ethan concordou com a cabeça e se afastou.

— Vamos.

■

A casa dos Singh era pintada em um tom alegre de amarelo e tinha canteiros de flores na frente sem uso no frio de novembro. A caminhada até lá levara apenas um minuto, mas parecia ter sido mais longa devido à dinâmica invisível que se estabeleceu no grupo. Lou foi à frente, com uma determinação nos passos que quase fez com que batesse os pés. Jack e Ethan iam logo atrás, e em dado momento o vizinho olhou para ele, outra olhadela inescrutável como se Jack quisesse dizer alguma coisa, embora não falasse. Kurt seguiu como um cãozinho empolgado.

Eles pararam na calçada em frente à casa. Lou ficou mexendo os pés. Ethan imaginou a cena pelo ponto de vista de Ranjeet: quatro homens reunidos de maneira sinistra do lado de fora, trocando olhares. Imaginou como ele teria se sentido, com a certeza subconsciente que todos possuíam na época do ensino fundamental de que qualquer grupo estava olhando para eles, de que cada risada era dirigida às suas fraquezas. *Essa é uma má ideia.*

Forçando um tom ameno, Ethan falou:

— O que estamos esperando, pessoal?

Ele começou a andar. Apertou a campainha — nada, óbvio — e depois bateu. Após um momento, passos se aproximaram e depois a tranca se soltou.

Ranjeet viu Ethan primeiro e sorriu, mas a expressão congelou quando viu os outros homens.

— Ei — disse ele. — A patrulha da vizinhança. Vocês pegaram alguns bandidos?

Lou ficou irritado, mas Ethan respondeu:

— Não, tudo limpo. Como você está?

— Desejando que a gente tivesse ido para a Flórida.

— Entendo. Tentamos ir a Chicago, mas nos mandaram voltar.

— Dias estranhos. — Os olhos de Ranjeet passaram por Ethan e foram aos outros, depois voltaram. — Então, o que está acontecendo?

— Podemos entrar? — perguntou Lou.

Ranjeet hesitou, com a mão ainda na maçaneta.

— Sim, claro. — Ele foi para o lado e fez um gesto para que o grupo entrasse.

Um pequeno hall deu lugar à sala de estar, um espaço com decoração estilosa pintado com um tom de branco bem definido. Havia dois sofás modernos dispostos sobre um tapete felpudo amarelo, e um livro estava aberto sobre uma mesa delicada de vidro. Havia brinquedos espalhados pelo chão como se tivessem caído como chuva do céu: bichos de pelúcia, blocos de empilhar e um xilofone. Aquela visão deu a Ethan um vislumbre do futuro, de Violet algum dia deixando um rastro de brinquedos ao bambolear pela casa, e o pensamento o deixou feliz.

— Onde estão as meninas?

— No andar de cima. Eva está tentando convencê-las de que é hora de dormir.

Ranjeet não pediu para que se sentassem, apenas colocou as mãos nos bolsos e esperou. Os quatro ficaram sem saber o que fazer diante dele. Estava tão frio dentro da casa quanto fora, e a respiração de todos se condensava.

Ethan percebeu Jack olhando para ele e deu de ombros. *A ideia foi sua, cara.*

— Sua casa é muito bacana — falou Jack, um pouco sem jeito. — Elegante.

— Obrigado. E aí?

— Eu não sei se você ouviu o noticiário nos últimos dias, com a falta de luz...

— Nós temos um rádio e pilhas.

— Então você sabe que o governo está pedindo para todos colaborarem. Há um disque-denúncia para relatar qualquer coisa.

— Como o quê?

— Você sabe. — Jack deu de ombros. — Sobre os Filhos de Darwin.

Ranjeet fez um som que não era uma risada.

— Vocês estão de brincadeira comigo?

Jack espalmou as mãos em um gesto conciliador.

— Não estamos dizendo nada do gênero. Só pensamos que talvez você tivesse...

— Andado com terroristas?

— Não, apenas... que você tivesse alguns amigos que estivessem agindo estranho.

— Sim — respondeu Ranjeet, olhando para Ethan. — Vocês quatro.

— Veja bem, eu sei como isso soa — falou Jack tentando dar um sorriso conciliador. — Lamento perguntar, mas todos nós estamos preocupados. A situação está ficando ruim.

— Sério, gênio? O que te fez perceber?

— Ora, eu não quis ofender...

— Você não quis ofender? Você vem à minha casa com uma patrulha e pergunta se eu conheço terroristas, mas não quis ofender?

— Ranjeet... — começou Ethan, mas foi interrompido pelo amigo.

— Não, tudo bem. Vocês me pegaram. Eu sou um mestre do crime. Meu disfarce é projetar logos corporativas, mas eu realmente passo as noites sequestrando caminhões. É mais fácil para mim, sabe, com a pele escura. Sou meio invisível à noite.

— Vamos nos acalmar — disse Ethan.

Ranjeet não parecia notar que todos estavam muito tensos, cansados e assustados. Era uma coisa bancar o corajoso quando as prateleiras do supermercado ficaram vazias, mas quando continuaram sem comida uma semana depois, e a energia acabara, e o exército colocara a cidade sob quarentena, e o tempo estava ficando mais frio, e o jantar do Dia de Ação de Graças seria feijão enlatado, aí a história era diferente. As costuras do contrato social estavam se rompendo, e por mais justa que fosse a raiva de Ranjeet, era a reação errada no momento.

— Ninguém está fazendo acusações. Estamos todos... — continuou Ethan.

— Por que você tem isso?

Lou tinha ido à mesa de centro e pegado o livro que Ethan notara antes. Ele o ergueu para que todos pudessem ver a capa. *Eu Sou John Smith*.

Ai, merda.

— Como é que é?

— Por que você tem isso?

— Você quer emprestado?

— É a última vez que pergunto: por que você tem isso?

Ranjeet deu um sorrisinho.

— Eu disse. Sou um terrorista.

— Lou, o país é livre — falou Jack. — É apenas um livro.

— É, um livro escrito por um assassino.

— Ele foi falsamente incriminado — explicou Ranjeet. — Se você visse o noticiário de vez em quando, saberia disso. O governo retirou todas as acusações contra ele.

Lou começou a ler de onde Ranjeet havia parado.

— "Eis aqui uma verdade simples, porém incômoda. Nossos políticos nos enxergam como pouco mais do que um meio de manter o próprio poder. Somos gasolina para um motor de corrupção e egoísmo. Os homens que guiam a nação se importam conosco da mesma forma com que você se preocupa com a gasolina que coloca no carro; gasolina que é consumida sem consideração, desde que leve o motorista aonde ele quer." — Ele fechou o livro. — Isso parece americano para você?

— Sim — respondeu Ranjeet. — Parece bem na mosca.

Lou balançou a cabeça com nojo.

— Eu fui um fuzileiro naval. Meu pai foi um fuzileiro naval. Ele lutou no Vietnã para manter esse tipo de merda fora do nosso país.

Ranjeet riu.

— Foi por esse motivo que você acha que estivemos no Vietnã?

— O que você está dizendo? — Lou deu um passo à frente.

— Pessoal. — Ethan olhou para Jack, que não se mexeu. — Isso é ridículo...

— Você está dizendo que sou idiota? Que meu pai era idiota? — O homem se preparou para um confronto, olhando feio e estufando o peito. Ele era 10 centímetros mais baixo do que o anormal, mas tinha o peitoral largo e os braços grossos de um levantador de peso.

— É isso o que você está dizendo?

O olhar de Ranjeet ficou agitado, mas ele se defendeu.

— Chega. É hora de vocês irem embora.

— Essa sua raça. — Lou respirou fundo com raiva. — Vocês todos se acham espertos pra cacete. Tão melhores do que nós.

Ethan deu um passo à frente.

— Vamos, cara.

Ele colocou a mão no ombro de Lou. Ele a retirou com um safanão.

— Que raça? — perguntou Ranjeet, com fogo na voz. — Brilhantes? Hindu-americanos? Designers gráficos?

— Tão espertalhão. — Lou segurou o livro em uma das mãos e bateu com ele no peito do anormal. — Tão valentão.

E bateu de novo.

— Eu falei sério. Saia da minha casa.

— Ou o quê? — Outro golpe com o livro.

— Lou ... — disse Jack.

Ranjeer deu um tapa no livro e tirou-o da mão de Lou.

— Eu disse pra sair da minha *casa*.

Ele deu um passo à frente, meteu as mãos no peito de Lou e empurrou. Surpreso, o homem tropeçou para trás. Ele meteu o pé em um caminhão de brinquedo, a perna subiu, o corpo balançou, os braços giraram, e ele começou a cair. Ethan observou, paralisado, enquanto sua mente traçava uma linha entre Lou e o chão, que passava pela mesa de centro de vidro, e pensou que deveria tentar deter a queda, mas pensar foi o máximo que ele fez.

O homem caiu de costas sobre a mesa, que foi destruída pelo peso; fragmentos de vidro explodiram quando o corpo atravessou o tampo e a base antes de bater no tapete felpudo com um baque seco.

— Ai, merda, me desculpe... — disse Ranjeet ao dar um passo à frente.

Lou ofegou. Ele tossiu e rolou de lado. O vidro embaixo do homem foi esmagado quando ele meteu a mão atrás da cintura...

E pegou uma arma.

A pistola era grande, cromada, e a mão que a empunhava estava pontilhada por sangue que saía de uma dezena de cortes. O cano tremeu, mas estava apontado para o peito de Ranjeet. O mundo virou um mural estranho e terrível que Ethan viu por completo: Kurt boquiaberto, Jack com as mãos na cabeça, Ranjeet paralisado com um braço esticado e Lou no chão, encolhido como se estivesse fazendo abdominais, com a pistola na mão direita.

— Seu filho da puta — disse Lou.

Como geralmente acontecia, Ethan se viu observando com os olhos de um acadêmico e notou a clássica batalha por domínio tribal crescer da ameaça para a violência. Uma das belezas da evolução era que ela era ao mesmo tempo desordenada e ordeira — desordenada porque dependia da aleatoriedade da mutação, um milhão de largadas queimadas e becos sem saída sem a guia de um arquiteto; ordeira porque as regras eram aplicadas com uma certeza inviolável e uma simplicidade brutal. Genes e espécies eram testados uns contra os outros não na lousa de Deus, mas no campo de batalha sangrento da vida, em situações exatamente como essa...

De repente, Ethan se deu conta de que o dedo de Lou apertava o gatilho. Ele atiraria em um homem por causa de uma diferença de opinião e um rompante de temperamento, mataria o sujeito na própria sala de estar com as filhas no andar de cima.

Sem se dar tempo para refletir a respeito, Ethan entrou na frente de Ranjeet.

Fisicamente, ele havia andado apenas um metro. Mas a mudança de perspectiva foi imensa. Ethan se viu olhando para dentro do cano da arma. Uma imagem que ele tinha visto em pôsteres de cinema e capas de romances de mistério, mas que era bem diferente na realidade.

Lou encarou Ethan com olhos apertados e narinas crispadas.

— Saia da frente.

Ele queria, queria mesmo, mas tudo que fez foi balançar a cabeça. Com medo de que qualquer movimento súbito ou vigoroso demais pudesse abalar a situação, pudesse levar aquele esquentado a fazer algo realmente estúpido.

— Papai!

O grito veio do corredor. Uma criança bonita em calças de bolinhas e um suéter com um golfinho olhava fixamente para eles, e algo se quebrou no olhar arregalado e assustado.

— Filha, vá lá para cima — falou Ranjeet. — Está tudo bem. A gente só estava conversando, e o Sr. Lou tropeçou.

— Ele está bem?

— Sim, querida. Tudo está bem.

Ethan olhou fixamente para o círculo perfeito e escuro do cano da arma, e atrás dele, para o rosto do homem, furioso, assustado, sentindo dor e vergonha ao mesmo tempo.

Lou abaixou a arma. Jack e Kurt correram e se abaixaram para ajudá-lo a ficar de pé. Ele se moveu cautelosamente e gemeu. Cacos de vidro tiniram sobre o tapete.

Ethan abriu a boca para se desculpar, para dizer que toda aquela situação foi um erro, um acidente, mas o amigo falou primeiro.

— Saiam da minha casa. — Ranjeet passou o olhar por todos e terminou em Ethan; se estava agradecido, os olhos não demonstraram. — Todos vocês. E não voltem. Nunca mais.

Os liberais, a intelligentsia e a mídia acreditam que venceram. Juntos, derrubaram um presidente. E, para conseguir isso, tudo que fizeram foi executar um vídeo. Bem, parabéns.

Se eu nego que autorizei o ataque ao Monocle? Não. Mas defender uma nação de 300 milhões de pessoas exige decisões difíceis.

O assassinato daquelas pessoas foi moralmente condenável... e eu o ordenaria novamente. Eu me apresento diante de vocês como americano, patriota, presidente, e digo que as ações daquela noite podem ter salvado vidas.

Eu cometi pecados. Fiz coisas terríveis e mandei que outros as cometessem em meu nome. Eu derramei sangue, parte dele inocente.

Mas, quando estiver diante de Deus Todo-Poderoso, eu sei que Ele analisará minhas ações e julgará que foram justas. Por cada vida que foi necessário tirar, milhares foram salvas.

Proteger os Estados Unidos não é tarefa para os sensíveis.

Eu fiz coisas erradas e faria novamente. Por vocês e seus filhos.

Deus abençoe a todos. E Deus abençoe os Estados Unidos da América.

— Ex-Presidente Henry Walker,
no Banquete dos Amigos da Associação Nacional do Rifle

CAPÍTULO 15

— Você está bonito — comentou Cooper. — Se esse negócio de agente do governo não der certo para você, acho que tem futuro como segurança.

— Vai se foder. — Quinn ajustou o blazer que eles pegaram da sala da segurança da universidade meia hora antes. — Uma gravata de poliéster? É sério?

— Essa faixa refletora na lateral da calça realmente valoriza o conjunto.

— Novamente, vai se foder.

O elevador parou com um tranco, e as portas rangeram ao se abrir. Os dois entraram na antessala de concreto. Um panfleto grudado na parede mostrava uma foto de perfil de John Smith, de queixo empinado e olhando para o horizonte, as cores posterizadas como uma iconografia, um estilo de imagem que fazia com que ele parecesse metade com um político, metade com um astro de rock. O texto dizia: "A Universidade George Washington dá as boas-vindas ao ativista e escritor John Smith, autor do best-seller do New York Times, Eu sou John Smith."

Cooper e Quinn trocaram um sorriso e entraram na garagem subterrânea. O piso estava lotado, cheio de carros populares com painéis laterais enferrujados e adesivos de bandas das quais ele nunca tinha ouvido falar. Alguns Volvos e Buicks tinham crachás do corpo docente. Eles começaram a subir uma rampa. Quinn pegou uma caixa preta do bolso e tirou dois pontos eletrônicos. Cooper enfiou o pedaço minúsculo de plástico no ouvido. Dois bipes soaram quando os aparelhos se sincronizaram.

— Moças?

— Na escuta, chefe — falou Valerie West no ouvido dele.

— Claro como um pau na cara — disse Luisa Abrahams.

Quinn riu pelo nariz.

— Sempre uma flor delicada. — A voz dele estava em estéreo, o homem de verdade e aquele no ouvido de Cooper.

— Ei, se quiser delicadeza, tenho certeza de que uma dessas universitárias ajudaria.

— Eu dispenso. Alguma coisa fora do normal?

— Estou monitorando todas as atividades da equipe dele — respondeu Valerie. — Tudo dentro do padrão.

— Ótimo — disse Cooper.

Ele e Quinn se separaram ao virar a esquina. O parceiro foi pela via central, enquanto Cooper seguiu pela frente dos carros estacionados. Era bom estar de volta à ação e depender de pessoas a quem ele poderia confiar a vida. Antigamente, os quatro formavam a melhor equipe dos Serviços Equitativos. Luisa era a agente de campo, uma mulher de um metro e meio que encarava homens com o dobro do tamanho e possuía a boca suja mais poética que Cooper conheceu na vida. Valerie era uma rata de dados que manipulava a sequência de programação do que consistia a vida moderna. Com os Serviços Equitativos interrompidos, todos foram transferidos para cargos separados dentro do DAR, mas ambas eram veteranas e bem-sucedidas demais para serem vigiadas nos mínimos detalhes; uma missão clandestina e curta deveria passar despercebida.

— Obrigado de novo pela ajuda — falou Cooper.

— Disponha, chefe. Nenhuma de nós jamais duvidou do senhor, não importa o que eles disserem sobre a bolsa de valores.

Ele sentiu um calor no peito.

— Obrigado. Isso significa muito.

— Ei, é bom reunir o grupo — disse Luisa. — Eu vou ficar em silêncio; cantem se precisarem de alguma coisa.

— Recebido e entendido.

Cooper subiu em um meio-fio estreito e se abaixou enquanto passava pelos carros. Cinquenta metros à frente, um SUV preto estava parado em fila dupla, voltado para a saída. O motor estava ligado, o gás do escapamento se condensava no frio. As janelas eram escuras, mas eles tinham observado Smith chegar, viram o segundo segurança sair com ele. Só haveria o motorista no carro. Armado, sem dúvida, e provavelmente muito bom.

Cooper quase sentiu pena do sujeito.

Quinn subiu a rampa com a calma entediada de um segurança do campus. Cooper manteve o ritmo do parceiro, mas seis carros atrás, abaixado. Furtividade não era seu forte, mas o guarda estaria concentrado em Quinn. *Pena que você não pôde chamar Shannon para ajudar; ela seria capaz de entrar na surdina no Forte Knox.*

O pensamento provocou uma pontada em Cooper e uma memória do corpo de Shannon, nu e esguio, contra a luz de sua geladeira ontem à noite ao abrir uma cerveja e tomar um longo gole. Como sempre, ela aparecera sem avisar, e depois do sexo — Cooper parecia simplesmente ficar com mais vontade de Shannon a cada vez que os dois se tocavam, uma espécie de embriaguez que ele achou que tivesse desaparecido com a adolescência —, eles conversaram. Shannon tinha sido cautelosa com as palavras, mas Cooper foi capaz de dizer que ela esteve em ação. Doeu um pouco se dar conta de que Shannon não tinha intenção de contar o que andava fazendo.

É claro que você está fazendo a mesma coisa agora. Essa operação provavelmente vai prejudicar o seu relacionamento.

Cooper quase contou para ela. Na noite anterior, ao fazer cafuné no cabelo de Shannon enquanto os dois adormeciam, ele quase contou que acreditava que John Smith tentava começar uma guerra. Afinal, Cooper confiara nela a própria vida, a vida dos filhos. Mas será que podia confiar que ela ficaria ao seu lado em vez de apoiar o velho amigo e líder? Ele não tinha certeza.

Esse é o problema de namorar uma terrorista, Coop. Tantas conversas complicadas no café da manhã.

Cooper tirou Shannon da cabeça. Não era hora para distração. Seja lá o que houvesse entre os dois, seja lá o que ele esperava que fosse, ele tinha um trabalho a fazer.

Conserte essa situação, dissera Natalie.

Quinn chegou ao lado do motorista no SUV e bateu na janela.

— Com licença, o senhor é o motorista do Sr. Smith, certo?

Cooper engatinhou por mais três carros e depois rastejou ao lado do SUV. Ele estaria visível pelo retrovisor, mas manter o motorista concentrado era a função de Quinn. Cooper tirou o controle remoto do bolso e apertou o botão. Era uma neotecnologia que Quinn comprara, um decodificador de radiofrequência que fazia uma varredura rápida de milhões de códigos. Curioso; na época em que os carros tinham chaves, eles eram muito mais seguros. Agora que tudo funcionava ao toque de um botão, tudo o que era preciso era um botão mestre.

— Eu compreendo, senhor, mas não pode estacionar aqui — disse Quinn, o próprio exemplo de prestimosidade imparcial.

Com um clique, as portas do SUV foram destrancadas. Cooper abriu a maçaneta e entrou no banco do carona com um único movimento rápido.

O guarda era bom, já estava com a pistola no colo. O sujeito girou, começou a erguer a arma, mas Cooper captou o gesto com facilidade, o movimento dos ombros e peito. Ele não perdeu tempo lutando pela pistola, apenas uniu três dedos e deu um golpe no pescoço do homem, acertando no ponto onde a artéria carótida se ramificava. O guarda desmoronou instantaneamente, e a arma caiu no piso do veículo. Quinn debruçou-se pela janela com a injeção, enfiou no braço do sujeito e apertou o êmbolo. Nocautes em pontos de pressão não duravam muito tempo, mas o sedativo, sim.

Juntos, os dois arrastaram o guarda para fora do banco do motorista. Quinn abriu a traseira do SUV, e eles ergueram e jogaram o homem atrás dos bancos. Cooper ergueu a manga direita do guarda e encontrou o bracelete apertado em volta do antebraço.

— Valerie — disse Cooper —, ele tem um alarme biométrico.

— Sim. — A voz dela surgiu delicada no ponto eletrônico. — Exatamente como pensamos. Eu já invadi o alarme; ele está transmitindo sinais vitais sadios.

— Você é um prodígio.

Quinn andou até a frente do veículo e entrou no banco do motorista. Pegou a pistola do guarda, desmontou-a rapidamente e jogou as peças no porta-luvas.

— É com você, Coop.

— Estou indo. — Ele tomou o rumo da escada. — Luisa, como está a situação lá dentro?

— Estão encerrando. O alvo está recebendo modestamente aplausos de pé.

— E o guarda-costas dele?

— À direita do palco, calmo.

— Recebido e entendido.

Cooper subiu correndo a escada dos fundos da garagem subterrânea e saiu atrás do auditório. Mesmo do lado de fora, foi possível ouvir o estrondo abafado dos aplausos. A coxia era de concreto rachado, tinha guimbas de cigarro e uma porta dos fundos de metal enferrujado. Havia outro folheto grudado nela. Cooper sorriu e posicionou-se encostado contra a parede, no ponto cego da porta. No ouvido, Luisa disse:

— Ok, acabamos aqui. Elvis saiu do palco.

— Tem certeza de que ele sairá pelos fundos? — perguntou Quinn. — Ele é viciado em atenção. Por que não sair pela frente e receber mais bajulação?

— Fácil — respondeu Cooper. — Ele distribuiu apertos de mão por uma hora, assinou livros por duas, depois ficou uma hora no palco.

— E daí?

— Daí que ele é um fumante compulsivo. A essa altura, ele está mais louco por nicotina do que por atenção. Aposto dez dólares que ele estará fumando assim que passar pela porta.

— Parece meio...

— Espere.

A porta de metal começou a se abrir. Cooper moveu-se com ela, usando-a como...

O guarda-costas sairá primeiro, verificará a coxia, depois dará o sinal de positivo.

Pegue-o rápido.

Dê a volta na porta, pegue Smith, puxe-o para fora, derrube-o.

... cobertura.

Um golpe na traqueia, quase fatal, desorientou o guarda corpulento, que levou as mãos à garganta. Cooper ignorou os ofegos do sujeito, passou por ele e entrou na área de carga do auditório, ficando cara a cara com um homem bonito, com um cigarro nos lábios e a mão segurando um isqueiro perto dele.

— Oi, John — disse Cooper, dando um cruzado de direita que virou o rosto de Smith de lado e fez o cigarro sair voando.

Ele agarrou o homem pela lapela do terno caro, virou-o, jogou-o contra o segurança, e ambos caíram rolando no chão. Cooper abaixou-se, pegou o cigarro, depois saiu e deixou a porta se fechar.

— Alvo adquirido. Venha nos pegar.

■

A sala era um retrato da decadência urbana: paredes descascadas cobertas por grafite, o ar tomado por urina e podridão. Cooper pegou uma cadeira dobrável próxima à parede e a deixou cair pesadamente no centro da sala. Eles soltaram as algemas, guiaram Smith até a cadeira e forçaram o homem a se sentar. Quinn arrancou o capuz dele.

John Smith pestanejou. Olhou em volta da sala e para os dois.

— Isso não é uma instalação do governo.

Cooper encarou-o, sorriu levemente e balançou a cabeça.

O medo que passou pelo rosto do homem surgiu e desapareceu rapidamente.

— Você não está me prendendo.

— Não.

Cooper notou Smith processando a nova informação e reanalisando. Indagando o que estava acontecendo. Ele estava, percebeu Cooper, vivendo o tipo de momento que lhe acontecia raramente — um momento não planejado.

— Você deve saber — falou ele — que minha equipe de segurança estará aqui em segundos. Sou constantemente monitorado via alarme biométrico.

— Tipo esse aqui? — Cooper ergueu o bracelete que havia retirado do segundo guarda, agora sedado em cima do companheiro na traseira do SUV. — É um bom sistema. Se você andasse com uma equipe de vinte pessoas, pareceria com um ditador do terceiro mundo. Desta forma, você pode parecer um homem do povo.

— O problema é — disse Quinn — que o sistema depende de o alarme mandar informações precisas.

Smith concordou com a cabeça.

— Então vocês invadiram o sinal. Uma boa manobra. Mas eu antecipei isso, infelizmente. Minha equipe tem que transmitir uma senha de que está tudo bem a cada...

— Vinte minutos. Nós sabemos.

O rosto de Smith ficou tenso.

— E essa senha muda a cada vez.

— Sim, uma senha numérica de cinco dígitos que evolui algoritmicamente. Faz sentido; não dá para esperar que uma equipe memorize senhas para um dia inteiro a cada turno e jamais cometa um erro. Portanto, em vez disso, você fornece uma senha a cada dia e uma fórmula a ser aplicada. Estamos enviando essas senhas — Cooper olhou o relógio — exatamente agora. Seu bracelete está informando que você ainda está no auditório. No banheiro.

— E quando eu não sair do banheiro? Você não acha que isso acionará...

— Você sairá em alguns minutos, e seus braceletes andarão pelo teatro. Para a sua equipe, vai parecer que você decidiu ficar e beijar bebês. — Cooper debruçou-se e encarou o rosto do homem. — Ninguém virá salvá-lo.

Novamente, o instante de medo, rapidamente controlado. Ele podia ser um terrorista, mas não era um covarde. Smith assentiu.

— É bom te ver, Cooper. Faz um tempo.

— Três meses. Você andou ocupado, não é? Eu li seu livro.

— O que achou?

— Uma bobagem enganosa e autoenaltecedora disfarçada em prosa pomposa. Diga-me, você já tinha escrito o livro quando nos sentamos naquele pico no Wyoming e vimos o sol nascer?

— É claro.

— Tudo, menos os últimos capítulos. Aqueles em que você fala do vídeo do Monocle e do envolvimento do presidente.

— Não — respondeu John Smith. — Eu tinha escrito esses também.

Cooper riu.

— Eu lhe agradeço por pular a parte onde você finge estar desconcertado e alega que não me mandou para servir ao seu próprio plano.

— Eu fui completamente sincero com você. Você sabia que eu tinha motivos.

— Certo. Você queria transformar um peão em uma rainha.

— E foi o que fiz. — Smith esfregou os pulsos, depois tocou com cuidado na bochecha que estava inchando bastante, a pele já ficando roxa. — Então, a reunião é sua. O que você quer?

Quinn riu de deboche, depois foi para trás de Smith. Técnica padrão de interrogatório: deixar o homem se preocupar com o que não consegue ver.

— Eu quero que você saiba que posso chegar até você — respondeu Cooper. — A qualquer momento. Não existe lugar onde eu não possa encontrá-lo, nenhuma segurança com que você se cubra, nenhuma retórica que possa protegê-lo. Você é meu agora. Você me pertence.

— Hum. — Smith tirou lentamente os cigarros do bolso do terno, colocou um na boca e acendeu com as mãos trêmulas. — Engraçado.

Cooper esticou a mão e arrancou o cigarro dos lábios de Smith. Jogou-o no chão, depois amassou a brasa com a ponta do pé.

— O que é engraçado?

— Eu esperava mais de você do que um teatrinho da Gestapo. Você é apenas outro valentão de terno?

— Não sou eu o terrorista.

Smith deu de ombros e olhou para trás, depois voltou-se para a frente.

— Não sei do que você está falando. Eu sou um escritor. Um professor.

— Poupe-me. — Cooper se debruçou até sentir o cheiro do suor do homem. — Eu não caio nessa. Vamos colocar de lado seus velhos pecados, os atentados a bomba e os assassinatos. Eu sei que você está por trás dos Filhos de Darwin. — Ele falou com calma e concentração nos detalhes. Deixou os olhos captarem todos os indícios minúsculos, cada tremida de músculo e pulsação de sangue. — Eu sei que você ordenou que aqueles caminhões fossem sequestrados. Que seus soldados capturassem homens e mulheres inocentes, que os acorrentassem na lateral da estrada, jogassem gasolina neles e queimassem os caminhoneiros.

Como combinado, Quinn debruçou-se e segurou o datapad na frente do rosto de Smith. Cooper não conseguiu ver de onde estava, mas conhecia a imagem, tinha olhado fixamente para ela por horas. O cadáver queimado de um caminhoneiro de 39 anos chamado Kevin Temple, com o crânio escurecido congelado em um grito, braços arruinados ainda presos às costas.

Cooper não tirou os olhos do rosto de Smith nem por um momento. Ele viu as pupilas se dilatarem, o músculo orbicular do olho se retesar, o súbito fluxo de sangue quando o cérebro jogou adrenalina no sistema. Cooper imaginou as outras sensações que ele estaria sentindo: a pressão na bexiga, o suor empapando as axilas, o formigamento nos dedos.

Ele viu tudo aquilo e, naquele momento, sabia que estava certo. Smith planejara os ataques, ordenara que as pessoas fossem queimadas. Paralisara três cidades e deixara milhões com frio e fome. Ele queria uma guerra.

— Você tem provas? — perguntou John Smith.

Cooper sorriu.

Então acertou o outro olho de Smith com força suficiente para derrubá-lo da cadeira. Antes que o terrorista caísse no chão, Cooper debruçou-se à frente e sacou a pistola do coldre de Bobby Quinn. A sensação da arma na mão foi boa. Um gesto do polegar liberou a trava de segurança.

Smith gemeu, depois rolou de lado, com o olho fechado.

— Porque você vai precisar de provas agora.

Cooper ajeitou o braço e mirou no centro da testa de Smith.

— Você não é mais um policial secreto, Nick. Não trabalha para o DAR. Não pode simplesmente assassinar qualquer pessoa que queira. — Ele piscou e gemeu de novo. — Se você atirar em mim, vai passar o resto da vida na prisão. Uma vez por mês, verá seus filhos através de uma divisória de acrílico. — Apesar da dor evidente, Smith sorriu. — Aperte o gatilho e você prova a verdade em tudo que eu disse, em todas as coisas pelas quais lutei.

Ele está certo. Mas qual é a escolha? Alguém precisa detê-lo.
Você pode não ter autoridade legal. Mas existe uma coisa chamada autoridade moral.

— Chefe... — disse Quinn.

Cooper apertou o gatilho.

A pistola deu um coice em sua mão, aquele bom soco firme. O tiro foi ensurdecedor na sala pequena e ecoou nas paredes decrépitas com grafite esmaecido. John Smith estava caído no piso de concreto rachado. A bala havia arrancado completamente o sorriso de seu rosto.

Cooper ficou de cócoras. Ele fez uma longa pausa, depois falou:

— É impressionante, não é? Você nunca se esquece de uma bala que erra sua cabeça por 2 centímetros. Você sentirá esse vento nos seus sonhos.

Ele ficou de pé e devolveu a pistola para Quinn.

— Você tem razão. Eu não sou mais um funcionário de médio escalão do governo. Sou o consultor especial do presidente da porra dos Estados Unidos. Eu sei o que você está tentando fazer e não vou permitir. — Cooper deu meia-volta, começou a caminhar para a porta e falou, de costas: — Eu vou atrás de você, John.

Quinn deu um risinho de desdém e disse:

— Aproveite a caminhada de volta para casa, babaca.

Do lado de fora do prédio caindo aos pedaços, o sol brilhava na fria tarde azulada. Cacos de vidro tilintaram sob os sapatos sociais. Quinn jogou as chaves do SUV no bueiro enquanto os dois andavam até o sedã que haviam deixado à espera. Quinn ligou o carro, e eles foram embora, dirigindo pela decadência de Anacostia, o bairro arruinado do sudoeste de Washington.

— Bem — falou Quinn —, aquilo foi revigorante.

— É. — Cooper olhou pela janela e viu a imagem borrada de casas decrépitas e lojas abandonadas. — Sabe, eu quase não divulguei aquilo.

— Aquilo o quê?

— O vídeo do Monocle. Depois que matamos Peters, eu me sentei em um banco perto do Memorial Lincoln. Estava com a gravação na qual Peters e o presidente Walker planejavam o ataque ao Monocle. Os líderes do mundo livre concordando em assassinar 73 americanos. Estava carregado no meu datapad, pronto para ser enviado, mas eu simplesmente... fiquei lá sentado. Tentando me decidir.

Quinn olhou para ele e não disse nada.

— Eu sabia que estava certo — continuou Cooper. — Certo como nos contos de fada, as coisas que meu pai me ensinou. A verdade é a própria recompensa, e a honestidade sempre é a melhor política. Mas continuei pensando: e se eu estivesse errado? E se eu piorasse a situação ao divulgar o vídeo? — Ele balançou a cabeça. — Eu não sei, Bobby. Está cada vez mais difícil saber para que lado é o norte. No papel, eu fiz a coisa certa. Mas por ter feito aquilo, três cidades estão sob controle de terroristas. Por ter feito aquilo, vinte homens e mulheres morreram gritando, queimados vivos.

— Você não pode assumir esse fardo, cara.

— Talvez. Ou talvez seja melhor eu aprender com o que fiz.

Os dois chegaram a um semáforo, e Quinn aproveitou o momento para pegar um cigarro. Ele deu batidinhas nele, girou-o e depois colocou-o entre os dedos sem acendê-lo.

— Não vou mentir, eu estou contente que você não tenha atirado. Eu não curto prisão. — A luz ficou verde, e Quinn acelerou. — Mas não há razão para não conseguirmos dar um jeito de fazer isso sem que nos peguem.

— Não — disse Cooper. — Ele nos colocou em xeque ali. Mesmo que a gente consiga escapar, Smith se tornaria um herói, um mártir. Pioraria a situação. Não, o que precisamos fazer é expô-lo. Vencê-lo sem matá-lo.

— Sensacional. Como?

Cooper deu de ombros.

— Ainda estou trabalhando nessa parte.

Mas eu darei um jeito, John.
Eu sei o que você está tentando fazer. Tenho certeza.
E não permitirei.

TRANSMISSÃO AO VIVO DAS RUAS DE CLEVELAND!!

13h13, DIA DE AÇÃO DE GRAÇAS

Susan Skibba aqui, sua colunista intrépida favorita, sempre atualizadíssima onde as coisas estão mais quentes.

Estou digitando do coração da cidade do rock and roll, onde as notícias comuns têm medo de se aventurar. Andando por ruas sinistras para manter vocês em dia.

E, caros leitores, preciso lhes contar, a situação está ficando feia.

Hoje pode ser o Dia de Ação de Graças, mas não há clima de festa. Já faz uma semana desde que os Filhos dos Babacas acabaram com os supermercados, e, pela cara da multidão, ninguém pensou em comprar um peru adiantado. Além disso, com a falta de luz pelo segundo dia seguido, todas as milhares de pessoas que lotam as ruas parecem com frio, com fome e irritadas.

Eu vou à Prefeitura falar com o prefeito. Desejem-me sorte, crianças!

13h48

Você sabe a diferença entre um guarda nacional e um nazista?

Nem eu, caro leitor, nem eu.

Eu levei vinte minutos para avançar três quarteirões, e todos vocês sabem que Mama Sue sabe dar uma cotovelada. Assim que cheguei à Prefeitura, fiquei chocada ao ver que o prédio inteiro estava cercado por soldados armados. Não eram aqueles do tipo "sim, senhora, não, senhora" dos quais Sue gosta de ficar atrás — ou embaixo, se as circunstâncias ajudarem —, esses eram soldados de choque com fuzis automáticos e nenhum senso de humor discernível.

Eu pedi educadamente uma entrevista com o Prefeito McCheese e mandaram que eu fosse embora. Fosse embora! Como se a imprensa pudesse ser abafada por um adolescente cheio de espinhas com uma metralhadora.

A situação aqui é sinistra. Um mar de pessoas famintas cercou o prédio e está berrando palavras de ordem e exigindo comida. Vamos falar com um popular, que tal?

14h11

SUSAN SKIBBA, Repórter Intrépida: Com licença, senhor, diga-me: há quanto tempo o senhor está aqui?

Bonitão Meio Largado: Desde de manhã.

SSRI: E o senhor já soube de alguma coisa por parte da Prefeitura?

BML: Os soldados estão tentando nos dispersar. Mas eu não vou a lugar algum. Se querem que a gente vá embora, é melhor que nos deem algumas respostas.

SSRI: O que o senhor quer dizer com "nos dispersar"?

BML: Empurrando, gesticulando com as armas. Eu ouvi dizer que havia gás lacrimogêneo, mas não vi ainda.

SSRI: O senhor tem algo que gostaria de dizer para o nosso governo?

BML: Sim. Minha família está sem comida. Meus vizinhos estão sem comida. Está frio. Nós precisamos de ajuda. Agora.

14h43

O ar está frio, mas o calor humano que sai dessa multidão deve estar mudando os padrões climáticos. Há milhares de pessoas, mas aparentemente não há líderes. Todo mundo está avançando e empurrando uns aos outros e à parede de soldados. Ainda não há notícia da...

Espere!

As portas da Prefeitura estão se abrindo, e alguém está saindo. Parece que... parecem mais soldados, vestidos de outra maneira. Estão portando escudos antitumulto e usando... ai, merda, máscaras de gás. Vários estão apontando instrumentos para a população. Alguma espécie de arma?

Estão disparando...

14h49

Gás lacrimogêneo, na verdade, é doloroso. Felizmente, a esperta Mama Sue estava perto da parte de trás da multidão e aguentou apenas um cheirinho daquela coisa.

Eu subi em um canteiro do lado de fora de um prédio comercial, e daquele poleiro indigno, pude ver o redemoinho do gás pela rua. As pessoas estão correndo em todas as direções, e as que caíram estão sendo pisoteadas por quem está atrás.

Um grupo de sujeitos com aparência de valentões, usando bandanas sobre o rosto e portando tacos de beisebol e chaves de roda, está avançando na direção do prédio. Os soldados juntaram os escudos e estão se preparando para repeli-los.

Ai... ai, meu Deus.

14h53

O que começou como uma manifestação pacífica está se transformando em um banho de sangue. As pessoas cambaleiam pelas ruas, sangrando. Brigas estão estourando, pessoas roubam casacos. Uma mulher está caída na sarjeta, sem se mover.

A menininha ao lado dela está berrando: "mamãe!"

14h57

A multidão bloqueou um carro de polícia. Os guardas estão berrando pelo alto-falante, mandando todo mundo recuar.

Agora um grupo de homens começou a balançar o carro, fazendo-o sacudir no eixo, cada vez mais alto.

O carro acabou de ser virado de lado. Um dos guardas abriu a porta e está tentando sair rastejando...

Ai, *merda*, a multidão virou o carro de cabeça para baixo. O guarda que estava escapando... meu Deus, parece que a perna ficou presa embaixo do carro. Ele está gritando.

Os homens estão cercando o guarda, eles vão soltá-lo. Ou...
MEU DEUS!

15h02

Caos. Fumaça subindo, não dá para ver de onde. Pessoas berram. Elas se transformaram em uma turba, a situação está enlouquecida, ninguém age como gente, transformaram-se em animais, jogam pedras e garrafas. Não há objetivo ou propósito, apenas pessoas perdendo o controle, raiva se transformando em fúria.

Um pai está segurando um menino e correndo; o menino chora, assustado.

Uma mulher com a blusa rasgada, sangue no rosto.

Uma pedra quebrou uma janela na Prefeitura.

O que foi esse barulho?

Não foi gás. Pareciam...

CAPÍTULO 16

Disparos. Não tenho certeza de onde. Mas era mais de um tiro.
Estou com medo.
Vou tentar sair daqui. Tanta gente, todo esse ódio.
Como isso pode estar acontecendo?
Se eu não sobreviver, digam à minha mãe que eu a amo.
Contem às pessoas sobre isso. Não deixem que seja acobertado, não deixem...

O datapad de Ethan se apagou.

Ele sentiu um espasmo e pestanejou. Estivera olhando para a tela tão intensamente que seus olhos estavam secos.

Ethan apertou o botão para religar o aparelho — nada. Sem energia. Engraçado, ele não conseguia se lembrar da última vez que realmente tivesse zerado a bateria. Parecia estranhamente paralisante que sua conexão com o mundo estivesse reduzida a um pedaço inútil de tecido sintético.

Um estrondo como o som de um trovão distante veio e foi.

A jornalista dissera tudo o que estava acontecendo em volta da Prefeitura. Ficava apenas a 2,5 quilômetros de distância dali. Ethan dobrou o datapad e enfiou no bolso. Estava frio na casa, e seus braços e suas pernas estavam dormentes. Ele andou até a porta da frente e saiu para a varanda. Céu cinzento sombrio. Clima de Dia de Ação de Graças, perfeito se houvesse uma lareira acesa e uma casa cheia de familiares e de aroma de comida sendo feita.

Menos perfeito para quem usava três suéteres sobre uma barriga vazia. Menos perfeito quando colunas de fumaça subiam em cachos negros no leste. Menos perfeito quando helicópteros militares pairavam como beija-flores sobre o centro da cidade.

Estranho. Ele acabara de estar conectado, lendo sobre coisas que estavam acontecendo logo ali, subindo a rua. A vida moderna bem ali.

— Que barulho foi esse? — Amy juntou-se ao marido na varanda, com Violet nos braços.

— Um carro explodindo, creio eu. Está acontecendo um tumulto no centro da cidade.

— Por causa de comida?

— Por causa de tudo.

Amy assentiu. Uma das coisas que Ethan amava a respeito da esposa era que ela não entrava em pânico, não ficava nervosa por causa de más notícias. Amy simplesmente atacava o problema. Ethan viu que ela estava fazendo aquilo agora mesmo, que as engrenagens de sua cabeça funcionavam.

— Já se passou uma semana. Se eles fossem trazer comida, já deveria estar aqui.

O marido fez que sim com a cabeça. Os dois ficaram parados, observando a fumaça subir. Soou outro estrondo. Violet se mexeu, gemeu baixinho, depois voltou a dormir.

— Você se lembra daquela ocasião em que fomos de carro para a Califórnia? — perguntou Amy. — Estávamos em um daqueles estados chatos em que nada acontece, ficando malucos, e brincamos daquele jogo.

— Isso mesmo. O apocalipse zumbi.

Amy olhara para o marido e dissera *então, o que faremos quando os mortos voltarem à vida?* Eles passaram horas falando a respeito do que levariam, aonde iriam. Que queriam invadir uma loja de camping e se abastecer: tabletes de purificação de água, suprimentos de primeiros socorros, fósforos, boas facas, uma tenda, uma escopeta e munição, se possível. Se um casarão de fazenda isolado seria ideal ou se seria melhor roubar um barco. Que o importante seria agir rápido, reconhecer que as coisas mudaram. Era uma fantasia universal, um jogo que todo mundo já havia brincado para passar as horas.

— Bem, não são zumbis. Mas é hora de começar a pensar dessa forma.

Ethan olhou para a esposa, com a filha nos braços, parada na varanda do belo lar, o primeiro que os dois possuíam juntos. Um lugar que eles compraram para Violet antes que ela sequer existisse, imaginando a filha brincando no quintal, andando até a escola. A pequena fatia da torta americana.

— Cleveland não é Manhattan — disse ele devagar. — Não é possível conter algumas pontes e túneis e isolar todo mundo dentro.

— Certo. Nós tentamos a rodovia. Provavelmente a primeira coisa que eles fecharam. Mas não podem vigiar tudo o tempo todo.

— Podem vigiar as ruas.

— Então saímos das ruas. Eles não podem abraçar toda a área metropolitana.

— Eu vi helicópteros — falou Ethan. — Provavelmente há mais agora. Vão usar para vigiar as pessoas saindo.

— É muito espaço. E helicópteros fazem barulho. Nós levamos pouca coisa, dirigimos até onde der e, a seguir, caminhamos.

— Você sabe do que estamos falando, né? Abandonar tudo. Virar refugiados.

— Melhor do que esperar os tumultos nos alcançarem. O "normal" acabou, amor. Estamos por nossa conta.

Ethan pensou sobre a insanidade do dia anterior. Que uma conversa ficou violenta por causa de algumas palavras e um livro.

Ele pensou sobre Lou, caído em um halo de vidro quebrado, com uma arma na mão.

— Vamos nos aprontar.

■

Ethan teria rido se tivesse disposição.

Quando tentaram ir embora poucos dias atrás, os dois lotaram o Honda até o teto. Duas malas com roupas e itens supérfluos, o balanço portátil de Violet, um cofre com documentos, e por aí vai. Tudo que parecia necessário.

Engraçado como o conceito de "necessário" estava se mostrando flexível.

Os dois cortaram as coisas óbvias rapidamente. Se tivessem alguma chance de fugir, seria a pé, e isso significava nada das porcarias de plástico, os acessórios de bebê que haviam tomado conta da casa. Nenhum berço portátil, nem banheira. Nenhum livro ilustrado, nada de monitor, nenhum cavalo-marinho musical.

Comida. Água. A tenda de Ethan, bolorenta por falta de uso. Casacos de inverno e bons calçados para caminhada e um par de muda de roupa. Fósforos, uma lanterna e pilhas. Um kit de primeiros socorros. Fraldas, lenços umedecidos e pomada para assaduras. Sacos de dormir.

Ele encontrou a velha mochila no porão, a mesma que usara ao cruzar a Europa havia duas décadas. Levou três minutos para se dar conta de que era pequena demais.

Ok. Sem roupas extras, apenas meias. O volume de fraldas entrou depois. Elas eram leves, mas ocupavam muito espaço. Guardou vinte, que talvez durassem três dias. As pilhas eram o problema contrário, pouco espaço, mas muito peso. Ethan trocou a lanterna grande por uma pequena Maglite e pilhas AA.

A comida enlatada duraria, mas pesava uma tonelada. Ele cortou e só deixou o leite em pó que sobrou para Violet, a carne seca, algumas latas de sopa e um pote de manteiga de amendoim. Um abridor de latas.

Um saco de dormir; eles teriam que compartilhá-lo e usar os casacos de inverno como cobertores.

Amy juntou-se a Ethan quando ele estava colocando a mochila nas costas e apertando as tiras. Vinte quilos, talvez? Uma bela carga, mas factível. Seria melhor se ambos pudessem levar mochilas cheias, mas um deles teria que carregar a filha.

— E quanto a George?

— Merda.

Ethan olhou para o gato, esparramando na poltrona, abstraído. Seu companheiro há anos, aquecedor de colo e companhia quase constante.

— Não podemos levá-lo — disse ele.

— Podíamos tentar — falou Amy com uma voz sem convicção.

Por um momento, Ethan considerou o caso. Levar o bichinho nos braços enquanto andavam. Empacotar comida para ele.

O importante para sobreviver ao apocalipse é reconhecer que as coisas mudaram.

Ethan ajoelhou-se ao lado do gato e afagou sua cabeça.

— Foi mal, amigão. Infelizmente você terá que se virar sozinho por um tempo.

Sempre que George via pássaros ou esquilos, ficava maluco. O gato finalmente teria a chance de pegá-los. Ethan ficou de pé antes que a emoção pudesse paralisá-lo, abriu a porta dos fundos e a tela, e deixou as duas escancaradas.

— Isso é tudo?

— Quase. — Amy ergueu a arma.

Ethan olhou para a esposa e para o revólver. Fez que sim com a cabeça.

— Vamos.

Eles jogaram a mochila na traseira do Honda, prenderam Violet na cadeirinha e entraram. No banco do motorista, Ethan olhou para a casa. *O normal realmente acabou.*

— Ethan. — Amy apontou.

Jack Ford estava andando na direção deles. Lou vinha dois passos atrás.

Ethan sentiu um frio na barriga. Por um momento, ele apenas encarou, depois esticou a mão para o porta-luvas e pegou o revólver. Deixou-o no colo enquanto abaixava a janela.

O vizinho o encarou com uma expressão assombrada nos olhos.

— Vocês estão indo embora?

— Não. Só dar uma volta. — A mentira saiu sem jeito. — Ver se conseguimos encontrar alguma comida.

Os olhos de Jack dispararam para a traseira do SUV; ele deve ter visto os dois guardando a mochila. Lou foi para o lado de Jack, todo tenso, os músculos retesados. A mão de Ethan na arma estava úmida.

— Olha só — falou Jack. — Sobre ontem.

— Nós temos que ir. — Ele acionou a marcha a ré.

— Espere.

Jack colocou a mão na porta. A outra estava nas costas. Ethan ficou tenso. Vozes gritaram em sua cabeça.

— Aqui. — Jack ergueu a outra mão e revelou uma pequena caixa de papelão, que ele ofereceu. — Só por precaução.

Ethan olhou para ele, depois para Lou, cujo rosto não apresentava nenhuma expressão. O mesmo rosto que ele vira do outro lado do cano de uma arma.

Ele colocou a mão para fora do carro e pegou a caixa de munição.

— Valeu.

— Obrigado — falou Lou. — Eu quase. Ontem.

No banco de trás, Violet soltou um choro assustado, e todos os quatro levaram um susto.

— Nós temos que ir — disse Ethan.

— Boa sorte — falou Jack. — Olharemos sua casa.

— Fique de olho no meu gato, pode ser?

— Claro.

Ethan fechou a janela e foi embora. Os dois homens ficaram parados no retrovisor, e atrás deles, colunas de fumaça subiam enquanto helicópteros passavam entre elas.

Será que eu estive preparado agora mesmo para atirar no meu vizinho?

Sim. Sim, ele esteve.

O normal acabou.

CAPÍTULO 17

No monitor, Cleveland estava em chamas.

Cooper observava o presidente assistindo. O rosto de Lionel Clay estava cansado, os ombros tensos embaixo da camisa social. Ele tinha a postura de um homem flagrado por um holofote.

— A situação está piorando — disse Owen Leahy.

O secretário de Defesa apertou um botão, e a imagem mudou para uma visão de cima de um prédio do governo. De pedra fria e colunas, era uma ilha cinzenta cercada por um mar de gente, milhares de pessoas, uma massa de correntezas bravas que não formavam padrão algum.

— A Prefeitura está cercada — continuou Leahy. — A Guarda Nacional, que já estava no local, protegeu o prédio, mas está tendo dificuldades em receber reforços. A polícia de Cleveland enviou uma equipe antitumulto, mas a turba está tornando lento o avanço.

— Onde começou o incêndio? — falou o presidente sem desviar o olhar da tela.

— Na zona leste, rua 55 com Scoville. Um prédio residencial, mas está se alastrando rapidamente. Há doze quarteirões queimando, e outros vinte sob perigo na próxima hora.

— E os bombeiros?

— Estão sobrecarregados e exaustos. Houve vários incêndios todos os dias nas últimas duas semanas. Esse é o primeiro que fugiu ao controle. As equipes estão concentradas em contê-lo, com cada posto enviando bombeiros, mas a turba está...

— Tornando lento o avanço.

— Sim, senhor.

— Telefone para o prefeito.

— Estamos tentando. — Leahy deixou o restante dito pelo não dito.

— Os Filhos de Darwin estão por trás disso?

— Certamente estão envolvidos. Mas há milhares de vândalos. A situação fugiu ao controle. — Leahy apertou outro botão, e o ângulo mudou e deu zoom.

Um drone com câmera, calculou Cooper, não tripulado e circulando 1,5 quilômetro acima do local. O vídeo mostrou a linha de frente de uma batalha campal, homens e mulheres gritando uns com os outros, girando e rodopiando. Um homem de jaqueta de couro golpeou com um taco de beisebol. Uma adolescente, com o rosto ensanguentado, estava apoiada entre duas pessoas que a retiravam da confusão. Um homem branco estava sobre um negro e o chutava selvagemente. Um grupo balançava um carro, sacudia, empurrava e quicava até ele se inclinar, ficar assim um tempo e depois tombar.

— A cidade inteira está assim?

— Muitas pessoas estão protegendo suas propriedades; outras estão simplesmente assistindo. Mas tudo dentro de 1,5 quilômetro de Public Square está uma zona. Relatórios estimam que há até dez mil vândalos no centro da cidade. E ainda não há energia. A situação ficará pior quando a noite cair.

— Por que o prefeito não chamou mais policiais imediatamente?

— Não sabemos, senhor. Mas, a essa altura, mesmo que os esquadrões antitumulto cheguem à Prefeitura, eles não conseguirão fazer muita coisa para proteger os funcionários. A turba é simplesmente grande demais.

— Os democratas farão a festa com isso — comentou Marla Keevers; a chefe de gabinete tinha um jeito de transformar a palavra *democratas* em um palavrão. — O senhor terá que tomar um enorme...

— Eu não me importo com política neste momento, Marla. Uma das minhas cidades está pegando fogo. Isso é parte de um ataque maior?

— Nós não sabemos, senhor.

— Por que não?

— Está um caos lá embaixo, Sr. Presidente. — O secretário de Defesa fez uma pausa e depois continuou: — Senhor, é hora de tomar uma ação agressiva. Devemos presumir que isso seja o primeiro passo de um ataque, talvez em nível nacional.

O presidente não disse nada.

— Senhor, precisamos agir.

Clay olhou fixamente para a tela.

— Sr. Presidente?

E ali, ao lado de uma árvore de Natal cintilante no Salão Oval da Casa Branca, vendo o mundo desmoronar, Nick Cooper se viu pensando em algo que o antigo chefe dissera imediatamente antes de ser jogado por ele de um prédio de doze andares.

— Senhor? O que o senhor quer que nós façamos?

Seu ex-mentor dissera: *se você fizer isso, o mundo vai pegar fogo.*

— Sr. Presidente?

O monitor voltara a exibir uma tomada panorâmica aérea. O incêndio havia se espalhado, e uma fumaça negra encobria metade da cidade.

— Senhor?

O presidente Clay simplesmente olhava de maneira fixa para o monitor. Cooper pôde sentir a tensão nele, o medo. O homem olhava como se tudo fosse um sonho do qual, caso se concentrasse muito, talvez pudesse acordar.

— Muito bem. — Owen Leahy voltou-se para Marla Keevers. — A Guarda Nacional não é suficiente. Darei ordem para que as forças armadas fiquem em alerta e convocarei divisões secundárias do exterior para reforçar posições no país inteiro. Precisamos estar preparados para aplicar uma força avassaladora.

Keevers concordou com a cabeça.

— Devemos prender imediatamente John Smith, Erik Epstein e quaisquer outros líderes conhecidos. Também devemos prender todos os anormais de primeiro escalão que estejam sob vigilância do DAR...

— Eu sou completamente a favor de prender Smith — comentou Cooper. — Mas o senhor está falando sobre milhares de pessoas.

— Há protocolos em vigor para estabelecer campos de internação regionais. — Leahy voltou-se para Keevers. — Além disso, com efeito imediato, vamos ativar a Iniciativa de Monitoramento de Falhas. Não podemos esperar até o próximo verão. Se tivéssemos feito isso quando a medida foi aprovada, talvez essas cidades não estivessem sob ataque. Comece com os anormais de primeiro escalão e vá descendo. Eu quero um localizador no pescoço de cada anormal até o Natal.

Cooper não conseguiu acreditar no que estava ouvindo. Não apenas no conteúdo, mas no fato de que Leahy estava tomando aquelas decisões por conta própria.

— O senhor não pode fazer isso.

— Já é lei, Sr. Cooper. Estamos apenas acelerando o cronograma.

— Não, eu quis dizer que o *senhor* não pode fazer isso. — Cooper deu um passo à frente, ficando propositalmente muito próximo. — A não ser que esteja lançando um golpe de estado.

O secretário ficou possesso.

— Modere as palavras.

— Modere as suas. — Cooper encarou o homem. Sabia que estava sendo insubordinado, insultante, e estava cagando para isso. Em alguns momentos, era necessário desafiar. — Eu não ouvi o presidente dar nenhuma dessas ordens.

— A nação precisa de uma liderança forte nesse exato momento. Qualquer atraso a mais e a situação vai piorar.

— Eu concordo. Mas o senhor não é o presidente. — Cooper voltou-se para Clay. — Senhor, se acha que a situação está ruim agora, só espere para ver. Prender cidadãos e ativar a IMF significa declarar guerra contra seu próprio povo.

— Nós já estamos em guerra. — Leahy apontou para a tela.

— Isso é um tumulto, não uma guerra. E o senhor não pode salvar o país aprisionando todos os americanos. — Cooper queria gritar, bater na mesa, agarrá-los pelos ombros, sacudi-los e fazer com que acordassem. — Isso vai estimular a causa terrorista. Vai colocar todo mundo uns contra os outros. É isso que levará à guerra.

— Por mim, chega — disse Leahy. — Agradecemos seus préstimos, Sr. Cooper, mas não são mais necessários. O senhor pode ir.

— Eu não trabalho para o senhor.

Nesse exato momento, Clay tossiu e voltou à vida. O presidente parou de encarar o monitor. Seu olhar disparou entre eles.

— Nick...

Cooper cortou o presidente.

— Senhor, essa é uma péssima ideia, e acho que o senhor sabe disso; penso que é por isso que me recrutou em primeiro lugar. O senhor sabia que alguém estaria aqui lhe dizendo para começar uma guerra civil. E o senhor não tinha certeza se seria forte o suficiente para dizer não.

— *Ei.* — A voz de Keevers estalou como um chicote. — Já chega.

— Tudo bem. — A voz de Clay saiu fraca. — Vá em frente, Nick. Diga o que pensa.

— Senhor, todos nós concordamos que é preciso fazer alguma coisa. Mas não isso. Eu não estou sendo idealista, estou sendo prático. Vamos perder. Vamos perder tudo.

— Então, o que você sugere?

— Nós mudamos o foco. Em vez de lidar com os terroristas, nós lidamos com os superdotados.

Cooper esteve lutando com o problema desde que ele e Quinn deixaram John Smith no prédio decrépito. Se não pudesse simplesmente matar Smith — e Cooper começava a se arrepender de não tê-lo matado —, eles precisavam de uma maneira de quebrá-lo completamente. Mudar o jogo para que não fosse John Smith contra o governo repressor, e sim John Smith contra os americanos. Isso significava chamar outro jogador. Alguém com poder, influência e dinheiro.

— Nós vamos até Erik Epstein.

Marla Keevers deu um muxoxo de desdém.

— Está falando sério? — disse Leahy. — O homem nem sequer existe. É apenas um ator. Deve ser controlado por John Smith e os Filhos de Darwin. Não existe Erik Epstein.

— Sim — respondeu Cooper. — Existe, sim. Eu o encontrei.

De repente, a sala ficou muito quieta. Clay, Leahy e Keevers olharam para ele, surpresos.

— Na Comunidade Nova Canaã, há três meses — explicou Cooper. — Erik Epstein é muito real e está perfeitamente no comando. É apenas reservado. O homem que o senhor chamou de ator é, na verdade, o irmão dele, Jakob. Os dois fingiram a morte de Jakob há uma década para que ele pudesse se tornar a face pública de Erik.

O presidente Clay sentou-se na beirada da mesa. Esfregou o queixo.

— Bem, Nick. Você é cheio de surpresas.

— Ele confia em mim.

Essa foi uma mentira de proporções épicas; Cooper havia traído Epstein. Ele tinha concordado em matar John Smith, e, em vez disso, não apenas poupou o homem, como involuntariamente serviu aos planos de Smith. Por causa das decisões de Cooper, a Comunidade Nova Canaã corria um risco maior do que nunca, e não havia nada no mundo que Epstein se importasse mais do que seu pequeno reino no deserto.

Ainda assim, não é muita vantagem que eles saibam que o homem mais rico do mundo está puto com você.

— Vamos nos aproximar dele. Pedir que se junte a nós para acalmar a nação.

— Que benefício isso nos... — disse Leahy.

— Isso daria outra perspectiva à discussão. Nos anos 1960, o governo legitimou o movimento do Dr. King ao trazê-lo para a discussão. Isso deixou de fora radicais como Malcolm X e Huey Newton. De repente, não eram negros contra brancos, era pacifismo contra violência. O senhor foi professor de história. Sabe que tem que ser dessa maneira.

Clay olhou fixamente para a árvore de Natal, uma bagunça vitoriana de laços e bugigangas.

— Essa solução faz outra coisa — falou Marla Keevers, se voltando para o presidente. — Ela nos dá um alvo.

— O quê? — exclamou Cooper.

— Nós não temos como nos aproximar dos Filhos de Darwin. Mas, se trabalharmos com Epstein e a CNC, se oferecermos apoio sob a condição de que o terrorismo pare... — Ela deu de ombros. — Só sairemos ganhando. Ou eles controlam a situação ou nós teremos um motivo legítimo para atacar a fortaleza de poder anormal.

— Espere, não foi isso que eu...

Clay ficou de pé.

— Tudo bem. Nick, faça as malas. Você irá a Nova Canaã como nosso embaixador. Convença Epstein a se juntar a nós, a ajudar a parar esses ataques e devolver nossas cidades para nós.

— Senhor, eu não sou um diplomata. Não conheço nada...

— Você conhece Erik Epstein. Ele confia em você.

— Eu... sim, senhor. — Cooper sentiu-se tonto.

Clay deu a volta para o outro lado da mesa.

— Enquanto isso, Owen, faça o deslocamento das tropas. Traga para casa os militares que não sejam essenciais e reforce todas as bases do país. E, só por precaução, prepare um plano para uma ação militar coordenada contra a Comunidade Nova Canaã.

— Senhor, e quanto à Iniciativa de Monitoramento de Falhas? Ainda deveríamos acelerar...

— Vamos tentar dessa maneira primeiro.

Leahy abriu a boca para discutir, então conteve-se e engoliu as palavras com um esforço visível. Ele disparou um olhar de puro veneno na direção de Cooper.

— Sim, senhor.

— Agora é com você, Nick. — Clay voltou-se para Cooper. — É melhor que consiga.

O presidente era muito gentil para acrescentar a próxima frase implícita, mas, na cabeça de Cooper, a voz de Drew Peters completou a sentença para ele.

Porque, se você não conseguir, o mundo vai pegar fogo.

CAPÍTULO 18

— Então agora esperam que você nos salve?

Natalie tinha uma maneira séria de dizer as coisas que fazia a informação em si parecer ridícula. Geralmente Cooper gostava do jeito dela, mas após estar no Salão Oval assistindo a uma cidade em chamas enquanto o presidente ficava sentado sem fazer nada, aquilo incomodou.

— Não é bem assim. Não sou eu contra todo mundo. Eu vou apenas...

— Colocar uma capa e chegar voando?

Ela empilhou os pratos sujos e colocou os talheres no topo. O cheiro de peru, recheio e molho de mirtilo deu um nó no estômago vazio de Cooper.

— Vou tentar fazer o que você disse. Estou tentando consertar essa situação.

Natalie deu meia-volta e foi para a cozinha, e ele seguiu a ex--esposa.

— Ah, Nick — falou ela de costas. — Sem pressão, hein?

— Veja bem, eu não estou pedindo nada a você. Vou cuidar disso sozinho.

— Você meio que está provando o meu argumento, querido.

— Natalie...
— Quando você viaja?
— Amanhã. Eu passo aqui de manhã para me despedir das crianças. Imaginei que...

Natalie pousou os pratos com um baque.
— Amanhã.
— Sim. Imaginei que pudesse fazer panquecas... Aonde você vai?

A ex-esposa não respondeu, apenas saiu da cozinha, atravessou a sala de jantar e abriu o armário do corredor. Ela ficou na ponta dos pés e puxou uma mala.
— Natalie?

Ela ignorou Cooper, apenas pendurou a mala no ombro e subiu a escada. Perdido, ele foi atrás.

O quarto fora deles antigamente; um lugar onde leram livros, fizeram amor e conversaram sobre os filhos. Mas, desde o divórcio, Cooper esteve ali apenas uma vez, para ajudá-la a mover uma penteadeira. Natalie havia mudado os móveis de lugar e redistribuído o espaço, colocado a cama sob as janelas e repintado. A ex-esposa estava com a mala aberta sobre a cama e empilhava roupas ao lado.
— O que você está fazendo?
— A mala.
— Olha, isso é fofo, mas eu vou sozinho.
— Vai sozinho é o cacete. — Ela falou suavemente, mas como uma mulher que raramente falava palavrão, a escolha do termo teve poder.
— Natalie...
— Nick, fique calado.

Ela voltou-se para Cooper. Ele viu que Natalie quis cruzar os braços, mas fez a escolha de não cruzá-los.
— Hoje à noite foi o jantar de Dia de Ação de Graças — disse ela.
— Ei, veja bem, lamento ter perdido, mas não foi como se eu estivesse bebendo no bar. Meu trabalho...
— Eu sei — falou Natalie. — Eu não estou chateada. Na verdade, estou orgulhosa de você. Só estou dizendo que hoje à noite foi Dia

de Ação de Graças, e você não pôde estar aqui. É um Dia de Ação de Graças a menos que Todd e Kate terão com você.

Cooper não tinha pensando dessa maneira. Ele encostou-se na parede.

— Da última vez que foi embora, você sumiu por seis meses — continuou Natalie. — Eu sei que foi pelo melhor motivo possível, mas só agora as crianças estão se acostumando a ter você de volta na vida delas. Elas não merecem que o pai desapareça novamente. E você merece conseguir ser um pai.

— Você sabe que eu quero isso.

— Eu sei — disse ela. — É por isso que nós vamos com você. É algo que podemos fazer. Você não está indo secretamente matar alguém. Você é o embaixador do presidente dos Estados Unidos. Isso significa que haverá proteção. Será tão seguro quanto qualquer outro lugar é seguro nesse exato momento. Além disso, vai ser bom para as crianças. Kate poderá estar em um lugar onde não sinta que é diferente de todo mundo. E Todd vai vivenciar o outro lado das coisas, vai ver que o mundo é maior do que o pátio da escola. Nós vamos com você.

Cooper conhecia a ex-esposa. Ela era amável, inteligente e gentil, e suas palavras estavam mais alinhadas com as intenções do que na maioria das pessoas que ele já conheceu.

Natalie também era tão inflexível quanto o Rochedo de Gibraltar quando cismava com alguma coisa. Nenhum argumento, nenhuma opinião tempestuosa, nenhuma onda gigante poderia demovê-la. Tirando um soco forte para nocauteá-la, não havia maneira de fazê-la ficar.

— As pessoas exigem demais de você. Seu pai, o exército, Drew Peters, agora o presidente. Até mesmo eu. Você não precisa ser sempre o lobo solitário. Vai ser bom para as crianças ver o pai tentando salvar o mundo. Vai ser bom para nós como família.

Houve uma ligeira ênfase na última palavra, uma minúscula inflexão que a maioria das pessoas talvez não percebesse. Uma ênfase com um mundo de possibilidades por trás. Cooper lembrou-se de quando estava sentado dentro do forte que eles montaram na sala de estar e Natalie o beijou. Aquele não tinha sido um selinho amigável. Tinha sido... bem, talvez não uma declaração de intenções, mas certamente a afirmação de uma possibilidade.

Quando foi bom, o casamento deles foi muito bom. E Cooper sempre teve orgulho de que ambos tivessem reconhecido quando parou de funcionar. Os dois foram capazes de perceber que, embora se amassem, não davam mais certo juntos, e conseguiram se separar sem rancor. Cooper amava Natalie, sempre amaria. Mas havia amor e havia estar apaixonado.

Será que algo mudou para ela?

Era estranho pensar que as coisas que Cooper fizera no ano passado pudessem realmente ter aproximado Natalie. Os dois estiveram separados na maior parte do tempo, e houve aquela noite horrível em que Drew Peters sequestrara a ex-esposa e os filhos. Na teoria, aquilo deveria tê-la afastado.

Mas, na realidade, todas as coisas que ele fizera fora para proteger os filhos. Além disso, Cooper tomou as decisões que Natalie teria querido que ele tomasse, até mesmo revelar a verdade, apesar do preço daquela ação.

Cooper tinha uma teoria sobre personalidade. A maioria das pessoas a considerava como uma identidade única. Maleável, com certeza, mas essencialmente coesa. Ele, no entanto, tinha a tendência de enxergar as pessoas mais como um coral. Cada etapa da vida adicionava uma voz a ele. As diferentes versões de si mesmo — filho solitário de militar, adolescente atrevido, soldado fiel, jovem marido, pai dedicado, caçador implacável —, todas elas existiam dentro de Cooper. Quando ele via uma menina de 10 anos, havia um menino de 10 anos dentro dele que a achava bonita. Apenas uma voz em um coral de dezenas, e era isso o que marcava a diferença entre pessoas saudáveis e as doentias; nas pessoas doentias, as vozes inapropriadas tinham um número inapropriado de espaços.

E o homem que esteve apaixonado por Natalie havia adicionado um monte de vozes à sua personalidade. Em momentos como esse, aquela parte do coral cantava alto.

Cooper se deu conta de que estava olhando no fundo dos olhos de Natalie, e que ela devolvia o olhar. Ele pensou naquela noite na estação espacial, na sensação dos lábios contra os dele, no gosto doce de vinho da língua dela...

TUM, TUM, TUM.

Ambos se empertigaram.

— Você está esperando...

— Não.

Ele endireitou a postura e andou rapidamente pelo corredor. Outro TUM, TUM, TUM na porta da frente. A pistola estava em um cofre no carro, infelizmente. Cooper desceu a escada em silêncio e ouviu Natalie vindo atrás. O que era isso? Alguém da Casa Branca? Algo pior?

— Cooper! Eu sei que você está aí dentro.

A voz estava abafada, mas foi perfeitamente reconhecível.

Sim. Algo pior.

Ele destrancou e abriu a porta. Shannon entrou em um rompante e meteu o dedo no peito de Cooper. Ela estava com uma jaqueta de couro e uma aura furiosa, os músculos do pescoço tensos.

— Você é um grandessíssimo babaca, sabia?

— Qual é o problema?

— Qual é o *problema*? Eu falei com John, esse é o problema, seu fascista... — Ela parou, olhou por cima do ombro de Cooper, viu a mesa com os restos do jantar do Dia de Ação de Graças espalhados sobre ela, e se empertigou. — Merda.

— Shannon — falou Natalie com a voz controlada. — Você está bem?

— Sim, eu... eu lamento, me esqueci de que era Dia de Ação de Graças. Eu não pretendia atrapalhar.

— Você é sempre bem-vinda. Entre.

— Eu não pretendia...

— Tudo bem. De verdade. — Natalie voltou-se para Cooper. — Por que vocês não conversam na sala de estar? Eu lhes darei um pouco de privacidade. Tenho muita coisa a fazer se formos viajar amanhã.

O sorriso dela foi tão perfeito e frio quanto se fosse feito de mármore. Natalie deu meia-volta e subiu a escada novamente.

— Merda — repetiu Shannon.

— Vamos. — Cooper fechou a porta e foi até a outra sala. — Quer um pouco de peru?

— Não. Eu não sei no que estava pensando ao bater na porta daquela maneira. — Ela balançou a cabeça. — Eu me esqueci completamente de que era Dia de Ação de Graças.

— Tudo bem — disse Cooper. — Eu também.

Era engraçado como a vida que eles viviam tornava fácil esquecer as coisas que definiam a vida de todas as outras pessoas. Era um dos motivos da ligação entre ele e Shannon. Ambos viviam afastados do mundo.

Shannon seguiu Cooper e entrou na sala de estar.

— Aonde eles estão indo?

— O quê?

— Natalie disse que tinha muita coisa a fazer se eles fossem viajar. *Na verdade, ela disse "nós", o que foi uma pequena ferroada ao sair.* A brutalidade com que as mulheres travavam guerra sempre surpreendia Cooper.

— Eu vou a Nova Canaã amanhã para falar com Erik Epstein. Natalie e as crianças irão comigo.

— Ah — disse Shannon.

— Então. — Ele desmoronou em uma poltrona. — Você estava me chamando de fascista.

Os olhos de Shannon brilharam, e qualquer desconforto que ela estivesse sentindo passou.

— Você o sequestrou? Colocou uma arma na cabeça dele? Espancou John?

Ele encarou os olhos de Shannon.

— É.

— Só isso? Um "é"? — disse ela no melhor sotaque caipira. — É tudo o que você tem a dizer, amor?

— Não, meu bem. Você quer ouvir uma coisa engraçada? Ontem eu tive uma reunião sobre uma enorme quebra de segurança. Um terrorista invadiu o DAR e roubou uma enorme quantidade de dados. A maioria era a respeito de centros de pesquisa genética e laboratórios biológicos, do tipo que tem financiamento privado, locais quase legais que desenvolvem armas químicas e vírus personalizados. — Ele debruçou-se. — E cá estou eu, pensando: "hum, o terrorista nas câmeras de segurança se parece muito com a minha namorada."

— Ai, meu Deus, Nick, eu não estava atrás de armas biológicas.

— Do que você estava atrás?

— De uma poção mágica.

Cooper balançou a cabeça.

— Engraçadinha.

— Eu estava trabalhando. Você sabe o tipo de trabalho que eu faço.

— Para terroristas.

— Para a minha causa.

— Diabos, você não pode me colocar nessa posição!

Shannon olhou friamente para Cooper.

— Só porque a gente transou algumas vezes não significa que eu te deva alguma coisa.

— E não significa que eu não possa te levar algemada ao DAR.

— Que ótimo. Então, quando você precisa da minha ajuda, é tudo amor e confiança. Mas, no momento em que não precisa mais, você está pronto para me prender? — Ela cruzou os braços. — Eu salvei a vida dos seus filhos, Cooper. Jamais se esqueça disso.

Ele começou a retrucar e se deteve. Respirou fundo.

— Você tem razão. Peço desculpa por essa última parte.

— Eu sabia que nosso namoro era uma má ideia. Mas eu disse para mim mesma que, apesar de nós estarmos em lados opostos, eu poderia confiar que você faria a coisa certa. — Shannon balançou a cabeça. — No entanto, por dentro, você ainda é um soldado de tropa de choque, não é?

— Não. — Ele sentiu-se bobo sentado na poltrona e quis se levantar, mas pensou que pareceria ainda mais bobo. — Não, sou apenas um sujeito tentando deter uma guerra.

— Nick Cooper, exército de um homem só. Juiz e júri.

— Diz a mulher que roubou segredos do governo. Diga-me, Shannon, o que vocês vão explodir hoje? Quantos inocentes vão morrer na sua próxima aventura?

Shannon olhou fixamente para Cooper; havia uma tempestade se alastrando dentro dela. Ele foi capaz de ver o fogo e a fúria da tormenta, os clarões dos relâmpagos e os ventos uivantes.

— Eu vou a West Virginia. Vou fazer a melhor coisa que já fiz na vida. E sabe qual é a parte engraçada? Se você tivesse me perguntado hoje de manhã, eu teria contado tudo.

— O que vai acontecer em West Virginia?

— Veja o noticiário. — Ela girou nos calcanhares e foi embora. — E vá se foder.

Antes que Cooper pudesse responder, ele ouviu a porta se abrir e depois bater.

Merda. Cooper não queria que a situação fosse assim tão longe; por mais furioso que estivesse com o que Shannon tinha feito, ela tinha os mesmos motivos para estar furiosa com ele. Ambos andaram mantendo segredos, e Cooper esperava uma briga a respeito disso. Apenas não naquele exato momento, não ali. Ele esfregou os olhos. *Merda, merda, merda.*

Após um instante, Cooper ouviu Natalie entrar na sala. Ela encostou-se na parede com um pano de prato nas mãos e o leve indício de um sorriso nos lábios.

— Ai, Nick.

— O que foi?

Natalie balançou a cabeça.

— Você não perdeu seu jeito com as mulheres, não é?

EDUCANDO A CRIANÇA SUPERDOTADA:
UM MANUAL DE ENSINO
PARA INSTRUTORES DA ACADEMIA

Seção 9.3: Sobre piedade

Ser um instrutor em uma academia de primeiro escalão é um privilégio para o qual poucos estão qualificados. O cargo exige não apenas o mais avançado treinamento educacional, mas também uma vocação enraizada em uma disciplina pessoal inflexível.

Humanos são condicionados a amar crianças. É difícil ver uma criança sofrer, não importa se o dano é físico, emocional ou psicológico. Isso é algo natural e correto.

No entanto, uma criança que foi queimada no passado não colocará a mão no fogo. Um pequeno ferimento previne grandes ferimentos.

Em outras palavras, dor é uma ferramenta de ensino.

A piedade prejudica essa educação. Míope e destrutiva, a piedade troca o benefício transitório por um dano a longo prazo. Quando vemos uma criança colocando a mão no fogo, a piedade nos manda impedi-la. Protegê-la.

Em vez disso, devemos atiçar o fogo. Devemos encorajar que a criança se queime. Se for preciso, devemos manipulá-la para que faça isso.

De que outra forma a criança saberá que o fogo não é para ela?

Pelo bem da academia, pelo bem do mundo, e pelo bem das próprias crianças, é seu dever se expurgar dessa piedade.

A VENDA OU EXIBIÇÃO DESSE CONTEÚDO SÃO PROIBIDAS E ACARRETAM UMA PENA MÍNIMA DE 15 ANOS DE PRISÃO E MULTA DE 250 MIL DÓLARES.

CAPÍTULO 19

O sol estava se pondo, e isso não fez diferença alguma.

Nuvens pesadas encobriam o mundo quando Ethan desligou o Honda. Por um momento, eles ficaram sentados em silêncio, com apenas o barulho do motor e o som baixinho da respiração de Violet no banco traseiro. O estacionamento estava meio cheio; ele não imaginava que o Dia de Ação de Graças fosse um grande dia para a igreja, mas parecia que a boa gente de Independence pensava diferente. Ou talvez não tivesse nada a ver com o feriado: talvez tivesse mais a ver com o que estava acontecendo com o mundo.

Ethan olhou para Amy.

— Apocalipse zumbi?

Ela concordou com a cabeça.

— Ok — disse o marido, e abriu a porta do carro.

A Igreja Presbiteriana de Independence era um prédio moderno em formato triangular e revestido de madeira, com uma torre antiquada ao lado. Localizada bem ao lado da praça do pacato subúrbio — Independence se considerava cidade grande, mas vamos ser sinceros —, a igreja parecia um bom lugar para deixar o carro. Quem mexia em carros no estacionamento de uma igreja?

O chute de Ethan era de que o governo usaria as rodovias como limites improvisados, se quisesse colocar Cleveland sob quarentena. A I-80 ficava 15 quilômetros ao sul, mas uma vez que ele não sabia exatamente onde começava o cordão de isolamento, seriam botas e mochila a partir dali. Trinta e cinco quilômetros, a maior parte cruzando o terreno de um parque nacional, com Cuyahoga Falls como terra prometida.

Agora essa *é uma frase que jamais deve ter sido proferida.*

Ethan colocou a mochila nos ombros e apertou a faixa da cintura para distribuir o peso. A memória muscular provocou um vislumbre de quando passeara por Amsterdã; bicicletas e paralelepípedos, o sol brilhando nos canais a 6.500 quilômetros dali, um milhão de anos atrás. Ele enfiou o revólver no cinto.

Violet estava acordada, com o cinto de segurança da cadeirinha apertado contra o peito pequeno e redondo.

— Olá, meu amor. Quer participar de uma aventura?

Se Violet tinha alguma opinião a respeito da ideia, ela não disse. Ethan pegou a filha. Por um momento, ele segurou a menina contra o peito, sentiu o peso agradável, a respiração constante e o cheiro de leite, e, quando colocou Violet no canguru que Amy usava, a ausência da filha deixou Ethan com mais frio.

Ele e a esposa se entreolharam. O sorriso de Amy era tenso, como se ela tentasse se convencer. Ethan deu um passo à frente e a abraçou, abraçou suas duas meninas, com Violet no meio do sanduíche, e por um momento os três ficaram parados e respiraram.

Ficaria escuro em breve.

— Vamos.

De mãos dadas, começaram a caminhar.

■

Vinte minutos depois, eles saíram da estrada.

Uma densa floresta de pinheiros levou a uma fileira de casas de dois andares, com terra e agulhas de pinheiros soltas tomando conta dos jardins meticulosamente aparados. Ethan conduziu a família por aquele limite entre a luz e a sombra, contornando a beirada dos quintais. O brilho fraco do céu transformava as casas em silhuetas. Ele viu velas dentro de algumas, imaginou as famílias encolhidas em volta de lareiras. A temperatura estava caindo, mas o esforço de carregar a mochila o mantinha aquecido.

— Trinta e cinco quilômetros — disse Ethan.
— Nada — respondeu Amy.
— Um pequeno passeio.
— Nem sequer uma maratona.

Uma paliçada alta em uma das propriedades obrigou que eles entrassem bem no interior da floresta. Ethan foi à frente. As árvores eram figuras geométricas escuras na luz que esvanecia. Os troncos batiam no seu casaco de inverno e havia um cheiro de seiva no ar. Eles andaram em silêncio, com apenas os sons dos passos e o sussurro dos galhos balançando ao vento.

Quando ficou escuro demais para ver, Ethan sacou a lanterna. A luz intensa esbranquiçou as árvores. Ele fez uma concha com a mão na boca da lanterna para abafar o facho de luz, e os dedos brilharam vermelhos, como enfeites de Halloween.

Uma mudança no vento trouxe o lamento distante de uma sirene. O anoitecer pioraria os tumultos. Ethan imaginou carros queimando na avenida Lakeside, o cheiro de borracha queimada, o estouro de janelas quebrando e os gritos dos feridos.

■

A floresta ficou mais densa. Ethan abriu caminho pelos galhos de pinheiro e segurou-os para Amy e Violet passarem. Ele confiou na bússola para que continuassem rumando para o sul. Teria sido mais fácil seguir a linha de casas, mas, com a tensão tão elevada, Ethan ficou com medo de que alguém pudesse dar um tiro em pessoas à espreita no quintal.

Violet acordou com um grito, não muito alto, mas que deu um susto nos dois. Amy alisou as costas do bebê através do canguru e sussurrou:

— Shh, tudo bem, volte a dormir.

Porém, em vez disso, a filha tomou fôlego e soltou um berro.

— Ela precisa ser trocada — falou Amy.

Ethan tirou a mochila dos ombros e depois abriu o casaco para servir como trocador de fraldas.

— Venha aqui, pequenina.

Amy segurou a lanterna enquanto ele trocava a fralda. O cocô de Violet era da cor e da textura de mostarda e fedia mais do que o normal por causa do leite em pó. Ela gorgolejou enquanto o pai trabalhava.

Quando terminou, Ethan esticou as costas e deixou a filha ficar deitada de costas e dar chutes. Engraçado, ele sabia tanta coisa sobre evolução e o ciclo da vida, e ainda assim foi pego desprevenido pela realidade. Uma coisa era ter o conhecimento acadêmico de que anos se passam até o cérebro e o corpo se desenvolverem, outra era testemunhar o lento progresso dos olhos de Violet se focando, dos músculos ganhando controle. Às vezes, Ethan sentia-se como um professor de educação física substituindo o de biologia durante uma aula; ele lia o mesmo livro que o aluno, e apenas com uma semana de vantagem.

Amy estava com uma das mãos na lombar, se alongando. O facho da lanterna balançava enquanto ela se mexia; um minúsculo círculo de luz cercado por uma escuridão opressora.

— Quanto você acha que percorremos?

— Dois quilômetros e meio, uns três, talvez. Está ficando cansada?

— Não. É apenas que estamos indo tão devagar.

— Melhor garantir.

— Acho que sim. — Ela deu de ombros, depois sorriu para Ethan. — Ei, tem uma coisa que eu quis dizer mais cedo.

— O quê?

— Feliz Dia de Ação de Graças.

■

Uma hora depois, ao olhar para trás a fim de verificar as meninas, algo se prendeu no pé de Ethan. Ele tropeçou, puxou a perna, tentou colocar a outra na frente a tempo, mas o peso da mochila o desequilibrou. Ethan caiu, e seu joelho bateu em uma pedra. A lanterna escorregou e entrou na mata.

— Ethan!

— Estou bem — respondeu ele entre os dentes cerrados.

Ethan xingou, tomou fôlego e xingou novamente. Os dedos exploraram o joelho, e cada toque provocou uma pontada, embora o pico da dor já estivesse virando um forte incômodo. Não parecia que o jeans tivesse se rasgado, mas não era possível ter certeza no escuro — ai, merda.

— A lanterna. Aonde ela foi?

— Ai, merda.

Amy era apenas uma silhueta negra na escuridão ao mexer os pés de um lado para o outro, chutando as folhas. Após um instante, ele ouviu o calçado da esposa provocar um som metálico. Amy abaixou-se e depois suspirou.

— Quebrou?

— Parece que sim — respondeu ela. — E você?

— Só machucado. — Ele apoiou a mão e se levantou lentamente.

— Consegue andar?

Ethan concordou com a cabeça e aí se deu conta de que Amy não podia enxergá-lo.

— Sim. — Ele olhou em volta e não viu nada além de tons de preto. O céu estava apenas ligeiramente mais claro; as nuvens densas escondiam a lua e as estrelas. — Mas não acho que possamos continuar dessa forma.

— Poderíamos acampar aqui e recomeçar de manhã.

— Será mais fácil passar de mansinho pelo cordão de isolamento no escuro.

— Pois é.
— Pois é.

■

O complexo comercial era baixo e sem graça. Após o isolamento sereno da floresta, o prédio parecia alienígena e surreal, como se o mundo tivesse sido abandonado. Toda aquela metáfora do apocalipse zumbi estava começando a afetar Ethan.

Ainda assim, o complexo tinha uma entrada asfaltada larga que podia ser facilmente seguida, e, embora o joelho doesse um pouco, era boa a sensação de andar em um ritmo normal. Ele ajeitou os ombros para mudar o peso da mochila e foi na frente.

Eles se viram em uma rua de três pistas no sentido leste-oeste, sem carros. Ethan acendeu o isqueiro e o segurou o mais próximo possível do mapa de papel antiquado.

— Acho que estamos aqui — falou ele. — Estrada do Vale Agradável.

Não havia vale, e o lugar não parecia agradável de maneira alguma. Ethan se viu querendo dar zoom e alterar para a visão de satélite. Na infância, ele sabia os telefones de todos os amigos e podia discá-los de cabeça; agora, graças aos datapads e celulares, Ethan mal se lembrava do próprio número, e fazia uma década não navegava em outra coisa que não fosse um GPS interativo. A tecnologia tornou a vida muito mais simples.

É. Diga isso para Cleveland.

— Parece mais populoso para oeste — comentou Amy.

— É. Vamos para leste. Depois podemos seguir... essa aqui, Riverview.

A rua estava ilustrada com uma linha finíssima que percorria um trajeto sinuoso dentro do parque nacional. Ela mudava de nome algumas vezes, porém, levava mais ou menos direto para Cuyahoga Falls.

Eles partiram pelo meio da rua solitária.

∎

Eram quase 21 horas quando eles viram o primeiro sinal de outras pessoas.

O suor encharcava as costas de Ethan, e os quadris começavam a queimar. Trinta e cinco quilômetros era um dia de marcha para um soldado, uma caminhada razoável para um mochileiro experiente. Mas trabalhar como cientista pesquisador não oferecia muitas oportunidades para condicionamento físico. Ele e Amy iam à academia quando podiam, mas, desde a chegada de Violet, isso significava uma meia hora roubada aqui e ali.

Pelo menos, estavam indo mais rápido. A estrada Riverview revelou-se uma via estreita de duas pistas de asfalto rachado, com campos de um lado e uma floresta do outro. Torres esqueléticas sustentavam cabos de força no lado oeste, e eles passavam, de vez em quando, por entradas de fazenda, apenas uma caixa de correio e uma estrada de terra batida.

Ethan estava olhando para os pés — não apenas contando passos, mas sentindo seu ritmo como uma bateria —, quando Amy colocou a mão em seu ombro.

Algo branco balançou à frente deles, e quando Ethan se deu conta de que era uma lanterna, os três já tinham sido banhados pelo facho. A fonte da luz devia estar uns 40 metros à frente, e tudo que Ethan conseguiu ver foi a claridade em si. Sentiu uma opressão por dentro.

— Ethan...

— Sem movimentos bruscos — disse ele.

Lentamente, Ethan ergueu os braços e virou as palmas para a frente, lembrando-se do adolescente nervoso atrás da metralhadora no Humvee. *Ser pego é ruim, mas entrar em pânico é pior.*

Tão súbito quanto apareceu, a luz se afastou. Ela girou em um arco que desenhou sombras estranhas em meio às árvores até parar no peito de um homem. O cano de um rifle aparecia por cima do ombro, mas ele estava vestido com o agasalho de flanela de um caçador. Havia duas figuras ao seu lado: uma mulher e um menino de mais ou menos 8 anos.

A luz permaneceu nele por um momento, depois girou para a frente e voltou a balançar, indo embora. Ethan soltou a respiração que não tinha percebido que havia prendido.

— Eles são como a gente — disse Amy. — Estão tentando ir embora.

Ethan concordou com a cabeça. Eles recomeçaram a andar e a seguir o rastro da lanterna.

— Fico imaginando quantas pessoas tiveram a mesma ideia.

■

Uma hora depois, havia dezenas. Os grupos andavam afastados um do outro, enfileirados ao longo da estrada como as contas de um cordão. A maioria tinha lanternas e não se esforçava para escondê-las. Algumas pessoas conversavam. Lá na frente, alguém cantava "Auld Lang Syne".

— Eu adoro essa canção — comentou Amy.

— Eu sei.

— Meio apropriada, não é? — Ela começou a cantar baixinho. — *"Nós corremos pelas colinas e pegamos belas margaridas; mas nossos pés estão cansados, há muito, muito tempo."*

— Meus pés estão cansados — concordou Ethan.

Eles passaram por um loteamento de subúrbio, uma daquelas estranhas vizinhanças aglomeradas como se dentro de uma caixa jogada no meio do nada. Uma dezena de casas estava em construção, e as pontas das estruturas eram escuras contra o céu. Havia uma placa na entrada que Ethan mal conseguiu ler: O Melhor da Natureza com as Comodidades Mais Modernas. Casas dos Sonhos a partir de 300 Mil! Ao lado da placa havia uma casa-modelo completa, e Ethan viu um homem na varanda, observando a lenta fila de refugiados. Ele acenou com a cabeça para o sujeito, mas não obteve resposta. Lá na mata, um pássaro gorjeou. O som era certamente de um predador, e Ethan imaginou o que havia acabado de morrer. Um camundongo, talvez, preso nas garras de uma coruja.

— "For auld lang syne" significa "em homenagem aos tempos de antanho". — A voz de Amy era baixa. — Imagino se essa é a nossa vida. Tempos de antanho.

Ethan olhou para o lado, atraído pela tristeza na voz da esposa. Amy não era daquelas pessoas excessivamente alegres, mas, de maneira geral, ela considerava a existência do copo em si fantástica, estivesse ele meio cheio ou meio vazio. Mais do que o que acontecera com a cidade, com a vizinhança, mais do que o terrorismo ou os tumultos, mais do que eles virarem refugiados, aquele tom na voz da esposa esclareceu o peso das circunstâncias. Não apenas o que estava acontecendo com eles, mas o que estava acontecendo com o mundo.

Veio à sua mente a memória de algo que ele ouvira no rádio, na noite em que os supermercados foram esvaziados. O sujeito falou a respeito da forma como as lojas se estocavam, como tudo acontecia em tempo real. Ethan imaginou o sistema para que aquilo funcionasse: os leitores, computadores, gerenciamento de estoque, logística e transporte. Apenas um em um milhão de planos que faziam o mundo girar, um esquema tão intrincado e eficiente quanto o sistema vascular que fornecia sangue ao ser humano.

Mas, apesar de toda a eficiência do sistema vascular, bastava cortar uma artéria para o corpo morrer.

Será que foi isso que os Filhos de Darwin fizeram? Será possível que a loucura que envolvia Cleveland se espalharia, que a energia acabaria completamente, que a comida não iria da fazenda para a loja, que a polícia não protegeria, nem os hospitais curariam?

Será que a vida poderia ser tão delicada assim?

Você sabe que sim. O mundo funcionava porque as pessoas concordavam em acreditar que funcionava. Ele podia dar um pedaço de papel a um vendedor e sair com roupas porque os dois combinaram em atribuir um valor ao papel. Ele podia interagir com pessoas a milhares de quilômetros de distância e chamar isso de bate-papo. O datapad no bolso era capaz de acessar todo o conhecimento humano acumulado, desde consertar uma fratura óssea até construir uma bomba atômica.

E nada daquilo era real. Era uma alucinação compartilhada e benéfica.

O que acontece quando não conseguimos mais acreditar?

— Vai dar tudo certo.

— Você não precisa continuar dizendo isso para mim — falou Amy rispidamente. — Eu não preciso ser paparicada.

Ethan abriu a boca para reclamar, mas se conteve.

— Você tem razão. Desculpe.

— Me desculpe também. — Ela abrandou o tom. — Só estou cansada.

— É. O sofá-cama da sua mãe nunca soou tão... — Ele parou de falar e andar.

— O que foi?

— Você está ouvindo...

Motores. O som, tênue de início, ficou mais alto rapidamente. A noite estava silenciosa; eles deveriam ter sido capazes de ouvir um carro a quilômetros. Em vez disso, era como se...

Como se eles estivessem estacionados e esperando.

— Corra!

Ethan pegou a mão de Amy e puxou a esposa para fora da estrada. Outras pessoas ouviram o som também, e as lanternas giraram conforme elas se espalhavam em pontos de claridade e borrões de cor. A mochila pesada pulava nos ombros, e garras de fogo se fincaram em seu joelho machucado quando eles dispararam para a entrada do complexo.

Humvees saíram de uma curva na estrada, e os refletores montados nos jipes transformaram a noite em dia. Uma voz trovejou, saindo de um alto-falante, mas as palavras se perderam em meio aos gritos e ao ronco dos motores. Ethan não perdeu tempo tentando escutar, apenas correu para a cobertura da casa-modelo, com Amy meio passo atrás. O coração batia forte nas costelas enquanto os dois pisoteavam a trilha de brita e se escondiam em uma sombra na parede.

Violet acordou e chorava, e o rosto de Amy estava extenuado ao murmurar:

— Shh, não, agora não, por favor, shh.

E agora?

Ao espiar pela quina da casa, Ethan viu que os Humvees haviam se espalhado: um mantinha posição na base da estrada e os dois outros davam a volta para encurralar os refugiados. Os refletores giratórios eram ofuscantes, e as pessoas ficavam paralisadas sob os fachos de luz.

— Não corram. Nós vamos disparar. Fiquem de joelhos e coloquem as mãos na cabeça.

Será que eles realmente atirariam? Ethan não sabia. Se o governo acreditasse mesmo que eles pudessem ser terroristas ou estivessem infectados com alguma coisa... era possível.

Na rua, as pessoas estavam obedecendo, pousando mochilas e cobertores, se ajoelhando no asfalto. Ao virar de um lado para o outro, os refletores envolviam as pessoas em luz e lançavam sombras distorcidas.

— Dr. Ethan Park. Um drone identificou o senhor nessa estrada.

Ele ficou boquiaberto, e um pânico gelado encharcou seu corpo. Suas mãos formigaram e coçaram.

Um *drone*?!

Por que, em nome de tudo que era mais sagrado, um drone estaria procurando por ele? Por que alguém estaria procurando por ele?

— Coloque as mãos na cabeça e ande devagar até os veículos, Dr. Park.

— O quê? — Os olhos de Amy estavam brancos na luz refletida. — Por que eles querem a gente?

Ethan teve um flashback dos agentes do DAR que foram vê-lo, Bobby Quinn e Valerie West. Os dois perguntando sobre sua pesquisa. *Não pode ser isso. É bobagem.*

— Eu realmente não sei.

— Será que devemos nos entregar?

Ele espiou novamente pela borda da casa. Soldados haviam saído dos jipes e transformado a fileira alegre de pessoas em um amontoado de presas aterrorizadas.

Perto do meio, um homem ainda estava de pé. Era aquele que eles tinham visto antes, vestido de flanela e portando um rifle. O filho estava ajoelhado ao lado do sujeito e a mulher do outro, puxando a perna da calça do marido para que ele se abaixasse. Ao invés disso, ele esticou a mão e colocou a esposa de pé.

— Coloque as mãos na cabeça, Dr. Park.

— Eu não sou ele — berrou o homem. — Nós não somos ele.

— Fique de joelhos.

— Eu sou um cidadão americano. E não vou voltar para Cleveland. Ele começou a avançar, ignorando os puxões da esposa.

— Senhor! Fique de joelhos agora!

— Nós não somos quem vocês estão procurando.

— Largue a arma e fique de joelhos, porra!

— Eu tenho direitos — gritou o sujeito. — Não sou um terrorista. Você não pode fazer isso.

— Pare, seu idiota — sussurrou Ethan. — *Abaixe-se.*

O homem deu um passo, depois outro.

Houve uma série curta de detonações, clarões de luz brilhante e estrondos que ricochetearam no estômago de Ethan como fogos de artifício, só que não era possível, fogos de artifício eram no céu, não na estrada, e a seguir as costas do caçador explodiram.

Por um segundo, o único som foi o eco dos estampidos reverberando nas árvores. Depois a gritaria começou.

— Aimeudeusaimeudeusaimeudeus — disse Amy. — Aimeudeus.

As pessoas estavam se levantando agora e começavam a correr. O alto-falante trovejou novamente, mandando todo mundo parar, mas a histeria substituiu o medo. Ethan teve uma imagem terrível de armas abrindo fogo, varrendo a multidão, mas foram os refletores que fizeram isso, enquanto os soldados pulavam dos jipes e berravam.

Ethan agarrou o braço de Amy e apertou com força. A mata estava...

Um súbito som de batidas leves assustou Ethan. O primeiro pensamento foi que ele havia sido alvejado, mas não houve dor, e o barulho era muito baixo.

Era a janela da casa-modelo, aquela atrás da qual eles estavam escondidos. Uma mulher segurava uma lanterna enquanto abria a janela com a outra mão.

— Rápido — falou ela com um gesto de *entrem aqui*.

Ethan olhou para ela, uma estranha de camiseta sem manga e com o rosto contorcido pela urgência. Ele pegou Violet, enfiou o bebê nos braços da mulher, depois meio que deu impulso, meio que empurrou Amy pela janela. Em seguida, agarrou a beirada do peitoril, ergueu o corpo e passou pela janela, se atrapalhando com a mochila.

Mais tiros soaram na estrada.

■

A mulher revelou se chamar Margaret e ser a esposa do cara que Ethan tinha visto na varanda, que agora oferecia a mão.

— Jeremy.

Os cinco estavam no porão da casa-modelo, um espaço projetado para ser uma sala íntima, embora no momento possuísse apenas algumas cadeiras dobráveis e uma mesa de reuniões. Do lado de fora, os alto-falantes trovejavam comandos. Ethan imaginou a cena, as pessoas sendo recolhidas e algemadas, colocadas em caminhões. Os soldados estariam identificando todo mundo, à procura dele.

Mas por quê?

Ethan não sabia. Talvez fosse o DAR, talvez fosse quem quer que tivesse sequestrado Abe, talvez fosse um erro. De todo modo, parecia melhor não ser o nome que ressoava pelos alto-falantes. Torcendo para que a esposa entendesse o que ele estava fazendo, Ethan falou:

— Eu sou Will. — Seu nome do meio. — Minha esposa, Amy. E essa é Violet.

Amy não titubeou ao dizer:

— Obrigada por nos deixar entrar.

— Claro, meu bem. — Margaret balançou a cabeça. — Eu não sei o que esses meninos estão aprontando ao atirar nas pessoas, mas eu não podia deixá-los ficar lá fora. Não com a pequenina. — Ela falou com ternura para Violet, agora de volta aos braços da mãe. — Meu Deus, ela é uma coisinha preciosa.

— Você acha que os soldados vão vasculhar a casa?

Jeremy balançou a cabeça.

— Acho que não. As portas e janelas estão trancadas, então não há motivo para eles pensarem que há pessoas aqui.

— Nós somos meio que os caseiros — explicou Margaret. — Vigiamos o lugar, garantimos que a molecada não venha aqui para fazer festa, esse tipo de coisa.

— Não ficaremos muito tempo — falou Ethan. — Só até eles irem embora.

— Bobagem. Temos muito espaço. Está tarde demais para perambular por aí, especialmente com aqueles soldados todos nervosos.

— Você conhece esse cara que eles estão procurando? — perguntou Jeremy.

— Não. Não conhecíamos nenhuma daquelas pessoas. Estamos apenas tentando sair da cidade, ficar com a mãe de Amy em Chicago.

Jeremy girou um palito de um canto da boca para o outro. Eles pareciam ter ficado sem ter o que dizer, e, no silêncio, um motor de Humvee roncou alto. Todos eles ouviram de cabeça erguida até o som ficar mais fraco.

— Nós temos um pouco de comida — falou Ethan. — Não é muito, mas vocês estão com fome?

∎

Foi o Dia de Ação de Graças mais estranho de que ele se lembrava, embora também tenha havido algo maravilhoso a respeito da ocasião. Margaret e Amy trabalharam juntas no fogão portátil aquecendo latas enquanto Ethan e Jeremy colocavam a mesa. Pratos de papelão e talheres de plástico, um lampião Coleman no meio da mesa. O homem não era de muita conversa, mas Ethan descobriu que eles tinham dois filhos lá em cima — "os meninos não acordariam nem se fosse o Dia do Juízo Final" — e que Jeremy também trabalhava como eletricista, fazendo a fiação do loteamento.

O jantar foi uma mistura estranha: sopa Campbell's, feijão preto, carne seca, sanduíches de manteiga de amendoim. Todos se deram as mãos enquanto Jeremy rezava e depois atacaram a comida. Margaret não parava de falar, tudo agradavelmente inócuo. A comida estava mais gostosa do que deveria, e houve momentos em que Ethan se esqueceu de que eles estavam enfurnados em um porão nos arredores de uma cidade paralisada sob ataque terrorista e caçados por drones.

Depois, enquanto Amy cuidava de Violet e Margaret limpava a mesa, Jeremy inclinou a cabeça para Ethan em um gesto de *venha comigo*. Eles saíram para a varanda. A rua estava abandonada, não havia sinal do caos que ocorrera poucas horas antes. Ou quase não havia sinal: Ethan achou que conseguia enxergar uma mancha negra no concreto.

Amy estava certa. A vida que conhecemos era dos tempos de antanho.

— Olha só, eu quero agradecê-lo novamente — falou Ethan. — Vocês nos salvaram.

Jeremy assentiu.

— A patroa tem bom coração.

— Você também. Obrigado.

O homem saiu da varanda e colocou a mão atrás de um tubo de drenagem. Ele voltou com uma garrafinha de uísque, desenroscou a tampa, tomou um gole e depois suspirou.

— Margaret não gosta, mas, às vezes, um homem precisa beber.
— Amém. — Ethan aceitou a garrafa oferecida.
— Ela é a sua primeira?
— Violet? Sim.
— Isso muda a pessoa, não é?
— Completamente.

Por um momento, os dois ficaram escutando os sons noturnos, o farfalhar das árvores e o lamento do vento. Ethan tomou outro gole e devolveu a garrafa.

— É uma coisa boa — comentou Jeremy. — A paternidade. Eu costumava fazer instalação de telhado; ficava lá em cima espalhando alcatrão no calor do verão, sem sombra. Quando chegava junho, meu pescoço tinha rachado, descascado e queimado novamente. Eu tinha 18 anos e achava que isso era difícil. Aí tive filhos.

— É uma loucura, não é? Você acha que sabe no que está se metendo, mas não faz ideia. Nenhuma mesmo. Todo mundo fala do amor avassalador, e é verdade, mas não é isso, na verdade. É o tudo avassalador. A ideia de que, a cada segundo dos próximos 18 anos, você é responsável.

Jeremy tomou outro gole da garrafa e ofereceu. Ethan fez que não com a cabeça. O homem fechou o uísque e o devolveu ao esconderijo. Voltou à varanda, colocou as mãos no bolso e ergueu os olhos para o céu.

— Esses são dias estranhos, Will. Talvez os últimos. — Jeremy voltou-se para Ethan. — Cuide daquela garotinha, está me ouvindo?

— Cuidarei. Farei qualquer coisa que for preciso.
— Entendido.

Ao entrarem, Jeremy deixou o lampião Coleman com eles, e todo mundo disse boa noite.

No momento em que o outro casal saiu de vista, a esposa foi para cima dele.

— Ok, que diabos está acontecendo?
— Amy, juro por Deus, eu não faço ideia.

— Eles sabiam seu nome. Sabiam que você é doutor. Disseram que havia um *drone* procurando por você.

— É.

Ethan abaixou-se para abrir o saco de dormir. Amy já tinha feito um ninho para Violet, e a filha estava esparramada de barriga para cima, com braços e pernas espalhados e a cabeça virada de lado.

— Só consigo pensar que seja algo relacionado ao sumiço de Abe.

— Então foi o DAR? — Ela franziu a testa. — Mas, se queriam falar com você, por que não simplesmente bateram na nossa porta?

— Eu fico imaginando se eles estavam vigiando a casa, torcendo para que quem quer que pegou Abe viesse atrás de mim. — Ethan sentou-se e desfez os laços das botas. — Só que nós fomos embora, e isso os surpreendeu.

Amy considerou o argumento.

— Mas um drone? Eles realmente devem querer falar com você.

— Acho que sim — respondeu ele.

— Você acha que eles estão atrás do seu trabalho.

— É.

Amy entrou no saco de dormir.

— Eu sei o quanto isso significa para você, amor. E sei como Abe é rígido sobre a confidencialidade. Mas essa questão envolve o governo. O DAR. Talvez você devesse...

— Nesse momento — falou Ethan —, tudo que me importa é levar a gente para algum lugar seguro. Cuidaremos do DAR depois disso.

Ela concordou com a cabeça devagar, mas não parecia completamente convencida.

Ethan desligou o lampião, depois cruzou os braços e olhou para cima. Pensou nos carros queimando e na fila de refugiados. Pensou nos fogos de artifício e no sangue respingado. Pensou em como ele e Abe eram próximos, e se o próprio governo pretendia roubar o trabalho dos dois.

O revólver na cintura era pesado, mas estranhamente reconfortante.

Pelos tempos de antanho.

CAPÍTULO 20

O guarda era jovem, com toda a marra de "dane-se você" que isso implicava. O que era impressionante, considerando que ele estava ajoelhado no chão com uma arma na cabeça.

— Vocês duas estão mortas. — A voz tinha um carregado sotaque de West Virginia. — Isso é uma instalação do DAR. Nós saberemos quem são vocês, onde moram. É melhor se entregar agora.

— Meu bem — disse Shannon —, eu prometo que o DAR já sabe quem somos.

Ela acenou com a cabeça para Kathy Baskoff, e o comando enfiou o cano da submetralhadora com mais força no pescoço do guarda. A marra desapareceu. Afinal, ele tinha visto Kathy matar seu parceiro sem hesitar.

E você não faz ideia de como ela gostaria de fazer o mesmo com você.

Shannon pegou um rolo de fita isolante na mochila e soltou a ponta com um puxão. Deu uma dezena de voltas nos pulsos do homem, depois outra dezena no peito para prendê-lo na cadeira.

— Podemos ir — disse ela, então passou por cima do corpo do outro guarda e saiu para o amanhecer frio.

Havia sons de motores, e os faróis de quatro caminhões subindo o morro. A lua iluminou a placa pesada que dizia ACADEMIA DAVIS, esculpida em granito e fixada ali como se dissesse YALE.

— Essa foi a minha academia — falou Kathy — dos 11 anos aos 18.

— Eu sei — respondeu Shannon. — Foi por isso que escolhi você.

No escuro, o sorriso de lábios finos do comando pareceu carnívoro.

Um jipe e três caminhões pesados foram à frente com os motores roncando. Shannon esperou que os veículos se enfileirassem.

— Todos vocês, escutem. — Ela sentiu vontade de berrar como William Wallace incitando os escoceses a lutar, mas sabia que o ponto eletrônico conduziria a voz perfeitamente. — Todos sabem por que estamos aqui. Não importa como eles chamem esse lugar, não importa o que finjam para conseguir dormir à noite, toda academia é uma prisão. Alguns de vocês, como Kathy, cumpriram pena aqui. Alguns de vocês, não. Isso não importa agora. O que importa é que hoje à noite o punho vai descer. Já chega de bancarmos os bonzinhos.

Ela ouviu vivas através das paredes dos caminhões.

— Todo adulto aqui é cúmplice. Guarda ou faxineiro, todos ficaram em silêncio e presenciaram crianças sofrendo lavagem cerebral ou torturas. Se houver rendição, beleza. Se não — ela deu de ombros —, melhor ainda.

Os vivas foram substituídos por risadas.

— Mas, lembrem-se: nosso primeiro objetivo é tirar todas as crianças daqui. Então, verifiquem os alvos. Não apertem o gatilho a não ser que tenham certeza. — Ela foi para o lado do carona do jipe e entrou. — Vamos nessa.

— Para onde?

— Para a administração. Tem alguém com quem eu quero falar.

■

Shannon vinha preparando o ataque à Academia Davis havia dois meses. Sua penitência, uma forma de expiar os pecados. Ela debruçou-se sobre fotos de satélite, memorizou relatórios escritos por antigos "estudantes", analisou a lista dos presentes. Até passou uma semana acampada no bosque perto do perímetro observando veículos entrando e saindo, e Shannon não era chegada a camping. Depois de tudo isso, a conclusão inevitável foi de que não havia simplesmente uma maneira de fazer aquilo sem colocar sua equipe — e as crianças que eles resgatariam — em sério perigo.

Por um tempo, ela até considerou trazer Cooper. O conhecimento dele sobre os sistemas do DAR seria incalculável, e juntos os dois eram praticamente imbatíveis. Além disso, o pecado era de Cooper também.

Pareceu uma coisa tão sem importância na ocasião. Três meses antes, quando Shannon estava a caminho de entregar Nick para John Smith, eles estavam em fuga. Os dois estiveram em Chicago, caçados pelo DAR, e, quando precisaram de um lugar para dormir, ela havia sugerido o apartamento de um amigo.

Shannon simplesmente não havia pensado direito, só isso. Não tinha se dado conta da enorme força que estava sendo movida contra os dois. Até onde o governo iria para capturá-los, e o que faria com qualquer um que estivesse no caminho.

Hoje à noite você lava todos esses pecados.

Em uma irônica reviravolta, foram John e sua missão maluca que possibilitaram isso. Shannon concordara em assaltar o DAR para ele, mas, em troca, o programador de John teve que garantir que eles roubariam as coisas de que ela precisava também.

Como a senha para burlar o alarme.

Como a escalação e a localização dos postos de guarda.

Como mapas detalhados do prédio de administração, incluindo o alojamento.

Informação geralmente é mais perigosa que balas.

A parte mais arriscada seria passar despercebido pela guarita externa. Discrição era a solução; portanto, vestidas com roupas táticas pretas e usando óculos de visão noturna, ela e Kathy se infiltraram sozinhas. Sem pressa, abaixadas, com ramos presos às roupas e sons de animais ampliados.

Quando as duas chegaram à guarita, Shannon parou ao lado da porta e bateu. As coisas aconteceram rapidamente depois disso. Kathy chegou com tudo enquanto Shannon entrava na cabine e bloqueava o botão de pânico.

Um guarda fez um movimento para sacar a arma. A submetralhadora com silenciador de Katy fez um único estampido abafado, e o sujeito caiu com um buraco na testa que, surpreendentemente, sangrou pouco.

O outro tinha se contentado em falar grosso. Shannon torceu que ele estivesse apreciando o espetáculo pelos monitores.

Agora, andando pelo ar frio da noite em um jipe conversível, Shannon sentiu uma objetividade cristalina. Na maioria das vezes, durante uma missão, ela surfava a adrenalina, curtia o barato de qualquer façanha absurda que estivesse realizando. Mas essa era diferente. Ela não estava trabalhando sozinha na noite de hoje, para começar. Em vez de ser uma espiã ou batedora, nessa noite ela era um soldado e sabia que alguns dos colegas poderiam morrer.

Mas a questão tinha mais a ver com o medo do que Shannon poderia encontrar. O medo de que tudo isso talvez não concedesse a absolvição que ela procurava. A redenção pelo erro terrível.

Você não tinha como saber. Não havia como prever que passar uma noite na casa de seu amigo significaria que a filha dele seria despachada para uma academia.

Além disso, a missão vai dar certo. Em 15 minutos, você vai tirar 354 crianças da prisão.

Incluindo ela.

Ao longe, Shannon ouviu estampidos abafados, o som de disparos dados por silenciadores. Eles não funcionavam tão bem na vida real quanto no cinema; balas eram propelidas por explosões, e não havia como torná-las muito silenciosas.

A essa altura, a segurança da academia saberia que eles estavam sob ataque. Os guardas seguiriam o protocolo: recuariam para postos de controle, acionariam sinais de pânico que deveriam trazer as forças armadas americanas. Sob circunstâncias normais, equipes de forças especiais em helicópteros de combate seriam capazes de aterrissar sete minutos após o primeiro alarme.

Mas não hoje à noite. Hoje à noite, vocês são os indefesos.

■

Algo o acordou.

Foi desanimador perceber, ao ficar mais velho, que uma boa noite de sono era privilégio das crianças. Realmente era rara a noite em que ele não se levantasse três vezes para ir ao banheiro.

Mas não foi a bexiga que acordou o diretor Charles Norridge. Foi um som, um estampido alto que penetrou seus sonhos. Fogos de artifício? Talvez alguns dos garotos mais velhos tivessem fugido e estivessem brincando novamente de terroristas autóctones. Se fosse o caso, haveria meninos na prisão às 9 horas da manhã. Uma solução rudimentar, mas eficiente. Muito mais útil do que incômodo físico era a vergonha; nessa idade, não havia ferramenta de educação mais eficaz do que a humilhação.

— Olá, Chuck.

Com um clique, o abajur da mesa de cabeceira foi aceso e revelou uma mulher magra, de cabelo escuro. Atrás dela, outra mulher, maior, olhava fixamente para ele com um ódio inconfundível — e uma arma grande nas mãos.

— Quem são vocês? — A voz saiu mais fraca do que Charles esperava, e ele tossiu e assumiu um tom imperioso. — Eu não acho isso engraçado.

— Sério? — A mulher magra sorriu. — Eu acho meio hilariante.

Mais estampidos ao longe. Tiros, ele se deu conta, não fogos de artifício.

— O que significa isso?

— O que significa? — Ela ajeitou o cabelo atrás da orelha. — É uma pergunta complicada. Tipo, politicamente? Ideologicamente? Moralmente?

Como ela ousa.

— Aqui é uma escola. Eu sou um educador.

— Aqui é uma prisão. Você é um carcereiro.

— Eu nunca machuquei ninguém — falou ele. — Eu amo meus alunos.

— Eu me pergunto se eles diriam o mesmo de você.

Norridge começou a sair da cama, mas parou quando a mulher disse:

— Hã-hã. — Ela sentou-se na beirada do colchão. — Vou te dar um presente, Chuck.

— Eu conheço você?

— Meu nome é Shannon. Você conheceu muitos dos meus amigos. — Ela gesticulou para a mulher na porta, a que estava com a arma. — Como Kathy.

Norridge olhou. A mulher tinha uma energia inquieta; mesmo parada, ela parecia agitada.

— Eu nunca a vi antes. Quem é você?

— Meu nome é Kathy Baskoff.

— Eu não conheço nenhuma Kathy Baskoff.

— Claro que conhece. Só que você me chamava de Linda. — A mulher deu um sorriso frio. — Linda Jones.

Até aquele momento, por mais assustado que Charles estivesse, tudo pareceu distante também. Os efeitos colaterais de um pesadelo, nada para ser levado a sério. Nessa hora a bexiga doeu, houve um súbito aperto gelado.

— Eu nunca machuquei você.

— Você sequer se lembra de mim. Quantas Linda Jones você teve nessa escola? Cem? Mil?

— Kathy — disse Shannon —, qual foi a pior parte de ter estado aqui?

A mulher de aparência perigosa fez uma pausa.

— Não foi apenas você ter nos tirado de nossas famílias. Ter mudado nossos nomes. Ter jogado uns contra os outros e envenenado nossas mentes. — Ela ergueu a arma e mirou no homem. — Foi viver com medo. Cada minuto com medo, e sabendo que estávamos presos. Que não havia nada que pudéssemos fazer a respeito.

De repente, Shannon pegou o antebraço do diretor. Charles tentou puxá-lo, mas ela era surpreendentemente forte. A mulher meteu algo em volta do pulso dele, algo frio e metálico, prendendo-o a seguir na ponta da cabeceira. Norridge puxou, e a algema machucou a pele.

— Ouça — disse Shannon.

Ele esperou que a mulher falasse algo; quando não disse nada, Charles percebeu que ela tinha mandado que ele ouvisse de uma maneira geral.

— Eu não ouço nada.

— Isso mesmo. Sem tiros. — Uma pausa. — Seus guardas estão todos mortos. Ninguém virá salvá-lo.

Algo molhado cobriu suas coxas, e Norridge percebeu que perdera o controle da bexiga. A vergonha que tomou conta dele pareceu mais quente do que a urina.

— Neste exato momento, nosso pessoal está plantando explosivos. Nas salas de aula, nos dormitórios... nos alojamentos administrativos. — Ela sorriu. — Em cinco minutos, essa instalação será um buraco fumegante no chão.

— Meu Deus. Você não pode!

— Já está feito. Mas eis a boa notícia. Você tem uma chance de sobreviver.

Ele sorveu o ar, puxou a algema e sentiu-se velho e fraco.

— Você não pode fazer isso — repetiu o diretor.

— Chuck — falou Shannon. — Você não está prestando atenção. Você tem uma chance de viver, uma única chance. Tudo o que precisa fazer é responder a uma pergunta.

Charles tentou ordenar as ideias, que estavam espalhadas como coelhos assustados.

— Qual?

— Você tem uma aluna aqui chamada Alice Chen. — Ela debruçou-se, deixando o rosto a centímetros do dele. — Quantos anos ela tem?

Norridge olhou para ela, espantado. As pernas estavam molhadas; os olhos, remelentos de sono; a mão, algemada ao poste de metal da cama onde dormira por duas décadas.

— Eu...

Norridge fez um esforço para pensar, para evocar os registros dos alunos. Essa mulher estava enganada. Ele conhecia seus alunos, conhecia todos eles. Charles era capaz de olhar uma criança e se lembrar do número do transponder, repetir cada detalhe da ficha, todos os segredos. Ele apenas...

Não sabia os nomes.

Como se tivesse lido a mente de Charles, a mulher deu de ombros.

— Que pena.

Ela ficou de pé, e as duas foram até a porta.

— Espere! — Sua voz estava tão assustada e lamuriante quanto a de uma criança. — Vocês não podem fazer isso.

Kathy Baskoff parou à porta.

— Em cinco minutos, você vai morrer. E não há nada que possa fazer a respeito. — Ela deu um sorriso. — Lide com isso.

A porta do quarto foi fechada com um clique.

CAPÍTULO 21

Soren sorriu.

Livros, ele amava. Filmes, 3D, peças de teatro, dança, comédia, esportes e música eram tudo tortura. Não importava a inteligência do roteiro, não importava a elegância da piada; em sua escala de tempo, eles eram intermináveis. Cada nota de um concerto de Bach se arrastava até que todo sentido e emoção fossem perdidos.

Não um livro, porém. Ele aprendera havia muito tempo a arregalar os olhos para absorver a página inteira e se concentrar em palavras individuais com a mente no lugar das pupilas. Um bom livro era parecido com o nada pessoal, um lugar onde a identidade podia ser perdida. Soren geralmente lia cinco ou seis livros entre o despertar e o sono.

John Smith foi atencioso quando mobiliou o apartamento em Nova Canaã. Era tranquilo, tinha uma iluminação de bom gosto e estantes de livros do piso ao teto. Soren considerou este um gesto emocionante, uma lembrança de que seu amigo o conhecia de uma maneira que nenhuma outra pessoa conhecia.

— Vouprecisardevocêembreve.
— Para?
— Matar. Vocêmatarápormim?
— Sim.

— Meusplanosestãoprontos. Masascoisasãomutáveis.

As coisas são mutáveis. Sim, isso certamente era verdade.

— E?

— Vocêéatorre. Despercebidanafileiradetrás.

Uma referência à infância passada na Academia Hawkesdown, jogando xadrez na cafeteria. Soren sempre perdia, mas aquilo não importava. Os jogos foram períodos de prazer simples e entretenimento passados na companhia de um amigo. Talvez o primeiro momento da vida dele em que o tempo passara rápido demais.

Seu papel estava evidente para ele agora. Smith teria passado anos se preparando para esse momento, mas as estratégias sempre mudavam na execução, sempre. Portanto, Soren seria o trunfo que os inimigos de seu amigo não sabiam a respeito. A solução para problemas ainda não descobertos.

— Entendi.

— Eutenhoumasurpresa.

Soren acompanhou o amigo pelo apartamento até uma porta fechada. John fez um gesto, sorriu e saiu.

Soren abriu a porta e a viu, esperando por ele.

A única mulher no mundo. Pequena, loura e perfeita. A única que entendia o que ele precisava. Não apenas entendia. Ela se tornava o que Soren precisava. Era a natureza dela, seu dom e sua maldição; a mulher podia se transformar naquilo que os outros precisavam. Era capaz de sentir e personificar os desejos que as pessoas não ousavam falar.

Samantha estava nua, com cheiro de tulipas cor-de-rosa e hidratante, de braços abertos.

— Meu amor — disse ela. — Senti saudades.

∎

Êxtase. Não por um instante, da maneira como a maioria das pessoas vivencia o amor, mas completo e duradouro. Êxtase como a água morna em que ele nadava languidamente.

Seu dom também podia ser uma benção. Com ela.

Em Hawkesdown, os dois se encontraram, a perfeita Samantha. Quando tinham 14 anos, ela foi até ele, tocou em sua bochecha e começou aquilo sem dizer uma palavra, e cada toque durava minutos. O carinho da língua, a maciez do cabelo descendo pelo corpo de Soren, o aperto das mãos dadas, tudo ameaçava transbordá-lo com plenitude. Quando finalmente chegou, o orgasmo era uma longa e lenta queda livre pelo céu.

Depois ela desapareceu da academia, levada pelo mentor, e Soren nunca mais a tinha visto.

Tentou com outras, mas falhou miseravelmente. As mulheres sempre queriam conversar, compartilhar e ser conquistadas, conhecer e se sentir conhecidas. Soren compreendia isso, mas os rituais da dança de acasalamento eram insuportáveis para ele. As piadas perdiam todo o sabor, a conversa fiada durava dias.

Houve uma prostituta, uma vez. Uma garota de programa cara que Soren pagou adiantado. Ele dera instruções explícitas por e-mail: ela não deveria falar, não deveria se atrasar. Tudo o que Soren queria da prostituta era seu calor perfumado se revolvendo em cima dele.

Ela fizera como Soren pediu. Mas houve um momento, quando a prostituta estava em cima dele, em que a expressão de seu rosto mudou rapidamente, e a máscara caiu. Apenas um instante para ela, mas Soren foi forçado a encarar por longos segundos o tédio, ódio e desprezo enquanto esteve dentro da garota de programa. Incapaz de dar as costas, de fechar os olhos. Ainda sentia vergonha ao pensar naquele momento.

Soren e seu amor ficaram juntos, separados e juntos novamente. Samantha era a necessidade dele. E Soren sabia que, para ela, ele era a coisa mais pura e segura que Samantha jamais conheceria. Ela era viciada na própria personalidade, e Soren deixava que fosse assim com a mais pura gratidão.

Quando os dois finalmente terminaram, ela aninhou-se embaixo do braço de Soren e apoiou a cabeça em seu peito, e ele aqueceu-se no resquício de desejo dos corpos, em perfeita paz.

Obrigado, John. Foi uma surpresa mesmo.
E outra dívida.
Se eu mataria por você?
O próprio Deus.

CAPÍTULO 22

— Acorda.

Ethan abriu os olhos de supetão.

Havia uma escopeta apontada para sua cabeça.

O cérebro ainda dormia, e seu primeiro pensamento foi: *Deus, não outra vez uma arma apontada para mim.*

Ele mexeu-se sem pensar e começou a se levantar.

Jeremy engatilhou a escopeta.

Foi um som horrível, algo que Ethan nunca havia escutado na vida real, e fez os dedos formigarem e a barriga congelar. Ao lado dele, Amy conteve um gritinho.

— Silêncio. — Jeremy virou a arma para ela com o rosto contraído, os lábios brancos de tão apertados.

— O que é isso? O que você está fazendo?

— Levanta.

— Jeremy — disse Amy. — O que está acontecendo?

— Eu disse para se levantar. Não quero atirar em você, mas vou.

Lentamente, Ethan desceu a mão até a cintura e tocou na coronha do revólver. A arma estava quente pelo contato com a pele. Ele pensou: *tire com cuidado, mire para cima através do saco de dormir e...*

E depois? Fugir atirando como um gângster? Ethan jamais havia disparado uma arma na vida. A estreia seria contra um ser humano, uma pessoa que parecia muito à vontade atrás de uma escopeta mirando em Amy?

E se você errar?

Ele soltou o revólver. Concordou com a cabeça.

— Ok. Calma.

Ethan levantou-se lentamente, garantindo que a camisa cobrisse a arma. Ele abaixou a mão e ajudou Amy a ficar de pé.

Violet fez um som de ronco pelo nariz ao dormir, e todos levaram um susto.

Se Jeremy sequer olhar na direção dela, puxe o revólver e atire.

— E agora?

— Pegue sua filha e vá embora.

Ethan sentiu um momento de puro alívio.

— Ok. Dê um minuto para guardarmos nossas coisas, e sairemos da sua vida para sempre.

— Não.

— O quê?

— Deixem tudo. Apenas saiam daqui.

— Você está... isso é um assalto?

— Eu te disse, esses são os últimos dias. O mundo está desmoronando à nossa volta. Dinheiro, sacos de dormir, uma tenda e o que mais vocês tiverem pode salvar a vida da minha família.

— Você não está falando sério — disse Amy. — Onde está Margaret?

— De manhã eu direi que vi vocês saqueando nossos armários e os expulsei.

— O que dirá para ela se atirar em nós?

A expressão do homem endureceu. Ele virou o rosto e cuspiu o palito.

— A mesma coisa.

— Você é um merda, Jeremy. — Os olhos de Amy pegaram fogo. — Um covarde. Você é o que há de errado.

— Sou um homem cuidando da família, só isso.

— Não — disse Amy. — Meu marido é um homem. Você é um...

— Amor — falou Ethan gentilmente. — Vamos embora.

Ela olhou para o marido, cheia de fúria. Ethan abaixou os olhos rapidamente para onde Violet dormia. Amy captou o gesto e engoliu o que quer que estivesse prestes a dizer.

— Podemos calçar os sapatos?

— Poderiam. Antes de me xingar. Agora simplesmente peguem a pequena e saiam.

Amy balançou a cabeça, depois se abaixou e pegou a filha. Ela contorceu-se e começou a chorar. A mão direita de Ethan coçou, a arma parecia puxá-la.

Você não é um criminoso. Tudo que o homem quer são coisas. Se puder sair daqui sem violência, saia.

Jeremy seguiu os dois escada acima, com a escopeta a postos.

Na porta de entrada, Amy voltou-se para ele.

— Você fez a prece ontem à noite.

— E daí?

— Daí que você vai para o inferno.

Ela deu meia-volta e foi a passos largos até a porta. Ethan ficou na dúvida se algum dia esteve mais apaixonado por Amy do que naquele momento. Sentiu vontade de pegar a arma e meter bala, disparar até acabar a munição, depois ficar sobre o corpo de Jeremy e continuar apertando o gatilho.

Em vez disso, Ethan acompanhou a esposa e saiu para a noite, pensando: *a questão não se trata de você. Não se trata de se sentir como um homem. Trata-se de ser um.*

Isso significa fazer o que quer que seja para protegê-las. O que quer que seja.

CAPÍTULO 23

Não era um Força Aérea Um, mas Cooper teve que admitir que o voo diplomático foi um belo passeio.

Tinha sido uma manhã divertida, iluminada por uma alegria simples. Panquecas de maçã na frigideira, os Stones no som, os filhos surtados, agitados pelo açúcar e pela empolgação. Eles foram dormir esperando que a alvorada trouxesse um dia como outro qualquer, e, em vez disso, horas depois, cá estavam os dois brincando de pique-pega no céu. O jato tinha assentos de couro, 3D integrado, uma escolta de jatos e um comissário de bordo disposto a trazer toda a Coca-Cola que os pais permitissem.

— Ei, Todd — chamou Cooper. — Vem cá.

O filho disparou pelo corredor, suando e sorrindo. Cooper bateu na janela com os dedos.

— Olha só.

Obediente, Todd enfiou o rosto na janela. Eles começaram a descida, e, daquela altura, o Wyoming parecia um bolo deixado muito tempo no forno. Perto do horizonte, quase fora de vista da janela, algo brilhava em branco e prata.

— O que é aquilo?

— Aquilo é Tesla. A capital de Nova Canaã. Não é a única cidade, mas é a maior. É onde Erik Epstein vive.

— Ele é realmente tão rico assim?

— É.

— Tudo parece ser feito de espelhos.

— É vidro solar. Ele captura energia e mantém o interior fresco.

— Ah. — Todd ergueu os olhos com um sorrisão. — Que pena. Uma cidade de espelhos seria maneira.

Foi um daqueles momentos estranhos de divergência, que tem uma sensação de uma importância maior. Cooper se viu olhando para o filho, e um pensamento surgiu espontaneamente. *Uma cidade de espelhos. Ele não está longe da verdade.*

Se algum dia existiu um lugar que inverte tudo, é esse aqui.

■

A recepção em Tesla certamente foi uma experiência diferente da que ele teve na última vez em que chegou ali, três meses atrás. Naquela ocasião, Cooper e Shannon entraram com documentos falsos, preocupados a cada momento que fossem ser descobertos.

Desta vez havia um comboio à espera, protegido por uma equipe de segurança. Em vez das limusines pesadas usadas em qualquer outro lugar do mundo, o comboio era composto por veículos elétricos em formato de gota e elegantes quadriciclos. Gasolina era uma das muitas coisas que a Comunidade tinha que importar, e era correspondentemente cara.

Quanto à equipe de segurança, eles eram jovens até mesmo para os padrões militares, indo dos 16 até talvez 22 anos. A farda leve de deserto era feita de camuflagem ativa, e os desenhos do tecido se alteravam e se transformavam conforme os guardas andavam. Apesar da juventude, Cooper notou que eles eram bons; se deslocavam com uma unidade coordenada, cobrindo todos os ângulos sem precisar falar uns com os outros. Ele não reconheceu os fuzis de assalto da segurança, algum tipo de neotecnologia da CNC com curvas arredondadas e coronhas de plástico. *Quando você começou a fabricar armas, Erik?*

— Embaixador Cooper. — A mulher que os recebeu tinha a beleza esbelta de uma modelo de passarela, mas sequer um traço de sensualidade. — Sou Patricia Ariel, diretora de comunicações do Sr. Epstein. Em nome das Indústrias Epstein, bem-vindo à Comunidade Nova Canaã.

Embaixador. Isso vai exigir um pouco de costume.

— Obrigado — respondeu ele. — Essa é Natalie, e nossos filhos, Todd e Kate.

— Bem-vindos. Se me seguirem, eu os acompanharei à sua residência na cidade.

— Epstein não conseguiu vir? — perguntou Cooper.

— Ele achou que o senhor queria se instalar primeiro. Vamos?

Hum. Cooper não esperava o verdadeiro Erik Epstein — ele provavelmente jamais abandonava a caverna —, mas o irmão Jakob deveria ter estado ali. Foi uma ofensa e um mau sinal.

O carro não era grande como o veículo do presidente Clay, mas era confortável, com bancos de couro e janelas largas. Uma divisória de privacidade separava os passageiros do motorista. O comboio saiu imediatamente, com motores zumbindo suavemente.

— Sr. Embaixador, essa não é a sua primeira visita à Comunidade, correto?

Cooper fez que não com a cabeça.

— Mas minha família nunca esteve aqui antes.

— Bem, como o senhor sabe, somos uma terra corporativa, feita sob medida do zero...

Ariel continuou falando, e Cooper captou os padrões dela enquanto a família aproveitava o passeio. A diretora de comunicações era delicada e refinada, mas de vez em quando deixava escapar uma consoante muito pronunciada, e ele imaginou que Ariel fosse de Boston. Provavelmente uma brilhante do segundo escalão; Cooper suspeitou que ela fosse memética pelos padrões de fala, e definitivamente não foi criada em uma academia. Imaginou que os pais fossem carinhosos e ainda casados, que sentissem orgulho da filha, mas que não morassem na CNC. Telefonavam aos domingos e mandavam e-mails por terem visto Ariel no noticiário, faziam perguntas educadas sobre sua vida social respondidas com evasivas educadas.

Assim que desvendou a mulher, Cooper voltou a atenção para a vista. O aeroporto era pequeno, duas pistas para jatos e um punhado de pistas para planadores. Todd soltou um "uau" quando um planador decolou ao ser jogado no ar por um guincho hidráulico a 1,5 quilômetro de distância. Cooper lembrou-se de ter voado em um planador com Shannon e sentiu o estômago se contorcer. Ele não se importava com altura, mas aviões sem motores eram outra história.

Fora dos limites do aeroporto, eles passaram por enormes painéis solares e dezenas de milhares de painéis negros que se estendiam ao longe, todos perfeitamente alinhados e banhados pela luz do sol. O trânsito era leve, e embora o comboio se deslocasse sem sirenes, eles raramente diminuíam a velocidade. Um dos benefícios de se projetar um mundo do zero era que os padrões de trânsito podiam ser previstos, as estradas podiam ser construídas largas o suficiente para evitar congestionamento. Cooper imaginou se alguma vez Ariel pensava em Boston, a antítese de tudo aquilo ali: uma cidade antiga para os padrões americanos, confusa e cheia de gente, com ruas de terra transformadas em ruas asfaltadas e labirintos tortuosos em vez de malhas rodoviárias perfeitas.

— O que é aquilo? — Todd apontou para um complexo de estruturas em forma de domo sobre a crista de uma montanha, com as laterais prateadas abertas para o vento.

— Condensadores de umidade — respondeu Ariel. — Nós colhemos água do vento. Isso é um deserto, afinal de contas, então água é sempre uma preocupação. Vocês podem achar o banho meio estranho...

Cooper desligou-se outra vez, e sua mente voltou ao Salão Oval. Foi por um triz na noite de ontem. Cleveland pegando fogo, e o presidente em coma enquanto o secretário de Defesa praticamente armava um golpe. Se Clay não tivesse saído daquele estado, na manhã de hoje os anormais do país inteiro estariam sendo enviados para campos de internação enquanto tropas atacavam a Comunidade.

A salvação de Cooper no último segundo gerou um pouco de tempo, mas apenas um pouco. Agora ele tinha que convencer Erik Epstein, de alguma forma, a abandonar sua postura deliberadamente neutra e apoiar totalmente o governo americano — um governo que, nesse momento, estava planejando um ataque.

Talvez seja essa a sua abordagem. Um doce e um porrete ao mesmo tempo.

Ele bateu nos dentes com o polegar e viu Tesla se descortinar em volta. Prédios baixos de pedra e vidro solar, com calçadas largas e estações de recarga para veículos elétricos. Placas de restaurantes e bares, fliperamas holográficos e coffeeshops anunciando marcas de maconha. As pessoas na rua preferiam roupas práticas e rústicas: jeans, botas e chapéus de caubói. Havia um clima afável no ar, pessoas que sorriam umas para as outras ao passar e paravam em pequenos grupos para conversar.

Cooper imaginou os drones Seraphim do exército circulando acima e disparando uma chuva de micromísseis. Veículos explodindo, paredes rachando e desabando. Ou pior, cargas incendiárias lançadas por bombardeio; no clima seco, o calor atingiria níveis suficientes para rachar pedra e derreter vidro solar.

— Todo mundo é tão jovem — comentou Natalie.

— Juventude é força — disse Ariel sem hesitação.

Definitivamente ela era memética. Profissionais de comunicação sempre se ocupavam em tentar gerar memes, em tornar viral uma mensagem; os anormais apenas levaram a prática a outro nível. Na época em que era um agente do DAR, Cooper leu um relatório curto que argumentava que a memética era o dom mais perigoso. Como os políticos sabiam há muito tempo, as pessoas preferiam respostas curtas e fáceis de lembrar do que respostas complexas, mesmo que as respostas curtas fossem tão simplistas a ponto de serem ridículas. Frases como "mentalidade dos velhos tempos" podiam ser tão devastadoras quanto uma bomba e tinham um alcance muito maior.

Afinal de contas, lembre-se de quantas vezes você viu "eu sou John Smith" pichado em uma parede.

E agora ele é um herói, e esse é o título de seu best-seller.

— Juventude é ser jovem — respondeu Cooper. — Força é outra coisa.

Ariel deu um sorriso educado e continuou o passeio.

— A média de idade na Comunidade é de 26,41 anos, embora esse dado seja enganoso; o número de pais e avós que se mudaram para cá com filhos superdotados distorce a conta. A média está mais próxima dos 16 anos.

— Uma cidade de crianças — falou Natalie.

— Não uma cidade, e sim uma nova comunidade, unida em torno de um único objetivo. Quando as pessoas se envolvem no que fazem, a idade biológica é menos importante do que energia e foco. Veja o crescimento de Israel após a Segunda Guerra Mundial. Uma geração de jovens judeus entusiasmados transformou um deserto em uma potência global. — O motor parou suavemente do lado de fora de um prédio gracioso de tijolos em uma rua residencial. — E cá estamos nós.

Cooper estava esperando uma residência diplomática tradicional — um hotel de luxo com um andar isolado, agentes posicionados por toda parte. Em vez disso, Ariel entrou com eles em uma adorável casa de três andares, decorada com bom gosto em estilo ocidental, com chão de porcelanato e cortinas transparentes. A parte traseira da casa dava vista para uma praça em volta de uma árvore alta com folhas grossas e com aparência borrachenta; sem dúvida uma variante genética que exigia o mínimo de água. Apesar do frio, homens e mulheres conversavam nos bancos e liam datapads ao sol. Um grupo de meninos chutava uma bola de futebol. Todd encostou o rosto na janela, e a respiração embaçou o vidro.

— Sua equipe de segurança está aquartelada no primeiro andar; se precisar de alguma coisa, basta pegar o telefone.

— Posso sair para brincar? — perguntou Todd.

Cooper hesitou. Ele queria que os filhos vivenciassem esse mundo — foi uma das razões para ter concordado em trazê-los —, mas ali era mais exposto do que ele imaginara. Como se lesse seus pensamentos, Ariel disse:

— A segurança pode acompanhá-lo se o senhor quiser, mas não é necessário.

— Por quê?

Ariel sorriu.

— O senhor está em Nova Canaã. Aproximadamente 15 por cento de nossa polícia é composta por captadores; eles andam pela cidade à procura de discrepâncias perigosas de personalidade. Pedófilos são filtrados, bem como aqueles com tendência à violência.

— Vocês têm captadores de primeiro escalão perambulando pelas ruas?

— É claro que não. Há captadores de primeiro escalão na Comunidade, mas a maioria escolhe viver em instalações especiais onde suas necessidades possam ser atendidas pela automação, de maneira que jamais precisem ver outro ser humano. Eles enlouqueceriam andando pelas ruas. Os captadores da polícia são geralmente de terceiro escalão. São capazes de captar desequilíbrios, sociopatia e psicopatia, mas ainda conseguem funcionar na sociedade humana. O sistema tem sido excepcionalmente eficiente; há anos nenhuma criança é machucada por um adulto em qualquer lugar da Comunidade.

— E quanto a terroristas?

— Nenhuma ameaça. Como aqui é uma residência diplomática, o protocolo é expandido para incluir insurgentes políticos. Seus filhos estão mais a salvo aqui do que no seu jardim em Washington.

Mentalidade de novo mundo. Impossível não gostar. Cooper percebeu Natalie olhando para ele e deu de ombros.

— Claro. Esteja em casa na hora do jantar — disse ela.

Todd vibrou e correu para a porta.

— Se sua mãe e seu pai deixarem — falou Ariel para Kate —, há uma caixa de areia e balanços, além de outras crianças da sua idade.

A menina passou os braços em volta de si mesma.

— Eu não gosto muito de brincar com outras crianças.

— Isso é porque você é superdotada. — Ariel sorriu. — Sei como você se sente. Eu costumava me sentir da mesma forma. As crianças normais podem ser tão cruéis. Confie em mim, aqui é melhor.

Kate ergueu os olhos para Cooper de forma questionadora. Uma esperança, ele se deu conta, e se lembrou da própria infância. Cooper era filho de militar, e, portanto, sempre um pária, mas tudo se tornava bem pior por ser superdotado. Parecia que ele tinha que lutar pelo seu lugar todo dia da vida.

Imaginar sua linda filhinha tendo essa sensação partiu seu coração. Cooper ficou de cócoras diante de Kate.

— Sua mãe irá com você, meu bem. Você não precisa brincar com as outras crianças a não ser que queira. — Ele colocou a mão no ombro da filha. — Depende de você.

Kate mordeu o lábio. Depois concordou com a cabeça.

— Ok.

Natalie esticou a mão, e a filha a pegou.

— Agora, embaixador Cooper, nós temos um jantar programado para a noite de hoje. O carro voltará para pegá-lo às sete, se for conveniente para o senhor.

— Não é. — Ele ficou de pé e voltou-se para a diretora de comunicações. — Eu quero falar com Epstein.

— O Sr. Epstein está ocupado...

— Agora.

■

Ariel foi muito mais fria durante o trajeto para fora da casa. Após perceber que Cooper não estava brincando, houve um telefonema apressado, um monte de *sim, senhor* e olhadelas de lado. Como qualquer autoridade, ela não gostava que lhe puxassem o tapete.

Cooper não se importava. Se Epstein estava esperando que ele fizesse papel de diplomata educado, o homem perdera o jeito.

Embora o quartel-general das Indústrias Epstein ficasse oficialmente em Manhattan, o verdadeiro centro de poder era ali, em um complexo de cubos prateados que tremeluziam com o reflexo do céu. O mais alto era um prédio de seis andares com o topo coberto por um conjunto de equipamentos. Cooper sabia das antenas parabólicas, sensores climáticos e aparelhos científicos, mas havia também escudos de defesa a laser, baterias antiaéreas e mísseis terra-ar. Equipamentos que jamais deveriam ter sido permitidos para uma corporação privada. No entanto, 300 bilhões de dólares quebravam muitas regras. O curral eleitoral inteiro da CNC provou isso, as peneiras das brechas legais que transformaram a Comunidade em algo parecido com um Estado-nação privado.

Flanqueados por quatro seguranças, ele e Ariel andaram até o prédio. Cooper imaginou um míssil Vingador voando na direção do edifício. Trajetória de baixíssima altitude, controlado remotamente, invisível a radares, contramedidas eletrônicas integradas, hipersônico. Quando se tratava de deter um Vingador, as contramedidas do teto seriam tão eficazes quanto o estilingue de um moleque. Cooper imaginou o prédio sendo vaporizado, a onda de choque se espalhando e transformando vidro e pedra em um globo letal.

Iluminado pelo sol, o átrio era grande e tinha como pano de fundo o horizonte de Cleveland, com colunas de fumaça que subiam do centro da cidade e uma faixa de texto com 1,5 metro de altura apresentando notícias. Um painel 3D enorme com resolução espetacular. Aparentemente, o presidente Clay tinha declarado formalmente lei marcial na cidade; tanques do exército desciam a rua Ontario.

Ariel levou Cooper a um elevador, cujas portas se abriram quando eles se aproximaram. Ela começou a entrar, e ele disse:

— Não.

— Como é que é?

— Eu vou sozinho.

— Eu lamento, senhor, mas o Sr. Epstein pediu que eu participasse dessa reunião.

— Eu explicarei por que você não está.

Ariel hesitou e depois falou:

— A equipe de segurança, entretanto...

— Pode esperar aqui embaixo. — Cooper deu um sorriso inexpressivo. — Isso ainda é solo americano, Sra. Ariel, e eu estou aqui a pedido pessoal do presidente. Acredite em mim quando digo que agora não é a hora para começar uma guerra de poder.

A palavra "guerra" pareceu pairar no ar. Após um instante, Ariel disse:

— Como quiser.

Cooper sorriu e entrou no elevador. Não havia botões, mas ele não se surpreendeu quando o elevador entrou em movimento imediatamente.

Cooper também não deveria ter ficado surpreso ao ver quem estava esperando do outro lado, mas ficou. Uma menina de 10 anos com cabelo roxo arrepiado, ombros encolhidos e olhos que não encaravam os dele.

— Oi — disse ela, e depois. — Ai, Deus. É sério? Eles vão atacar?

Cooper suspirou.

— Oi, Millicent. Pintou o cabelo de uma cor diferente, hein?

■

— Nick Cooper. Bem-vindo novamente à CNC.

O homem vestia um terno de 5 mil dólares e tinha a elegância natural de quem jantava com presidentes e jogava golfe com barões do petróleo, que fazia provocações na CNN e falava no senado. O mundo o conhecia como Erik Epstein.

O mundo estava errado.

— Olá, Jakob. Que bom finalmente apertar sua mão.

Da última vez em que Cooper esteve ali, Jakob Epstein aparecera como um holograma completamente dimensional, um lembrete estonteante de como a tecnologia era avançada na CNC. Essa era a verdadeira defesa da Comunidade nos últimos anos; não as disputas legais ou os bilhões acumulados, mas simplesmente o fato de que havia mais brilhantes ali do que em qualquer outro lugar, de que eles estavam trabalhando juntos, e de que os resultados desse trabalho eram assombrosos. *A melhor maneira de proteger seu país*, pensou Cooper, *é criar coisas que as pessoas desejem mais do que tenham medo de sua habilidade de criá-las.*

— Nosso acordo. Você não honrou nosso acordo. Estatisticamente, isso era improvável: 12,2 por cento.

O verdadeiro Erik Epstein estava curvado em um sofá, pestanejando como um animal arrancado de sua toca. Não era uma comparação completamente inexata. Da última vez que Cooper esteve ali, ele tinha visto o santuário subterrâneo de Erik, uma Xanadu digital embaixo do prédio. Uma caverna de maravilhas, ele pensara na ocasião — um espaço solene e sombrio, iluminado completamente por dados projetados. Dentro da caverna, Erik dava vazão ao dom de encontrar padrões em coisas aparentemente desvinculadas e usá-los para expandir seu império. Foi lá que Erik Epstein previu que John Smith representava a maior ameaça à Comunidade Nova Canaã; o magnata acreditava que as ações do terrorista levariam o governo dos Estados Unidos a ser cada vez mais opressivo contra todos os anormais, especificamente contra a CNC.

E ele estava certo.

— Nosso acordo — continuou Erik — era que você mataria John Smith. Você não matou.

— Você não me contou a verdade sobre ele — respondeu Cooper.

Não havia motivo para não ser sincero uma vez que Millie estava na sala. Ela era uma das mais poderosas captadoras que Cooper já havia encontrado, um dom que, na prática, era uma maldição terrível. Captadores não tinham um filtro, não podiam escolher virar o rosto para o que o dom mostrava. Captadores de primeiro escalão enxergavam tudo, cada indício de escuridão na alma de uma pessoa, cada fração fugaz de crueldade e maldade. Começando com a mamãe e o papai.

A pobre Millie jamais teve paz de espírito, nunca conheceu confiança ou fé. Jamais acreditaria no amor porque via claramente partes das pessoas que elas nunca mostravam para quem amavam. Millie certamente se mataria antes de fazer 20 anos.

— Tudo bem — disse ela. — Não sinta pena.

— Não consigo evitar.

— Tenha medo em vez disso.

As palavras desceram como gelo pela espinha. Cooper olhou para ela, depois para Erik e Jakob.

— Eu estou com medo.

— Esses são tempos amedrontadores — falou Jakob, sentado na beirada da mesa. — E você nos traiu.

— Chance anterior de um ataque das forças armadas americanas em Nova Canaã: 53,2 por cento. — Erik falou com os olhos fechados e uma das mãos nos cabelos escorridos. — Chance atual, dado o impeachment do presidente Walker, a desativação dos Serviços Equitativos e o surgimento dos Filhos de Darwin: 93,2 por centro dentro das próximas duas semanas.

— Três coisas que são todas, por sinal, culpa sua, Cooper. — Jakob deu um sorrisinho. — Mais ou menos.

— Você não me contou a verdade — repetiu Cooper. — Você me manipulou da mesma forma que Smith fez.

— A verdade é relativa. Os dados são absolutos.

— Ok, bem, você não me passou todos os dados então, passou? — Cooper não sabia o que esperara dessa reunião, mas não tinha sido isso. — Você não me contou que Smith não estava por trás do massacre no Monocle. Não me contou quem eram o presidente Walker e Drew Peters. Não me disse que havia provas.

Erik fez um gesto de desprezo com as mãos.

— Irrelevante. Você veio a Nova Canaã para matar John Smith. Essa era a sua missão. A morte dele teria estabilizado as tendências.

Teria ajudado a proteger nossa arte. Nós fizemos um acordo. Você o rompeu.

— E aí piorou a situação — falou Jakob — ao divulgar aquele vídeo.

Cooper ficou sem palavras. Nada daquilo era uma surpresa. Foi o motivo de ele ter se juntado a Clay originalmente, a razão por ter sequestrado John Smith, o motivo de estar ali neste exato momento. *Porque, por dentro, você sabe que aquilo que fez, embora moralmente correto, foi um erro. O mundo estaria em melhor forma se você tivesse usado o vídeo do Monocle para chantagear o presidente Walker. Os Filhos de Darwin jamais teriam obtido tanto êxito se o DAR estivesse forte e Walker ainda estivesse no comando. Você poderia ter se colocado em uma posição de manipular a política e melhorar vidas.*

Para falar a verdade, ele teria que se corromper. Mas será que seus valores pessoais valiam mais do que as vidas em jogo?

De alguma forma, fazer a coisa certa era errado. Seu pai nunca mostrou essa possibilidade, não é, Coop?

— Ele compreende — disse Millie.

— Tenho certeza de que sim — falou Jakob. — Mas compreender não resolve nada, não é?

— Talvez não. Mas é por isso que estou aqui. Vocês querem saber o que estaria acontecendo exatamente agora se eu não estivesse?

Cooper esteve prestes a continuar, mas em vez disso se voltou para Millie. Colocou todos os eventos dos últimos dias nos olhos e na postura. Lembrou-se de estar no Salão Oval na noite anterior vendo Cleveland queimar.

— Diga para eles — disse Cooper.

Ela encolheu-se de medo, enfiou o rosto no colo e se escondeu atrás de um escudo de cabelo roxo. Erik e Jakob olharam intensamente para Millie. Cooper sentiu outra pontada de dó pela menina. Tinha 10 anos, e homens adultos olhavam para ela atrás de informações que decidiriam o destino do país.

Finalmente, ela falou.

— Eles querem atacar. Não apenas a Comunidade. Os brilhantes.

— Por "eles" — informou Cooper —, Millie quis dizer as pessoas mais poderosas no planeta. Ontem à noite, o secretário de Defesa Leahy deu ordens para prender todos os brilhantes de primeiro escalão conhecidos, começar o programa de introdução de microchips e deslocar forças militares para suas fronteiras em preparação para uma invasão. Nada disso aconteceu... porque eu impedi. Então que tal vocês dois pararem de bancar os durões e nós cuidarmos do problema juntos?

Fez-se um longo momento de silêncio. Jakob virou-se para encarar as janelas que iam do chão ao teto. A cidade de Tesla os cercava, ordeira e organizada, um novo mundo surgido do solo do deserto. Um mundo que Cooper precisava admitir que gostava bastante. Mais do que isso — admirava. Desde o surgimento dos superdotados, mais ou menos 30 anos antes, a maior parte do mundo voltou-se contra si mesmo e tornou-se destrutiva. O próprio governo concentrou-se em contenção e controle, em destruir qualquer coisa considerada perigosa.

Engraçado; houve um tempo em que construir coisas era o que os Estados Unidos faziam. De enormes represas a altos arranha-céus, de fábricas automatizadas a foguetes lunares, a nação tinha *criado*, tinha visto aquilo como parte da identidade nacional. Ser engenheiro ou arquiteto antigamente eram grandes aspirações.

Agora todo mundo queria ser músico ou jogador de basquete, e o país não construía porcaria nenhuma.

Mas ali, no lugar mais inóspito, os Epstein construíram. A CNC era um sonho transformado em realidade. Um belo lugar que Cooper gostaria muito de não ver obliterado, tanto pelo próprio bem quanto pelo que aconteceria com o país depois.

— Você quer o nosso apoio. — Erik cruzou a perna sobre o joelho. O homem mais rico do mundo usava um par surrado de All-Star. — Que a CNC junte forças com o governo. Contra os Filhos de Darwin.

— Contra todos os terroristas. Contra John Smith. Ele está por trás dos FDD, não é?

— Os dados são inconclusivos...

— Você está mentindo — falou Millie. — Eu odeio quando você mente.

Erik Epstein fez uma expressão de desagrado. Não porque ela o contradisse, percebeu Cooper. Foi por causa do que dissera. Epstein claramente gostava da menina. Compreendia Millie.

— Sim — respondeu Jakob. — Smith está por trás dos FDD. Ele montou a organização há anos como uma célula dormente com um conjunto muito específico de instruções. Eles entrariam em ação assim que as acusações contra Smith fossem retiradas.

Cooper olhou, espantado. Ele sentiu as pernas bambas e amparou-se em uma cadeira. De certa forma, ele sabia daquilo desde que ele e Bobby Quinn confrontaram John Smith. Mas era diferente ver a suspeita confirmada — e saber que suas ações foram o estopim para tudo. *Todas aquelas pessoas. Todo aquele caos.*

Tudo culpa sua.

Ele respirou fundo e soltou o ar.

— Ok. Vocês disseram que há uma chance de 93 por cento de um ataque militar nas próximas duas semanas.

— Chance de 93,2 por cento. Não há tempo suficiente. Não há tempo suficiente.

— Para quê? Não há poção mágica para consertar essa situação.

Abruptamente, Millie começou a rir. Era um som sinistro, como se ela apenas tivesse ouvido a descrição de uma risada. Cooper olhou espantado, meio apavorado. Após um momento, a menina parou tão abruptamente quanto começou.

Confuso, ele disse:

— Se vocês querem saber se eu faria as mesmas escolhas agora, eu honestamente não sei. E, francamente, se a bola de cristal de vocês é tão precisa, cacete, então deveriam estar fazendo outros planos. Não deveriam ter apostado tudo em uma única abordagem.

Houve meio segundo de hesitação antes que Jakob...

Você andou deixando de perceber algo.

Essas são pessoas muito inteligentes, com recursos enormes.

Quais são as chances de eles terem apostado sua sobrevivência inteira em você? Um agente desertor trabalhando como assassino em uma situação que ele não compreendia e não podia compreender completamente?

Os dois têm outros planos. Há mais alguma coisa.

E por que Millie começou a rir logo agora?

... respondesse:

— Você está certo. Erik?

— Situação mutável. Variáveis demais. Os padrões são indefinidos.

— É por isso que precisamos agir — disse Cooper. — Eu sei como isso é incômodo para vocês. Mas, se não saírem em defesa do governo neste exato momento, se não criticarem os Filhos de Darwin e dedicarem todos os recursos da Comunidade a acabar com o terrorismo, vocês estarão cortando a própria garganta. Eu não estou fazendo pose aqui. — Cooper olhou para Millie, que não falou nada, apenas continuou jogando um jogo no datapad. — É nisso que eu acredito. Algo em que eu acredito com tamanha intensidade que vim aqui pessoalmente, com a minha família. Se trabalharmos juntos, agora mesmo, temos uma chance de salvar tudo.

Jakob pigarreou.

— Nós reconhecemos as vantagens para o presidente Clay. E para o seu país.

— *Meu* país?

— Mas, como Erik disse, a situação é mutável.

— O que isso quer dizer?

— Quer que eu fale sem meias-palavras? — Jakob deu de ombros. — Nós não temos mais certeza de que os Estados Unidos da América sobreviverão.

— Que os... do que você está falando? Está dizendo que...

— Não queremos apoiar o lado perdedor.

Cooper soltou uma meia risada, involuntária e sem graça.

— Vocês estão considerando se aliar *aos* terroristas?

— Uma denominação — disse Erik para o próprio colo. — Um nome dado a um vetor. Não há moralidade nos dados.

— O que meu irmão quer dizer é que John Smith se chamaria de guerreiro da liberdade. E, ao contrário do seu governo, ele tem um plano. Aliar-se a John Smith pode ser melhor para a CNC.

Cooper não conseguia acreditar naquilo. Não conseguia acreditar na porra do que estava escutando. Como aquilo podia estar acontecendo por toda parte? Todos eles: o presidente Clay e sua equipe fazendo matemática eleitoral; John Smith tentando começar uma guerra; os Epstein se importando apenas com os próprios interesses. Será realmente que todo mundo que estava no poder, em todos os lados, não enxergava os altos riscos?

A Guerra Civil tinha sido o conflito mais sangrento da história do país. Setecentos e cinquenta mil mortos, cidades queimadas, infraestrutura destruída, doenças desenfreadas — e isso tudo foi antes dos drones Seraphim e mísseis Vingadores. Será que as posições eram tão linha-dura, tão obstinadamente pessoais, que seus donos estavam dispostos a arriscar o mundo inteiro?

— Sim — respondeu Millie.

Erik olhou para a menina.

— Sim o quê?

Ela balançou a cabeça.

Tudo bem. Se eles não derem ouvidos à razão, se o terror das consequências não funcionar, talvez outra coisa funcione.

— Você disse que os dados eram incertos.

— Mutáveis.

— Deve haver algo que possa ajudar a torná-los imutáveis. — Cooper fez uma pausa. — Algo que possamos oferecer a vocês.

Erik e Jakob se entreolharam. Para uma pessoa normal, podia parecer que os dois estavam considerando as palavras de Cooper. Mas, para ele, o sentido estava claro. Os irmãos já haviam decidido o que precisavam. Havia um preço para a ajuda dos dois.

E bastaram três segundos da parte de Cooper para descobrir.

CAPÍTULO 24

Soren leu.

Cooper: Soberania. Eles querem soberania para a CNC.

Clay: Não é possível.

Cooper: Em troca disso, eles criticarão os FDD e todas as outras organizações terroristas e dedicarão todos os recursos da Comunidade para eliminá-los.

Clay: Eu não entrarei para a história como o presidente que permitiu que metade do Wyoming se separasse.

Cooper: Senhor, nós precisamos levar essa proposta em consideração. Erik e Jakob confirmaram que John Smith está por trás dos Filhos de Darwin. Nós não podemos agir baseados nessa informação sem provas. Mas, com a ajuda deles, podemos capturar os FDD e o homem mais perigoso do mundo em uma tacada só.

Clay: Em troca, nós teríamos que criar uma nova nação dentro de nossas fronteiras e conceder direitos e privilégios diplomáticos para eles. Não apenas isso, mas uma nação de superdotados, a primeira no mundo. Esse é um acordo com o diabo, Nick.

Cooper: Quando o diabo é o único que está negociando, senhor, o outro olha o que ele tem a oferecer.

Clay: Eu sei que você discorda da abordagem do secretário Leahy, mas a Iniciativa de Monitoramento de Falhas, combinada com as prisões direcionadas, pode oferecer uma chance...

Cooper: Perdão, senhor, mas a questão não é tão simples assim. Se não permitirmos a separação da CNC, acredito que eles se aliarão aos terroristas.

Clay: Eles não ousariam. Epstein sabe que podemos reduzir a Comunidade a escombros.

<2,9 segundos de silêncio>

Cooper: É isso mesmo o que o senhor quer?

<4,2 segundos de silêncio>

Clay: Comece a negociação. Mas vamos precisar do apoio total e inequívoco deles. Não apenas quanto aos FDD, mas no futuro. Um novo relacionamento especial.

Quando o arquivo chegou ao datapad, Soren estava no meio de um livro, um romance histórico em estilo barroco lotado de termos de arquitetura. Não era muito bom, mas estava sendo impossível para ele ser nada naquele lugar. Muitos sons de muitas pessoas atravessavam as paredes. Uma sensação muito grande do peso da humanidade ao redor. Até mesmo uma distração ruim era melhor.

Houve uma batida na porta do apartamento, e a maçaneta girou ao mesmo tempo. Era John, que sabia que a maior cortesia era respeitar o tempo de Soren, em vez de sua privacidade.

— Vocêleuoarquivo?
— Sim.
— Vocêentendeu.

Não era complicado. Se a Comunidade se aliasse ao governo americano antes que a armadilha de John se fechasse, a revolução acabaria antes de começar.

— Sim.
— Eleépoderoso.

Soren leu os arquivos sobre o novo embaixador e assistiu às imagens da chegada dele.

— Sim.
— Vocêconsegue?
— Sim.
— Vocêfará?

Quando John tirou Soren do retiro e o levou até o mundo com todas as suas pressões, ele explicara o motivo. Tudo estava por um fio. Uma guerra era provável. Milhões provavelmente morreriam. Mas as coisas mudariam para sempre. Os superdotados assumiriam o domínio do país, e a partir dali, do mundo.

Soren não se importava. As barreiras que o separavam do mundo jamais seriam derrubadas. A mudança social era irrelevante; preconceito jamais fora um problema para ele. A revolução não significava nada para Soren.

Mas significava tudo para John e para Samantha. As únicas duas pessoas no mundo com quem Soren se importava.

— Sim. — Ele deixou o romance de lado e olhou nos olhos do amigo. — Eu matarei Nick Cooper para você.

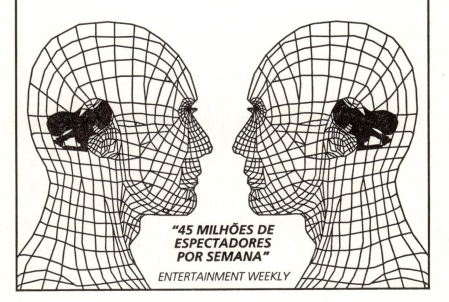

CAPÍTULO 25

— Siga o dinheiro — disse Quinn em tom impassível via vídeo. — Apenas... siga o dinheiro.

Cooper revirou os olhos.

— É sério?

— Ei, a frase conquistou um Oscar.

— Acho que conquistou todos eles. Você tem os arquivos ou não?

— Enviando — respondeu Quinn.

A projeção ficou semitransparente quando ele se debruçou muito perto da câmera.

Cooper estava sentado no escritório providenciado por Epstein, do outro lado da praça, atrás da casa onde sua família estava hospedada. Era um gabinete estiloso, moderno e, sem dúvida, cheio de escutas do piso ao teto. Embora fosse possível manter segredos de Erik Epstein, Cooper não imaginava que fosse possível fazer isso na Comunidade Nova Canaã.

Não importava. Deixe que Epstein assista.

Cooper olhou para o datapad.

— Recebendo.

— Embora isso não vá lhe servir de nada.

— Epstein tem um ás na manga. Algo que não sabemos a respeito.

— Meu amigo, ele tem dezenas. Nós colocamos equipes de advogados e contadores forenses trabalhando em tempo integral para decifrar as finanças de Epstein por anos. Um terço de um trilhão de dólares distribuído entre centenas de corporações de fachada em vários países. Se você fosse imprimir todos os dados que enviei, sabe qual seria a altura da pilha?

— Não, qual?

— Muito alta.

Cooper riu.

— Como sempre, eu me sinto mais seguro sabendo que você está envolvido, Bobby.

— Eu não estou envolvido. O consultor especial da Presidência pediu um favor, e o DAR ficou feliz em ajudar.

— Ótimo, porque eu preciso de outro. Quero que você conecte meu datapad à DARIA.

— Nem pensar. Ela é um recurso da agência.

— E eu trabalho para a Casa Branca.

— Cooper...

— Bobby, por favor. Com uma cereja no bolo. E autorização presidencial.

O amigo bufou.

— Está bem.

— Obrigado.

Cooper apertou um botão, e a projeção de Quinn desapareceu. O datapad mostrou que menos de 25 por cento do arquivo havia sido transferido. Levando-se em conta a banda disponível na Comunidade, era uma demora considerável. Talvez Quinn estivesse certo. Quanto ele esperava realizar diante de toda aquela informação?

Cooper suspirou e reclinou-se. Havia três painéis 3D montados na parede, e todos estavam ligados no noticiário, sem som. De longe, o mais interessante era a estação pirata da CNC que invadia as transmissões para passar uma abordagem nitidamente militante sobre eventos mundiais. Naquele exato momento, o noticiário mostrava uma imagem do ex-presidente Henry Walker, e enquanto o apresentador falava, alguém mexia no vídeo e desenhava um bigode de Hitler e chifres no homem. Não era um humor sofisticado, mas era meio engraçado.

Ok. O que você está fazendo?

Por um lado, a resposta era simples. Cooper estava usando seu dom para reconhecimento de padrões para examinar as finanças das Indústrias Epstein à procura de anomalias que lhe dessem uma noção das intenções de Erik.

Por outro lado, aquilo era ridículo. Trezentos bilhões de dólares era um montante de dinheiro incompreensivelmente enorme. Se a Coca-Cola se fundisse ao McDonald's, o valor de mercado combinado ainda seria 20 bilhões de dólares menor do que a fortuna pessoal de Epstein. Cooper poderia encarar as planilhas por um ano e jamais ver a mesma folha duas vezes, e ele não tinha um ano.

Então faça do seu jeito. Esqueça a abordagem de força bruta. Confie no dom. Procure por pontas aguçadas e apoios nodosos. As partes onde você pode se segurar.

Quando Cooper se encontrou com Erik Epstein há meses, o anormal pediu que ele matasse John Smith. Não era uma questão pessoal; Epstein queria Smith morto porque acreditava que o líder terrorista representava uma ameaça para Nova Canaã. Uma crença nascida de eventos recentes.

Ok, muito bem. Mas Cooper não podia simplesmente ter sido o único plano para proteger Nova Canaã. Na verdade, ao falar com Erik e Jakob mais cedo, ficou claro que, embora os dois torcessem para que ele tivesse êxito, os irmãos não apostaram tudo naquela ideia. E por que deveriam? Eram homens inteligentes que governavam um império complicado. Cooper provavelmente foi um tiro no escuro.

Lá estava ela. A primeira pista. Se ele tinha sido um tiro no escuro, significava que havia também outros planos em ação. Planos que antecediam sua chegada e que teriam continuado após a partida.

Agora você apenas precisa descobrir quais são.

O datapad apitou baixinho para mostrar que a conexão tinha sido feita. Cooper acionou o comando de voz e falou:

— Daria?

— Olá, Nick. Departamento de Análise e Reação; Investigações Avaliadas a postos.

A voz era de mulher, mas a força por trás dela não vinha de uma pessoa. DARIA era uma ferramenta de pesquisa, uma matriz de personalidade usada para peneirar dados.

— Liste os maiores gastos, por categoria, das Indústrias Epstein e de todas as suas subsidiárias, de 2010 a 2013.

— Completado.

— Retire custos cotidianos das operações comerciais.

— Nick, vou precisar de uma precisão maior.

— Tire coisas como honorários legais e gastos de manutenção, mas deixe coisas como, sei lá, desenvolvimento de produto.

— Completado.

— Exiba.

Uma lista rolou na tela. E rolou e rolou. O que Bobby disse? Um terço de 1 trilhão de dólares, espalhado por centenas de empresas.

— Filtre por resultados anômalos.

— Nick, anômalos de que forma?

— Comparado a...

Um movimento rápido chamou sua atenção. Algo estava acontecendo no 3D. Todas as emissoras estavam mostrando as mesmas imagens.

— Hã, a outras multinacionais — completou Cooper.

— Nick, isso vai levar vários instantes.

— O quê? Está bem.

Ele apertou botões na mesa, e as telas saíram do mudo. O áudio brotou das três fontes ao mesmo tempo, enquanto o vídeo mostrava...

Shannon?

Apenas vislumbres de Shannon, andando rápido. Vestida de farda negra e portando uma submetralhadora. Ela avançava rapidamente por um corredor em algum lugar, seguida por uma dezena de pessoas vestidas de maneira similar. O corredor era pintado com um tom tristonho de verde e as janelas eram estreitas. O lugar parecia familiar.

Os apresentadores atropelavam uns aos outros ao falar. Cooper tirou o som de dois deles e deixou a CNN rolando.

— ... um ataque terrorista à Academia Davis, uma instituição para estudos avançados localizada em West Virginia. A academia é uma instalação de elite para os superdotados mais poderosos...

Davis. Não era de admirar que o lugar parecesse familiar. Essa era a academia que Cooper visitou no ano passado. Onde ele viu crianças serem manipuladas a entrar em brigas brutais. Onde descobriu que os moleques eram grampeados para que seus segredos mais profundos fossem usados contra eles. Onde nomes eram retirados, identidades eram destruídas e personalidades se tornavam mais dóceis, mais frágeis e mais obedientes.

Onde sua filha, Kate, teria ido parar.

Puta merda, Shan. Eu deveria ter confiado em você.

— ... terroristas avançaram contra os portões e subjugaram os funcionários, mataram um número não divulgado de guardas e professores, incluindo Charles Norridge, o diretor da academia. O paradeiro dos mais de 300 alunos da escola é desconhecido neste momento.

A mão de Cooper voou para a boca, de onde irrompeu uma gargalhada. Ele lembrou-se da ira que pulsou em suas veias no dia em que deu ouvidos a Norridge, da fantasia que teve de atirar o diretor pela janela. Foi naquele dia que seus olhos começaram a se abrir, que Cooper se deu conta de que o DAR não era tudo que ele esperava que fosse.

Ele trocou o áudio da CNN pela emissora pirata de Tesla.

— ... libertaram mais de 300 crianças sequestradas antes de plantarem explosivos e explodirem a porra toda daquele símbolo da horrível opressão que era a Academia Davis. O torturador-chefe, Charles

Norridge, foi morto no ataque, e todos nós nos sentimos realmente tristes por causa disso. Parabéns aos corajosos guerreiros da liberdade que fizeram essa façanha. Vocês nunca mais pagarão por bebida novamente. Mamãe! Papai! Seus filhos estão livres!

Como representante do governo, Cooper sabia que deveria estar horrorizado. Sabia que aquele era um ataque ao *status quo*. Um ato de terrorismo que iria perturbar ainda mais o já delicado equilíbrio do país.

Mas Cooper simplesmente não se importava. A emissora pirata de Tesla acertou: parabéns. E foi um ato de Shannon. O que ela tinha dito na noite anterior, no meio da briga entre os dois? "Eu vou a West Virginia. Vou fazer a melhor coisa que já fiz na vida."

Meu Deus. Que mulher.

Certo, Coop. Mas você se lembra do que ela disse a seguir? "Veja o noticiário. E vá se foder."

A primeira reação foi de bile na garganta e uma sensação de *ai, merda*. Mas a segunda foi...

Antes disso. Você estava acusando Shannon de tentar roubar armas biológicas — o que, por sinal, você sabia que ela não faria — e ela disse que esteve no DAR por outro motivo.

Uma poção mágica.

A frase deve ter grudado na cabeça, porque foi isso que você disse na tarde de hoje.

Foi isso que fez Millie gargalhar.

... mais importante. Cooper tirou o som do noticiário.

— DARIA. Nova tarefa. Você tem acesso à informação roubada do DAR no início da semana?

— Nick, eu tenho uma lista de tópicos, mas sem detalhes. A informação foi levada...

— Sim, eu sei. Eram informações essencialmente sobre instalações de pesquisa, certo?

— Correto, Nick.

— Execute um padrão de correlação com todos os gastos das Indústrias Epstein. Quero saber se ele estava bancando qualquer um dos laboratórios de onde Shan... de onde a terrorista roubou informações.

— Nick, há uma correlação. O Instituto de Genômica Avançada.

Cooper recostou-se e sentiu aquela pontada no cérebro que indicava que seu dom estava perto de encontrar um padrão.

— Conte-me mais.

CAPÍTULO 26

Da última vez que Cooper esteve em Nova Canaã era o ápice do verão, e mesmo assim as noites foram frias. Agora, à meia-noite no fim de novembro, o termômetro marcava seis graus negativos. Mesmo no meio de uma multidão, o vento do campo de aviação entrava pela jaqueta de couro que ele comprou. Cooper batia os pés e assoprava as mãos.

Que pena que você deu um perdido na segurança. Eles provavelmente teriam te emprestado um casaco adequado.

Não tinha sido o gesto mais diplomático fugir pela janela do segundo andar do escritório emprestado e tomar um táxi elétrico. Mas ele não estava no campo de aviação como um embaixador.

Após o último ronco, o 737 parou na pista. A equipe de terra conduziu uma escada de embarque até a lateral do avião enquanto as turbinas paravam de girar. Em volta de Cooper, a multidão avançou com um desejo quase incontido.

— Você acredita nisso?

O homem que falou tinha uns 50 e poucos anos e um rosto magro, de pele curtida. Ninguém era gordo no Wyoming, porém era mais do que isso. O sujeito parecia com alguém que, há muito tempo, dormia e acordava todo o dia sofrendo.

— Filho ou filha? — perguntou Cooper.

— Filho — respondeu o homem. — Peter. Ele tem 15 anos agora.

Quanto mais olhava, mais Cooper se deu conta de que estivera errado a respeito da idade do homem. Biologicamente, ele tinha provavelmente 40 anos. Não era difícil calcular por que parecia tão envelhecido. O teste Treffert-Down, que identificava anormais, era realizado aos 8 anos. O homem não via o filho há sete.

— Nós jamais desistimos. Todo ano, no aniversário dele, fazíamos um bolo e tentávamos cantar. No ano passado, a minha Gloria morreu. — A voz do sujeito era suave. — Depois disso, ficou mais difícil acreditar.

Ficou mais difícil acreditar. Concordo plenamente. Sete anos antes, Cooper acabara de ser promovido a agente nos Serviços Equitativos. Ele era um homem de fé na época, ansioso para caçar alvos dados por Drew Peters. Embora jamais tivesse sido associado às academias — Cooper não tinha visto uma até o ano passado —, seria preciso o pior tipo de autoilusão para insinuar que seu trabalho não tinha levado crianças a elas.

Até onde Cooper sabia, ele tinha colaborado para roubar o filho deste homem.

O pensamento provocou uma pontada intensa de culpa. Por um momento, as defesas de Cooper ruíram, e ele se deu conta da importância do que estava em jogo. Mesmo se esforçando todo dia para fazer o que era certo, trabalhando para criar um mundo melhor para seus filhos, Cooper cometera erros imperdoáveis e causara sofrimento inimaginável. E, enquanto isso, apesar de todos os esforços de sua parte, a cada dia o mundo ficava mais complicado, a solução ficava mais longe do alcance. Estava, realmente, ficando mais difícil de acreditar.

Com um baque seco, a porta do 737 foi aberta. O burburinho da multidão morreu e ficou apenas o zumbido das turbinas agonizantes e o uivo do vento.

Um vulto saiu para a escada. Shannon usava a mesma farda preta que Cooper tinha visto no noticiário e segurava uma garotinha nos braços. Mesmo a distância, algo a respeito da criança parecia diferente. Quando viu o rosto da menina, ele compreendeu.

Podia estar ficando difícil de acreditar, mas Shannon descobriu uma maneira.

■

A cena era um caos feliz, e mesmo estando desesperado para falar com ela, Cooper esperou. Saíram crianças do avião, as menores primeiro. A reação foi uniforme; elas paravam na porta do jato e olhavam espantadas, torcendo, tensas. Algumas viam os pais na multidão e desciam correndo as escadas para seus braços; os pais choravam abertamente e agarravam os filhos roubados junto ao peito, jurando que jamais soltariam.

Outros andavam de um lado para o outro, com a esperança nos olhos secando lentamente. Obviamente, nem todos os pais estariam ali. Pelo menos, não ainda. Cooper tinha a sensação de que várias centenas de famílias estavam prestes a mudar de vida e entrar para a CNC, sem dar a mínima para as consequências.

Era das crianças mais velhas que Cooper realmente tinha pena. Elas passaram metade das vidas naquela academia. O lugar havia se tornado a realidade deles, e os adolescentes tinham os olhos frenéticos e a postura nervosa de criminosos libertados da prisão.

Só que criminosos têm a permissão de manter seus nomes.

Cooper viu de relance o homem com quem estivera conversando com um moleque magricelo quase invisível no seu abraço; o sujeito apertava com tanta força que parecia que tentava enfiar o filho dentro do próprio peito.

No meio da multidão, comandos armados viraram os centros de pequenos furacões, com pessoas em volta querendo dar tapinhas em suas costas e apertar suas mãos, mulheres dando beijos, gente oferecendo dinheiro, amor, fé. Mas Shannon esperou no topo da escada até que a última criança tivesse desembarcado.

Então, mantendo-se longe da festa, ela desceu, passou pelo limite da multidão e começou a se afastar, com a garotinha nos braços. Ninguém pareceu notá-las.

Cooper tirou o telefone e digitou um número.

■

A menina contorceu-se nos braços dela.

— A senhora pode me colocar no chão agora, tia Shannon.

— Eu sei, meu amor — respondeu ela, mas não colocou.

Por mais que Shannon estivesse cansada, o peso era agradável. Mas, cara, como ela estava esgotada.

Meu bem, você já esteve esgotada antes. Isso é diferente.

Cansada até os ossos. Não, não apenas até os ossos — cansada até a alma. Não era um simples esgotamento, embora Shannon sentisse isso enormemente. Ela estava acordada havia 40 horas, parte desse tempo repleta de adrenalina, e o mundo estava turvo; os músculos latejavam, a cabeça doía e os olhos pareciam lixas.

Tudo isso, Shannon já esperava. Ela só esperava se sentir também...

O quê? Redimida? Livre dos pecados?

Bem, sim.

Matar pessoas era uma forma estranha de conseguir isso.

Tanto faz. Eram pessoas más, e Charles Norridge não tinha sido seu primeiro. Se houvesse vida após a morte e as pessoas assassinadas estivessem à espera, Shannon teria uma batalha campal para atravessar os portões.

Não, não era a matança que a incomodava. Era algo mais abstrato. Uma sensação de...

Falta de sentido?

Era isso. Durante todo o tempo de planejamento da missão, Shannon imaginou o momento em que eles retornariam em triunfo, e, ao imaginá-lo, ela esteve no centro daquela comemoração, com champanhe estourando e todo mundo rindo. Mas, quando chegou o momento, simplesmente ficou parada no topo da escada e assistiu.

Não importava. Cruze o aeroporto, tome um táxi, encontre um hotel. Durma por uma semana. Depois encare o problema de encontrar...

— Ei.

A voz paralisou Shannon. Ela colocou a menina no chão e se virou lentamente.

Nick estava a 3 metros. Parecia um pouco emaciado, mas ainda bonito. Amigável, o que era um jeito estranho de pensar a respeito de um homem que ela mal conhecia. Shannon ficou travada por um instante. Tantas coisas que queria falar, mas não tinha confiança para dizer. Nick era um homem do governo, e Shannon acabara de liderar um ataque a um prédio do governo. Ela sabia que a incursão tinha sido correta, mas estava tão cansada. Se Nick começasse uma briga, Shannon talvez simplesmente se deitasse no concreto e chorasse.

— Me desculpe — disse ele. — Eu jamais duvidarei de você novamente.

Foi a última coisa que ela esperava. Shannon sentiu a garganta apertar e apenas concordou com a cabeça.

— Oi, Alice — falou Nick. — Eu não sei se você se lembra de mim. Sou Cooper. Nós nos conhecemos na casa dos seus pais há alguns meses.

Ai, não diga isso. Um esquadrão de soldados atacou o prédio deles porque nós estávamos lá. Alice passou os últimos meses sendo chamada de "Mary", e chorava até dormir porque nós estivemos na casa dos pais dela...

— Eu sei que você teve um dia longo — disse ele —, mas estou com alguém aqui que quer falar com você.

Nick ofereceu o telefone. Alice Chen olhou fixamente para o aparelho, com uma expressão neutra.

— Vá em frente. Está tudo bem.

Ele colocou o celular na mão da menina. Lentamente, ela o levou ao ouvido e disse:

— Alô? — E a seguir: — Mamãe? — E: — Papai!

Algo cedeu dentro da garota, e Alice começou a chorar e balbuciar uma mistura de inglês e chinês, e até mesmo as palavras que Shannon não conseguia entender ela compreendeu. E por um segundo, apenas um segundo, Shannon sentiu a emoção que havia imaginado que sentiria em primeiro lugar, uma alegria pura batendo no peito como um tambor. Ali estava o sentido que ela dera por falta, e Cooper tinha sido o responsável por aquilo.

— Quando vi o noticiário — explicou ele —, eu acordei Bobby e dei uma ordem direta do gabinete do presidente para encontrar e soltar os pais de Alice. Lee e Lisa estão passando pelos procedimentos neste momento. Os dois estarão no primeiro voo pela manhã.

— Você pode fazer isso?

— Está feito.

— Isso não vai causar problema para você?

— Estou agindo um pouco por conta própria. — Cooper deu de ombros. — Você está bem?

— Estou bem. Cansada.

Nick aproximou-se. Ele precisava fazer a barba e seus olhos estavam vermelhos; havia algo transtornado neles. Nick deu uma olhadela para Alice — sentada no chão frio com o telefone em ambas as mãos, falando e chorando —, depois disse:

— Preciso esclarecer uma coisa.

— Sim?

— Eu estava irritado ontem à noite. Falei coisas que realmente não quis dizer. Você e eu, nós podemos não enxergar as coisas da mesma forma. Mas sei que você não quer armas biológicas. Eu estava sendo idiota. — Nick tentou pegar a mão dela, e Shannon deixou; foi um toque quente contra o frio. — Eu sei as coisas que você não fará.

Ela não teve confiança em si mesma para falar, apenas concordou com a cabeça.

— Preste atenção — disse Nick. — Nesse exato momento, o que eu quero mais do que tudo é que a gente se hospede em um hotel realmente caro e passe uma semana conversando. — Ele riu. — E não conversando.

— Mas?

— *Mas* nesse exato momento, nós não podemos. E eu preciso lhe perguntar sobre uma coisa.

Ela suspirou e recolheu a mão.

— Ora, vamos, você sabe que eu não vou...

— Espere — disse Nick. — Apenas espere. Eu vou lhe contar o que sei. Depois disso, fale, não fale, é com você. OK?

Shannon esfregou o olho com a base da palma da mão.

— Claro.

— Você invadiu o DAR para adquirir informações secretas sobre laboratórios de pesquisas biológicas e de genética. Mas você não pegou dados de um lugar ou de um projeto: você pegou a maior parte do que tínhamos em termos nacionais. Isso significa que John Smith acredita que um laboratório esteja criando algo que ele quer, só que ele não sabe qual. Aposto que John Smith sabe agora: um lugar chamado Instituto de Genômica Avançada, administrado por um cientista chamado Dr. Abraham Couzen.

"Couzen é um gênio, segundo o que todos dizem. O trabalho dele proporcionou novas formas de encarar o genoma. O que significa novas formas de encarar a humanidade. — Nick inclinou a cabeça. — Ontem à noite, quando eu perguntei do que você estava atrás, você disse que era uma poção mágica. Pensei que estivesse sendo engraçadinha. Mas não estava, não é?

Shannon manteve o olhar fixo e a respiração controlada.

Nick deu aquele sorriso sórdido e típico de novela para ela, aquele que ele sabia que era charmoso.

— Você não vai me ajudar aqui?

— Suas regras.

— Certo. Ok. Estou chutando. Mas eu andei reconhecendo os padrões e só consegui encontrar um que se encaixa. Só há uma única coisa importante o suficiente para fazer você se arriscar a invadir o DAR; uma única coisa que o Dr. Couzen poderia desenvolver que tanto John Smith quanto Erik Epstein queiram desesperadamente. — Cooper fez uma pausa e gargalhou. — Meu Deus, isso parece loucura.

— Então enlouqueça.

— Acho que o Dr. Couzen descobriu o que torna as pessoas anormais.

Foi um sacrifício, mas Shannon manteve a expressão impassível. *Você não teria ficado a fim do cara se ele fosse burro.*

— Ele descobriu a base genética por trás dos dons — continuou Cooper. — Não apenas isso, mas o Dr. Couzen descobriu alguma maneira de... de ...

Diga, Nick. Diga aquilo sobre o que ninguém ousou ter esperança.

— Shannon, ele descobriu uma forma de dar dons a qualquer um? Uma poção mágica que transforma pessoas normais em anormais?

Foi a vez de Shannon de encarar Cooper. Ela não era uma captadora, não tinha o dom de dizer se alguém estava mentindo, de reunir pensamentos inconfessos. Mas não foi difícil enxergar a incredulidade no rosto de Cooper. Shannon lembrou-se de ter tido a mesma sensação quando John disse o motivo de querer que ela invadisse o DAR.

Mas o que isso significa para você, Nick? Isso é empolgante? Ou assustador?

Porque a sua resposta determina tanta coisa.

Escolhendo as palavras com cuidado, Shannon respondeu:

— Se fosse verdade, o que você faria a respeito?

— A oportunidade de todo mundo ser superdotado? Seriam cem mil anos de evolução num piscar de olhos. O *status quo* desapareceria. Todos os nossos sistemas, as nossas crenças. — Ele balançou a cabeça. — O governo desejaria manter em sigilo, controlar essa poção mágica.

— Sim — falou Shannon. — Mas eu perguntei o que *você* faria?

— O que você está perguntando é se eu faria a mesma coisa que fiz da última vez. Porque quando compartilhei a verdade por trás do Monocle, por trás do presidente Walker, de Drew Peters e dos Serviços Equitativos, aquilo teve consequências enormes. Eu tentei fazer a coisa certa, e com isso empurrei o mundo para mais perto do desastre. E você quer saber se eu faria a mesma coisa novamente.

Shannon esperou.

— Com certeza — respondeu Cooper. — Sem hesitação. Essa não pode ser uma decisão tomada atrás de portas fechadas, por pessoas que têm planos. Essa poção mágica pertence a todos nós.

Um brilho surgiu dentro do peito de Shannon e espalhou-se pelo corpo, uma pontada de calor que a noite fria do Wyoming não era capaz de alcançar. Ela deu um passo à frente, colocou a mão na bochecha de Cooper. Olhou nos olhos dele.

— Boa resposta.

Nick desmoronou, não como se um peso caísse sobre os ombros, mas sim como se algo rígido dentro dele tivesse ruído. Como se pudesse respirar pela primeira vez em muito tempo.

— É verdade, então? A poção mágica existe?

— Sim.

— Meu Deus.

— Sim.

— Isso muda tudo.

— É — respondeu Shannon, depois sorriu. — Porém, não pense que por isso não estou mais puta com você.

Nick riu.

— Jamais sonharia com isso.

Estamos conectados o tempo todo agora. Enquanto trabalhamos, enquanto dirigimos, até mesmo enquanto lemos um livro ou assistimos ao 3D. Nossas vidas são parcialmente virtuais, vividas no espaço digital.

É o grande nivelador: preto ou branco, homem ou mulher, normal ou anormal, a primeira coisa que a maioria das pessoas faz de manhã — antes mesmo de sequer escovar os dentes — é pegar o datapad.

Você quer mudar o mundo? Esqueça a política. Aprenda a programar.

— Jennifer Laures, CEO da Bridgetech,
para a turma de formandos do MIT

CAPÍTULO 27

A mulher no campo de projeção era magra, e a farda tática preta tornava-a ainda menor. Mas ela tinha uma postura de bailarina, cada gesto seguro ao passar de mansinho por um guarda enquanto os olhos do homem estavam em outro lugar e a arma dele se erguia. Houve um estampido abafado, e um buraco apareceu no centro da cabeça dele. O guarda mal havia desmoronado antes de um segundo comando invadir. A mulher colocou o outro segurança de joelhos à força e enfiou o cano de uma submetralhadora no pescoço dele.

— Pausa — disse Leahy.

As duas mulheres congelaram, as expressões fixas no ínterim de uma fotografia desajeitada.

— Aquela é Shannon Azzi — continuou Leahy. — A amiga é Kathy Baskoff. Ambas são anormais, terroristas conhecidas com fortes ligações com John Smith.

O senador Richard Lathrup entrou no campo de projeção, e seu corpo provocou sombras na luz dos projetores.

— Essa aqui não se parece com um soldado.

— Shannon não é, geralmente. É espiã e assassina. Foi ela quem invadiu o quartel-general do DAR na semana passada.

O senador assobiou.

— E agora a Academia Davis. Menina ocupada. — Ele virou-se. — Eliminar os guardas eu consigo entender, mas como elas inutilizaram os protocolos de segurança?

— Parte do que ela roubou do DAR era o conjunto de aplicativos de TI da academia. Elas usaram aquilo para confundir os alarmes e desligar a energia.

— Outro fracasso — comentou Mitchum.

— Sim, senhor — concordou Leahy. — O pior é: normalmente nós teríamos conseguido abafar o caso, mas os terroristas divulgaram as imagens para a mídia. Nossa suposição é que o verdadeiro objetivo seria o impacto na opinião pública; libertar algumas crianças não tem valor tático algum.

— Era isso o que queríamos, não é? — O senador gesticulou para a imagem congelada. — Atacar uma instalação do governo, matar professores e administradores, explodir prédios. É um indicador evidente de que não é possível confiar nos superdotados e um motivo perfeito para o presidente adiantar o cronograma sobre a Iniciativa de Monitoramento de Falhas.

Leahy balançou a cabeça.

— Quando Cleveland se revoltou, eu forcei Clay a fazer exatamente isso. Ele se recusou.

— Não foi só isso que o presidente fez — falou Mitchum —, não é?

— Não, senhor. — Leahy respirou fundo. — Clay quer lidar com os superdotados diretamente. Ele tem a esperança de fazer um acordo com Erik Epstein, uma parceria plena entre a CNC e os Estados Unidos para acabar com o terrorismo, começando pelos Filhos de Darwin.

— Correto. E, como enviado, ele despachou Nick Cooper, o agente do DAR que matou Drew Peters e divulgou as provas contra o presidente Walker. Provas que podem apontar para o nosso envolvimento. — Mitchum fez uma pausa. — Você diria que a situação está sob controle, Owen?

Leahy fez esforço para não demonstrar seu desagrado. *Você sabia que ele lhe faria engolir essas palavras.*

— Clay revelou-se ser mais fraco do que eu pensava.

— Um erro de cálculo perigoso. E agora nós temos um anormal com lealdade duvidosa negociando com Erik Epstein.

— Sim, senhor. — Ele cerrou os dentes e disse: — Eu admito que a situação está fora do meu controle.

— É tão ruim assim que Cooper esteja falando com Epstein? — perguntou o senador. — Cleveland, Tulsa e Fresno estão sob sítio. Talvez Epstein consiga acabar com essa situação.

Meu Deus, homem. Você nem está a par do que estamos tentando fazer aqui? O senador era um aliado útil, sem dúvida. Embora a Iniciativa de Monitoramento de Falhas tivesse sido ideia de Leahy, fora Richard quem a propusera no Senado e que servia como imagem pública. No fim das contas, ele era um político, não um agente secreto.

— Estou preocupado com até onde Clay irá para que gostem dele — falou Leahy.

— É melhor que esteja — disse Mitchum. — Ontem, nosso presidente autorizou Nick Cooper a oferecer à Comunidade Nova Canaã a oportunidade de sair de nossa bela nação.

Leahy ficou boquiaberto.

— Secessão?

— Exatamente.

— Meu Deus. Como o senhor sabe?

Mitchum não respondeu, e Leahy se xingou. Fizera um gesto estúpido ao admitir surpresa. Segredos eram poder. *É válido notar, porém, que até mesmo o presidente não consegue manter segredos de Mitchum.*

— Clay está enlouquecendo. Isso nunca vai funcionar — falou Leahy.

— Minha preocupação é o que acontece se funcionar.

O senador pareceu confuso.

— Por quê? Certamente o fim do terrorismo, sem falar no fim do sítio a três cidades americanas, vale um cerrado qualquer no Wyoming.

Leahy estava prestes a responder, mas, para sua surpresa, Mitchum atropelou o homem, sem cautela na voz.

— Cerrado em Wyoming? Senador, estamos falando de território soberano dos Estados Unidos. Nosso trabalho é proteger nosso país, não abrir mão dele.

— Sim, mas...

— Sonhar com um mundo melhor é coisa para poetas. Homens em nossos cargos não podem se dar ao luxo de pensar dessa forma. Certamente o senhor não quer que seus eleitores, sem falar na convenção do seu partido, saibam que está disposto a distribuir o país como brinde de festa.

O senador ficou pálido.

— Não, senhor. É claro que não.

Leahy quase sorriu. *Que bom que Richard foi até o tronco para ser chicoteado e tirou um pouco da pressão sobre você. Mas não fique complacente.*

— Acho que temos que reconhecer que a Iniciativa de Monitoramento de Falhas está morta. Os eventos perderam o rumo e passaram desse ponto.

— Retomar exibição muda — disse Mitchum.

As duas terroristas voltaram à ação. Shannon Azzi retirou um rolo de fita isolante e começou a prender o guarda com ela. Leahy tinha visto as imagens mais de uma vez, então voltou a atenção para Mitchum. Por 25 anos ele trabalhou para Mitchum de uma forma ou de outra, às vezes diretamente, às vezes simplesmente porque Leahy devia o cargo ao homem. Ele sabia e admirava como a mente de Mitchum trabalhava.

O trabalho de inteligência consistia em coletar montanhas de informação. Havia três componentes para o sucesso. O primeiro era notar qual pequeno detalhe era o importante. O segundo era decidir o que fazer a respeito dele. O terceiro era ter o estômago para levar essas ações adiante de maneira implacável.

Mitchum era realmente muito bem-sucedido.

Nas imagens, Shannon Azzi deu um tapinha na bochecha do guarda, depois empurrou a cadeira do homem na direção da bancada de monitores e saiu. O ponto de vista pulou para a área do lado de fora da guarita, onde grandes caminhões apareciam.

— As pessoas que desmerecem o *status quo* jamais vivenciaram o oposto — comentou Mitchum. — Manter a ordem e o sistema funcionando, por mais falho que ele seja, é um dever sagrado. Não é em nome de palavras em uma folha de papel. É em nome de nossos filhos. Os Estados Unidos podem não ser perfeitos, mas estão mais próximos da perfeição do que qualquer outro lugar, e preservá-los para meus filhos é a minha maior vocação.

Leahy jamais ouvira Mitchum ser tão poético. O senador estava sendo puxa-saco, concordando prudentemente, mas Leahy sabia das coisas. Terence Mitchum não precisava ser amado, não explicava suas ações. *Aquele discurso foi uma mensagem.*

Ele teve um flashback de um momento, mais de duas décadas atrás, quando esteve sentado do lado de fora do gabinete de Mitchum, segurando um estudo que anunciava a chegada dos superdotados. Foi um gesto ousado, até mesmo imprudente, mas fez sua carreira. Se não tivesse chamado a atenção de Mitchum, ele provavelmente teria sido um gestor de nível médio em algum fornecedor militar privado em vez de o secretário de Defesa.

Talvez esteja na hora de outro gesto ousado.

— Uma das coisas que eu sempre achei preocupante — falou Leahy lentamente — é que a Comunidade Nova Canaã é bem pacífica. Não há contestação maior ao argumento de que os anormais são uma ameaça do que aquele pequeno enclave feliz. Normais e superdotados coexistem ali. Isso é um problema.

Richard olhou para ele.

— Meu filho, você tem uma estranha visão de mundo.

— Eu não sou seu filho, senador. Sou o secretário de Defesa dos Estados Unidos da América.

— Eu não quis dizer...

— A CNC é um problema porque é falsa. Ela é tão autossustentável quanto um cãozinho de duas semanas. Eles são capazes de funcionar como uma cidade em um morro por nossa causa. Nós protegemos e damos apoio à Comunidade. E, enquanto isso, anormais trabalham juntos ali, com financiamento sem limites e pouca regulamentação. Eles empilham vantagem sobre vantagem, dão saltos à frente em ciência e tecnologia, depois os repartem no ritmo que lhes convêm.

Na projeção, Shannon Azzi ergueu a arma.

— Pausa — disse Leahy.

Ele calculara o momento certo, flagrando Shannon exatamente no instante em que incitava as tropas com a arma erguida, o rosto transtornado, a pose-padrão de todo comandante rebelde de terceiro mundo.

— Aquilo, senador, é o que os superdotados representam. Estamos protegendo um ambiente que acolhe terroristas e drena nossos recursos ao mesmo tempo em que cria avanços que não podemos sonhar em alcançar. — Leahy voltou-se para Mitchum. — Senhor, se não agirmos, acredito que estaremos sustentando os futuros senhores de nossos filhos.

Mitchum coçou o queixo. Seus olhos eram indecifráveis.

Leahy pensou sobre a noite anterior, no Salão Oval. Dia de Ação de Graças, e o presidente sentado de maneira catatônica olhando Cleveland queimar. Houve uma chance de salvar o país. De tomar o tipo de atitude forte que poderia mudar o rumo da situação.

A política equivocada de conciliação de Nick Cooper dera um fim àquela oportunidade. Mas Marla Keevers levantou uma questão que andou martelando no cérebro de Leahy desde então.

— Senhor, eu me pergunto se não andamos pensando pequeno demais.

Ele pensou em falar mais, depois mudou de ideia. Deixe que os dois cheguem à conclusão sozinhos.

Após um momento, Mitchum disse:

— Pode ser feito?

— Com as políticas de acordo e discussão de Clay, certamente ocorrerão mais ataques. Mais destruição em cidades americanas. Mais — ele gesticulou — pessoas como ela. Em vez de forçarmos a IMF, que tal pensarmos em algo maior?

— Meu Deus, homem — exclamou Richard. — Você realmente está falando de...

— Senador — falou Leahy —, cale-se.

Ele encarou o homem de forma ameaçadora.

Mitchum andou e ficou diante de Shannon Azzi. Por um longo momento, ele encarou os olhos holográficos de maneira pensativa. Finalmente, disse:

— Apostar tudo?

— Esse é o nosso momento, senhor.

— Talvez. — Mitchum se virou. — Obviamente, é improvável que Clay lance um ataque.

— Sim, senhor, é improvável. — Leahy enfiou as mãos nos bolsos. — É por isso que ele simplesmente terá que confiar em seus assessores.

CAPÍTULO 28

Cooper estava tendo dificuldade em prestar atenção ao café da manhã.

Em uma hora, ele estaria reunido com Erik Epstein para negociar os termos da separação entre a Comunidade Nova Canaã e os Estados Unidos. Uma enorme manobra política com consequências tão abrangentes que davam um nó na cabeça.

E a negociação não importava, porque o assunto sobre o que eles realmente estariam falando era a maior descoberta na história humana desde... o fogo?

Quando os superdotados surgiram, mais ou menos 30 anos antes, tanto cientistas quanto filósofos se perguntaram o que eles significavam. Por que algumas pessoas tinham habilidades fantásticas e outras, não? Mas, após décadas de pesquisas e milhares de teorias, nenhuma resposta foi encontrada. Enquanto as ramificações daquela dicotomia cresciam, os *por quês* e *comos* começaram a parecer menos importantes à medida que as pessoas passavam a se concentrar na questão do que o mundo faria a respeito dos superdotados.

E agora, de repente, tudo aquilo foi apagado. Não haveria mais "nós" e "eles" — não haveria mais divisões. Não haveria mais perguntas e medos e um milhão de decisões a serem tomadas. Mas pelo menos haveria opções. A tensão crescente que jogava o país — o mundo — contra si mesmo diminuiria. Em vez de terrorismo, haveria debate. Em vez de genocídio, haveria escolha.

E a humanidade jamais seria a mesma. De uma maneira bem real, a humanidade como tal deixaria de existir e seria substituída por algo melhor.

Tudo isso tornava difícil se concentrar no café da manhã.

Por enquanto, esteja presente para a sua família. Você já perdeu muito tempo sem eles.

O restaurante era claro e arejado, com uma arquitetura de bom gosto, e animado por conversas. Um dos homens da segurança havia recomendado o lugar; aparentemente, o chef era famoso na CNC, um brilhante que administrava uma série de lugares. Na maioria das vezes, Cooper evitava chefs anormais; talvez seu palato não fosse suficientemente sofisticado, mas ele simplesmente não precisava que seu café da manhã fosse "gourmetizado":

Ovo no vapor cortado em cubo, com a gema retirada e o interior recheado com espinafre e queijo de cabra; proteína de alga extraída e pintada para se parecer com contrafilé, servida em cima de um tiquinho de purê de beterraba assada; nabiças fritas servidas com catchup cristalizado.

— Como eles transformam catchup em cristais? — Todd cutucou o prato, desconfiado.

— Preciso dizer, amigão, que acho que a pergunta mais importante é por quê.

Cooper olhou em volta para se familiarizar com o ambiente, um velho hábito. Estava cheio, havia uma multidão de gente esperando, mas prepararam uma mesa para eles assim que chegaram. Um dos benefícios de ser um embaixador. Ainda bem que os seguranças estavam sendo discretos; a maioria ficou lá fora, e os dois guardas no restaurante estavam à paisana.

Em breve, não precisaremos de guardas, não teremos medo de terroristas.

— Eu gosto — falou Kate.

Os crepes da menina estavam dobrados como origamis de animais e cobertos com frutinhas liofilizadas. Cooper roubara um morango do prato dela; o gosto era doce, mas a textura era de uma bolinha de queijo.

— Eu gosto daqui — disse ela.

Natalie deu uma rápida olhadela para o ex-marido do outro lado da mesa, com um olhar alegre.

— Gosta?

Kate concordou com a cabeça.

— Aqui é legal. Tudo é novo.

— Aqui é um lugar idiota — comentou Todd.

— Ora, vamos — falou Natalie. — Por que você diz isso? Só está aqui há um dia.

— Eles estragaram o *futebol*.

Como funcionava transformar um normal em um superdotado? Provavelmente, o método amplificava tendências latentes; se a pessoa sempre foi boa em adivinhar o que as outras sentiam, ela passaria a ser uma captadora. Se sempre foi ágil em campo, passaria a ser capaz de perceber os movimentos das outras antes que elas agissem.

Entretanto, meu Deus, que mudança isso traria. Os Filhos de Darwin achavam que causaram algum caos? Sua pequena insurreição era café com leite comparado à reviravolta que seria gerada pelo projeto de estimação de Erik. Era uma poção mágica mesmo.

Esteja aqui *agora*.

Cooper voltou-se para o filho.

— Como assim estragaram o futebol?

— Eu joguei com uns moleques ontem. Todos têm umas regras idiotas porque são superdotados.

— Tipo o quê?

— Um moleque faz o que você faz, que ninguém consegue tocá-lo, então para fazer um gol ele tem que marcar e depois retornar com a bola e marcar novamente. Tem uma garota que apenas fica sentada no centro do campo. Ela sequer se move, mas eles escolheram a menina *primeiro*. Uma *menina*. Além disso, um garoto pode jogar com as mãos porque ele enxerga matemática.

— Ele enxerga matemática?

— Foi o que disse. Ângulos e coisas do gênero, e precisa poder pegar a bola e jogá-la. E quando ele faz isso, a bola faz uns truques malucos, quica nas coisas e nas pessoas, e ninguém consegue pegá-la, e ela simplesmente, tipo, passa rolando por você.

Cooper conteve uma vontade de rir. *Lembra quando você disse que uma cidade de espelhos seria maneira, moleque? Bem-vindo a um mundo de espelhos.*

— Então eles estão mudando as regras. Ninguém disse que as regras têm que ser as mesmas o tempo todo.

— Têm *sim*. É isso que elas significam.

— Você só está com raiva porque perdeu — falou Kate.

— Eu não perdi. Eles trapacearam.

— Eu gosto daqui — disse Kate. — Ninguém acha esquisito que eu organize as coisas.

— Isso não é esquisito, meu bem. Você não é esquisita.

— Eu sou esquisita em casa. Podemos ficar aqui?

Cooper riu. Ele esteve prestes a responder quando uma faca cortou a garganta de um dos guarda-costas e um repentino chafariz de sangue espirrou por três mesas.

■

Soren veio de carro.

Do lado do carona, no banco traseiro do táxi. O motorista tinha uma verruga com um pelo no pescoço. Do lado de fora da janela, vislumbres momentâneos viravam quadros de natureza morta. Um homem e uma mulher andando de mãos dadas. Olhe para a imagem lentamente e perceba que a mão dela aperta mais do que a dele, que os olhos do homem estão voltados para uma vitrine, que o pescoço da mulher mostra uma idade dez vezes maior do que a maquiagem e que o cinto dele estava fechado, mas a calça, desabotoada. Elegância, continuidade, pureza — elas eram ilusões. As pessoas eram apenas fluidos, pele, músculo, cabelo e osso.

A arma foi a que Soren pediu, uma Fairbairn-Sykes. Uma faca de combate, em formato de punhal e afiadíssima, delgada o suficiente para penetrar entre ossos. Ficou famosa na Segunda Guerra Mundial, embora aquelas fossem de aço, e essa, de fibra de carbono. O gume era liso, mas a Fairbairn-Sykes era tão leve que ele podia movê-la quase sem nenhum ímpeto, apenas uma extensão da mão. Uma faca para matar e pouco mais do que isso. Seus dedos estavam pousados no pomo.

O carro começou a diminuir a velocidade. Levaria quase um minuto até parar. Soren usou o tempo para observar a segurança do lado de fora do restaurante. Como John previra, era uma equipe de proteção diplomática, todos superdotados, todos armados, todos conectados via ponto eletrônico. Guardas acostumados a escoltar VIPs, atentos a ameaças o tempo todo. Eles teriam constante consciência situacional e avaliariam tudo em termos de risco.

Portanto, Soren virou um turista do Missouri, de olhos arregalados e inofensivo. Ele teve todo o tempo do mundo para entrar no personagem. Pagou ao motorista com a pequena empolgação de alguém para quem uma corrida de táxi era uma novidade, algo visto mais regularmente no 3D. Disse para ficar com o troco, um dólar a mais, exatamente o suficiente para ser agradecido e esquecido. Subiu na calçada e olhou em volta, tentando ao mesmo tempo fingir que fazia parte do lugar — para afastar os assaltantes — e assimilar tudo. Após um minuto e meio (oito segundos para o restante do mundo), Soren deu meia-volta e entrou no restaurante, andando conscientemente com um pouco de prazer, na expectativa de uma refeição diferente de todas que comeria no velho e bom Missouri.

A equipe registrou a presença dele, observou e descartou Soren. Até mesmo o captador perto da porta. Captadores o divertiam. Eles eram tão antenados com todas as outras pessoas no mundo, e, no entanto, o dom de Soren significava que, para os captadores, ele era como a ilusão de ótica de um pneu girando para trás enquanto avançava — uma estimativa incorreta baseada em uma percepção equivocada.

Do lado de dentro, o restaurante era caos e barulho. Tantas pessoas, todas existindo. Apenas sentadas ali existindo, e existindo tão alto, com tanto volume e intensidade. Mas Soren estava pronto; ele tornou-se nada ao andar até um dos dois seguranças e cortar sua garganta, com o gume da lâmina tão afiado que a pele se dividiu ao toque e a carótida foi primorosamente cortada.

O sangue da artéria espirrou em um arco. Foi bem bonita a dinâmica fluida do jorro, e Soren passou vários segundos admirando antes de ir para o outro guarda. Aquele estava sacando a arma, um gesto preciso e ensaiado, e Soren olhou sem pressa para o ângulo do braço do homem, para a maneira como a mão esquerda dava apoio para a direita, e se posicionou de forma que o próprio ímpeto do guarda trouxesse a parte interna do cotovelo em contato com a lâmina, que a força de seu movimento enfiasse a faca pelo tecido, carne, músculo e tendões e cortasse a artéria braquial.

Houve gritos, mas não em seu nada.

Por algum motivo, Soren se viu pensando na aranha, naquela em que ele passou tempo sendo quando John o visitou. Por quê? Ah. A imobilidade serena que precedia o movimento letal. Sim.

Ele deu meia-volta. Os dois guarda-costas desmoronaram praticamente ao mesmo tempo, como se tivessem coreografado o gesto.

Soren observou a natureza morta. Nick Cooper estava de pé, avaliando a cena. Sem hesitação ou paralisia. Interessante.

Não seria suficiente, obviamente. Mas era interessante.

■

Os reflexos assumiram, e Cooper ficou de pé sem pensar. Mas, ao terminar de se levantar, o segundo guarda-costas já era, um corte perfeito, digno de manual, que rasgou a parte interna do bíceps até o osso. Ele teria alguns segundos de consciência até a longa queda na escuridão.

O homem com a faca virou-se com o rosto calmo. Atrás dele, os dois guardas desmoronaram, não de maneira limpa e rápida como no 3D, mas suja, com o sangue arterial esguichando como uma mangueira toda vez que os corações batiam. Uma mulher coberta de sangue berrou um som rouco e inumano.

Cooper assimilou a cena em um instante, e sua mente reconheceu padrões para a luta vindoura. O assassino era magro e delicado, e a faca que portava era inspirada nas antigas adagas dos comandos britânicos. Ele olhou para Cooper e a seguir...

Os nós dos dedos não estão brancos. A respiração está estável. O pulso no pescoço provavelmente é de setenta batidas por minuto. Ele acabou de assassinar dois guardas altamente treinados em três segundos e está perfeitamente calmo.

O que significa que o homem foi mandado por sua causa. Provavelmente por John Smith.

E seus filhos estão aqui.

... começou a andar na direção da mesa.

Com um gesto, Cooper girou o corpo, pegou o espaldar da cadeira e jogou-a no assassino, um lançamento fácil de 3 metros. A cadeira não era pesada, mas tinha massa suficiente para atrapalhar o sujeito e diminuir a vantagem da faca. Cooper manteve o ímpeto e pulou imediatamente na mesa, pois a menor distância entre o assassino e seus filhos era uma linha reta. Ele pulou do outro lado e acompanhou a cadeira, pensando, *ataque por baixo, dê uma rasteira na perna, depois pise no pulso, virilha, pulso, pescoço...*

Só que, quando Cooper chegou lá, a cadeira havia passado incólume pelo espaço, pois o homem de alguma forma estava calmamente ao lado dela. Nem mesmo piscou quando a cadeira o errou por uma fração de centímetro.

Beleza. Cooper fez uma postura de combate, com jogo de pernas, joelhos dobrados e braços erguidos para se defender. O truque para encarar um oponente com faca era saber que seria cortado, ponto, e manter um ataque apesar disso. Aja como presa e você vira presa.

O rosto do assassino estava sereno. Ele mal parecia acordado. Cooper trocou de pé, observou o homem e avaliou o próximo passo do adversário...

E não captou nada. Nada. Era como se o homem diante dele não tivesse nenhum plano, nenhuma intenção. Ele era um vazio.

Não importava. Cooper fingiu um *jab*, depois colocou o peso em um gancho devastador no rim esquerdo do homem, seguido por um *uppercut* que pegou o queixo e jogou sua cabeça para trás, expondo o pescoço para uma cotovelada que esmagou a traqueia do assassino.

Só que o homem não reagiu ao golpe falso, e quando Cooper deu o gancho, em vez de carne, ele se viu socando o gume da adaga, que estava paralela aos nós de seus dedos de maneira que penetrou bem no meio entre o segundo e terceiro dedos e cortou a mão pela metade até o pulso.

Ai.

Merda.

Cooper deu meio passo para trás, de guarda erguida, só que a mão direita era uma massa sangrenta, metade dela um pouco pendurada, sem dor ainda; o gume da faca era muito afiado e o choque o afetou de forma que, por uma fração de segundo, tudo o que ele pôde fazer foi olhar fixamente para a mão, pensando, uau, como isso foi estranho.

Ainda não havia expressão no rosto do homem, apenas um leve movimento dos olhos para o lado quando...

Ele é imune ao seu dom. Isento dele.

Não pode ser. Todo mundo revela intenções. Nossos corpos traem a mente. Mas, de alguma forma, o dele não.

O que significa que seu dom não vai ajudá-lo. Essa luta não é como nenhuma de que você já participou.

E o que ele está olhando?
Ai. Não.
... Todd, de alguma forma de pé, correu contra o homem.
Não!

Tudo diminuiu de velocidade então; não um efeito do dom, mas o subproduto de uma imensa pontada de adrenalina e terror. Cooper pensou mais rápido do que podia se mexer, e mais intensamente do que poderia aguentar, tentando por pura força de vontade obrigar o universo a não permitir o que estava acontecendo. O filho berrou ao correr contra o homem que machucara seu pai. Dez anos de idade e alto para a idade dele, mas um menino, apenas um menino, de pernas magricelas e braços magricelas, de boas intenções, mas não era da conta de Todd fazer o que estava fazendo, e Deus, ai, Deus, não permita que isso aconteça. Cooper tentou proteger o filho com um braço, um braço projetado para a frente com toda a força; era melhor derrubar a criança e deixá-lo sem fôlego, talvez até machucá-lo do que deixá-lo chegar perto dessa máquina de matar de olhar vago, que agora mesmo estava girando com uma força terrível, de braço erguido e com o cotovelo para fora. Não não não não o meu filho, seu desgraçado, eu, me pegue, mas não meu garoto...

O golpe do assassino foi direto, com o braço firme, e o cotovelo transmitiu toda a força do movimento diretamente na têmpora de Todd. A cabeça do filho virou demasiadamente para o lado e os olhos ficaram vidrados.

Cooper gritou ao se atirar contra o assassino, pronto para arrancar a pele do corpo e o tecido dos ossos dele, enquanto o sujeito, como se tivesse todo o tempo do mundo, continuou a girar e enterrou o punhal no peito de Cooper.

O material frio e deslizante rompeu pele e músculo, penetrou entre as costelas e varou o coração.

Cooper sabia que estava morto naquele instante.

Mesmo assim, ele tentou lutar, ainda que não conseguisse mexer os braços, mas isso não importava porque o cara já estava dando meia-volta e indo embora. A missão estava cumprida, o alvo fora assassinado.

Cooper desabou.

Natalie subitamente estava ali, seu rosto tapou a visão de Cooper, na qual pontinhos pretos dançavam, buracos na cabeça da ex-mulher. Ela gritava alguma coisa, ele não conseguia escutar, o sangue disparava. No chão, Cooper caiu ao lado de Todd, seu lindo menino, o filho que ele e Natalie fizeram, e era impossível que Todd estivesse no chão, que não estivesse respirando, e isso não podia ser a última coisa, não podia, não pode. Em vez disso, lembre-se do verde girando, dos filhos agarrados em seus braços enquanto você girava os dois no jardim da casa que compartilhava com Natalie, todos eles sorrindo, rindo, e o mundo era um giro, um rodopio, um lindo mundo.

CAPÍTULO 29

Não era que Ethan estivesse cansado, embora fosse verdade. Exausto, na verdade, cansado como um morto-vivo — lá estavam os zumbis novamente —, esgotado e de olhos turvos, com os braços pesados como chumbo por segurar Violet. Cinco quilos e meio não pareciam muita coisa até virar um peso-morto desconjuntado, carregado por quilômetros.

E não era a dor, embora houvesse muita. Parecia que vergalhões de aço quente foram enfiados em seus quadris e costas. O joelho inchou. Pior eram os pés descalços. Antes de dormir, Amy havia tirado as meias e os calçados, e assim que os dois saíram da casa de Jeremy, Ethan arrancou as próprias meias e insistiu que ela as pegasse. Horas de andança no escuro cruzando milharais abandonados e um parque estadual esfolaram seu pé, e ele deixava um rastro de sangue a cada passo. Teria sido mais fácil nas estradas, mas os dois estavam fartos de estradas.

Ainda assim, não era nada disso. O que estava matando Ethan era a impotência. Ele nunca tinha se achado tão *inútil*, cacete.

Violet acordara havia uma hora e vinha chorando desde então, urros confusos de fome, e ele não tinha nada para alimentá-la.

Um homem apontara uma escopeta para as pessoas que Ethan amava, e ele não fora capaz de fazer nada a respeito. Mesmo com uma arma na cintura, ele não fora capaz de fazer nada a respeito. Seu estômago ainda ardia ao lembrar disso. Ethan sabia que tinha tomado a decisão inteligente, sabia que o que sentia eram apenas resquícios de primitivismo, mas não importava.

Ele deveria proteger a família, e, em vez disso, os três estavam perambulando pelo campo sem nada, sem comida, sem abrigo, sem dinheiro. Nem mesmo um plano.

O dia nasceu com os três percorrendo uma estrada vicinal, fugindo de uma cidade em chamas. Refugiados, simples assim. Deviam ter cruzado a linha de quarentena em algum momento durante a noite sem saber. Eles viram um helicóptero algum tempo atrás, ao longe, mas ele passou sem incidente.

Não era a sensação mais revigorante, entretanto, ficar encolhido atrás de uma moita com a família, observando um helicóptero circular.

Ontem à noite você jurou que faria qualquer coisa para proteger sua família. E falou sério.

Então dê outro passo. E depois outro. E mais um.

Ethan trocou Violet de braço e deu os passos, depois mais após aqueles.

— Ei — chamou Amy.

Ethan estava olhando tão fixamente para o chão que quase ficou surpreso ao ver que o resto do mundo ainda estava ali quando ergueu os olhos.

— O que foi?

Amy apontou.

A algumas centenas de metros à frente, na borda do campo, havia um posto de gasolina. Cuyahoga Falls.

— Chegamos.

■

Eles usaram o banheiro do posto para se limpar da melhor maneira possível. Lavaram a sujeira dos rostos e mãos, o sangue dos pés. Trocaram a fralda de Violet, embora, visto que não havia fralda para colocar nela, o termo parecesse sem sentido. Ethan e Amy acabaram transformando 3 metros de papel higiênico em uma fralda improvisada.

Enquanto Amy usava o banheiro, Ethan segurou a filha e falou com ternura ao andar de um lado para o outro dentro da loja de conveniência do posto, que vendia doces, refrigerantes e itens essenciais.

Incluindo pacotes de fraldas Huggies e latas de fórmula. Ele parou diante dos produtos, olhando fixamente.

Após um instante, ouviu uma tosse. O balconista debruçou-se sobre o balcão, com olhos atentos. Um sujeito corpulento com manchas de graxa embaixo das unhas.

— Eu não sou ladrão de loja — disse Ethan.
— Ótimo.
— Escute.

Ele abriu a boca, desejando que surgissem palavras melhores do que as que se apresentaram em sua mente. Ethan era um cientista de primeira linha no topo do seu campo. Disputado por universidades e laboratórios de pesquisa. Um homem que sempre se orgulhou de encontrar uma solução, que sempre acreditou que, se o destino lhe desse as costas, ele ainda conseguiria se virar, ainda seria capaz de prover. Que encontraria um jeito.

E o que lhe sobrou foi mendigar.

Você prometeu ao universo que faria o que fosse preciso.

— Escute — repetiu Ethan. — Nós fomos roubados ontem à noite. Minha esposa e eu estamos bem, mas minha filha está passando fome. — Ele pegou uma lata de fórmula. — Há alguma chance...

— Lamento pelo seu problema, mas não.

— Eu não sou um mendigo ou coisa do gênero, só um cara com um pouco de azar.

— E eu sou um cara que está fazendo turno dobrado.

— Eu te pago depois. Mais vinte pratas pela gentileza.

O balconista bocejou e voltou a olhar para uma revista sobre o balcão.

— Ela tem três meses de idade — falou Ethan. — Vamos lá. Seja um ser humano.

Sem erguer o olhar, o sujeito respondeu:

— Vai embora, parceiro.

Há outra maneira. Você ainda tem o revólver na cintura.

O pensamento provocou uma sensação tão boa que Ethan se entregou à fantasia momentânea de como seria divertido ver a expressão do balconista mudar quando ele puxasse a arma.

A sensação foi boa, mas era loucura. Eles teriam dinheiro novamente em alguns minutos. Estocariam fraldas e comida — em algum outro lugar, sem chance de dar um centavo para esse posto — e depois alugariam um carro. No pior dos casos, pegariam um ônibus Greyhound. Por mais estranha e ruim que a situação tivesse ficado, estava quase acabando. Os três saíram de Cleveland, fugiram da Guarda Nacional, encararam uma escopeta, ultrapassaram uma zona de quarentena e chegaram ali.

Bastava pegar dinheiro e cair na estrada.

■

O banco parecia o mesmo em Cuyahoga Falls do que em Cleveland. Tapete azul e cinza, mesas de madeira falsa, vidros à prova de bala, uma câmera de segurança sobre a porta vigiando os caixas, música pop dos anos 1980 tocando ao fundo. Ethan não sabia como as pessoas trabalhavam em bancos. Nada de errado com isso, só que... como elas não piravam?

— Posso ajudá-lo?

O tom de voz da atendente foi educado, mas cauteloso. Os olhos da mulher desceram pelas roupas esfarrapadas e pés descalços de Ethan. Ele ficou satisfeito por Amy ter decidido esperar do lado de fora com Violet; os três teriam parecido com uma foto de fazendeiros imigrantes da Grande Depressão tirada por Dorothea Lange.

— Sim — respondeu Ethan. — Nosso carro foi assaltado. Dois sujeitos com armas.

— Ai, meu Deus! — Ela arregalou os olhos. — Aqui?

— A uns quilômetros na estrada.

— O que a polícia disse?

— É a minha próxima parada. O gerente está por aí?

Ele estava. Um cara engraçado, vestindo um terno sem ajuste, que se apresentou como Steve Schwarz e levou Ethan ao seu gabinete.

— Lamento muito saber o que aconteceu com o senhor. Está todo mundo bem?

— Sim — disse Ethan. — Apenas abalados. E falidos. Eles levaram tudo. Celulares, carteira, tudo.

— Vamos dar um jeito nisso. O senhor abriu sua conta aqui?

— Em Cleveland.

Schwarz inclinou a cabeça.

— O senhor veio de lá?

— Não — respondeu Ethan. — Estávamos de férias.

— Sabe o número da conta?

Ethan sentou-se na cadeira em frente ao homem.

— Nunca memorizei.

— Ah, eu também não. E o CPF?

Ethan informou o próprio e o CPF de Amy. Schwarz digitou.

— Uma vez que o senhor não tem o RG, terei que fazer algumas perguntas de segurança.

— Manda ver.

Eles passaram por senhas, o endereço da filial preferida em Cleveland, débitos recentes, o valor aproximado da mensalidade da hipoteca. O gerente ficou rapidamente satisfeito e disse:

— Providenciaremos novos cartões de débito imediatamente. Os de crédito precisam ser enviados por correio, infelizmente.

— Claro. Um pouco de dinheiro também, por favor.

— Quanto?

— Digamos uns cinco mil?

— Sem problema, Dr. Park. — Mais digitação. — O senhor deu sorte, sabe?

— Como assim?

— Eles não levaram sua aliança de casamento.

Ethan esteve relaxando na cadeira. Então ergueu o olhar e viu Schwarz encarando fixamente, com um olhar questionador. *Deixe que ele imagine.*

— Acho que sim, nós demos sorte.

O homem pareceu prestes a dizer mais alguma coisa quando um telefone sobre a mesa tocou.

— Com licença — falou ele, depois atendeu. — Steve Schwarz, gerente de módulo.

Ethan não conseguiu ouvir a voz na outra ponta da ligação. Mas seja lá o que ela disse, Schwarz não estava esperando. O gerente enrijeceu, e a mão apertou o fone. O olhar pulou para Ethan e fugiu rapidamente outra vez.

— Eu compreendo.

A seguir, Schwarz ofereceu o fone.

— É para o senhor.

O quê...? Ethan olhou em volta; as paredes do gabinete eram de vidro, e ele podia ver o restante do banco. Tudo parecia exatamente como estava. Mas o que parecera reconfortante pela familiaridade agora parecia impregnado de perigo. Ethan pegou o fone.

— Alô, Dr. Park. — A voz de um homem, confiante e calma. — Aqui é o agente Bobby Quinn, do Departamento de Análise e Reação.

— Quinn? — Aquilo não fazia o menor sentido. Aquele era o nome do agente que estivera em sua casa, que dissera que Abe tinha sido sequestrado. — O quê... como você soube que eu estava aqui?

— Isso não importa. Preste atenção, doutor, eu sei que não nos despedimos amigavelmente, e peço desculpas. Mas é crucial que nós conversemos.

— Eu não compreendo.

— Eu sei disso, senhor, e lamento. Explicarei tudo.

— Estou com problemas?

— Não, nada do gênero. Nós precisamos de sua ajuda, Ethan.

— Com o quê?

— Não posso explicar pelo telefone. É uma questão de segurança nacional.

Segurança nacional? Do que ele está falando?

Depois: e isso importa? Ele é um agente do governo, e você, um cidadão americano.

— Quando?

— Apenas aguente firme. Estou em Washington, mas vou requisitar um jato e estarei aí em duas horas. Se quiser, posso levar roupas limpas e sapatos.

Ethan começou a agradecê-lo e depois pensou, *sapatos?* Sentiu um arrepio descer por dentro das coxas. Devagar, ele virou-se.

A câmera de segurança na porta havia girado para focalizar o gabinete do gerente do banco.

Atrás do balcão, outras duas câmeras também o encaravam fixamente.

Na janela, uma câmera em um poste telefônico apontava para a esposa e a filha.

— Meu Deus.

— Dr. Park, nós assumimos o controle de todas as câmeras de circuito fechado em um raio de 300 quilômetros. Esse é o tamanho de sua importância no momento.

— O drone — falou Ethan. — A Guarda Nacional.

Este homem se deu a um enorme trabalho para encontrar você. Um homem em quem você não confiou quando encontrou antes; um homem que mentiu sobre os motivos de estar lá.

— Isso mesmo. O senhor está começando a entender.

— Não — disse Ethan. — Não estou. E porque não mandou a polícia nos pegar?

— Eu lhe disse. Eu irei em pessoa.

— Mas você disse que o tempo é importante. E você está em Washington. Por que não mandou a polícia nos receber? — Ele trocou o fone para o outro ouvido e olhou fixamente para a câmera de segurança. — É por que não quer envolvê-la?

Os pensamentos chegavam com rapidez e intensidade agora, somando dois mais dois. Era verdade que faltavam anos para o soro estar disponível para o público. Mas ele funcionava. Era possível dar dons às pessoas normais.

O que era revolucionário em todos os sentidos. Não apenas no sentido de ficar podre de rico; era revolucionário no sentido de mudar o mundo.

Talvez o DAR não queira que o mundo mude. Não tanto assim.

— Se a polícia local tivesse nos capturado — falou Ethan lentamente —, haveria um auto de prisão. Um interrogatório. Um rastro. Sem falar em um monte de policiais que saberiam que fomos levados.

— Que diferença o senhor acha que isso faria?

— Se não há testemunhas, é fácil que a gente desapareça.

— Desaparecer? — O agente riu. — Dr. Park, o senhor está sendo paranoico.

— Nos últimos dias, meu chefe foi sequestrado, minha cidade foi posta sob quarentena, minha casa foi vigiada, e drones militares foram designados para procurar por mim. Eu tive quatro armas apontadas para a minha cabeça, duas delas por soldados, e fui roubado de tudo que tinha, até os sapatos. Ontem à noite, vi a Guarda Nacional matar um homem inocente. Guardas que você acabou de admitir que mandou atrás de mim. Começo a pensar que não estou sendo paranoico o suficiente.

— Ethan. Preste atenção...

E a seguir outra conexão. Abe. Dr. Abraham Couzen. Um gênio. Um grandessíssimo chato que encontrou a resposta para uma pergunta que o mundo se fazia há 30 anos. Uma pergunta que criara tudo, que mudara tudo. Que dera origem ao DAR — e aos Filhos de Darwin. E agora ele desaparecera, o trabalho sumira, havia sangue no laboratório.

— Agente Quinn? — perguntou Ethan. — Onde está Abe?

Houve uma longa pausa. Quando o homem do governo falou novamente, o que ele disse foi:

— Dr. Park, o que o senhor está pensando em fazer? Não faça.

Mas, a essa altura, Ethan já havia largado o fone e começado a correr.

CAPÍTULO 30

Ele nunca quis aquele cargo. Na verdade, também não quis a Vice-Presidência. O senado tinha sido o limite da ambição política de Lionel Clay: um lugar onde ele pudesse criar leis e dialogar com a nação, onde um argumento forte e uma voz persuasiva ainda podiam mudar o mundo, da mesma forma que Cícero fizera em Roma.

Da primeira vez que o Comitê Nacional Republicano veio a ele para sondá-lo sobre a ideia de ser o vice-presidente de Walker, Clay dissera "não, obrigado". Ele não gostava de Henry Walker, e aquilo era mais ribalta do que ele precisava. Mas continuaram insistindo, com gráficos e estatísticas, com argumentos sobre a importância social e a necessidade de uma perspectiva acadêmica, e finalmente, com a verdade sincera, sobre Clay ter ganhado o Sul para Walker, e esse foi o jogo.

Mas, mesmo ao concordar, ele sabia que ter aceitado o cargo foi um erro. E agora, ao entrar na Sala de Crise, Clay tinha mais certeza do que nunca. Todo mundo ficou de pé quando ele entrou, e o presidente fez um gesto para que se sentassem.

— O que aconteceu?

Leahy tossiu.

— Senhor, há cerca de 20 minutos, às 9h43 do horário local, Nick Cooper foi assassinado em Tesla, Nova Canaã.

Clay esteve prestes a se sentar e foi paralisado pelas palavras. Ele respirou fundo e depois se abaixou em direção à cadeira.

— Ele está morto?

— Sim, senhor. Um anormal chamado Soren Johansen entrou no restaurante onde o Sr. Cooper estava tomando o café da manhã com sua família, matou dois guarda-costas à paisana e depois esfaqueou Cooper no peito. A lâmina penetrou no ventrículo esquerdo do coração. Ele foi levado às pressas para o Hospital-Geral Guardian, mas foi declarado morto ao chegar.

— E a família dele?

— O filho Todd foi ferido no ataque. Está em estado grave.

— E esse assassino, Soren Johansen?

— Ainda estamos coletando mais detalhes. Mas parece que ele escapou.

— Meu Deus. — Clay recostou-se. — Como isso aconteceu?

O chefe do estado-maior das Forças Armadas, general Yuval Raz, trocou olhares com Jen Forbus, o diretor do DAR. Mentalmente, Clay suspirou. Grande parte da política era questão de todo mundo tentar tirar o seu da reta. Após um momento, Raz respondeu:

— Nossa informação neste momento é muito preliminar.

— Entendi.

— Nós não interceptamos prova alguma de uma conspiração. No entanto, Johansen passou por uma equipe de segurança diplomática das Indústrias Epstein. Ele matou os dois no interior do restaurante, mas...

— Epstein é cúmplice no ataque?

— Sua equipe falhou ao preveni-lo, pelo menos.

— Isso pode ter acontecido por causa da natureza de nosso assassino — acrescentou Forbus. — O dom de Soren Johansen é temporal, com um tempo morto de 11,2, um índice excepcional. Isso significa que o que nós vivenciamos como um segundo, ele percebe como ligeiramente mais do que onze. Com tanta diferença assim, é possível que Soren simplesmente tenha tido tempo para fazer tudo certo.

— Como sabemos disso? — perguntou Clay.

— Ele foi criado em academia. Em Hawkesdown.

— Academia Hawkesdown? — Clay uniu as pontas dos dedos. — A mesma de John Smith.

— Sim, senhor, e na mesma época, embora Smith seja dois anos mais velho. No entanto, após a formatura, Soren desapareceu. Se está envolvido com política, tem sido muito discreto. Não há provas que unam os dois. Mas meu instinto me diz que John Smith está por trás disso.

— Sr. Presidente — falou Leahy —, nós gostaríamos de prender John Smith para interrogatório.

Marla Keevers, que estava calada até agora, falou:

— Isso é um pesadelo político. Ele ganhou uma enorme credibilidade após as revelações sobre o Monocle. Participou de programas de entrevistas e de circuitos de palestras. O livro está há semanas na lista de best-sellers do *New York Times*. Prendê-lo vai gerar uma reação enorme.

— Já passamos desse ponto — disse Leahy.

Clay avaliou o homem. Ex-soldado, Leahy passara as últimas três décadas no campo da espionagem, subiu na carreira até comandar a CIA e então foi indicado a secretário de Defesa. Dizer que seu currículo o preparava para enxergar o mundo de maneira militarista era um eufemismo de enormes proporções.

Isso não significa que ele esteja errado. Afinal, Owen foi contra enviar Cooper desde o início.

— Prendam John Smith — disse o presidente.

Leahy acenou com a cabeça para o general Raz, que pegou um telefone e começou a falar baixinho no aparelho.

— Além disso, senhor, nós precisamos seguir adiante com uma reação militar contra a Comunidade Nova Canaã.

— Por quê? Se acreditamos que Smith...

— Cooper era um embaixador dos Estados Unidos. Seu assassinato tem que ser tratado como um ato de guerra.

— O que Epstein diz?

Leahy olhou em volta da mesa.

— Não conseguimos entrar em contato com ele, senhor.

— Como é que é?

— Pode ser que as coisas simplesmente estejam acontecendo rápido demais. Mas, em última análise, há duas possibilidades aqui. Ou os próprios Epstein e a CNC estão agindo como terroristas, ou seu governo — Leahy disse a última palavra com nojo — está cheio deles. De qualquer forma, um consultor americano foi assassinado em uma missão diplomática durante um período de agitação sem precedentes. Três cidades estão sob lei marcial, sem luz ou comida. Não podemos nos dar ao luxo de considerar nossas opções. — Ele fez uma pausa. — Nossa recomendação é que o senhor dê ordem para preparar uma invasão militar de larga escala à Comunidade Nova Canaã.

Clay deu uma olhadela para Marla, que deu de ombros e disse:

— O povo está com medo. Chamar a cavalaria demonstra que o governo dos Estados Unidos ainda está no comando.

— General Raz, como seria a invasão?

— Nós estabeleceríamos superioridade aérea com os F-27 Wyverns saindo da Base da Força Aérea Ellsworth. Todos os voos na região ficariam proibidos, a não ser os humanitários. A seguir, unidades da 4ª Divisão de Infantaria, da 1ª Divisão de Blindados e da 101ª Divisão Aerotransportada tomariam Gillette, Shoshoni e Rawlins, os pontos de entrada da CNC, que ficaria isolada.

— Quantos homens estariam envolvidos?

— Aproximadamente 75 mil.

— *Setenta e cinco mil?* Isso é quase igual à população inteira da Comunidade.

— Sim, senhor. É importante aplicar uma força avassaladora. Não estamos propondo uma luta justa — falou o general —, estamos demonstrando que podemos aniquilá-los. Isso torna ridícula a ideia de resistência. No fim das contas, salvará vidas em ambos os lados.

Uma dezena de rostos encarava o presidente. Homens e mulheres em uniformes cheios de medalhas, os comandantes de cada divisão das Forças Armadas e da comunidade de inteligência. Lionel Clay orgulhava-se de ter vivido uma vida honrada. Ele tinha sido professor e líder. Mas jamais fora um soldado.

E, meu Deus, nunca quis mesmo ser a pessoa a tomar essa decisão.

— O senhor está falando de um ataque militar contra cidadãos americanos.

— Estamos falando dos preparativos para isso — falou o secretário Leahy. — Colocar tropas em posição. É um lembrete aos inimigos de que eles estão enfrentando o poder reunido da melhor força de combate que o mundo jamais viu.

— E qual é o plano final?

— Senhor?

— Se eu der a ordem para atacar. O que acontece depois que tomarmos a CNC?

Leahy olhou em volta novamente.

— Aí é com o senhor. Mas nossa recomendação é que todos os líderes e anormais do primeiro e segundo escalão sejam detidos em campos de internação temporários. A própria CNC deve ser evacuada e destruída.

O que foi que Cooper disse?

O senhor sabia que alguém estaria aqui lhe dizendo para começar uma guerra civil. E o senhor não tinha certeza se seria forte o suficiente para dizer não.

Uma segunda guerra civil, só que desta vez não entre Estados, mas entre uma maioria e uma minoria, com todos os possíveis horrores que isso implicava — até, e provavelmente, o genocídio.

— Senhor, ainda não é preciso se decidir a atacar. Mas colocar as tropas em posição nos dá uma opção, ao mesmo tempo em que manda um recado para o inimigo e tranquiliza o povo.

Um pensamento lhe ocorreu. Ele poderia se levantar e sair do gabinete. Depois, sair do prédio. Podia ir à esquina, tomar um táxi para o aeroporto e comprar uma passagem de volta para Columbia. Ele podia simplesmente desistir e ir para casa.

Era uma fantasia absurda, mas tentadora.

Lionel Clay olhou fixamente para a mesa. Para os dedos espalmados na madeira lustrosa.

— Os ditadores andam montados em tigres dos quais não ousam desmontar. E os tigres estão ficando com fome.

— Winston Churchill — disse Leahy. — Mas nós não somos ditadores.

— Eu me pergunto se a história concordará.
— Senhor?
— Mande que o exército entre no Wyoming.

CAPÍTULO 31

Ele chegou à porta do saguão correndo, sem sentir dor nos pés por causa da adrenalina. Irrompeu no estacionamento sob um céu azul límpido e viu a esposa olhando espantada para ele.

— Ethan?

— Corra!

Havia mil perguntas no seu olhar, mas Amy deixou-as de lado e começou a correr com a filha agarrada ao peito. Eles saíram velozmente do estacionamento e subiram na calçada, rumo ao norte, uma direção escolhida aleatoriamente. Cuyahoga Falls era um grande centro comercial de beira de estrada, uma cidade patrocinada por redes de lojas. Uma farmácia adiante, um restaurante à esquerda, ambos de redes conhecidas. A rua State tinha quatro pistas, com trânsito em ambas as direções. Não havia sinal da polícia, mas isso viria a seguir.

Conforme eles corriam, Ethan contou as câmeras. Elas estavam por toda parte. Câmeras em postes de trânsito, câmeras em estacionamentos, câmeras nas esquinas de prédios. Ele jamais havia se dado conta de quantas eram.

E todas elas apontavam para sua família.

Cada câmera girou para acompanhá-los conforme eles corriam.

A pele de Ethan retesou-se e tremeu.

— Ethan — falou Amy, ofegando entre as palavras — por que... nós... estamos...

— Confie em mim.

Ela concordou com a cabeça, e eles continuaram rumo ao norte. Levaria pelo menos alguns minutos até o DAR entrar em contato com a polícia local. Os agentes teriam que dar carteirada, informar que um fugitivo — *meu Deus, nós somos fugitivos* — estava correndo pela rua State. Mais um minuto ou dois para uma patrulhinha chegar aqui.

Ainda assim, até onde eles conseguiriam chegar? E que diferença fazia se as câmeras os acompanhavam?

— Por aqui.

Ethan virou em uma transversal. A respiração estava quente e acelerada, e cada passo reverberava esqueleto acima. Eles passaram por um estacionamento largo e desviaram de dois moleques de skate, que olharam espantados. Após outro quarteirão, chegaram a uma via de pequenas residências, bangalôs e casas de madeira muito próximas. Os jardins tinham grama amarelada e bandeiras americanas esmaecidas. Um cachorro latiu e rosnou do outro lado de uma cerca. Ethan virou à direita arbitrariamente, percorreu outro quarteirão e, a seguir, virou à esquerda, chegando bem no meio de uma vizinhança. Longe de estar a salvo, mas, pelo menos, mantinha-se afastado das câmeras.

— Eu preciso parar — disse Amy.

Ela estava pálida e segurava Violet com firmeza nos braços. A filha estava chorando; não eram berros altos, mas sim uma tristeza constante que provocou uma pontada em Ethan. Ele concordou com a cabeça e passou a andar rápido.

— O que está acontecendo?

— Amy, eu sei que isso parece loucura. Mas acho que o DAR está tentando nos prender por causa do meu trabalho.

— Você está certo. É loucura.

— É mesmo? Lembra do drone? Da Guarda Nacional?

— É, mas... ora, vamos.

— Quando eu estive no banco, o telefone tocou. Era Quinn, o agente que foi à nossa casa. Ele estava me observando pela câmera de segurança. — Ethan voltou-se para encarar a esposa. — Por que faria isso?

Os três passaram por uma série de casas de tijolos esmaecidos, e à medida que entravam na cidade, os jardins ficavam mais descuidados. Não demoraria muito para eles voltarem aos campos de golfe e florestas. Milharais. Com os pés sangrando novamente, ele fez uma careta de dor ao pensar nisso.

Após uma longa pausa, Amy falou:

— Sabe, por mais de um ano eu respeitei seu compromisso com o acordo de confidencialidade. Pensei que era bobo e exagerado, mas como era importante para você, eu aceitei. Mas agora é hora de me contar no que você e Abe estão trabalhando.

Ethan avaliou a esposa. Não poder falar sobre o projeto para Amy, não ser capaz de contar o sucesso para ela, o matava. Mas Abe deixara bem claro: ninguém, absolutamente ninguém deveria saber. Qualquer um que rompesse aquela diretriz estaria acabado. Seria despedido, perderia os direitos de patente, iria para a lista negra, estaria frito.

Ethan achou que o velho era paranoico, mas concordou com ele. Se era isso que era preciso para trabalhar em um laboratório privado com financiamento sem limites ao lado do maior gênio no campo, bem, esse era o preço. Agora Ethan começava a ficar desconfiado.

Será que alguém contou à esposa e levou o DAR a descobrir?

E você ainda se importa com essa merda?

— Nós descobrimos como transformar normais em brilhantes.

Amy parou como se tivesse colidido com uma parede. Olhou espantada para o marido.

— Você está de brincadeira comigo?

— Não. E o DAR não quer que isso aconteça. Acho que eles sequestraram Abe e estão atrás de nós.

— Então... o que faremos?

A pergunta de 1 bilhão de dólares.

Então, mais adiante, Ethan viu a resposta.

— Espere aqui.

■

Um sino digital tocou quando ele entrou no lugar. Doces, refrigerantes e itens essenciais, os mesmos de antes. Ethan andou até o corredor do meio, pegou três pacotes de fraldas Huggies e as duas latas de fórmula. Colocou tudo sobre o balcão. O balconista olhou para ele e passou as mãos no cabelo. Fios lisos caíram em volta do pescoço.

— Você de novo?

Ethan deu meia-volta, retornou aos corredores e encheu os braços. Uma lanterna e um pacote de pilhas D. Toda a carne seca da prateleira. Band-Aids e Ibuprofeno. Colocou tudo na pilha.

— Ah, cara, vamos lá — falou o balconista.

A seguir, uma caixa de Snickers.

Uma caixa de ovos e oito litros de leite.

Oito garrafas de um litro de água mineral.

Quatro isqueiros do mostruário ao lado da registradora.

Um rolo de fita isolante.

— Cara, eu vou ter que colocar tudo isso de volta.

— Não, não vai. Ensaque.

— Beleza. Você quer fazer desse jeito? — O balconista esticou a mão para o telefone. — Vou chamar a polícia.

— Não se preocupe — falou Ethan. — Estou de saída. Antes, só uma pergunta.

O cara olhou para ele com a expressão desconfiada de alguém sendo feito de trouxa.

— Sim?

Ethan meteu a mão na cintura e puxou o revólver. Então o ergueu e apontou para o balconista. Viu a expressão do sujeito se alterar exatamente como achara que aconteceria. Foi uma sensação tão boa quanto imaginara.

— Que tipo de carro você dirige?

Indústrias Precision Aerospace, a empresa líder em desenvolvimento de mísseis de lançamento múltiplo, orgulhosamente apresenta:

O Vingador (BMG-117)

Concebido e projetado por brilhantes treinados em academias, o Vingador é:

RÁPIDO
O primeiro míssil de lançamento múltiplo a alcançar velocidades supersônicas até Mach 5.3, ou mais de 6.000 quilômetros por hora.

INDETECTÁVEL
Nossa tecnologia *stealth* de última geração garante invisibilidade em sistemas de aviso prévio

IMBATÍVEL
Contramedidas eletrônicas integradas demonstram um índice de sucesso de 97,8% contra sistemas de defesa

FLEXÍVEL
Capaz de carregar ogivas convencionais ou nucleares, o Vingador bate com a força que você precisa.

O MÍSSIL VINGADOR
A vingança é sua

CAPÍTULO 32

O ar estava fresco e tinha um leve cheiro de amônia.

Havia sons. Houve sons por algum tempo, ele se deu conta, embora não tivesse consciência deles. Apenas flutuavam como em uma correnteza. Um zumbido e um bipe.

Ele abriu os olhos. Luz. Dolorosa, branquíssima, sem formas ou definição; luz como os portões do Céu, como a luz no fim do túnel.

Será que é o Céu?

Uma imagem piscou em sua memória. O rosto de Todd, a poucos centímetros, os olhos fixos e sem expressão.

O inferno.

Cooper sentou-se, ofegante. O mundo adernou e balançou. Ele esticou a mão direita para se equilibrar, mas, atrapalhado, bateu em alguma coisa, e uma ponta de agonia rompeu a sensação de plástico--bolha dos narcóticos pesados. Uma dor lancinante dilatou o mundo e levou tudo embora, a não ser o latejamento.

Respire, apenas respire, respire e supere essa sensação.

Aos poucos, a visão expandiu-se novamente. Um quarto muito iluminado, com superfícies duras e uma cadeira feia. Ele estava em uma cama alta, com grade de segurança. A mão direita era uma massa de bandagens, havia tubos intravenosos que entravam nos braços e um cabo que penetrava no peito.

Era real, então. Aquilo aconteceu. Aquele sujeito surgira do nada, um demônio em forma de homem, matara os guardas e esfaqueara Cooper no peito — uma ferida fatal, não havia como negar, então como ele estava vivo? — e pior, pior do que qualquer coisa, o homem acertara...

A cabeça de Todd, que virou de lado, virou demais, e os olhos brilhantes ficaram vidrados.

Ele se viu ofegante novamente, e um pranto surgiu de algum lugar profundo e devastou Cooper. Ele começou a usar a mão direita, lembrou-se das bandagens, e usou a esquerda para começar a arrancar os tubos intravenosos. A seguir, foi o cabo que entrava no peito e que saiu com uma sensação estranha e muito, muito nojenta. Na ponta, braços robóticos parecidos com uma aranha e tão finos quanto fios reluziram e se contraíram. Cooper lutou contra a ânsia e conteve o vômito. Os bipes viraram guinchos. Enrolado em lençóis e drogas, ele virou o corpo. Conseguiu colocar uma perna para fora da cama, depois a outra. Ficou de pé, cambaleante.

A porta foi aberta. Uma mulher de jaleco verde entrou correndo.

— O que o senhor...

Cooper cambaleou para a frente e agarrou o bíceps da mulher com a mão esquerda.

— Meu filho.

— O senhor precisa voltar à cama...

— Meu filho! Onde está meu filho?

Havia um corredor depois da porta aberta. Cooper empurrou a enfermeira, mal conseguindo ficar de pé. Um hospital, sim, mas não igual a qualquer outro que ele tivesse visto. O corredor era muito bonito e muito curto, com apenas algumas portas, uma mesinha de canto com flores, uma cadeira, e não havia balcão das enfermeiras. A mulher surgiu atrás dele tentando pegar seus ombros; ele desvencilhou-se e empurrou a porta ao lado.

Outro quarto, igual ao que Cooper acabara de deixar. Superfícies duras, luz intensa, máquinas emitindo bipes. Uma mulher ao lado da cama, rodopiando com o som. Natalie, com olhos vermelhos e bochechas úmidas, e na cama...

Na cama, seu filho.

— Nick? — falou Natalie.

Aquela única palavra disse muita coisa. A primeira foi surpresa, e Cooper pôde imaginar a cena pelo ponto de vista da ex-esposa — a porta sendo aberta e um louco em camisola de hospital entrando cambaleando —, e a seguir o prazer por vê-lo, pelo fato de que ele estava vivo. Mas aquilo foi esmagado pelo medo, medo pelo filho deles, medo de que os deuses estivessem assistindo e que fossem tentados por qualquer felicidade. Então, finalmente, as perguntas, as mesmas que qualquer pai se faz diante de um filho em uma cama de hospital:

Como chegamos a esse ponto?

Isso não pode estar acontecendo mesmo, não é?

Pode me levar no lugar dele?

Cooper deu um passo à frente e puxou Natalie, dando um abraço em sua forma frágil e apertando; os dois ficaram agarrados como se enfrentassem a gravidade. O corpo da ex-esposa tremia, e o rosto dela estava úmido no pescoço de Cooper.

— Ele... será que ele...

— Eu não sei, eu não sei, eles não sabem.

As palavras machucaram mais do que a adaga. Cooper apoiou-se em Natalie, e ela apoiou-se de volta. Atrás dos dois, a enfermeira começou a dizer alguma coisa, depois pensou melhor.

Após um longo momento, Cooper soltou a ex-esposa.

— Diga-me.

Natalie secou os olhos e limpou as lágrimas. Quando falou, ele notou a voz trêmula.

— Ele está em coma. Houve hemorragia interna.

— Eles sabem quando vai acordar?

Ela balançou a cabeça.

— Eles não têm certeza se ele vai acordar. Ou se... se ...

Ele fechou os olhos com força.

— Sr. Cooper, por favor — disse a enfermeira.

Ele ignorou a mulher e deu um passo à frente. Todd parecia minúsculo na grande cama de hospital, com braços e pernas magros embaixo do lençol. Tubos sinuosos entravam nos braços. A cabeça estava enfaixada, e o cabelo fora raspado em um lado. Todd odiaria aquilo, o penteado esquisito, ficaria preocupado com o que as outras crianças diriam.

Cooper pegou a mão do filho, e a dor física que subiu pela mão direita não foi nada comparado ao sofrimento por dentro. Então veio um pensamento.

— Espere um instante, onde está Kate? Ela está...

— Kate não foi ferida. Ela está dormindo, finalmente.

— Finalmente?

Claro. O cabo no peito, as bandagens complexas na mão, a sensação de estar drogado. Cooper olhou para o relógio na mesa de cabeceira e viu que eram cinco da manhã. Vinte horas desde que eles tinham sido atacados.

— Eles pegaram o cara?

Natalie fez que não com a cabeça.

— Sr. Cooper — disse a enfermeira —, é espantoso que o senhor sequer esteja vivo. O ventrículo esquerdo do seu coração foi rasgado. A cirurgia que lhe salvou é mais do que radical. O senhor *precisa* voltar à cama.

— Não.

— Senhor...

— Eu não vou abandonar meu filho.

Houve uma longa pausa e, a seguir, um som de algo sendo arrastado quando a enfermeira trouxe uma cadeira.

— Pelo menos sente-se. Por favor?

Sem tirar os olhos de Todd, Cooper sentou-se. Natalie ficou ao lado dele, com uma das mãos no ombro do ex-marido e outra no ombro de Todd.

As máquinas zumbiam e emitiam bipes.

■

Cooper sentiu as pessoas antes de ouvi-las. Uma pontada atrás da mente, o dom identificando padrões sem parar, mesmo que ele não fizesse nada além de olhar fixamente para o peito do filho subindo e descendo enquanto pensamentos tão frágeis e secos quanto folhas de outono se perseguiam em círculos sem sentido. Preces, barganhas e ameaças, mas por baixo de todas elas — e Cooper se odiava por isso —, a mente continuava identificando padrões.

Não demorou muito até ele ouvir os sons praticamente imperceptíveis das equipes de segurança de elite, dotadas de eficiência e coturnos de sola de borracha. Uma voz treinada, vagamente conhecida: Patricia Ariel, a diretora de comunicação da CNC. Da equipe oculta, os tons murmurados de puxa-saquismo. E, finalmente, dois pares de calçados: o clique de sapatos italianos oxford contraposto pelo rangido de tênis All-Star. Cooper ouviu os passos no corredor, ouviu que eles entraram no quarto e pararam.

Sem se virar, Cooper falou:

— Deem uma boa razão para eu não quebrar o pescoço de vocês dois.

— Seu filho.

Ele levantou-se rapidamente para encarar Erik e Jakob Epstein.

— Vocês estão ameaçando...

— Não — respondeu Jakob, de mãos erguidas. — Não estamos. Mas a medicina mais avançada do planeta é praticada aqui. Você quer essa medicina para ele.

— Nick, fique calmo — disse Natalie.

— Fique calmo? Eu trouxe vocês aqui. Eu confiei a segurança de nossa família a esses dois. E algum babaca entrou com facilidade e... — Cooper reviu a ponta do cotovelo do homem bater na cavidade macia da têmpora de Todd e perdeu o fôlego. — Eu não acho que ficarei calmo tão cedo.

— Ótimo — falou Erik. — Sua eficiência melhora quando você está furioso.

Ele tirou um datapad do bolso e o desdobrou com uma virada de pulso. Uma foto preencheu a monofolha, um homem comum com a face encovada e olhos sem expressão.

— Soren Johansen, temporal do primeiro escalão — informou Erik.

— E foi assim que ele entrou com facilidade — acrescentou Jakob. — Um detalhe interessante: uma vez, John Smith mencionou Soren como a única pessoa que ele conheceu na vida que realmente o compreendia. O datapad tem tudo o que sabemos sobre ele, o que inclui tudo que o DAR tem sobre ele. Nós mesmos estamos perseguindo Soren, naturalmente, bem como o seu governo. Mas tivemos a impressão de que você gostaria de ter a informação para si.

Cooper amassou o datapad e enfiou no bolso. Não disse obrigado e nem pretendia.

— Quanto ao seu filho, tenho certeza de que você falou com os médicos. Não repetirei o que foi dito. O que eu direi é que não existe literalmente lugar no mundo onde as pessoas consigam fazer as coisas que fazemos aqui. E seu filho chegou em um estado bem melhor do que o seu. Afinal de contas, ele estava vivo.

Cooper esteve preparando uma resposta e descobriu que ela definhou nos lábios.

— Hã?

— O tempo entre Soren ter atacado Todd e esfaqueado você foi de 0,63 segundo — disse Eric. — Com um tempo morto de 11,2, isso significa que ele teve 7,056 segundos para posicionar o ataque. A ferida foi perfeita e abriu o ventrículo esquerdo do coração. A morte foi praticamente instantânea.

— Você está dizendo... — Cooper olhou ao redor — que eu estava morto e você me trouxe de volta?

— Nick — falou Natalie —, é verdade.

Ele voltou-se para a ex-esposa.

— É?

Ela concordou com a cabeça.

— Eu vi você morrer.

Como a maioria das coisas que Natalie dizia, a declaração foi curta e direta. Ela não fazia joguinhos, não confundia ou tinha planos. O que significava que aquela simples declaração não estava encoberta por intenções. Além disso, Cooper ouviu o sofrimento, a perda, o arrependimento — e a alegria e a esperança de sua recuperação impossível.

— Isso aqui não é um hospital — continuou Natalie. — É a clínica particular subterrânea deles.

— Há vantagens — falou Jakob — em morar em um lugar com mais brilhantes do que qualquer outro. Especialmente quando se está no comando e não se dá a mínima para as diretrizes da agência de vigilância sanitária e comitês de ética de pesquisa.

— O maior perigo pós-morte é o dano celular causado pela falta de oxigênio — disse Erik. — A solução é óbvia: reduzir a exigência do metabolismo a quase zero, o que coloca o paciente em animação suspensa. Depois, reparar o dano é questão de engenharia de tecido usando células-tronco estromais adiposas, coletadas da gordura.

— Você quer dizer que eu tenho um...

Cooper olhou para o peito e somente naquele momento lembrou-se de que vestia uma camisola de hospital. Merda. Era difícil parecer digno em uma delas. Delicadamente, ele abaixou a gola. Uma pequena derivação brotava da cicatriz enrugada no centro do peito. Havia vazado fluido quando ele arrancara o cabo. Cooper lembrou-se dos braços robóticos, e o pânico cresceu rapidamente, uma sensação de estar muito fundo no mar sem ar. Ele fez uma pausa, respirou fundo, depois novamente.

— Um coração mecânico?

— Claro que não — disse Jakob. — Que ano você acha que é, 1985? Seu coração ainda é seu coração. Nem sequer precisamos abrir você. Os médicos usaram a ferida como ponto de entrada, injetaram suas próprias células-tronco coletadas para selar o corte no ventrículo. Igual a remendar um pneu furado.

— Mas... eles tentaram isso no Hospital Johns Hopkins, na Clínica Mayo. Jamais conseguiram fazer com que as células...

— Aqui não é o Johns Hopkins — disparou Erik. — Aqui é um lugar novo. Suas regras não se aplicam aqui.

Cooper empertigou-se. Ele havia adquirido o hábito de considerar Erik como o nerd adorável e Jakob como o verdadeiro poder, quando, na verdade, era o inverso. Jakob era um cara inteligente e tinha um bom papo, mas tudo em volta deles — incluindo a clínica clandestina que o trouxera de volta dos mortos — começava e terminava com Erik.

E agora a vida de seu filho está nas mãos dele.

— Eu preciso falar com o presidente — disse Cooper lentamente.

— Pouco depois de ele saber que você tinha sido assassinado — falou Jakob —, o presidente Clay deu ordens de que os militares entrassem no Wyoming. Eles já tomaram as cidades de Gillete, Shoshoni e Rawlins, efetivamente isolando a CNC. A Força Aérea está patrulhando o céu de toda a área. Mais de 75 mil homens estão envolvidos, de todas as Forças Armadas.

— Setenta e cinco *mil*? — Cooper esfregou os olhos. — Mas assim que o presidente souber que não estou morto...

— Ele ainda assim tem que agir da mesma forma. — Jakob balançou a cabeça. — Clay não tem escolha.

— Nuvens tempestuosas — disse Erik. — Aves de rapina. Vetores com massa. Pessoas assustadas querem atitude mais do que querem a atitude correta. Está nos dados. Clay não tem chance.

— Por que vocês ainda estão mentindo para mim? — falou Cooper.

A pergunta pegou Erik desprevenido, então Cooper deu o segundo golpe.

— Eu sei que você encontrou a fonte dos anormais. Que até mesmo desenvolveu um soro que pode dar dons às pessoas normais.

— O quê? — exclamou Natalie, que esteve olhando para Todd, mas a declaração de Cooper chamou a atenção. — Isso é verdade?

Cooper olhou para os Epstein. Após um momento, Jakob assentiu.

— Há muita coisa para ajustar, mas funciona.

— Essa é a verdadeira proteção para a CNC — disse Cooper. — Não eu matar John Smith ou soberania ou bilhões. Portanto, eu pergunto de novo: por que vocês estão mentindo para mim?

— O que você quer dizer?

— Vocês falam que as pessoas estão aterrorizadas, que Clay não tem escolha, mas não mencionam que têm uma poção mágica que muda o mundo. A maioria dos normais não quer guerra; só estão com medo de estarem se tornando obsoletos. Esse soro muda isso, ou pelo menos lhes dá essa opção. Portanto, tudo o que vocês têm a fazer é... — Cooper foi parando de falar, porque lhe ocorreu que...

Os braços de Jakob estão cruzados; Erik está mordendo o interior da bochecha. Reações negativas. Por quê?

Eles não podem estar segurando o soro por ganho financeiro; os dois têm mais dinheiro do que qualquer pessoa no mundo.

Além disso, estão enfrentando um ataque em larga escala. Compartilhar a verdade sobre o soro é a única coisa que pode evitar a destruição da Comunidade. Isso sem falar em deter uma guerra civil.

E, no entanto, a reação deles é negativa.

... ele não percebeu uma coisa.

— Esperem. Ontem, quando conversamos, vocês disseram que não havia tempo suficiente. Era disso que vocês falavam, não é? Até mesmo o pedido por soberania foi calculado para ganhar mais tempo.

Cooper olhou de um lado para o outro, de irmão para irmão. Ambos inteligentes, ambos bem intencionados do jeito deles, e os três ali foram de alguma forma responsáveis por salvar o mundo, porém, como aquilo acontecera exatamente já não importava mais, porque o dom de Cooper havia se adiantado e respondido por ele.

— O que significa — ele esfregou a testa — que vocês não têm o soro, não é?

— O cientista por trás dele é uma pessoa difícil — falou Jakob. — O Dr. Couzen só aceitaria nosso patrocínio se tivesse autonomia completa. Ele compartilhou relatórios de progresso, resultados de testes, mas jamais a fórmula em si.

— E daí?

— O Dr. Couzen foi sequestrado há uma semana — informou Jakob.

— Pelo DAR — acrescentou Erik. — Seu governo quer uma guerra.

Revolução? Você é um idiota. Você nem sabe o significado da palavra.
Esqueçam seus preciosos Mao, Che e Fidel. Se apareceram em uma camiseta, eles não mudaram merda nenhuma.

Se você quer revolução, olhe para Alexander Fleming. A penicilina transformou o mundo de um modo que Lênin e Washington jamais sonharam.

Agora sente-se e cale a boca, seu mauricinho autocrático. Os adultos estão conversando.

— Dr. Abraham Couzen, respondendo à pergunta de um estudante durante a conferência *O Amanhã Depois do Amanhã: O Futuro do Futurismo*, em maio de 2013.

CAPÍTULO 33

O lago era raso, as bordas cercadas por paineiras-de-flecha derrubadas, com caules quebrados. A água refletia perfeitamente o céu nublado de novembro, e o ar estava tomado pelo cheiro de pinho e pela promessa da neve que o inverno traria.

Um estrondo abafado ecoou ao longe, a espingarda de algum caçador, e Ethan tentou não encarar o som como mau agouro.

— O que você acha, fofinha? Bacana, né?

A filha apertou os olhos para cima e balançou o braço. O cientista dentro de Ethan imaginou a cientista dentro dela; às vezes, ele imaginava Violet como um ser minúsculo na cabine de um veículo que ela não compreendia. Fileiras e mais fileiras de mostradores, chaves e controles, e nenhum manual de instruções. Nada a fazer além de cutucar e girar aleatoriamente e ver o que acontecia. *Aperte aquele botão e esse apêndice se mexe. Interessante.*

— Ela está com frio — falou Amy.

Ethan levou um susto. Era a primeira coisa que a esposa falava para ele em quase 24 horas, e embora Ethan tivesse certeza de que o cobertor com que envolvera a filha estava mantendo a menina bem quente, ele concordou com a cabeça, fechou mais a coberta e depois se voltou para a cabana.

Amy ainda estava furiosa. Não que Ethan a culpasse.

Ontem, após pegar as chaves do balconista e prender as mãos e os pés do homem com fita isolante, ele saiu do posto de gasolina carregando as sacolas. Amy olhou para o marido, confusa, ao ser levada para a picape surrada estacionada ali. Ele colocou as sacolas na caçamba, ao lado de uma caixa de ferramentas amassada.

— O que é isso?

— Nossa nova picape. Vamos.

— Ethan, o que você...

— O que eu tinha que fazer. Por favor, Amy, confie em mim.

Ela aproximou-se da picape e disse:

— Não há cadeirinha.

— Nós não vamos longe.

Amy encarou o marido, e Ethan teve um daqueles momentos em que se deu conta da diferença que um bebê fazia. Virar refugiados e fugir da cidade? Amy topava. Acreditar quando ele disse para fugir de agentes federais? Pode deixar. Dirigir alguns quilômetros sem uma cadeirinha? Houston, temos um problema.

— Amor, por favor, nós temos que ir. Eu prometo que vou dirigir com cuidado.

Relutantemente, Amy entrou no veículo.

Todos os instintos berravam para cair na estrada e deixar Cuyahoga Falls para trás. Mas Ethan tinha que ser inteligente. Eles estavam sendo caçados por uma agência do governo incrivelmente poderosa. Não levaria tempo para descobrirem o balconista amarrado, além do modelo e ano da picape que Ethan roubou. E, embora ele suspeitasse que pudesse trocar a placa do veículo, de alguma forma ele não suspeitava que isso enganaria uma agência que podia cooptar câmeras de segurança à vontade.

Não, por mais que Ethan quisesse fugir, era mais inteligente se esconder. Se eles dessem sorte, o DAR começaria a procurar a centenas de quilômetros dali. Talvez perdessem o rastro completamente. *Por enquanto.*

— Aonde vamos? — No banco do passageiro, Amy segurava Violet com toda a força.

— Eu explicarei tudo assim que nos instalarmos. — Ele tentou sorrir e não recebeu nada em troca. — Veja bem, neste exato momento nós temos que nos concentrar. Isso só vai funcionar se não passarmos por nenhuma câmera. Você pode me ajudar?

Amy fez uma cara feia, mas se debruçou à frente e olhou pelo para-brisa. Eles permaneceram em estradas vicinais e ruas residenciais, seguindo o caminho até o parque nacional, o mesmo que haviam acabado de cruzar. As primeiras casas não pareciam adequadas — próximas demais à rua, ou com carros estacionados em frente. Depois de alguns momentos, Ethan viu uma placa pintada à mão que dizia Esconderijo dos Henderson ao lado de uma entrada de terra batida.

— Essa deve servir.

— Servir para quê?

Ethan virou a picape para a entrada e percorreu 40 metros em meio a pinheiros esmaecidos. Os Henderson tiveram a ideia perfeita para um esconderijo: uma cabana no bosque, de bom tamanho e longe dos vizinhos. Adicione o lago nos fundos e era o lugar perfeito para fins de semana de veraneio.

— É. Essa vai servir.

— Ethan...

— Dois minutos.

Ele pulou para fora da picape e foi até a porta da frente. Bateu e não obteve resposta. Havia um janelão saliente na frente, e Ethan fez conchas ao redor dos olhos para enxergar o interior. A mobília lá dentro estava coberta por lençóis. Perfeito.

Não havia um pé de cabra na caixa de ferramentas, mas ele encontrou uma chave de roda com ponta afiada para arrancar calotas. Voltou à porta da frente e o meteu na ombreira. Ethan hesitou um pouco, depois pensou. *Ei, você já é um fugitivo e um ladrão de carro. O que importa mais um crime?*

Após um puxão rápido e com força, a madeira rachou e cedeu, e a porta se abriu.

Ethan virou-se, viu a esposa segurando a filha e olhando para ele como se o marido tivesse enlouquecido. Ethan sorriu e disse:

— Bem-vinda ao lar. Quer acender a lareira?

■

— Comece.

— De onde?

— Do começo, sabe.

— Ok. — Ethan usou o atiçador de ferro para mexer a lenha na lareira. As fagulhas subiram dançando enquanto a madeira estalava. — Pois então, os primeiros superdotados foram identificados em 1986, certo? Isso significa que, por 27 anos, basicamente todos os geneticistas do planeta estão tentando desvendar como isso aconteceu. O primeiro passo, e talvez o mais importante, foi mapear o genoma humano. Se os brilhantes não tivessem surgido, aquilo não teria recebido um décimo do patrocínio ou atenção. Diabos, eu aposto que não teríamos terminado de mapear o genoma até, tipo, 2003.

— E, em vez disso, isso foi feito em 1995.

— Certo. A partir daí nós tínhamos um referencial. Todo mundo calculou que seria fácil depois daquilo: bastava comparar um número suficiente de anormais com normais, e seríamos capazes de identificar o gene para o brilhantismo. Obviamente, isso exige muito tempo e poder computacional, portanto, levamos anos até todo mundo aceitar que não seria tão simples assim.

— Não há gene para o brilhantismo.

— Correto. Então todo mundo se espalhou em direções diferentes. Algumas pessoas começaram a procurar por causas e trabalharam de trás para a frente: será que era a poluição, os hormônios do crescimento, a camada de ozônio, testes nucleares etc. Outros decidiram que a causa não deveria ser genética, mas alguma espécie de vírus ou príon, uma estrutura que infectou uma porcentagem de pessoas. Abe e eu, e outros como nós, no entanto, ainda acreditávamos que o DNA era a chave; não apenas um gene. Como a inteligência.

— A inteligência *é* genética.

— Sim, certo, mas não há apenas um único gene para isso. Ainda não sabemos exatamente como a inteligência funciona, mas pesquisas feitas em Stanford e Tóquio sugerem que, na verdade, são dezenas de genes, talvez centenas, que, em conjunto, determinam a inteligência básica. E descobrimos que o mesmo vale para os brilhantes. Só que é ainda mais sutil.

Violet deu um gritinho, e ambos fizeram uma pausa e olharam para a filha. A cena era aconchegante: mãe e pai ao lado da lareira tremeluzente, bebê bem coberta e cochilando. Só faltava *eggnog* para a cena ser um cartão de Natal.

Se você deixar de fora o fato de que agentes federais podem chutar a porta a qualquer momento.

— Então, qual é a causa?

— Alongamento de telômeros por meios epigenéticos.

Amy lançou um olhar curioso para Ethan, que disse:

— Certo. Bem, telômeros são sequências nucleotídicas na ponta dos cromossomos que evitam que eles se desfaçam. Como as pontas de plástico no fim dos cadarços.

Ele explicou da melhor maneira possível que os telômeros variavam em comprimento e que eles haviam descoberto que telômeros mais compridos na ponta de certos cromossomos estavam ligados à expectativa de vida das células. Ethan estava convicto de que não eram os genes em si que eram diferentes, mas sim os mecanismos de interação. Uma solução epigenética explicava o motivo de a resposta ser tão elusiva. A causa básica não ocorrera com os próprios brilhantes, mas sim com os ancestrais de duas ou três gerações anteriores. Não apenas isso, a causa não alterara a sequência do DNA — apenas a forma como esses genes eram regulados.

— Pense na questão como se fosse cozinhar um prato. A sequência de DNA fornece os ingredientes crus. Mas a forma como esses ingredientes interagem, a ordem com que são colocados na panela, a temperatura usada, tudo isso altera o resultado final.

"Só que aqui não é um punhado de ingredientes; o DNA humano tem mais de 21 mil genes, e eles interagem de maneiras muito sutis e complexas. Ainda assim, quando começamos a examinar as alterações epigenéticas nas expressões genéticas, especificamente como elas dizem respeito aos telômeros, nós encontramos o padrão.

— Simples assim.

Ele sorriu e ergueu uma sobrancelha.

— Muito sexy, né?

— E qual foi a causa básica?

— Hã?

— Você disse que algo aconteceu com os ancestrais que criou os brilhantes.

— Ah, isso. — Ethan deu de ombros. — Não faço ideia. A ciência geralmente consiste em tropeçar no *quê*, depois passa décadas compreendendo o *por quê*. Meu palpite é que não haja uma causa única. Por 150 anos a humanidade brinca com o planeta. Nós envenenamos os mares, prejudicamos a cadeia alimentar, testamos armas termonucleares, introduzimos vegetais geneticamente modificados e basicamente ficamos mexendo com coisas que não compreendemos totalmente. E um dos resultados são os superdotados.

Amy olhou fixamente para a lareira, enquanto a luz traçava as feições delicadas do seu rosto e fazia seus olhos brilharem.

— Então você descobriu o que transforma as pessoas em brilhantes. Por que não compartilha a descoberta?

— Assim que compreendemos o padrão, ocorreu ao Abe que talvez fosse possível recriá-lo. Que, na verdade, pudesse ser bem fácil.

— Fácil? As pessoas vêm trabalhando nisso há trinta anos.

— Certo. Localizar a causa foi difícil, mas replicar, não. Chame de "a teoria das três batatas". — Ethan viu a expressão da esposa e riu. —

Uma frase de Abe. Digamos que a causa do brilhantismo seja comer três batatas seguidas. Descobrir isso, considerando toda a variedade da experiência humana, é difícil. Mas assim que se descobre...

— Tudo o que você precisa fazer é comer três batatas.

— Ou, nesse caso, criar uma terapia dirigida usando RNA não codificante para regular a expressão genética.

— E ela funciona? Você consegue transformar as pessoas em brilhantes?

— Nosso projeto-piloto foi tremendamente bem-sucedido. Nós estávamos acabando de planejar como avançar para a primeira fase de testes em seres humanos quando Abe desapareceu.

Amy ficou em pé e afastou-se. O movimento foi tão repentino que o primeiro pensamento de Ethan foi de que ela ouvira alguma coisa, e ele levantou-se rapidamente também.

— O que foi?

Amy olhava pela janela enquanto abria e fechava as mãos.

— Amor?

A esposa deu meia-volta.

— Seu garotinho estúpido, muito estúpido.

As palavras atingiram Ethan como um soco de surpresa. Tinha sido um alívio tão grande conversar com Amy, contar sobre o triunfo. Aproveitar esse momento roubado de bem-estar e se mostrar para a esposa.

— Eu não...

— O que você pensou que iria acontecer? — Ela sibilou as palavras, e aquilo foi pior do que um grito. — Você *pensou*?

— Do que você está falando?

— É mesmo tão cego assim? — Amy aproximou-se, e a luz da lareira que a tornou tão adorável há um instante agora apenas ressaltava a sua fúria. — Você e Abe. Dois gênios burros.

— Veja bem, eu sei que é um terreno perigoso, mas você precisa compreender que estávamos perto da maior descoberta desde, sei lá, a divisão do átomo.

— Está certo. Certíssimo. E para que a divisão do átomo foi usada?

Ele abriu e fechou a boca.

— Você tem uma *família*, Ethan. Uma filha. E você e seu amigo armaram esse pequeno projeto de ciências...

— Ei...

— ... que vai mudar o mundo inteiro. Quero dizer, mudar tudo. E não lhe ocorreu que pessoas iriam querer tomá-lo de você?

— Eu... — Ethan suspirou. — Eu sou um cientista. Só queria saber.

— Bem, parabéns. Você entrou para a história.

O desprezo na voz de Amy era chocante. Os dois eram bons intelectuais liberais, conversavam, ouviam. Eles brigavam, obviamente, mas nunca pegavam pesado. Durante todos os anos de casamento, ele nunca ouvira a esposa falar daquela maneira.

Isso não é verdade. Apenas a raiva nunca tinha sido direcionada a você. Mas você ouviu esse tom ontem à noite, quando ela disse que Jeremy ia para o inferno.

— Amy...

— Cale a boca, Ethan. Apenas. Cale a boca.

E ele ficou calado pelo resto do dia. Ethan teve a esperança de que uma noite de sono pudesse apagar tudo, mas embora os dois tivessem dividido a cama de casal, Amy dormiu encolhida na ponta, com o corpo dobrado de fúria, mesmo dormindo. De manhã, ele fez ovos e café para o desjejum.

Amy não dissera uma palavra. Na verdade, não dissera nada até aquele momento, quando sugeriu que Violet estivesse com frio.

Eles voltaram para a cabana. O estampido de outra espingarda ecoou, mais perto dessa vez. Ethan queria falar com a esposa, implorar que ela falasse com ele, mas se forçou a ficar quieto.

Quando chegaram à entrada dos fundos, Amy virou-se e esticou os braços para receber Vi. Ethan passou a menina em silêncio. A esposa abraçou a filha e começou a ir embora, depois mudou de ideia.

— Ethan, eu te amo. Você sabe disso. Mas não sei se consigo perdoá-lo.

— Amy...

— Se fosse apenas a gente, a situação seria diferente. Mas alguém sequestrou Abe, provavelmente o matou. Essas mesmas pessoas estão atrás de você. Talvez sejam agentes federais, talvez não, mas isso não importa porque o DAR também está perseguindo você. Você assaltou um posto de gasolina ontem...

— Eu não tive escolha!

— E tudo isso, tudinho, vai se voltar contra nós. — Amy ergueu a filha. — Contra ela. Pense sobre isso.

A seguir, ela entrou na cabana e bateu a porta.

CAPÍTULO 34

Ele era um homem morto, assombrado pelas palavras de outro morto.

"Se você fizer isso, o mundo vai pegar fogo."

Havia mesmo se passado apenas três meses desde que Drew Peters dissera isso para ele? Três meses desde que Cooper se sentara em um banco no parque do lado de fora do Memorial Lincoln com uma bomba nas mãos, decidindo se deveria acioná-la. Decidindo que o mundo merecia a verdade, não importavam os custos em potencial.

Seu tolo lastimável. Quanta ingenuidade, quanto otimismo cego, em provocar o universo.

Como resultado direto da decisão, os Serviços Equitativos tinham sido fechados e os dentes do DAR, arrancados. John Smith foi inocentado na corte da opinião pública e recebeu liberdade para agir. O presidente Walker renunciou e aguardava julgamento, o que deu espaço para um bom homem sem a vontade ou a sabedoria para ser presidente, um homem que estava prestes a mergulhá-los na guerra civil que Cooper passara a vida toda lutando para evitar. O punho de ferro do governo dos Estados Unidos estava se fechado do lado de fora das muralhas da cidade. E seu filho estava em coma, perdido em um mundo de pesadelos pelo pecado de tentar proteger o pai.

Mais uma vez, os filhos estavam sofrendo por suas ações. Não de uma forma metafórica, mas literalmente. O datapad no colo de Cooper exibia o vídeo sem parar. O pesadelo inteiro durava apenas dez segundos: Soren entrando no restaurante, cortando a garganta de um guarda e a artéria braquial do outro antes de se virar. Cooper jogando a cadeira, pulando sobre a mesa, atacando. A expressão idiota no rosto ao olhar para a mão cortada praticamente ao meio. Todd avançando. O assassino girando o cotovelo erguido. Os olhos do filho ficando vidrados, e o corpo, mole. Cooper se jogando na adaga, sendo perfurado por ela no coração. Caindo ao lado do filho enquanto Soren ia embora.

Pausa. Retrocede. Soren entrando no restaurante...

Cooper obrigou-se a assistir sem parar, e o impacto nunca passava, as imagens jamais perdiam o horror.

Ele esfregou os olhos com a mão boa. No leito do hospital, o filho estava deitado imóvel, fazendo pouco mais do que respirar. Tubos entravam em seus braços. Havia uma massa de bandagens em volta da cabeça raspada.

Após a saída dos Epstein, Cooper convenceu Natalie a se deitar. Ela relutou, mas o cansaço finalmente venceu, e a ex-esposa aninhou-se com Kate no quarto vizinho. Cooper, enquanto isso, achava que jamais voltaria a dormir. O efeito dos remédios estava passando, e parecia que garras se cravavam em seu peito ao mesmo tempo em que uma motosserra incandescente girava na cabeça. A dor era boa, a menor das penitências para seu orgulho arrogante. Como assistir ao vídeo sem parar. Como imaginar as tropas reunidas do lado de fora de Nova Canaã. Setenta e cinco mil homens, um excesso de força ridículo. A questão não era subjugar a Comunidade, e sim obliterá-la. Mesmo nesse espaço subterrâneo, ele conseguia ouvir jatos passando no céu.

Se Cooper pudesse devolver a vida que lhe fora miraculosamente restituída em troca de Todd estar de pé jogando futebol, ele o faria sem hesitação. Mas mesmo isso parecia que seria apenas um perdão. John Smith teria sua guerra, e o mundo pegaria fogo. Ninguém estava a salvo.

E aqui está você, sentado, incapaz de fazer qualquer coisa a respeito. Diabos, você nem foi capaz de proteger seu filho.

Cooper sentiu o grito crescendo por dentro e o imaginou como uma onda de impacto, uma força que se espalharia e destruiria o mundo. Mas, se os últimos meses lhe ensinaram alguma coisa, foi que ele era apenas um homem.

Por falta de algo útil para fazer, Cooper tocou no datapad para fechar o vídeo e abrir o arquivo sobre Soren Johansen, o homem que tentara matar seu filho.

O arquivo era vasto. Informações sobre o nascimento de Soren, o diagnóstico inicial. Todas as anotações da Academia Hawkesdown, onde ele havia crescido. Análise detalhada do dom.

Temporais do primeiro escalão eram extremamente raros, mesmo entre a quantidade rarefeita de superdotados, e Cooper nunca havia lidado com um pessoalmente. Filosoficamente, os temporais representavam uma noção fascinante; como a relatividade, eles provavam que as próprias coisas que as pessoas consideravam como constantes eram tudo menos isso. Obviamente, os temporais, na verdade, não dobravam o tempo como a velocidade fazia. Era completamente uma questão de percepção, e, para a maioria deles, a variação era bem pequena. Nos escalões mais baixos, quarto e quinto, a diferença podia até nem ser notada. Um indivíduo com um tempo morto de 1,5 podia apenas parecer especialmente sagaz.

Mas com 11,2, o tempo morto de Soren era o mais alto que Cooper já tinha ouvido falar. Como o mundo deveria parecer estranho para ele, cada segundo se arrastando com uma duração agoniante.

Ótimo. Espero que toda sua vida tenha sido de sofrimento.

Aquilo também explicava por que o próprio dom de Cooper tinha sido inútil. Ele captava intenções, criava padrões a partir de indicações visuais e intuição. Mas Soren não possuía nenhuma intenção. Ele não planejava golpear aqui ou estocar acolá; Soren simplesmente esperava que os oponentes se movessem e depois tirava vantagem da velocidade de lesma deles para colocar a faca onde causasse mais dano. Na verdade, ele tinha feito apenas dois únicos ataques para valer: o primeiro segurança, cuja garganta Soren cortou, e...

Cooper viu o momento novamente, a briga com o sujeito, e o instante em que percebeu apenas um lampejo de intenção, um único momento quando ele soube o que ia acontecer, o filho da puta girando com o cotovelo erguido e o braço firme.

A respiração de Todd alterou-se por um segundo, e Cooper levou um susto, tomado ao mesmo tempo por uma esperança insuportável e por um terror inimaginável. Mas aí a respiração voltou a ser um ronco. Um pequeno soluço biológico. Mesmo assim, Cooper observou sem pestanejar por mais vinte segundos.

A explicação de *como* ele havia sido vencido tão facilmente não ajudou muita coisa. Ok, tudo bem, Cooper captava intenções e o sujeito não tinha nenhuma. Mas como isso se traduzia em ação, na prática, era menos evidente. Como se derrotava um homem que usava você para derrotar você mesmo?

Fique diante dele e encare-o até ele morrer?

A verdade era que tudo na vida resumia-se a intenções e resultados. As intenções de Cooper ao matar Peters e divulgar o vídeo foram boas; os resultados, um desastre. Isso tornava as intenções erradas? Se tornasse, isso significava que a moralidade era realmente uma maneira de falar sobre como gostaríamos que as coisas fossem. Esperança, empatia, idealismo — talvez eles não importassem. Talvez a única coisa que contasse fossem resultados.

Uma maneira fria e pragmática de encarar o mundo, e ele sempre achou que Ayn Rand fosse uma charlatã sem graça. Intenções tinham que significar alguma coisa, tinham que...

Espere um instante.

Cooper prendeu a respiração. Olhou fixamente à frente, com a mente em disparada. Não estava reconhecendo padrões, não estava usando o dom, apenas *pensando*, e se estivesse certo, então...

Cooper tirou o datapad do colo e ficou de pé. O movimento provocou uma pontada de dor no peito e tontura, mas ele não deixou que isso o detivesse. Uma rápida olhadela ao redor do quarto e lá estava ela, no canto, uma saliência mais ou menos do tamanho de uma bolinha de gude. Cooper se virou para a câmera e começou a balançar os braços.

— Erik! Erik! Eu sei que você está me ouvindo, seu desgraçado, esse é o seu mundinho, vamos...

O telefone na mesinha de cabeceira tocou. Cooper foi até ele e atendeu no segundo toque.

— Erik, eu preciso de dados.

— Dados. Sim. O quê?

— Você disse que o Dr. Couzen foi sequestrado pelo DAR.

— Sim, a projeção estatística baseada em múltiplas variáveis...

— É, eu não me importo como você sabe. O que importa aqui é a intenção.

— Falando estatisticamente, a intenção raramente é relevante...

— Se o DAR pegou o Dr. Couzen, então alguém tinha a intenção de capturar o trabalho dele. Não estamos falando de estatísticas, estamos falando de pessoas.

Uma pausa.

— Explique.

Use uma linguagem que Erik entenda.

— Eu conheço o presidente Clay. Você admite como postulado o que eu disse?

— Seu dom para reconhecimento de padrões. Sim. Postulado.

— Clay é um bom homem. Ele não quer uma guerra; está sendo forçado a entrar numa pelos extremistas de ambos os lados. Eles estão tentando remover todas as opções para um acordo, para discussão. Mas Clay aceitaria qualquer solução razoável para evitar um conflito desastroso.

— Postulado.

— O trabalho do Dr. Couzen oferece tal saída. O fato de que Clay ainda não o usou significa que podemos pressupor que ele não está ciente disso. E, no entanto, o DAR é uma agência do governo. O que significa...

— Que forças dentro do governo de Clay esconderam do presidente o trabalho do Dr. Couzen. Provavelmente as mesmas forças que estão fazendo pressão pela guerra. — Uma batida. — E se você for capaz de provar isso...

— Então, de uma tacada só, nós podemos neutralizar os gaviões que cercam o presidente e estragar o plano de John Smith para a guerra. Porque não apenas podemos mostrar para Clay que ele está sendo manipulado, como também podemos lhe oferecer o bom doutor, *porque Couzen já está sob custódia do governo.*

Cooper imaginou Epstein na caverna de maravilhas, aquele anfiteatro escuro onde ele dançava com o fluxo de dados. Imaginou o milionário acionando planilhas e gráficos com gestos, hologramas brilhantes de informação que ninguém no mundo era capaz de interpretar como ele fazia. Cooper sabia que o homem checaria seu trabalho e faria uma correlação entre uma centena de outros fatores. Ele ficou ansioso. Tanta coisa dependia da próxima coisa que Erik diria.

Quando o homem finalmente falou, havia algo parecido com empolgação na voz.

— Sua teoria é estatisticamente válida. Vou mandar todos os dados do sequestro do Dr. Couzen para seu sistema.

Cooper não se despediu, apenas desligou o telefone e retornou ao datapad. Parecia que haviam derramado aço derretido em seu peito, e sua mão pulsava a cada batida do coração remendado, mas não importava, porque havia uma maneira de ajeitar as coisas. De consertar a situação, como Natalie dissera. Havia um jeito, e ele tinha descoberto, diabos. *Não tão incapaz, afinal de contas.*

Ele desmoronou na cadeira e pousou o datapad na cama para liberar a mão boa. A tela mostrou que ocorria uma enorme transferência de arquivo, mas as partes mais importantes já haviam chegado. Ele sentiu a pulsação, a respiração acelerada, uma alegria que fez os dedos tremerem enquanto lia, à procura da prova de que precisava.

Foram necessários cinco minutos para Cooper perceber que estava errado.

Cinco minutos para perceber que a situação era bem pior do que ele imaginara.

CAPÍTULO 35

— Eu não entendo — disse Natalie.

Eles estavam no corredor da clínica subterrânea. Cooper andava de um lado para o outro, sentindo o peso da terra sobre os dois, o peso do mundo prestes a rachar. Ele teve tanta certeza de que estava certo, de que havia encontrado uma saída. Por um instante, a vida pareceu ser como deveria, como se talvez as coisas fossem dar certo, caso ele encarasse a luta e não desistisse.

Ele imaginou que a operação levaria horas, que teria que examinar perfis de personalidade e colocar Bobby Quinn contra a parede, e talvez precisasse que Epstein invadisse sistemas privilegiados do governo. Mas tudo que foi preciso foram cinco minutos olhando para fotos da cena do crime.

— É impossível que o DAR tenha sequestrado o Dr. Couzen.

— Como você pode ter tanta...

— Porque é o que eu faço, Nat. Sabe quantas operações eu comandei para o DAR? Quantas vezes mandei equipes para prender um alvo ou eu mesmo persegui um? Eu sei como são nossos protocolos. O DAR tem alguns dos melhores equipamentos táticos no mundo.

— E daí?

— Daí que a janela ao lado da porta de Couzen foi quebrada para que alguém enfiasse a mão lá dentro e a abrisse. O DAR teria usado um aríete ou uma bala Hatton, um projétil especial de escopeta feito para abrir portas. Os vizinhos relataram que ouviram tiros; a agência teria usado armas com silenciador. Havia mobília virada, prova de que houve luta, mas como um intelectualoide de 70 quilos faz esse tipo de confusão contra uma equipe tática? E havia sangue pelo laboratório todo; se o departamento quisesse Couzen vivo, então era assim que o teriam capturado.

— Talvez ele tivesse uma arma. Talvez tenha visto os agentes se aproximando e...

Cooper balançou a cabeça.

— Isso não foi o DAR. Confie em mim.

— Ok — respondeu ela. — Mas que diferença faz quem o sequestrou? Nada mudou.

— Tudo mudou.

— Por quê?

— Porque ele não foi sequestrado de maneira alguma.

Foi o sangue que revelou a verdade. Cooper não era um especialista forense, mas não era possível fazer o que ele passou uma década fazendo sem aprender algumas coisas. *Se* Couzen tivesse sido atacado pelo DAR, *se* ele tivesse reagido com força e *se* os agentes tivessem sido forçados a usar uma arma que causasse espirros de sangue, teria sido uma arma de fogo.

O sangue de uma ferida a bala jorra em microgotículas, o que é chamado de espirros de impacto de alta velocidade. No entanto, o sangue na parede tinha tamanho médio e estava concentrado. O tipo de padrão que ocorre mediante a aplicação de uma força contundente brutal, como um cano na cabeça. O tipo de arma que o DAR jamais usaria.

Mas exatamente o tipo de padrão que poderia ser gerado se alguém pegasse um recipiente com o próprio sangue e jogasse na parede. Havia mais coisas, mas foi aí que Cooper soube.

— Ele forjou. — Cooper parou de andar de um lado para o outro e encostou-se na parede, com os olhos fechados. — Ele forjou o próprio sequestro.

Natalie fez uma pausa e refletiu.

— Mas se isso for verdade, significa...

— Significa que o Dr. Couzen está fugindo. Que por algum motivo ele decidiu desaparecer e ganhar algum tempo. Talvez alguém tenha feito uma oferta melhor do que a dos Epstein. Não importa. — Cooper esfregou os olhos. — Tudo o que importa é que o único homem que tem uma solução para toda essa loucura tomou chá de sumiço.

— Eu ainda não entendo. Por que isso é pior?

— Porque significa que ele está se *escondendo*. Efetivamente se escondendo.

— Então encontre-o.

Cooper riu.

— Eu mal posso andar sem ver pontinhos pretos. Minha mão direita está completamente inútil. Estamos a dez minutos de uma guerra civil, e o único cara que pode detê-la tem uma enorme vantagem inicial. Meu filho está em uma cama de hospital. — Cooper deslizou pela parede e sentou-se no chão. — O que você quer que eu faça?

Ele sabia como tudo que tinha acabado de dizer soava, e não se importava. O chão de porcelanato era confortavelmente frio através da camisola de hospital. Cooper esteve correndo com tanta intensidade por tanto tempo, e tudo que conseguiu foi piorar a situação. Chega.

Natalie foi até a parede oposta ao ex-marido e também se sentou. Seu cabelo estava preso em um rabo de cavalo apertado, e juntamente com as olheiras, aquilo deixava a ex-esposa com uma aparência esgotada e pálida.

— Você acha que é o único? — perguntou ela.

— Não. Eu sei que você...

— Eu sou o motivo de Todd estar aqui. Eu. A ideia burra foi minha, lembra? Eu queria que ficássemos juntos, como uma família.

Pelas crianças e também... — Natalie deu de ombros — se eu não tivesse tido alguma ideia romântica de todos nós estarmos juntos, ou do que isso poderia significar para nós, você e eu, Todd estaria em Washington agora. Em vez disso, ele está em coma. Então nem comece, OK?

— Natalie...

— Você não enxerga. Nunca enxergou. Na sua cabeça, é sempre você contra o mundo. Você, pessoalmente, seria o homem a salvá-lo. — Ela deu uma risada fria. — O que você sequer faria se a situação realmente melhorasse? Diga-me, Nick, estou curiosa. O que você faria se de repente o mundo não precisasse ser salvo? Passaria a jogar golfe? Viraria um auditor independente?

— Ei — disse Cooper —, isso não é justo.

— Justo? — Ela deu um muxoxo de desdém. — Você é o único homem que eu amei na vida. E éramos tão bons juntos, tão felizes, fizemos filhos lindos. Mas, em algum ponto, o casamento parou de funcionar. Talvez tenha sido o seu trabalho, talvez tenha sido por você ser superdotado e eu, não, talvez simplesmente nós tenhamos nos apaixonado muito cedo e a chama se apagou para os dois. Não é justo, mas, beleza. Vida que segue. E nós seguimos, e foi OK também.

"E agora descobrimos que Kate é uma anormal, e não apenas isso, mas que é do primeiro escalão. Eles vão tirá-la de nós.

"Em vez disso, você faz essa coisa incrível. Você embarca em uma missão secreta e arrisca tudo por ela. Não é justo. E o jeito que a coisa terminou também não é justo.

"Mas a vida começa a voltar ao normal. Talvez melhor do que o normal. E parte de mim começa a se perguntar: será que fomos rápidos demais antes? Será que deveríamos ter insistido? E porque eu fico me perguntando isso, e porque quero que você saiba que não está sozinho, nós viemos aqui, e... — Ela respirou fundo. — 'Justo'. Vai se foder."

As palavras foram um tapa, e Cooper levou um susto.

— Natalie...

— Você está sofrendo, eu entendo. E a situação parece desoladora, eu entendo isso também. Mas não fale desse jeito. Nós cometemos erros? Com certeza. Sem dúvida. Mas a gente estava lutando do lado dos mocinhos. Eu sei disso, e você também. E agora você tem uma escolha. Pode se sentar no chão do lado de fora do quarto de hospital do seu filho e esperar que as bombas comecem a cair. Ou pode tentar uma última vez, não importando que as chances sejam mínimas, fazer um mundo melhor. É com você, Nick, realmente é. Ninguém poderá culpá-lo, não importa o que decida. Mas, de qualquer forma, não me fale que não é justo.

Tão repentinamente quanto começou, Natalie parou, e o silêncio pareceu o momento após uma trovoada; o ar ficou eletrificado. Cooper encarou a ex-esposa e sentiu uma dor no peito que tinha pouco a ver com a facada. Tentou pensar no que dizer, como responder. Por onde começar.

— Couzen é um gênio — disse Cooper finalmente. — Ele sabe que será perseguido. Não irá a nenhum lugar onde seria procurado. Nada que ele possua, nem família ou amigos, nem instalações de pesquisa.

Natalie olhou Cooper com aquele olhar frio e sensato que sempre correspondia aos pensamentos.

— Então, como se encontra alguém quando tudo que se sabe é que ele não irá a nenhum lugar que se espera?

Cooper encarou as próprias mãos. Uma em agonia arruinada...

O tempo está contra você. A guerra vai estourar a qualquer momento.

O Dr. Couzen pode ser a única pessoa no planeta que pode detê-la. A pesquisa dele pode mudar tudo. Mesmo nessa hora de desespero.

Só que ele está escondido, e as chances de encontrá-lo vão de mínimas a zero.

Os dados que Epstein lhe passou diziam que, embora Couzen fosse um gênio, ele não trabalhava sozinho. Tinha uma equipe com os melhores talentos.

Incluindo um pupilo.
Onde está você, Ethan Park?

... a outra ainda forte. Ele ficou de pé e abaixou-se para oferecer o braço bom para Natalie. Ela aceitou e ficou ao lado do ex-marido. Os rostos ficaram próximos.

Cooper inclinou-se e deu um beijo nela, e Natalie retribuiu, ambos com vontade. Após um momento curto demais, ele afastou-se.

— Você dirá às crianças que eu as amo?

Natalie mordeu o lábio. Ele viu a ex-esposa ser atingida pela realidade, pelas consequências do discurso, e notou que, mesmo assim, ela não se arrependia do que disse, e Cooper a amou por isso. Natalie concordou com a cabeça.

— Aonde você vai?

— Vou convencer Erik Epstein a me emprestar um jato. Mas primeiro — ele sorriu — vou tirar essa maldita camisola.

CAPÍTULO 36

O som de um avião voando baixo tirou Shannon da escuridão profunda.

Ela pestanejou e rolou para o lado. A cama do hotel tinha meia dúzia de travesseiros, e Shannon usou todos. O casulo estava quente e macio, e seu corpo parecia pesado de uma maneira boa. Ela bocejou e depois deu uma olhadela para o relógio.

10h12. Meu Deus. Shannon dormira por... dezoito horas?

É o que acontece com quem fica acordada por dois dias seguidos.

Após Nick ter ido embora na noite anterior — bem, duas noites atrás, imaginou, mas não para ela —, Shannon esperou no aeroporto de Tesla pela chegada de Lee e Lisa. Com cadeiras de plástico, música ruim, o corpo dolorido e os olhos sonolentos, ela ficou de vigília enquanto a afilhada dormia. Shannon fez cafuné no cabelo da menina enquanto via as pessoas passando e esperava a madrugada.

Estava quase amanhecendo quando ela viu duas figuras correndo pelo saguão do aeroporto. Shannon não via os pais de Alice havia meses, desde a noite em que ela e Cooper ficaram no apartamento deles em Chinatown. Uma noite que arruinara a vida da família, que colocara Lee e Lisa na prisão, a filha na Academia Davis, e Shannon em um purgatório emocional que ela encarava desde então. Os dois envelheceram anos naqueles meses: Lisa tinha olheiras enormes, e Lee estava com ombros caídos de uma forma que Shannon nunca vira antes.

Mas, quando eles avistaram a filha, pareceu aquele momento em que a fogueira de um acampamento se acendia, um súbito clarão de calor e luz. Shannon sacudiu a menininha deitada em seu colo e disse:

— Querida?

Alice abriu os olhos, e a primeira coisa que viu foi os pais correndo em sua direção. Ela deu um pulo e atirou-se nos dois; os três colidiram em um abraço grupal, braços se enroscando, palavras fluindo, amor e perda e alegria. Todos choravam, e Shannon, parada ali, se sentindo inútil, ficou abrindo e fechando os punhos.

Finalmente, Lee Chen voltou-se para ela. Shannon temera esse momento, o primeiro olhar do velho amigo; ela tinha sido enormemente descuidada, e ele pagara por isso. Shannon merecia qualquer coisa que Lee estivesse prestes a dizer e a magoasse.

— Obrigado. — Seu rosto estava úmido, e o nariz, vermelho. — *Meimei*. Obrigado.

E com isso Shannon descontrolou-se também, juntando-se ao abraço grupal, todos os quatro chorando e rindo.

Shannon bocejou e espreguiçou-se, depois jogou as cobertas de lado. Foi descalça até o banheiro, urinou por meia hora, jogou água no rosto. Havia marcas de travesseiro nas bochechas. *Sem brincadeiras, menina preguiçosa*, disse o pai em sua cabeça. Ela sorriu.

Uma das coisas favoritas sobre hotéis eram os roupões, e o que estava pendurado ao lado do chuveiro era lindo, espesso, macio e atoalhado. Melhor ainda, havia uma cafeteira no quarto. Shannon colocou dois sachês de café na máquina, ficou parada esperando enquanto ela borbulhava e assoviava, e lembrou-se do calor da cabeça de Alice em seu colo, a sensação do cabelo da menina entre os dedos.

Ela esbanjou na escolha da suíte, e a decoração comprovava o gasto. O quarto era um estudo sobre o minimalismo; as paredes eram brancas, a mobília, discreta. Uma parede era um painel solar, e a superfície abrandava o clarão implacável do inverno. Shannon tomou o café na varanda, tremendo, e apertou o cinto do roupão. Wyoming em novembro, não, obrigado. *Você precisa encontrar uma revolução situada em San Diego.*

Ainda assim, por mais frio que estivesse, a sensação era boa, revigorante, e o contraste deixou o café ainda mais gostoso. Tesla mostrava-se embaixo dela, em toda a sua glória maciça e pré-planejada. As paredes espelhadas do complexo das Indústrias Epstein refletiam o céu frio do deserto. Havia um rugido crescente vindo de algum lugar, provavelmente o trânsito. Shannon ficou imaginando o resultado da reunião de Nick com Erik, se o bilionário admitiu o que seus cientistas criaram. A ideia do soro ainda a impressionava; era uma sensação igual à da manhã após ter feito sexo pela primeira vez, a forma como o mundo inteiro parecia igual e, no entanto, diferente. Mas o que era aquele rugido que se parecia muito com...

O som subitamente se transformou em mais do que um som, e sim uma presença por toda volta, plena e imensa, forte o suficiente para se apoiar, uma presença que crescia e consumia tudo, um ronco tonitruante vindo não de um ou dois, mais de três caças passando no céu, uma formação em triângulos predatórios voando tão baixo que Shannon distinguiu o grupamento de mísseis embaixo das asas.

Que diabos?

Ela agarrou o guarda-corpo da varanda, viu os aviões planarem no céu cinzento, ouviu o ronco ecoar e reverberar. Shannon não entendia muito sobre aeronaves militares, não saberia dizer que modelos eram, mas ela tinha sido um soldado a vida inteira e reconhecia ameaça quando via uma.

Shannon voltou correndo para a suíte, deixando a porta da varanda meio aberta, e um vento frio entrou. O 3D era elegante e estiloso, mais arte moderna do que central de entretenimento, mas tudo o que ela queria era encontrar a porra do botão de ligar e os controles para mudar os canais. A cozinha esmaecida de um seriado, a animação hipercinética de algum programa infantil, um comercial para advogados de lesões corporais, e então, finalmente, a Fox News, que exibia uma vinheta com gráficos espalhafatosos. Música bombástica tocou ao fundo enquanto letras tridimensionais rolavam para formar Estados Unidos à Beira do Caos. Depois, as letras explodiram e foram substituídas por um mapa estilizado do Wyoming em chamas atrás do título Confronto no Deserto. Um prato generoso de patriotismo: bandeira, estrelas, a Casa Branca, grito de águia, caças.

A vinheta cortou para uma tomada aérea de um drone de notícias, que se deslocava lentamente. Um acampamento militar de prédios pré-fabricados em plena atividade. Fileiras de tanques e caminhões. Um campo de aviação repleto de helicópteros de combate. E milhares e milhares de soldados.

O cenário era frio e bege, o céu tinha a mesma cor do céu do lado de fora da janela de Shannon, e tudo parecia familiar somente porque ela já tinha visto umas cinquenta vezes: Gillette, o portão leste da Comunidade Nova Canaã. Ela conteve um gritinho, sem acreditar no que estava vendo.

Tropas americanas ocupando uma cidade americana.

A voz do apresentador dizia:

— As Forças Armadas continuam a se reunir no Wyoming no que o governo descreve como "exercícios antiterrorismo." Não se sabe se esses exercícios envolverão entrar no território da Comunidade Nova Canaã.

A tomada mudou para um mapa do Wyoming, com o curral eleitoral da CNC como uma mancha vermelho-sangue. Havia apenas três caminhos para entrar na Comunidade, enormes autoestradas que saíam de Gillette, Shoshoni e Rawlins. Todas as três cidades estavam marcadas por estrelas que pareciam um pouco com buracos de balas.

— O porta-voz do Exército confirma que uma força conjunta de até 75 mil homens está envolvida nessas manobras.

Um corte para a tomada de uma pista em algum lugar, uma base militar e caças passando.

Um corte para uma fileira de tanques, monstros imensos de metal cercados por soldados carregando projéteis.

Um corte para uma barricada em uma autoestrada, com Humvees bloqueando-a. Homens debruçados sobre metralhadoras pesadas. Uma fila de carretas se estendia até o horizonte.

— O acesso à Comunidade Nova Canaã foi suspenso, apesar das reclamações do governo local, que salienta que os itens mais básicos precisam ser entregues.

Um corte para um almofadinha em um terno bonito e de óculos, atrás de um púlpito. A legenda informava HOLDEN ARCHER, PORTA-VOZ DA CASA BRANCA, e o homem dizia:

— Todos os esforços estão sendo feitos para garantir uma solução rápida e pacífica para a situação. Enquanto isso, lembremos que três cidades americanas ainda estão sem luz e comida como consequência direta de ações terroristas; de terroristas que acreditamos estarem sendo abrigados pela CNC.

Na mesma hora, a imagem cortou para uma fotografia. Um homem bonito com um belo maxilar ao lado de um púlpito.

— Fontes do alto escalão da Casa Branca confirmam que foi expedido um mandado de prisão do ativista e palestrante John Smith. Antigamente considerado líder terrorista, Smith foi inocentado dos crimes de forma dramática quando surgiram provas de que o ex-presidente Walker...

Do lado de fora, o rugido cresceu novamente, cada vez mais alto. De início, pareceu com um aparelho de som ligado no máximo, depois um trovão no céu e, a seguir, o urro de uma multidão em um estádio. Finalmente, veio o som deslizante de caças passando a toda velocidade. As janelas do hotel tremeram.

O apresentador continuou:

— Apesar de a tensão ter se mantido alta desde os primeiros ataques dos Filhos de Darwin, o Índice de Agitação atualmente está em inéditos 9,2...

Houve uma batida na porta, e Shannon praticamente sumiu dentro do roupão com o susto. O café virou nas mãos.

— Merda. — Ela tirou o som do 3D e berrou. — Não precisa arrumar o quarto, obrigada!

— Shannon?

Ela travou no meio do movimento de limpar os dedos no roupão. Shannon conhecia aquela voz, embora não esperasse ouvi-la naquelas circunstâncias. Ela pousou o café na mesa e foi até a porta. Um espelho na mesa de cabeceira refletiu sua imagem, e Shannon fez uma careta. Havia marcas de travesseiro na bochecha e, cruzes, o cabelo. Ela passou a mão, mas não conseguiu ajeitar nada. A seguir, respirou fundo, endireitou os ombros e abriu a porta.

— Oi, Natalie.

A ex-esposa de Nick parecia pálida e cansada.

— Oi.

As duas ficaram assim por um momento, uma de cada lado da porta, então Shannon falou:

— Tudo bem?

— Posso entrar?

— Ah, sim, foi mal. — Ela manteve a porta aberta e gesticulou. — O café ainda não bateu.

Natalie entrou na suíte e se virou lentamente, absorvendo a decoração moderna, a vista, o custo óbvio. Shannon praticamente foi capaz de vê-la avaliando o quarto, imaginando Nick ali, julgando a mulher que ele escolhera em vez dela.

Pare com isso. Ela sempre foi cortês. Não é culpa de Natalie que você esteja se apaixonando pelo ex dela.

O pensamento surpreendeu Shannon, e ela parou para analisar a ideia.

"Se apaixonando"? Quando "namorando" virou "se apaixonando"?

A resposta era óbvia. A noite de ontem no aeroporto. Não pelo que Nick fez por Lee e Lisa, e não porque ele dera a resposta correta sobre o soro. Ela ficou contente pelas duas coisas, mas grandes gestos e consciência política não eram a base do amor.

Não. Você começou a se apaixonar completamente por ele quando Nick pediu desculpas. Quando disse que jamais duvidaria de você novamente.

Foi aquela última palavra que realmente sacramentou. A promessa meio implícita de um futuro que significava alguma coisa.

Shannon se deu conta de que estava com o olhar perdido e se sacudiu.

— Posso oferecer alguma coisa? Um café?

— Escute — falou Natalie ao se voltar para ela. — Eu não sei em que pé as coisas estão entre você e Nick. Ou, por falar nisso, entre mim e Nick. Mas você salvou a vida dos meus filhos. Eu jamais me esquecerei disso. E, mesmo que não tivesse, eu ainda assim estaria aqui, porque você merece saber que ele está vivo.

O que você quer dizer com você e Nick? Eu achei que vocês dois... Espere um instante.

— Quem está vivo? Do que você está falando?

— Sabe — disse Natalie —, na primeira vez que ele matou pelos Serviços Equitativos, nós passamos a noite inteira conversando. Eu não sou uma daquelas esposas de filme que não sabe que o marido é um agente secreto.

— Eu... o quê? Nunca achei isso.

— Eu não sei lutar kung fu e não posso ajudá-lo a caçar terroristas. Mas fizemos o jantar juntos mil vezes, fizemos amor mil vezes mais. Ele me deu cubos de gelo e esfregou minhas costas quando Todd nasceu. Eu o abracei quando o pai dele morreu.

Shannon esteve uma vez em um acidente de carro; ela levou uma batida por trás e girou no trânsito, só que então veio um caminhão e bateu nela de volta, bem na hora de levar outra porrada. Parada ali, com o roupão do hotel, Shannon sentiu a mesma vertigem zonza. Caças, tropas reunidas, declarações enigmáticas, e agora seja lá o que fosse essa conversa.

— Natalie...

— Apenas me deixe terminar, pode ser? Preciso colocar isso para fora.

Shannon fechou mais o roupão e concordou com a cabeça.

— O que estou tentando dizer é que eu não sou uma ideia, um conceito de ex-esposa. Nick e eu, nossa história, ela é real. Ele foi minha primeira paixão e é o pai dos meus filhos.

Ai, Deus.

Ela ainda está apaixonada por ele.

Surpreendentemente, a ideia nunca lhe ocorreu. Shannon e Nick não tiveram o flerte tradicional, não passaram pela estranheza cotidiana de um casal se formando. Diabos, eles mal tiveram algo que pudesse valer como um encontro: jantar, uma garrafa de vinho, conversa fiada. Coisas que Nick devia ter feito com Natalie anos antes. Shannon sabia que Cooper amava os filhos, mas sempre presumiu que, romanticamente, ele e Natalie estavam terminados.

— Eu não estou lhe dizendo o que fazer — falou Natalie. — Honestamente, eu nem sei o que quero. E ninguém pode reivindicar uma pessoa como quem reivindica um direito.

Ela fez uma pausa, como se estivesse reconsiderando, ponderando fazer exatamente isso.

E se Natalie reivindicá-lo, e aí? Por mais que você queira Nick, vai se colocar no caminho de uma mulher que está tentando reunir a família?

Antes que Shannon pudesse responder à questão, algo no 3D sem som chamou sua atenção. Não era a velocidade e eficiência com que os paramédicos atendiam às figuras no chão. Nem o fato de que ela achou que reconhecia o restaurante. Nem sequer a equipe de segurança que continha uma mulher gritando.

O que chamou a atenção foi que a mulher gritando era Natalie.

A ex-esposa de Nick acompanhou o olhar e viu o vídeo. Ela estremeceu.

— Eu preciso voltar. Meu filho ainda está...

— Natalie — disse Shannon —, o que aconteceu?

— Um homem nos atacou ontem, durante o café da manhã. Ele estava atrás de Nick, mas Todd se meteu no caminho.

— Ai, meu Deus. — A mão voou à boca. — Ele está...

— Ele está em coma, mas dizem que vai ficar bem. — Natalie disse as palavras com firmeza, como se as encarasse. Ela era forte, não havia dúvida. — Nós tivemos sorte. Se isso tivesse acontecido em qualquer outro lugar, Cooper estaria morto.

Natalie contou a história em frases curtas: o assassino matou dois guardas como se eles não estivessem lá. Esfaqueou Nick. O coração parou. Os médicos, não socorristas normais, mas sim médicos de elite a serviço de Epstein, de alguma forma suspenderam as funções metabólicas de Nick, depois o transportaram para uma clínica a fim de fazer uma cirurgia que parecia saída de uma ficção científica. Nick acordou e descobriu o filho em coma e o país se destruindo. Tudo isso aconteceu enquanto Shannon estava alheia, enquanto ela voltava do aeroporto, reservava aquela suíte e desmaiava na cama.

— Posso vê-lo? — Shannon começou a se dirigir ao quarto. — Deixe-me colocar uma roupa.

— Ele foi embora.

Ela fez uma pausa e virou-se lentamente.

— Foi embora?

— Epstein está arrumando um jato para Nick. Ele está tentando chegar a Ohio.

— Ele está... o quê?

Natalie deu uma meia risada ao soltar o ar.

— É.

— Por quê?

— Há um cientista que desenvolveu algo extraordinário. Algo que Nick acha que pode ser capaz de evitar a guerra.

— Eu sei — respondeu Shannon. — Fui eu que contei para ele.

Não foi uma provocação, disse ela para si mesma, não foi um ataque, mas não havia nada de errado em reivindicar seu espaço. Natalie tinha uma história com Nick, porém Shannon tinha essa estranha e intensa vida que ambos levavam no limite, e isso significava alguma coisa.

— Certo. — Os lábios da outra mulher se contraíram levemente. — Bem, o Dr. Couzen sumiu. Nick está tentando achá-lo.

— Ontem de manhã ele foi operado no coração e hoje está indo para Ohio?

— Você sabe. Nick está tentando salvar o mundo. — Ela fez um gesto que parecia ser de desdém. — Eu tenho que voltar para meu filho. Só achei que você merecia saber que Nick está vivo.

Shannon assentiu e acompanhou Natalie até a porta.

— Obrigada.

— É. Cuide-se.

— Você também.

E ela foi embora, uma mulher de rabo de cavalo e casaco emprestado, de ombros erguidos apesar do peso sobre eles. Shannon observou-a partir. Os jatos urraram mais uma vez, Natalie ainda estava apaixonada por Nick, ele esteve morto e agora renascera, e se houvesse uma interpretação aqui que fosse melhor do que tudo indo para o brejo, ela não estava enxergando.

Shannon fechou a porta e foi para perto da cama. O telefone estava na mesa de cabeceira. Ela digitou uma sequência de números que jamais havia usado antes. Hesitou sobre como se expressar na mensagem, e decidiu: que se dane, seja direta.

Eu preciso de respostas. Agora mesmo.

Shannon apertou Enviar, depois foi para o banheiro e girou a torneira do chuveiro. O hotel era realmente de luxo, e em vez do chuveiro da Marinha a que estava acostumada na CNC, a água ali corria consistentemente e quente. Quando saiu do banho, Shannon viu a resposta no telefone.

Achei que precisasse. 44.3719 por -107.0632.

■

O carro alugado era elétrico, mas Shannon conseguiu arrumar uma picape com pneus decentes. As coordenadas do GPS exigiam um veículo assim; estava longe de ser zona rural, porém ficava mais ou menos 2 quilômetros fora da estrada, pulando e quicando por um leito de rio que secou. A paisagem ia de bege a ocre: poeira, pedras e até mesmo os pequenos arbustos retorcidos tinham tons de marrom. Os pneus levantaram uma nuvem atrás dela, uma trilha marrom sombria que se estendia até a rodovia.

Shannon viu o ponto de encontro antes de chegar, um espinhaço vazio com talvez 50 metros de altura. Ela parou a picape ao pé do morro, do lado de um Humvee, um verdadeiro beberrão de gasolina, empoeirado e gasto. O homem encostado no veículo segurava o fuzil de assalto com a calma relaxada de um profissional. A farda não tinha bandeiras, nem patente, mas o cinto tinha dois carregadores sobressalentes e uma faca de 20 centímetros.

— Ei, Shannon.

— Bryan VanMeter — disse ela.

Shannon lembrou-se de uma missão em Boise há um ano ou dois, o reconhecimento de um banco que ele e sua equipe assaltaram mais tarde. Um dos detalhes esquecidos das revoluções é que elas precisavam de dinheiro, e Shannon tinha realizado mais de um assalto pela causa. Ela e VanMeter não tinham trabalhado juntos desde então, mas Shannon havia ficado impressionada; ele era competente sem ser machão, capaz de trabalhar sem que ela se preocupasse que fosse começar a atirar em estranhos.

— Essa é uma arma e tanto. Vai invadir algum lugar?

— O presidente Clay — ele pigarreou e cuspiu — deu a ordem ontem. Os federais estão procurando John para prendê-lo.

Ela percebeu o uso apenas do primeiro nome e pensou *bela jogada. Torne esse cara um amigo, não um funcionário.* Então Shannon lembrou-se de que chamava John assim também.

Claro, mas com você é diferente.

Era verdade? Era difícil ter certeza. Bryan VanMeter não era apenas um capanga — tinha sido um Ranger do Exército antes de ver a luz —, mas Shannon nunca pensou nele como alguém que trocasse opiniões com Smith. *Será que VanMeter pensa o mesmo de você?*

— Onde ele está?

— No topo. Cuidado onde pisa, tem coisa solta.

Ela concordou com a cabeça e começou a subir a trilha. Era íngreme, mas simples. O dia estava frio e úmido, com nuvens raivosas passando, e um vulto se destacava por elas. Se John Smith ouviu Shannon se aproximando, ele não deu sinal, apenas continuou encarando o horizonte. Ele trocara o terno por calças cargo reforçadas, uma camisa de manga comprida com um colete e um gorro cinza de tricô. Mas os olhos tinham dois enormes roxos que estavam ficando amarelos e verdes — *esses foram cortesia de Nick* — e, com aquelas roupas, John Smith parecia diferente. Menos um político e mais um guerreiro com cicatrizes de batalha.

— Diga-me que há um motivo — disse ela.

— Olá, Shannon.

— Eu vi o noticiário. Sei que foi seu antigo amigo de academia que atacou Nick e a família. O maluco do tempo. Não me diga que você não o mandou.

— O nome dele é Soren. E sim, eu o mandei. — O tom foi casual.

Ela cerrou os punhos e abriu.

— Você sabe que Nick é amigo meu...

— Amigo?

— ... e você manda alguém matá-lo mesmo assim.

— Sim. Lamento, mas tinha que ser feito. A situação é maior do que sentimentos pessoais.

— É melhor que seja — respondeu Shannon. — Porque, deixando de lado meu relacionamento com Cooper, eu não consigo entender o *motivo*. Ele era embaixador do presidente dos Estados Unidos. Estava aqui para promover a paz. E, mesmo que não acredite nisso, você tinha que saber que assassiná-lo poderia começar uma guerra.

A risada de John não demonstrou nenhum humor. Ele gesticulou com o queixo.

— Poderia?

Ao longe, no cerrado árido, a 8 quilômetros, estava o horizonte de Tesla. Àquela distância, a cidade parecia pequenina, uma extensão de prédios baixos que se espalhavam a partir das torres prateadas das Indústrias Epstein. Uma cidade de sonhadores desarmados, encolhidos embaixo de céus furiosos. E, mesmo dali, Shannon conseguia ver os caças circulando. Os helicópteros roncando baixo. Os Humvees cruzando o solo do deserto. Um arco de soldados mais comprido do que a própria cidade, de prontidão.

— Olhe o exército deles — falou John. — Estatisticamente, cerca de 750 são superdotados. Quer apostar quantos são oficiais?

— Você acha que não sei disso? Mas começar uma guerra para consertar a situação é loucura.

— Concordo — disse ele. — Eu era um ativista, lembra? Tentei mudar o sistema. Bem, o sistema não quer mudar. Lutará até a morte para destruir qualquer coisa que tente mudá-lo.

— Poupe o teatrinho para os universitários, John. Diga-me que existe um motivo para tudo isso.

— Existe — disparou John e virou-se para encará-la. — Shannon, eles escravizam crianças. Querem colocar microchips nos nossos amigos. Assassinaram famílias no Monocle para fazer as pessoas terem medo dos anormais e explodiram a bolsa de valores com 1.100 pessoas dentro para atiçar as chamas. Colocaram as próprias cidades sob quarentena, e quando os cidadãos imploraram por comida, atiraram balas e gás lacrimogêneo. Eles nunca, jamais, nos deixarão ser iguais. O único mundo que conseguem conceber é aquele que eles possuem, e farão qualquer coisa, derramarão qualquer sangue, para mantê-lo.

— E aí você faz o jogo deles ao tentar matar um enviado de paz?

Ele começou a responder e parou. Meteu a mão no colete e tirou cigarros.

— Tentar?

Ai, merda.

— Você entendeu o que eu quis dizer. Em que o assassinato dele nos ajuda? Como isso poderia levar a qualquer coisa que não um ataque à CNC?

John avaliou Shannon. Abriu o maço, tirou um cigarro e o acendeu com um Zippo, sem nunca deixar de encará-la nos olhos.

A ficha caiu.

— Você *quer* que eles ataquem.

— Eles atacarão — falou John. — E quando atacarem, estarão condenados.

— Como? Há 75 mil homens lá fora, um soldado armado para cada homem, mulher e criança na CNC. E mais milhões de onde eles vieram.

John deu uma longa tragada. Sorriu.

— Shannon, isso não é algo que eu pensei ao tomar banho hoje de manhã. Estou planejando há *anos*. Eu enfraqueci uma agência e derrubei um presidente para isso. Se a guerra é a única forma de conseguirmos o que merecemos, então, por Deus, eles terão a guerra que querem.

Shannon olhou fixamente para John, intrigada, com a mente girando. Ela o conhecia há anos e, por ele, arriscou ser presa, encarou soldados e matou mais de uma vez. Mas, embora ela soubesse que John Smith não temia conflito, Shannon jamais imaginou que ele quisesse uma guerra aberta. Meu Deus, como seria um conflito desses? Os brilhantes estavam em desvantagem numérica de 99 para um. Não havia outra forma, a não ser genocídio e escravidão, para eles tomarem o que John acreditava que mereciam. Para ela, ter igualdade já estaria bom, um mundo onde o governo tentasse servir às pessoas, todas elas, em vez de manipular a verdade para servir àqueles no topo.

E havia outra coisa.

— O soro — falou Shannon lentamente. — O trabalho do Dr. Couzen para replicar os dons dos anormais. Quando você me mandou entrar no DAR para descobrir a respeito, jamais teve a intenção de compartilhá-lo, não é? De torná-lo público.

John Smith não respondeu, apenas sustentou o olhar dela.

— Eu me pergunto por que acreditei em você.

— Shannon...

— Há uma saída para essa situação. E você não está usando. — Ela encarou John e enxergou tudo agora, toda a confusão feia. Todas as coisas que se deixou ignorar. — Você quer essa guerra tanto quanto eles, não é? Quer marchar na frente de um exército e conquistar o mundo. Não importa quanto sangue seja derramado no processo.

Ele endureceu o olhar.

— Eu me importo com nosso sangue, não com o deles.

— Sangue é sangue.

— Não — respondeu John Smith. — Não é. E não sou eu que começarei essa guerra. São eles que vão usar força militar.

— Ainda não usaram.

— Vão usar. Alguém do lado deles terá tanta certeza da necessidade de matar anormais que lançará um ataque conjunto contra o próprio povo. Talvez Clay, talvez alguém da equipe dele, talvez algum moleque de 18 anos que fique nervoso atrás do gatilho. Eles vão atacar e, quando fizerem isso, vão unir os brilhantes. — John deu uma olhadela no relógio. — Está acontecendo. É melhor você aceitar.

— Eu não aceitarei.

— É melhor. Eu sei que você imaginou todos nós de mãos dadas cantando "Kumbaya" enquanto elaborávamos uma nova constituição, mas a coisa não funciona assim. Construir um mundo melhor é um negócio sangrento. E é melhor você se decidir sobre com quem realmente se importa. — John jogou o cigarro pela beira do precipício. — Porque ou você está conosco... ou com eles.

CAPÍTULO 37

Soren mirou.

Pelo telescópio, ele viu a mulher discutir com John. Soren estava a 400 metros, mas a luneta tinha uma ampliação de 20, e, com a retícula na testa dela, era fácil ler os lábios. Ele não gostava de pistolas e revólveres; o coice, ampliado pela sua noção de tempo, era deselegante. Mas um rifle de precisão era questão de mecânica pura. Apoie com firmeza, respire corretamente, aperte em vez de puxar o gatilho, e era apenas a projeção da vontade sobre a distância. Ainda assim, Soren estava contente por não ter que matá-la; John disse que a mulher era íntima de Samantha.

Depois que a mulher entrou na picape e foi embora, ele mirou de novo em John. O amigo tinha uma expressão intensa que Soren lembrava muito bem das partidas de xadrez. Perdido nas permutas, seguindo uma cadeia de possibilidades.

Finalmente, John olhou diretamente para ele e falou. Usou uma velocidade normal dessa vez, pensando — erroneamente — que a distância exigiria.

— Cooper sobreviveu. Isso é um problema.

Ao longe, os caças soavam como insetos furiosos.

— Tudo está correndo como planejado. — Smith esfregou a nuca. — Só uma coisa pode deter o plano agora.

Soren esperou para ouvir o que seu amigo precisava.

— O Dr. Couzen tem um pupilo chamado Ethan Park.

O resto era óbvio. Soren ficou de pé e começou a andar.

CAPÍTULO 38

Cooper estava esperando um jato corporativo. Algo elegante e veloz, com assentos de couro e painéis 3D nos apoios de cabeça.

— Não, senhor. — O piloto riu. — Não enquanto os bons homens e mulheres da Força Aérea dos Estados Unidos estiverem nos visitando. Todos os voos de aeronaves particulares estão cancelados. As únicas coisas com permissão para estar no céu são aviões de carga com frete de alta prioridade. Alguns dos contrabandistas mais corajosos estão fazendo entregas, mas há uma boa chance de serem explodidos, portanto o Sr. Epstein sugeriu essa solução.

"Essa solução" era um Boeing 737 modificado para transporte de carga, sem assentos, com janelas tapadas, e uma grande cruz vermelha pintada na lateral. Cooper olhou para a aeronave e deu de ombros.

— Pois então, onde eu me sento?

— Bem, o senhor pode escolher o caixote que quiser. — O piloto deu um sorriso irônico. — Mas deve ficar meio frio a 9 mil metros de altura.

— Certo. Vou de copiloto.

Ele prendeu o cinto de segurança, pronto para o que estivesse por vir.

Três horas depois, eles ainda estavam esperando na pista. Cooper reclamou e xingou, mas o piloto apenas deu de ombros. Não havia nada a fazer a respeito; de acordo com o homem, eles tinham sorte de estar decolando em primeiro lugar.

Quando finalmente receberam a permissão, Cooper olhou pela janela para as tropas lá embaixo e sentiu um nó no estômago. Uma coisa era *ouvir* sobre o número de soldados e outra era *vê-los*. Um enorme arco de força militar apontado diretamente para o coração da Comunidade. Alojamentos e hangares pré-fabricados, fileiras e mais fileiras de equipamentos pesados, uma massa de formiguinhas andando. Havia quase uma década desde que Cooper saíra do exército, mas era possível imaginar a atividade no solo, a tensão crescendo em cada peito, a energia nervosa que provocava o desejo de que o pior acontecesse de uma vez, apenas para que fosse possível parar de esperar por ele.

Os soldados podiam parecer minúsculos àquela altura, mas era uma ilusão; na verdade, quem era minúsculo era Cooper. Um homem que mal havia saído de uma cama de hospital partindo para procurar um gênio que não queria ser encontrado em um país de 300 milhões de habitantes. A maior busca por uma agulha no palheiro que o mundo já viu.

Que tal, em vez de ficar com pena de si mesmo, você começar a trabalhar?

Cooper abriu o datapad e começou a ler.

Se havia uma coisa que Epstein possuía era informação, e o tempo passou rapidamente enquanto Cooper tentava absorver tudo sobre Ethan Park. Os pais, a infância, o histórico acadêmico itinerante, o trabalho em epigenética, o relacionamento com Abraham Couzen. O sujeito era claramente um cientista brilhante, mas, aos olhos de Cooper, parecia mais uma daquelas pessoa que inspirava e apoiava outras do que um líder. Um catalisador, um pupilo, destinado a estar ao lado de gente importante. Isso era útil; a diferença entre alguém como Ethan e o sujeito que recebe um Nobel era provavelmente um ego galopante, uma variável importante no tocante à previsibilidade.

Algo incomodou Cooper o tempo todo. Havia uma pista ali, alguma informação que ele ainda não tinha encaixado. Cooper sabia que não deveria forçar, apenas reconhecer a existência e deixar a mente trabalhar, alimentá-la com dados que serviam como gasolina para o motor do dom.

Ele não ficou surpreso, mas também não ficou nada contente, ao saber que Ethan Park havia fugido. A boa notícia era que, embora Park tivesse recebido a visita de agentes do DAR, aquilo não parecia ter sido o motivo de ele ter abandonado o lar. Em vez disso, parecia que tinha sido a situação em Cleveland que expulsou Ethan Park da cidade. Uma jogada arriscada, mas que Cooper aprovou; melhor arriscar uma jornada difícil do que esperar até que não houvesse mais saída alguma. Uma decisão especialmente difícil para um pai tomar. Ele se viu admirando o sujeito pela audácia.

O piloto falou no fone de ouvido e, a seguir, quando começou a aproximação...

Espere. Park recebeu a visita de agentes do DAR. Por quê?

O DAR teria percebido o falso sequestro de Couzen tão rápido quanto você. Mas por que o DAR sequer saberia de um simples sequestro, a não ser...

Eles sabiam sobre o trabalho de Couzen. E, quando ele sumiu, o agente encarregado tomou a próxima atitude lógica, a mesma que você está tomando agora.

Foi atrás de Ethan Park.

... o cenário mudou.

— Filho da puta — disse Cooper.

— Senhor?

A pista incômoda repentinamente ganhou um foco muito nítido. *Inacreditável.* A resposta esteve diante de Cooper antes de ele sequer procurá-la. Esteve diante de Cooper na noite em que ele saiu para beber uma cerveja com o velho parceiro.

— Quando nós pousaremos?

— Em cerca de três minutos.

— OK.

Cooper tentou flexionar a ruína enfaixada que era sua mão direita. A palma parecia que ia se dividir, e uma dor como fogo subiu pelos dedos, mas ele trincou os dentes e flexionou mesmo assim.

— Eu vou precisar de duas coisas — disse ele.

— Pode dizer. O Sr. Epstein falou carta branca.

— Primeiro, eu preciso de um telefone fixo seguro no momento em que pousarmos.

— E depois?

— Um carro realmente veloz.

■

Era um tributo à pura força de bilhões de dólares que, apesar de eles estarem em Akron, Ohio, em um pequeno aeroporto que Cooper jamais ouvira falar, a 25 mil quilômetros de Nova Canaã, um homem de macacão estivesse correndo pela pista segurando um telefone volumoso antes mesmo que as turbinas tivessem parado de girar.

Cooper soltou o cinto do banco do copiloto e se encontrou com o sujeito no topo da escada de embarque. Ele começou a esticar a mão direita para pegar o telefone e deteve-se a tempo.

— A linha é segura?

— Sim, senhor. Criptografia de nível executivo das Indústrias Epstein.

O que é provavelmente mais seguro do que qualquer coisa que o DAR possua. Cooper olhou para o piloto até o sujeito dizer:

— Certo, estou a caminho. — Ele fechou a porta da cabine.

Cooper digitou o número, um dos poucos que tinha decorado. Houve uma época em que ele ligava uma dezena de vezes ao dia. Tocou duas vezes, três, com Cooper pensando, *vamos, atenda,* e aí o som de conexão e uma voz conhecida.

— Quinn.

— Bobby, sou eu.

Silêncio. Um longo silêncio. Depois, em tom incisivo, Quinn disse:

— Seja quem for, é bom saber que dei início a algoritmos de rastreio. Aproveite seu joguinho engraçadinho enquanto puder porque, em alguns segundos, quando eu encontrá-lo, vou direcionar um ataque via drone.

O quê? Ah. Certo.

— Bobby, eu não estou morto. Erik Epstein tirou um coelho médico da cartola, uma cirurgia ilegal de neotecnologia, e salvou minha vida.

— Vai falando, babaca. Por quanto tempo você acha que sua criptografia vai aguentar contra o DAR?

Cooper suspirou.

— Você é divorciado. O nome da sua filha é Maggie. Há três meses, você, eu e Shannon atiramos o diretor Peters de um telhado no centro de Washington.

Uma pausa.

— Cooper e eu fomos beber há pouco tempo. Aonde fomos?

— Eu não me lembro do nome do bar, mas era um lugar escuro, com luzes de Natal. Bebemos cerveja, uísque e falamos sobre sequestrar John Smith.

— Meu Jesus! Cooper? É você mesmo?

— Sou eu mesmo, cara.

— Ai, Deus. Ai, merda. — A voz do homem era rápida, aliviada, uma overdose de emoções. — Mas que diabos, Coop? Pensei que você estivesse morto. Todos nós pensamos.

— Eu estava.

— Hã?

— Aparentemente, do ponto de vista médico, eu estava. Fizeram algum tipo de animação suspensa e consertaram o coração. Algo a ver com células-tronco, sei lá, mas preste atenção. Eu realmente não tenho tempo...

— E Todd?

Uma onda de carinho pelo amigo o atingiu ao mesmo tempo em que uma terrível pontada de culpa e sofrimento.

— Ele vai... Disseram que ele vai ficar bem.

— Graças a Deus. Eu fiquei com tanto medo... Meu Deus. Coop! Você está vivo.

— Ei, fale baixo, pode ser? — Ele imaginou o gabinete de Bobby, quantas pessoas podiam passar a qualquer momento. — Isso não é de conhecimento público.

— Por que não?

— Há vantagens em estar morto. Se eu estiver vivo, devo ligar para o presidente e seguir ordens. Mas os mortos fazem o que bem quiserem.

— Ai, merda. — Bobby ficou repentinamente sério. — O que você está aprontando?

— Estou salvando o mundo, como sempre.

— E como está se saindo?

— Como sempre. Preste atenção, o tempo é curto. Naquela noite no bar, você disse que havia acabado de voltar de Cleveland. Que esteve trabalhando em um alvo lá, um cientista que havia fugido.

— Sim?

— Era o Dr. Abraham Couzen, certo?

Mais silêncio.

— Não sei se posso confirmar...

— Eu sei que era Couzen e sei que você esteve lá para ir atrás do braço direito dele, um cara chamado Ethan Park. Certo?

Um suspiro.

— É.

— Eu sei o que Couzen desenvolveu. E você também. Ele descobriu a causa básica da existência dos brilhantes e estava trabalhando em uma maneira de replicá-la.

— Você sabe que eu te adoro, cara, mas isso vai muito, muito além...

— Bobby, sem brincadeira, agora não é a hora. Eu posso ser seu antigo chefe, consultor especial do presidente, ou apenas seu melhor amigo, seja lá o que você precisar para parar de palhaçada agora mesmo. — Ele endureceu a voz e deixou Quinn notar seu desespero. — Pode fazer isso?

Uma longa pausa.

— O que está acontecendo?

— Couzen forjou o próprio sequestro. Eu estava tentando descobrir o motivo e finalmente consegui. Ele fez aquilo porque o DAR foi procurá-lo, certo? De alguma forma, vocês descobriram no que ele estava trabalhando e quiseram o soro.

— Porra, cara, todo mundo quer. Uma coisa como essa pode mudar o mundo. Talvez até parar o que está prestes a acontecer.

— Exatamente o que eu penso. É por isso que preciso encontrá-lo, agora mesmo.

— Boa sorte. Couzen pode não ser lá muito bom em forjar uma cena de crime, mas se revelou um ás em ficar escondido. Estou acionando todos os protocolos que temos para pegar o cara, mas não tivemos sorte.

— E agora Ethan Park está fugindo também. Ele é o meu alvo.

Outra pausa.

— É sério?

Cooper odiava telefone. Ao vivo, ele teria sido capaz de captar as camadas de conflito por trás do que Bobby dizia e analisá-las. Mas sem as pequenas sugestões físicas, as contrações musculares, os sinais de nervosismo, o dom era inútil. *É a segunda vez que isso acontece recentemente. Talvez você esteja contando muito com o seu dom, Coop.*

Talvez seja a hora de usar o cérebro.

— Em Cleveland, você disse que colocou Park contra a parede. Meu palpite é que você o colocou sob vigilância, certo?

— Claro. Mas aí a estupidez tomou conta de Cleveland. Quando os tumultos explodiram, meus homens foram chamados para ajudar. Foi quando ele fugiu.

— Você acha que Ethan Park sabia sobre sua equipe?

— Não. Apenas pura sorte. Muitas pessoas tentaram sair de Cleveland na ocasião. Assim que eu percebi o que aconteceu, nós fizemos uma varredura de vídeo e encontramos o carro dele. Acionei vigilância via drone, encontrei Ethan Park e a família indo a pé para o sul. A Guarda Nacional deveria tê-lo apreendido, mas algum esquentadinho atirou em um refugiado, e aí tudo virou um caos.

— Você o perdeu?

— Por um tempo, depois o descobri em um banco, perdi novamente, então o flagrei roubando um posto de gasolina.

— Sério? — Aquilo era bem discrepante do padrão que Cooper teceu. — Achei que ele fosse um nerd. Ethan virou criminoso?

— É, bem. — Houve um tom de constrangimento na voz do amigo. — Eu fiz uma jogada arriscada, liguei para ele no banco onde estava e tentei convencê-lo a se entregar. Ethan entrou em pânico.

— Onde fica o posto de gasolina?

— Um lugar chamado Cuyahoga Falls, nas proximidades de Akron.

Cooper riu.

— Você está brincando.

— Não. Por quê?

— Adivinhe de onde estou ligando?

— Sério? Hum.

— O que significa "hum"?

— Bem, nosso rapaz Ethan é esperto. Ele pegou a picape do balconista do posto de gasolina, mas não tentou fugir. Ficou escondido. Levou algum tempo para varrermos as imagens de satélite, mas o encontramos. Está em uma cabana não muito longe. Eu estava prestes a mandar policiais para apreendê-lo.

— Da polícia local? Nem pensar. Bobby, nós não podemos perdê-lo. Se algum novato vir que ele está armado e der um tiro...

— É, eu sei, mas não tenho escolha, Coop. Não tenho recursos, nada. Você ligou um 3D? Tudo está concentrado no Wyoming. Neste exato momento, eu não posso nem pedir uma pizza.

— Então espere. Você localizou Ethan; ele não pode ir a lugar algum.

— Esse era o plano, até que seu companheiro de brincadeiras surgiu em Ohio.

— Meu companheiro de brincadeiras?

— Soren Johansen. Lembra dele, o babaca com a faca?

— *Soren?* Ele está aqui? Como você sabe?

— Eu sei porque apelei para todos os favores que me deviam para implementar uma varredura de câmeras aleatórias em escala nacional. Ninguém mata o meu parceiro e foge, não importa se a Terceira Guerra Mundial *está* prestes a começar. Do jeito que tudo está agora, eu só consegui acessar as câmeras de segurança pública; você sabe, de instituições governamentais, aeroportos...

— Aeroportos?

Quinn captou o tom.

— Onde exatamente... Você disse que estava em Akron. Está no Aeroporto Internacional Fulton?

— Eu não podia entrar em Cleveland com a cidade sob quarentena, então vim para cá.

Houve uma longa pausa.

— Não sei como te dizer isso, mas Soren também.

Cooper sentiu um aperto no peito, uma pressão súbita e repentina. O coração pareceu travar, uma batida e depois mais nada, como um arroto que não saía. Ele foi tomado por um pânico primitivo, os dedos formigaram, então o coração bateu novamente, as batidas disparadas agora. Sua visão ficou meio turva, e Cooper apoiou-se no encosto do assento do piloto.

— Coop? Você está bem?

Não era medo, embora o medo também estivesse presente. Era algo mecânico, como se o coração tivesse perdido o ritmo. *Acho que um pneu remendado não é tão forte quanto um perfeito.* Ele respirou fundo e concentrou-se em acalmar as batidas.

— Estou bem. Preste atenção, se Soren está aqui, é por causa de Ethan.

— Não brinca. É por isso que não tenho escolha a não ser despachar a polícia.

Cooper considerou a ideia. Por que não deixar a polícia ajudar? Certamente ele não precisava salvar o mundo sozinho. Especialmente agora.

Aí lembrou-se da cena do restaurante. A facilidade com que Soren matou os guardas altamente treinados de Epstein. Adicione a isso um pai assustado e armado, um homem que não fazia ideia das forças que giravam ao redor. Acrescente um punhado de policiais suburbanos doidos por um pouco de empolgação e agito. Seria um desastre.

— Não despache os policiais, Bobby. Há outra opção.

■

O carro era um Porsche 911, um dos novos modelos que ele, ganhando um salário do governo, nunca teria se permitido sequer olhar. Um motor turbo na traseira, capaz de fazer de zero a cem quilômetros por hora em 2,9 segundos, estava acoplado a um chassi de um tom vermelho maçã do amor que era um tesão.

Parece que Epstein levou você a sério sobre a necessidade de o carro ser veloz.

Foi preciso convencer Bobby, mas, no fim das contas, ele concordou em dar o endereço da cabana onde Ethan e a família estavam escondidos, bem como uma vantagem inicial de 30 minutos sobre a polícia. Mas Soren tinha uma vantagem inicial também.

Cooper entrou no carro, ligou o motor, e estava prestes a decolar quando se deu conta de que, com a mão naquele estado, ele não conseguiria usar o câmbio. Pisou na embreagem, manteve o volante firme com o pulso direito, depois se debruçou para trocar a marcha com a mão esquerda. Foi tomado por uma onda de cansaço e frustração.

O que você está fazendo?

Sentado no corredor da clínica de Epstein, ele ouviu a verdade das palavras de Natalie, tanto a boa quanto a má. A verdade era que, por mais que Cooper amasse os filhos, por mais que achasse que deveria estar dormindo na cadeira ao lado da cama de hospital de Todd, seu lado soldado era muito forte para acreditar que isso fazia sentido. Era romântico acreditar que Cooper encararia dez *rounds* com a Morte pela vida de Todd, mas a verdade era que ficar sentado lá teria sido inútil. O mundo estava prestes a entrar em guerra, bombas estavam prestes a cair sobre Nova Canaã, e ele tinha uma chance de impedir isso. Então, sim, foi melhor partir.

Mas o plano tinha sido encontrar Ethan Park. Usar a mente e o dom para caçar um cientista e convencê-lo a compartilhar o que sabia. Não entrar em combate. Não encarar o melhor amigo e melhor assassino de John Smith.

A cada batida do coração, a dor percorria o corpo de Cooper, um latejo que começava no peito, ecoava na mão e irritava a cabeça. Sua visão não estava confiável — não turva, mas atrasada meio quadro. Ao pular a segunda e engatar logo a terceira, ele lembrou-se da luta no restaurante. A terrível economia nos movimentos de Soren, a forma como o assassino desviava de cada golpe dançando, como se não tivessem sequer sido dados.

Pela primeira vez em muito tempo, Cooper sentiu medo de verdade. Não nervosismo, tensão ou preocupação. Não pânico em um momento inesperado ou terror pela segurança de quem ele amava.

A ideia de encarar Soren novamente dava medo.

E, no entanto, que chance ele tinha? Se Soren encontrasse Ethan primeiro, qualquer esperança de impedir a guerra estaria perdida. As Forças Armadas atacariam Nova Canaã. O sonho frágil seria destruído, juntamente com dezenas de milhares de jovens sonhadores. E, depois disso, seria o fim dos Estados Unidos. Pelo menos, dos Estados Unidos que Cooper amava.

Sem falar que Natalie e seus filhos estão bem no meio da mira.

Novamente, tudo estava em jogo. Como acontecera em Washington meses atrás, quando Peters sequestrara sua família. Novamente, toda a vida de Cooper estava em risco conforme a roleta do destino girava fazendo barulho. Só que, desta vez, ele mal podia...

Chega.
Ganhe aqui ou perca tudo.
Vamos ver suas cartas, soldado.

CAPÍTULO 39

Até onde era capaz de se lembrar, Holly Roge sempre quis voar.

O pai tinha sido o responsável, um homem da Marinha, um piloto que pousava caças em porta-aviões em movimento. Enquanto outras meninas tiveram o sono embalado por histórias de princesas e unicórnios, o pai tinha deitado com ela no escuro e contado como era dar um rasante e então empinar, com a água escura embaixo e um minúsculo alvo à frente. Como o ângulo tinha que ser preciso para usar o cabo de retenção, e que se a pessoa fizesse besteira poderia deslizar para fora e cair no oceano.

— Dava medo? — perguntava ela, sempre.

Ao que ele sempre respondia:

— Claro. Mas de um jeito bom.

E depois que o pai dava um beijo em sua testa e dizia para ter lindos sonhos, Holly Roge ficava acordada, olhando para o teto, imaginando o que aquilo significava, dar medo de um jeito bom.

Agora, equipada e sentada na sala de pilotos da Base da Força Aérea Ellsworth, a leste da fronteira do Wyoming, ela imaginava o que o pai pensaria de tudo aquilo. Ele morreu quando Holly ainda estava na academia, um aneurisma que o matou na poltrona, tão rápido quanto um míssil travado no alvo. Ele nunca viu a filha ganhar o brevê, nunca soube que se formou como primeira da turma. Nunca soube que ela tinha sido escolhida como a primeira mulher a pilotar um F-27 Wyvern, aquele lindo equipamento de 185 milhões de dólares, seu segundo amor verdadeiro. Vinte metros e 30 toneladas de glorioso desempenho de ponta, capaz de chegar a 30 mil metros de altitude, ou disparar em pós-combustão em Mach 2,9, ou magníficos 3.550 quilômetros por hora. Uma máquina tão sofisticada que o computador no capacete de Holly lia as ondas alfas do cérebro, o que permitia que ela controlasse os indicadores e sistemas secundários apenas pensando em padrões codificados.

Um caça que ela vinha voando sobre solo americano, dando rasantes em uma cidade dos próprios compatriotas, carregando uma carga plena de material bélico.

Essa era a parte que ela não curtia e achava que o pai também não curtiria. Holly era uma guerreira, tinha participado de missões de paz pelo mundo inteiro, fora selecionada para voar na guarda de honra do Força Aérea Um durante a viagem do presidente Walker à Índia. Seu trabalho era proteger o país, não ameaçá-lo. E não importava o que achasse dos anormais; até onde ela sabia, o Wyoming ainda era parte dos cinquenta estados unidos.

O fato de que as instruções do dia não foram dadas pelo major Barnes, como sempre, mas sim pelo mandachuva em pessoa, o tenente-coronel Riggs, não fez Holly se sentir melhor sobre a situação.

— ... estado de alerta contínuo. Agora, os senhores todos sabem que a Comunidade tem baterias antiaéreas. — Riggs fez uma pausa, com um sorriso maroto nos lábios, enquanto os vinte pilotos riam. — E, embora seja verdade que elas seriam especialmente perigosas para os MiG-19 — mais risos —, isso não quer dizer que eu deseje que algum dos senhores seja descuidado. Tudo como manda o figurino, pessoal. Eu quero todos os meus pilotos de volta sem um arranhão. Os senhores levarão...

Holly conhecia a carga, a mesma que ela tinha levado nos últimos voos de reconhecimento. Entretanto, assim era a vida militar: nunca verifique duas vezes quando se pode verificar quatro vezes.

Só podia ser dissimulação, Holly imaginou. Uma mensagem para os Filhos de Darwin e para todos os terroristas por aí. Claro que eles podem ser capazes de destruir alguns caminhões, mas conseguem encarar *isso*? Não havia uma guerra declarada desde a Coreia, o que significava que, na maioria das vezes, armas eram mais uma questão de comunicação do que de ataque. Uma forma de os políticos falarem uns com os outros, jogarem suas partidas de pôquer de alto risco.

A questão era: com quem eles estavam falando? A Comunidade era composta por um bando de moleques vivendo no deserto, fingindo que aquilo era um novo mundo em vez de um monte de pedras. Para Holly não havia problema nisso, mas então por que a carga plena? Cada Wyvern carregava material bélico suficiente para destruir meia Tesla. Fazer uma esquadrilha completa voar sobre a cidade do cerrado era como levar uma bomba atômica para uma briga no quintal.

— Alguma pergunta?

Holly olhou ao redor. Queria erguer a mão e perguntar: *senhor, com todo respeito, que diabos estamos fazendo aqui?* Ela não perguntaria, obviamente, mas talvez alguém o fizesse. Os outros dezenove pilotos naquela sala estavam entre os melhores do mundo, e isso vinha com uma sensação arrogante de direito adquirido.

Se tivesse sido o major Barnes a passar as instruções, talvez um deles tivesse perguntado. Mas quando se tratava do vice-comandante do esquadrão eram outros quinhentos. Todos se sentaram empertigados e com olhar fixo, prontos para prestar continência e entrar nos caças.

Foi apenas dez minutos depois, quando a tampa da cabine se fechou e o painel transparente foi ligado, que ocorreu a Holly Roge imaginar se foi exatamente por isso que foi Riggs quem passou as instruções.

CAPÍTULO 40

Soren deixou-se levar pela correnteza.

Ele não podia tentar ser o nada, não em um Escalade em movimento com o noticiário do rádio ao fundo, no qual os locutores praticamente vendiam bônus de guerra; não com três estranhos verificando as armas e falando em vozes graves. O nada teria que esperar. Por enquanto, Soren simplesmente se reclinou no assento e deixou os olhos se fecharem. Deixou que o mundo passasse por ele, uma folha em um rio sendo levada pela correnteza.

Ele compreendeu a decisão de John de enviar Bryan VanMeter junto. A situação era mutável, e se Ethan Park tivesse mudado de lugar, eles precisariam caçá-lo. Melhor ter uma equipe que pudesse falar com as pessoas, que pudesse persuadir, subornar e convencer, coisas que Soren não era capaz de fazer. Ainda assim, ele sentia a presença dos três soldados, a irritação provocada pela onda de testosterona e competência agressiva que tornava os momentos mais longos.

Você precisa voltar ao exílio. Todo esse barulho. Você está perdendo o nada.

Em breve. John teria a guerra que queria. A grande causa e a batalha gloriosa não significavam nada para Soren, mas ele torcia para que o amigo estivesse feliz com aquilo.

Para si próprio, Soren queria apenas que Samantha tivesse ido com ele. Não houve tempo de dizer adeus, o tipo de ironia da qual ele jamais achou graça. O voo tinha ocorrido em um jato militar, a opção mais rápida que existia, mas, com seu sentido temporal, ele percebeu o trajeto como se tivesse mais de trinta horas. Um dia e meio em um avião, e, no entanto, não houve tempo de ver seu amor.

Você é uma folha, e a correnteza vai levá-lo embora.

VanMeter passou as instruções para a equipe, e Soren tentou ignorá-las.

— Parque Nacional do Vale Cuyahoga...

"Sem vizinhos à vista, mas...

"Avanço tático, dois à frente, um na retaguarda..."

Do lado de fora da janela, pinheiros esmaecidos arranhavam um céu cinzento. O vento balançava folhas mortas. A faca era tão leve que ele tinha que se concentrar para senti-la, um bom exercício de meditação. Sejam os músculos do peito, seja a pele contra a camisa. Soren imaginou como Nick Cooper sobrevivera. Lembrou-se da expressão nos olhos do homem quando o cotovelo encontrou a têmpora do filho, a pura agonia no olhar, um golpe tão mortal quanto a estocada no coração. Como quem não quer nada, Soren imaginou como teria sido ter um filho, ter gerado vida. Se seria o que daria sentido à infinidade, ou se apenas pioraria a situação.

— OK — disse o sujeito chamado Donovan —, mas por que todo esse trabalho? Ele é um intelectualoide. Vamos chegar, fazer o lance e sair.

— Você é uma mula, sabia? — VanMeter fez uma cara feia. — Nós voamos até aqui em um jato *militar*. Aquele piloto era um agente infiltrado, e John gastou esse trunfo para nos trazer aqui. Diabos, você sequer consegue imaginar quanta influência John teve que usar para encontrar esse cara, com o DAR procurando por ele?

O soldado fez que não com a cabeça.

— Eu não sei como ele fez — continuou VanMeter — e não sei por que John quer o sujeito morto. Tudo que sei é que ele precisa que isso seja feito, então vamos fazer direito, vamos fazer bonito, e vamos fazer o trabalho completo. Entenderam?

— Trabalho completo? Você quer dizer...

— As ordens são para eliminar todo mundo lá. Esposa e bebê também.

— Bebê? — Donovan respirou fundo, os dentes trincados. — Merda.

— Se faz você se sentir melhor, eles são normais, todos os três. — VanMeter voltou-se para Soren. — Senhor?

Ele ergueu uma sobrancelha.

— Falta menos de um minuto. Algo que o senhor queira acrescentar?

As árvores ficaram mais densas, as trilhas entre elas, mais raras e espaçadas. Ele viu o caminho que levava aonde o Dr. Ethan Park e sua família esperavam.

— Vocês são fracos — disse Soren.

Em breve, essa cansativa caminhada pelo mundo acabaria, e ele poderia retornar ao nada.

— Eu matarei a criança.

CAPÍTULO 41

"You are my sunshine, my only sunshine..."

Era fim de tarde, e o céu começava a sumir conforme as nuvens ficavam gordas e escuras. Eles estavam com a lareira acesa e viam o noticiário na TV, uma verdadeira TV das antigas, não um 3D. Ethan dividia a atenção entre o show de horrores no Wyoming e a visão da esposa cantando canções de ninar para a filha. Era uma justaposição dissonante, imagens de soldados, tanques e caças, de mísseis sendo carregados e políticos subindo ao púlpito, em contraste com os dois amores de sua vida, a filha em segurança e quentinha, sendo embalada pela música.

"You make me happy, ev-er-y day."

Os dois cantavam muito para Violet. Cantavam a canção "Naked Baby" assim que ela entrava no banho (ao tom de "Alouette": *"Naked baby, naked naked baby, naked baby, naked baby time"*). Cantavam improvisando sobre brinquedos, café da manhã e fazer cocô. E, desde cedo, Amy declarou que eles teriam uma versão particular de "You Are My Sunshine", uma que abordasse certas dificuldades temáticas.

Agora o noticiário mostrava imagens de Cleveland. Se a cidade não tivesse sido identificada, Ethan não teria reconhecido. O fogo havia se alastrado pela maior parte do centro, e tudo o que sobrou foram pessoas cinzentas em roupas cinzentas cavucando os escombros, famílias esfarrapadas nas esquinas e soldados da tropa de choque com escudos travados em formação.

"You'll never know, dear, how much I love you."

Os olhos de Ethan foram da tela para a família, da família para a tela, mas uma parte dele, a parte que ele teria apontado como seu verdadeiro eu se alguém perguntasse, não estava realmente absorvendo nenhuma das cenas. Estava pensando no que Amy dissera mais cedo.

O fato de que a esposa estava certa era tão óbvio que Ethan nem precisava pensar a respeito. Ele e Abe entraram como tolos onde os anjos temem pisar, e embora tenham encontrado respostas lá, também fizeram inimigos. Engraçado que a ideia nunca tivesse lhe ocorrido antes. Mesmo quando o DAR aparecera na sua casa, perguntando sobre a pesquisa, Ethan pedira para Bobby Quinn ir embora como se fosse um recenseador. Em retrospecto, era tudo tão evidente: eles deviam estar sendo vigiados pelo DAR desde antes do desaparecimento de Abe. E nunca parariam de procurar por Ethan, jamais. Não com o que ele sabia.

"No one can take my sunshine away."

E se o DAR não fosse o único grupo que quisesse o soro? Isso era outra coisa em que ele nunca havia pensado antes, até Amy lhe abrir os olhos. O valor da descoberta de Ethan e Abe era incalculável. Controlá-la seria como deter a patente sobre a roda. Não era surpresa que Abe tivesse sido tão rígido sobre os acordos de confidencialidade, sua política de boca-fechada-não-entra-mosca. O problema era que Abe não tinha ido longe o suficiente. Eles deveriam ter operado em perfeito sigilo em alguma remota ilha do Pacífico.

Se o DAR sabia a respeito do trabalho, talvez os Filhos de Darwin também soubessem. Mais o misterioso patrocinador, cuja carteira recheada financiou o laboratório para início de conversa. Ethan sempre suspeitou que fosse Erik Epstein — quem se beneficiaria tanto? —, o que significava que ele e Abe estiveram trabalhando para um estado rebelde atualmente cercado por tropas americanas.

Todas essas forças concentradas contra Ethan, e ali estava ele, aninhado em uma cabana, esperando que o céu caísse e o esmagasse. Sem falar na esposa e na filha. Por causa do que Ethan havia feito.

Não, não exatamente. Não era pelo que ele *havia feito*. Era pelo que ele *sabia*. A diferença era importante. O primeiro caso era uma questão de castigo por um pecado já cometido. Nada a ser feito a respeito disso.

Mas, se as pessoas estivessem atrás de Ethan por causa do que ele sabia... bem. Isso deixava as coisas mais claras.

Ethan concentrou-se na esposa e na filha. Amy olhava para Violet, um leve sorriso nos lábios. Ela tinha um cobertor de crochê sobre os ombros, e a lareira envolvia as duas em uma luz suave e tremeluzente. A mãozinha da filha agarrou o indicador da mãe. O que ele não faria para protegê-las?

"No one can take my sunshine away."

Ethan teria que agir em breve. A cada momento que ficava com as duas, elas estavam sob risco.

Se Ethan tivesse que abandoná-las, talvez para sempre, teria que agir em breve. Agora.

Ele estava tentando se levantar e deixar tudo que amava para trás quando ouviu um som que não pertencia àquele lugar. Não era ameaçador por si só, nem algo que Ethan teria notado sob outras circunstâncias. Mas agora o som tinha um significado do tamanho do mundo. Significava, na verdade, que o mundo estava acabando.

Era o som de uma porta de carro se fechando.

Eles estavam ali.

CAPÍTULO 42

— Eu não estou convencido.

O secretário de Defesa Owen Leahy olhou por cima da mesa de centro para o presidente dos Estados Unidos e pensou: *isso não pode estar acontecendo novamente.*

— Eu sei — continuou Clay — que uma reação militar possa vir a ser necessária. Mas não estou convencido de que preciso dar esse passo agora. Epstein e eu ainda estamos discutindo...

— Senhor, a situação em Cleveland...

— Eu sei o que está acontecendo em Cleveland. As pessoas estão famintas, assustadas e furiosas, e querem uma solução rápida, querem saber que o troco foi dado.

— A questão vai além disso...

— Felizmente, nós vivemos em uma república, o que significa que somos eleitos pelo exato motivo de que, em um momento de crise, talvez as decisões não devam ser tomadas pelas vítimas. — Clay coçou o queixo. — Atacar a Comunidade Nova Canaã não levará cobertores ou comida para Cleveland.

— A questão não é comida e cobertores. Trata-se de terroristas operando impunemente em solo americano.

— Um ataque à CNC não vai abalar os Filhos de Darwin. As informações sugerem que é improvável que eles respondam diretamente a alguém na Comunidade.

Tudo bem, já chega.

— Senhor — falou Leahy —, essa não é a questão, e eu preciso que o senhor pare de agir como se isso fosse um seminário de graduação e nós estivéssemos debatendo.

Os olhos de Clay brilharam.

— Como é que é?

— Esse não é o momento para uma palestra sobre os benefícios de viver em uma república. Será que eu preciso explicar tudo para o senhor?

— O que você precisa é baixar esse tom de voz.

Leahy quase riu. Durante anos, simplesmente implantar microchips nos superdotados pareceu um objetivo suficientemente difícil. Agora, havia a oportunidade de fazer muito mais. Ele não tinha a intenção de permitir que as suscetibilidades frouxas de Clay atrapalhassem.

E todo normal no país deveria se ajoelhar e nos agradecer. Porque o nosso trabalho, por mais repugnante que seja, é tudo que está protegendo seus filhos.

— Agora, se isso é tudo...

— Não é. — Leahy debruçou-se à frente e contou nos dedos. — Aqui estão os fatos. Três cidades estão sob controle de terroristas. Baixas na casa dos milhares, destruição de propriedade na casa das centenas de milhões. A fé no governo é a mais baixa na história. No país inteiro, as pessoas estão estocando comida e se escondendo nos porões.

Ao chegar ao quinto dedo, ele trocou para a mão esquerda e continuou.

— John Smith está agindo livremente na Comunidade Nova Canaã. Erik Epstein é um fantoche, e não temos certeza de quem. As informações que possuímos mostram que a tecnologia da Comunidade já deixa a nossa para trás. Sabemos que eles fabricam armas e patrocinam laboratórios de pesquisa que estão desenvolvendo sabe-se lá o quê. E agora o embaixador americano na Comunidade foi assassinado em público, na frente da família.

Leahy ergueu os dez dedos e disse:

— Preciso continuar?

— Owen...

— Não, senhor. Chega de discussão, chega de pensar mais. Pelo bem do país, é hora de agir. O senhor tem que dar a ordem de atacar. Tem que fazer a coisa certa...

— Eu não tenho que fazer porra nenhuma. — Clay debruçou-se à frente. — Eu sou o presidente dos Estados Unidos. Eu decido quando nós atacamos. Se você não consegue lidar com isso, aceito sua demissão agora mesmo. Entendeu?

O carrilhão no canto marcou a passagem dos segundos. Leahy deu de ombros e respondeu:

— Entendi.

— Ótimo.

Clay ficou de pé. Ele deu as costas e retornou à mesa; a dispensa de Leahy foi evidente.

Ora, enfim, você sabia que a situação poderia chegar a esse ponto.

— Mas o senhor tem apenas metade da razão — disse Leahy.

O homem virou-se.

— Owen, eu juro por...

— O senhor é o presidente. — Leahy deu um sorrisinho. — Mas não é a única pessoa que pode ordenar um ataque.

CAPÍTULO 43

Ethan ficou de pé num pulo. Na poltrona oposta, Amy levou um susto e sacudiu Violet. Ela percebeu a expressão do marido e perguntou:
— O que foi?
— Tem alguém aqui. Leve Violet para a cozinha.

A esposa não hesitou, e Ethan a amou por não desperdiçar tempo precioso. Amy era mais forte e melhor do que ele. Ela conseguiria se virar sem o marido. Ele desejou ter conseguido dizer que a amava, ter conseguido se desculpar por levar tudo aquilo para cima delas. Mas as duas sobreviveriam, e isso era o mais importante.

O revólver estava na mesa de cabeceira. O peso que apenas uma semana atrás pareceu tão estranho nas mãos agora era reconfortante. Ele verificou se todas as seis câmaras estavam carregadas.

Você não para de dizer para si mesmo que fará qualquer coisa para protegê-las. É hora de provar.

Ethan foi de mansinho até a porta da frente e ficou bem encostado na parede ao lado. A porta tinha uma janelinha com uma cortina empoeirada. Através dela, o jardim parecia exatamente como ele se lembrava, com árvores finas e cheio de agulhas de pinheiro no chão. A picape roubada estava estacionada voltada para fora, pronta para fugir a qualquer momento. Sem sinal de outro veículo. Será que ele esteve ouvindo...

Algo se mexeu atrás da caçamba da picape. Parecia que não havia espaço para o ar no peito de Ethan, e suas mãos ficaram suadas. Melhor ser rápido. Se ele protelasse, poderia perder a coragem.

As narinas inspiraram fundo e rápido, e Ethan abriu a porta de supetão, saindo com a arma em punho. Ar frio e cheiro de seiva de pinheiro, folhas sendo esmagadas pelos pés, o revólver tremendo. Dois passos, três, então ele vislumbrou movimento novamente, do outro lado da picape; o sujeito tinha dado a volta. Ethan girou o corpo, ergueu a mira e apertou o gatilho.

A arma pulou na mão como se estivesse viva, e o estampido o assustou. Uma revoada de pássaros voou de uma árvore próxima, grasnando. O homem ainda estava de pé e avançava, apenas a uma curta distância. Ethan tinha apenas aquela chance; ergueu a arma e não hesitou ao apertar o gatilho novamente, só que, de alguma forma, o sujeito não estava onde deveria estar. Ele deu um passo para o lado como se fosse puxado por cordas invisíveis, e sua mão esquerda se ergueu velozmente para derrubar o revólver ao mesmo tempo em que avançava. A visão de Ethan subitamente foi preenchida pela cabeça do sujeito; houve um estalo, um rodopio e uma explosão de dor entre os olhos, em seguida a sensação de cair.

Ele caiu sobre as costas, o fôlego fugiu, e olhou espantado, tossindo e apertando a vista para a figura acima dele.

— Oi, Ethan — disse o homem. — Sou Nick Cooper.

■

O solo gritou embaixo de Holly Roge. Ela fez uma curva perfeita com o F-27, e o horizonte se deslocou 15 graus e girou quando Holly executou uma rolagem perto da fronteira leste de Tesla. Daquela altitude, ela tinha uma visão perfeita do resto da presença militar; a infantaria e a coluna de blindados estavam a meros quilômetros de distância. Havia prédios cupulados pré-fabricados e o brilho de metal, helicópteros zumbindo como libélulas. Seus irmãos e irmãs de armas, o poderio contido das Forças Armadas dos Estados Unidos. Uma força que teria parecido à vontade em um deserto distante, pronta para botar para quebrar.

Como quem não quer nada, Holly gerou os padrões de ondas alfa para mudar o painel transparente para visão térmica parcial. Não havia um motivo específico, mas ela gostava de informações, ficava constantemente trocando o tipo de visão para varrer o solo e o céu ao redor. Sua belezinha tornava aquilo fácil, aquela máquina maravilhosa, uma cadeira presa a um foguete gerenciado por um computador que Holly controlava com o cérebro.

Com a visão térmica parcial, a cidade parecia brilhar em tons diáfanos de amarelo e laranja, as fontes de calor destacadas no ar frio. Ao apertar a vista, parecia que Tesla estava pegando fogo.

Já chega disso. Ela retornou o painel transparente para o padrão normal e verificou o posicionamento por puro reflexo. O Wyvern estava em perfeita formação com os outros dois, separados por 500 metros e nivelados. Assim como estiveram dez segundos antes, e a mais dez segundos atrás, e mais dez segundos antes disso, e Holly sentiu um pouco de orgulho ao saber que o mesmo seria verdade dali a dez segundos.

A cidade passou por ela do lado de fora do vidro da cabine. Holly havia dedicado uma boa quantidade de horas voando sobre Tesla nos últimos dias e conhecia a topografia, o formato dos prédios e bulevares. Não era uma cidadezinha feia, apesar da localização horrível; o cenário era pontilhado por praças, e jardins modificados geneticamente cresciam no topo dos edifícios. O coração de Tesla era um complexo de mais de vinte cubos maciços e espelhados que refletiam a passagem dos Wyverns. Os prédios mais altos estavam cobertos por equipamentos, antenas parabólicas, aparelhos de climatologia, bem como mísseis terra-ar, as armas antiaéreas de que todos os pilotos riram mais cedo. Tudo aquilo seria completamente ineficaz contra o seu Wyvern.

— Leopardo Um, temos novas ordens para o senhor.

— Recebido e entendido, Controle, de prontidão.

Um fluxo de texto começou a rolar no vidro da cabine. Procedimento operacional padrão durante uma missão com potencial de combate: não anunciar intenções em comunicações verbais, mesmo em código, quando era fácil enviá-las...

Puta merda.

— Ah, Controle, acho que temos um erro de alguma espécie.

— Verificando. — Um momento se passou. — Negativo, está tudo OK com sua aeronave, Leopardo Um.

Holly olhou para o painel. Torcendo para que, de alguma forma, ela tivesse lido errado. Sabendo que não era o caso.

Protocolo de Missão Delta Um, e, a seguir, um fluxo de detalhes conhecidos. Os pilotos revisavam todos os protocolos esperados antes que os trens de pouso sequer deixassem a pista, e Holly sabia o que esse protocolo significava sem precisar ler, mas as palavras continuavam surgindo em cima dela: Alvo e Complexo e Eliminação e Autorizada.

— Controle, pode confirmar a ordem?

— Recebido e entendido, prossiga com o Delta Um.

— O quê? Não. — A mente disparou, e, no entanto, a sensação era de que Holly estava ficando para trás. Isso não podia estar acontecendo. — Controle, essa é uma ordem de ataque.

— Recebido e entendido. — A voz era fria e distante, e Holly imaginou se conhecia a pessoa na outra ponta. — Prossiga.

■

A testa de Cooper estava latejando por causa da cabeçada; era mais uma parte do corpo que doía. Em breve, seria mais fácil catalogar o que *não* estava doendo.

Apoiado nos cotovelos agora, Ethan Park falou:

— Você vai ter que me matar.

— Hã?

Cooper abaixou-se e pegou o revólver com a mão esquerda. Ele deveria ter pedido por uma arma além do carro, mas teria sido um atraso, e Soren estava a caminho.

— Você entendeu errado, doutor — disse Cooper.

— Para quem você trabalha?

— Para os Estados Unidos de Levante Essa Bunda. — Ele sorriu. — Veja bem, estou aqui para ajudar. Você corre um perigo que nem faz ideia. Além disso, há uma guerra prestes a começar.

— Eu corro... o quê?

— Eu sei que lhe dar uma cabeçada não foi a melhor apresentação. Mas, por outro lado, você tentou me dar um tiro. — Cooper enfiou o revólver no bolso e sentiu o cano quente através da calça. — Vou explicar tudo, mas, primeiro, sem sacanagem, temos que sair daqui.

— Deixe minha esposa e filha irem embora, e eu vou com você.

— OK.

— Estou falando... Espere. Você vai deixá-las ir embora?

— Claro.

Ethan Park olhou espantado para Cooper, irradiando desconfiança por todos os músculos. Mas, por baixo da desconfiança, havia medo, e não por si próprio. O homem estava com medo pela família. Cooper sentiu empatia.

— Preste atenção — disse ele. — Eu sou um dos mocinhos. Não estou querendo roubar seu trabalho. Não estou atrás de sua família. Também tenho filhos. Tudo o que eu quero é deter uma guerra. E a boa notícia é que, se fizermos isso direito, você também sai da mira. Portanto, por favor. Com açúcar e afeto.

Cooper ofereceu a mão. Ethan hesitou.

— Sabe o outro cara que está vindo atrás de você? — falou Cooper. — Ele pensará de outra forma.

O cientista pegou a mão oferecida, e Cooper o puxou. Um graveto estalou atrás deles, e a mão esquerda voou para o bolso de forma desajeitada a fim de tentar pegar a arma. Foi uma estupidez guardá-la só para ajudar o cara a se levantar. Felizmente, ele deu sorte: o revólver não agarrou na calça quando Cooper sacou e apontou a arma em um único gesto preciso, mirando em...

— Meu Deus — exclamou Cooper. — Vocês dois se merecem.

Ele reconheceu Amy Park pelas fotografias no arquivo. Uma mulher atraente, com fogo nos olhos, a 3 metros de distância e brandindo um machado como um taco de beisebol. Era um machado de cortar lenha, com a cabeça enferrujada e lascada. Cooper abaixou a arma e falou:

— Doutor, pode fazer o favor?

— Está tudo bem, amor — disse Ethan, em um tom de voz apenas minimamente convincente. — Se ele quisesse, já teria me matado.

Ela hesitou, depois abaixou o machado.

— Você não trabalha para o DAR.

— Não.

— Então para quem?

— Neste momento, o que você precisa saber é que está vindo gente aqui para assassinar seu marido. Você e sua filha também, imagino.

Ao ouvir aquilo, a expressão de Amy Park contraiu-se em uma ferocidade repentina. Cooper não precisou do dom para reconhecer uma mãe ursa protegendo o filhote. Ele precisou admitir que estava começando a gostar dos Park.

— Sua filha está lá dentro?

Ela concordou com a cabeça.

— Vá pegá-la. Rápido.

Amy e Ethan trocaram olhares e conversaram em silêncio. A seguir, ela soltou o machado e correu para dar a volta na casa. Cooper voltou-se para Ethan.

— Tem alguma coisa sem a qual você não possa ir embora?

O cientista fez que não com a cabeça.

— Nós fomos roubados.

— E quanto à sua pesquisa? Algumas anotações ou amostras?

— Abe mantinha tudo isso. O que tenho está na cabeça.

Cooper esperava algo assim, mas teria sido bom estar errado. Embora o presidente Clay fosse ouvi-lo, era difícil dizer que ele agiria apenas baseado na palavra dos dois. Especialmente sem nenhum tipo de dado. Obviamente, Bobby e o DAR poderiam corroborar até certo ponto, mas...

Não coloque a carroça na frente dos bois. Primeiro, saia daqui.

O Porsche era um tesão, porém tinha dois assentos apenas. Eles teriam que usar a picape. Cooper podia telefonar e mandar um avião esperar para levá-los para Washington. O tempo estava acabando.

Deus, como ele estava cansado. Cooper empertigou-se e respirou fundo até encher os pulmões. O ar era limpo e fresco, com cheiro das agulhas de pinheiro espalhadas pelo chão. O brilho âmbar de um cigarro reluziu perto do seu pé, e ele pisou distraído na brasa. Que ideia ruim fumar aqui fora com todas essas folhas secas. Só que o ponto brilhante estava em cima do pé agora, estranho...

Cooper girou o corpo. Um ponto vermelho subiu ao peito de Ethan, e Cooper notou o silêncio. Não havia pássaros antes? Ele jogou-se sobre o peito do cientista, um movimento sem jeito que embolou os dois e derrubou um em cima do outro no momento em que o bosque ao redor explodiu com tiros de metralhadora.

■

— Do que você está falando? — Os lábios do presidente Clay tremeram.

Leahy levantou-se do sofá e andou até encarar o homem. *Qual foi a frase de Mitchum?*

Apostar tudo.

— Mais precisamente — ele olhou para o relógio — agora, três F-27 Wyverns estão disparando seu material bélico no complexo das Indústrias Epstein em Nova Canaã. Eu não sei o quanto o senhor sabe sobre os Wyverns, mas eles são capazes de carregar...

— *O que você fez?*

— Achei que fosse óbvio. — Leahy deu de ombros. — Eu dei a ordem para destruir aqueles prédios. Em seu nome. Estamos em guerra.

Clay encarou-o, espantado, com olhos encovados, sem acreditar, como se tentasse se convencer de que aquilo era uma piada de alguma espécie.

— Se tivermos sorte — continuou o secretário de Defesa —, pegaremos o próprio Epstein. Mas, de qualquer maneira, enfraqueceremos o órgão do governo, sem falar que atrasaremos os anormais em termos técnicos.

— Não — disse Clay e esticou a mão para pegar o telefone. — Eu vou impedir.

— Meu Deus, seu lugar realmente não é atrás dessa mesa, não é? — Leahy riu. — Já está feito, Lionel. Três caças acabaram de lançar um ataque devastador contra um prédio civil, resultando na morte de milhares de pessoas. E fizeram isso na sua gestão.

A pele de Clay ficou pálida. Lentamente, ele afundou na cadeira.

— Você será enforcado por isso.

— Não — falou Leahy. — Não serei. Em vez disso, você vai pegar esse telefone e apoiar minha manobra. Vai ordenar um ataque em grande escala contra a Comunidade Nova Canaã.

— Eu não farei tal coisa.

— O país acaba de declarar guerra. Não há como voltar atrás. Somos nós contra eles agora. Você pode agir e garantir uma vitória rápida que poupará inúmeras vidas. Ou pode perder tempo e arriscar um genocídio total.

— Eu direi a todos que foi você, que eu...

— Que não ordenou o ataque? Que o presidente dos Estados Unidos não consegue comandar as próprias Forças Armadas? — Leahy balançou a cabeça. — Nenhum dos mortos se importará com quem ordenou o ataque, e nenhum dos familiares sobreviventes também vai discutir sobre isso. Você terá uma anarquia em nível nacional, tumultos que farão Cleveland parecer agradável. Além do mais, você nunca usou um uniforme, então talvez não consiga compreender, mas soldados não gostam quando são abandonados pelos comandantes. Eu não ficaria surpreso se você enfrentasse um golpe de Estado. De qualquer forma, os Estados Unidos serão destruídos, e milhões morrerão.

Clay olhou fixamente através da mesa, uma mesa que viu o apogeu e a queda de nações, que esteve ali quando o átomo foi dividido, quando os primeiros superdotados nasceram. As mãos do presidente a agarraram como se ele tentasse se segurar, como se a madeira pudesse dar uma solução.

— Eu vou dizer mais uma vez. — Leahy debruçou-se. — Nós. Estamos. Em. Guerra. Nosso país precisa de você. O que vai fazer?

Por um longo momento enervante, Clay apenas olhou fixamente, e Leahy imaginou se tinha forçado demais, se o presidente tinha ficado catatônico outra vez.

Então, como um homem em um pesadelo, Clay esticou a mão para o telefone.

CAPÍTULO 44

Cooper caiu com força no chão. O impacto foi sobre seu ombro e disparou uma sensação nauseante de rasgamento pelo peito, uma pontada de dor efervescente. Disparos invadiram a tarde, rajadas de três tiros, como se Deus gaguejasse. A janela da cabana explodiu.

A dor era enorme, com um bico afiado dentro do corpo, mas não havia tempo, e Cooper obrigou-se a rolar de lado e ficar de cócoras. Os dois caíram atrás da picape; Ethan estava deitado com as mãos entrelaçadas na cabeça, mas Cooper não viu sangue algum. Ele ficou de costas contra o pneu e ergueu a cabeça para ver por cima do capô da picape. Clarões irromperam do bosque, e balas ricochetearam no veículo assim que Cooper recolheu a cabeça...

Clarões de disparo de duas posições com mais ou menos 30 graus de separação.

Se os atiradores estivessem deitados, provavelmente os clarões não seriam visíveis.

Ter caído atrás da picape foi um pouco de sorte, mas o veículo não vai durar. As balas de fuzis de assalto vão furar as chapas de metal. O motor vai absorver alguns tiros, mas não todos.

Você não precisa entrar na casa, mas não pode ficar aqui.

... e depois se deitou no chão, mirando com o revólver. Respirou fundo, fez uma prece silenciosa e rolou, tentando localizar exatamente onde tinha visto um ponto de claridade. Cooper sentiu as agulhas de pinheiro pinicando através das roupas, o cheiro de terra e o frio do chão. A arma estava na mão esquerda, apoiada na direita. Ele viu o para-choque, o céu, as árvores, a linha de arbustos densos, e um homem alto andando agachado na direção deles com um fuzil de assalto no ombro. O sujeito notou Cooper, acompanhou seu movimento, mirou; a terra explodiu logo à frente, então Cooper soltou a respiração e apertou duas vezes o gatilho, um-dois.

Parte da cabeça do homem saiu voando, e ele girou ao cair. A contração dos músculos fez o fuzil disparar outra rajada para o céu.

Um a menos. Nada mal para um destro.

— Doutor, você está bem?

Ainda deitado, o cientista concordou com um rápido aceno de cabeça.

— Se quiser continuar assim, faça exatamente o que eu mandar. — Cooper novamente se encostou na picape, pronto para agir. — Quando eu falar, fique de pé, corra para a casa e pule por aquela janela quebrada.

— E quanto à porta...

— Demorado demais. Pronto? Agora!

Cooper levantou-se, expondo a cabeça e o peito, mas já estava correndo ao longo da picape, da frente para a caçamba. Foram três passos rápidos perseguidos por balas que destruíram o para-brisa e explodiram as janelas laterais. Quando chegou aos pneus traseiros, ele apontou a arma e disparou duas vezes, tiros a esmo sem chance de acertar, mas que tiveram o efeito desejado: fazer o outro sujeito se proteger. Cooper arriscou uma olhadela para trás a tempo de ver Ethan bancar o Super-Homem pela janela saliente, com os braços na frente do rosto para se proteger de qualquer vidro que tivesse sobrado.

Ele se virou, apoiou as mãos na beirada da caçamba e mirou com cuidado. Se o cara fosse macho e aparecesse para tentar mirar, Cooper teria uma ligeira vantagem sobre ele. Era uma luta terrivelmente desigual, um revólver calibre 38 contra um fuzil de assalto automático, mas, se havia uma manobra melhor, Cooper não conseguiu pensar nela.

Vamos, vamos.

O atirador pulou, saindo de detrás da árvore. Cooper mirou, mas o sujeito continuou em movimento, correndo diagonalmente, desafiando-o a disparar. Árvores finas protegeram seu avanço até ele chegar a um pinheiro alto, uma boa proteção, só que Cooper captou sua intenção, a contração dos músculos e o ímpeto à frente, percebendo que o homem não planejou parar atrás da árvore, mas sim do outro lado dela. *Peguei você.* Cooper posicionou a arma e, quando o dom disse para atirar, apertou duas vezes o gatilho.

O cão foi para trás duas vezes, mas nenhuma bala saiu.

Ai, merda.

Cooper era um profissional, esteve contando os tiros; foram efetuados quatro disparos. Porém, no calor do momento, ele se esquecera de que Ethan já havia atirado duas vezes contra ele. A arma estava vazia.

Por uma fração interminável de segundo, Cooper e o outro soldado se encararam. Uma troca de olhares fixos como o de amantes. O homem era barbudo e parrudo, com cabelo rareando e sobrancelhas grossas. Cooper viu quando o sujeito percebeu que deveria estar morto e notou o início de um sorriso nos lábios. O cano do fuzil foi erguido. Cooper mandou o corpo se mexer, captar o vetor da mira e fugir desviando, mas estava tão cansado, o corpo tão dolorido e castigado, e mesmo que estivesse em saúde perfeita e bem descansado, ele duvidava que isso importasse, porque uma coisa era saber mais ou menos onde alguém atiraria, e outra, desviar de balas. Um borrão vermelho marcou a mira laser, e Cooper quase sentiu o ponto na testa; pela segunda vez em dois dias, ele soube que estava morto.

Pensou em fechar os olhos, mas decidiu que preferia morrer com eles abertos.

Uma rajada de tiros rápidos, em disparo contínuo. Ele ficou admirado por conseguir ouvi-los antes de senti-los.

E eis que o barbudo desmoronou como se tivesse sido amassado por uma mão gigante.

Cooper ficou parado, boquiaberto. Sem entender. Atrás dele, alguém riu. Lentamente, ele se virou.

Shannon estava no limite da cabana, com a coronha de uma submetralhadora apoiada no ombro. Deu seu meio sorrisinho.

— Oi.

■

Natalie quis gritar.

A sala era diferente de tudo que ela tinha visto na vida. O paralelo mais próximo seria pensar em um planetário, só que maior, e, no lugar das estrelas, havia imagens holográficas penduradas no espaço. Planilhas, gráficos e diagramas nas cores do arco-íris. Imagens que se substituíam umas às outras em uma sequência que parecia absurda: uma criança loira sorrindo, um superclose de uma pétala de flor, uma estrutura de concreto bombardeada em algum país arenoso. Transmissões ao vivo de drones de notícia por toda Nova Canaã mostravam o mundo lá fora, as tropas reunidas, pessoas boquiabertas vendo caças passando no céu, uma fileira de tanques cruzando o deserto e levantando nuvens de poeira. Informação despejada sobre informação, tudo se movendo e mudando, entrando e saindo de acordo com as vontades do estranho mestre do picadeiro, Erik Epstein, o homem mais rico do planeta, vestido com um agasalho de moletom com capuz e de tênis.

A luz brilhante banhou de cores claras a pele branca de seu filho, e Natalie teve vontade de gritar.

Sair da clínica para ali tinha sido ideia de Erik, e assim que ele sugeriu, uma equipe de técnicos eficientes empurrou a cama pela clínica particular, com Natalie atrás.

— Nós somos reféns? — perguntara ela, e Erik reagira como se tivesse sido mordido.

— Não. Estão mais seguros. A clínica é boa, tem boas paredes, boa segurança, mas esse é o meu mundo. O lugar mais seguro.

Pelo que Nick contou para Natalie, Epstein não fazia nada sem calcular, e ela não tinha certeza de que aquela era a única razão para a presença deles ali. Como advogada, Natalie sabia que as negociações não tinham a ver com o que era dito, mas sim com as cartas que as partes envolvidas tinham, jogadas ou não. Se a guerra começasse, talvez Epstein tivesse alguma vantagem por ter a ex-esposa e os filhos de um diplomata americano por perto.

No centro da sala, Epstein disse:

— Apagar quadrantes dois a dez. Substituir por mosaico do drone de Tesla.

Os dados tremeram e mudaram. Nos braços de Natalie, Kate falou:

— Não precisamos ter medo, mamãe.

Natalie passou a aceitar que a filha, assim como o ex-marido, sempre seria capaz de saber o que se passava na cabeça dela antes de a própria falar. Geralmente havia algo adorável a respeito daquilo, como se as duas compartilhassem uma linguagem secreta. Mas havia outros momentos, quando ser mãe significava não deixar que a filha de 5 anos soubesse que a pessoa estava com medo. Com medo do pai dela estar correndo perigo em algum lugar lá fora; com medo do irmão dela não acordar; de seu mundo já ter desmoronado e de o resto do mundo parecer prestes a fazer o mesmo. Com medo de querer gritar.

— Eu não estou com medo, amor. Só cansada.

— Decodifique os pacotes de dados interceptados da Base da Força Áerea Ellsworth para os F-27, Esquadrão Leopardo — disse Epstein.

Kate franziu a testa.

— Estamos a salvo aqui.

— Eu sei, amor.

Só que eu vejo tropas em uma dezena de telas diferentes. Caças passando sobre a cidade, com bombas nas asas. Tanques blindados vindo para cá.

E, no centro de toda essa destruição, meus filhos.

— Não — falou Kate. — Dos soldados. Não precisamos ter medo deles.

— Natalie? — chamou Epstein como se a convidasse para o baile de formatura. — Pode escutar isso aqui?

— O quê? Claro. — Ela trocou Kate de lado.

Em alto-falantes escondidos, surgiram duas vozes discutindo.

— *Controle, pode confirmar a ordem?* — Uma voz de mulher.

— *Recebido e entendido, prossiga com o Delta Um.*

— *O quê? Não. Controle, essa é uma ordem de ataque.*

— *Recebido e entendido.*

— *Controle, estou vendo civis por toda parte. Esses prédios não foram, eu repito, não foram evacuados.*

— *Compreendido. Prossiga com o protocolo de ataque Delta Um.*

— *Há milhares de pessoas...*

— Isso é...? — perguntou Natalie.

— Sim. Os caças. No céu. Seu governo ordenou que os caças destruam o complexo em que estamos.

— O quê? Você disse que estamos seguros!

— Mamãe — disse Kate.

— Um segundo, meu bem. Erik, você prometeu que estaríamos seguros aqui.

— Sim. — Havia um tom de algo como tristeza na voz dele. — Eu quis que você ouvisse para que entendesse.

— Entendesse o quê? Erik, meu Deus, renda-se, faça isso agora, talvez você consiga...

— Computador — falou Epstein —, ative o vírus Proteus.

— Sim, Erik. Alcance?

— Em todos eles. — As palavras quase foram um pranto. — Ative em todos eles.

Antes que Natalie pudesse perguntar o que aquilo significava, as vozes dos alto-falantes voltaram.

— *Controle! Controle! Eu perdi os instrumentos! Eu repito, perdi o painel transparente. Controle, meu computador está desligando...* — A voz da mulher foi cortada.

O movimento em uma das telas chamou a atenção de Natalie. Uma câmera montada no topo de um prédio acompanhava os três caças que cruzavam o céu da cidade.

Todos os três giraram de forma descontrolada, virados em ângulos que não podiam ser intencionais. Enquanto Natalie assistia, um dos caças virou lentamente, foi longe demais girando e colidiu com outro. Eles explodiram em uma chuva de fogo.

— Viu, mamãe? — disse Kate. — Eu disse. Não precisa ter medo.

■

Cooper olhou espantado para Shannon.

— Como?

— Epstein. O telefone que ele te deu possui um rastreador. Eu pensei que você fosse precisar de uma mão.

Ela sorriu, e Cooper sentiu algo se agitar no peito que não tinha nada a ver com o ferimento. Ele pensou em correr até lá, pegá-la pela nuca e puxá-la para um beijo que transformaria os dois em um só. Porém.

— Soren ainda está lá fora.

— *Soren?* — Shannon levou um susto e girou rapidamente. — Ele está aqui?

Cooper deu dois passos antes de cair.

— Nick! Você está bem?

— Vou sobreviver — disse ele, levantando-se. — Vamos.

A porta da cabana estava entreaberta. Cooper puxou-a e entrou rapidamente.

— Dr. Park?

A televisão estava ligada, mostrando cenas de tropas no Wyoming. Ethan arrancava cacos de vidro do braço com filetes vermelhos. Houve um lamento, e Cooper virou-se para ver Amy Park segurando um bebê chorando. Uma coisinha minúscula; ele havia se esquecido de como eram pequenos nessa idade. A mulher olhou para ele e perguntou:

— Acabou?

— Não. — Ele voltou-se para Shannon. — Onde está seu carro?

— Na estrada. Eu ouvi tiros, saltei e corri pelo bosque.

Merda.

— Ok. Todo mundo para a picape. Vamos sair daqui.

Isso presumindo que aquela lata velha ainda consiga andar. A picape levou muitos tiros. E se...

— Não — falou Ethan.

Ao mesmo tempo, Cooper e Amy disseram:

— O quê?

O cientista olhou para a esposa.

— Eu não tive oportunidade de dizer antes. Nós precisamos nos dividir.

— Ethan...

— Eles estão vindo atrás de *mim*. Não se importam com vocês.

— Doutor — falou Cooper —, isso é uma atitude nobre e coisa e tal, mas não temos tempo.

— Essa situação é culpa minha. Algo que eu fiz. — Ethan voltou-se para ele. — Você mesmo disse. Sou eu que eles querem. Se nós corrermos, eles seguirão?

Lentamente, Cooper concordou com a cabeça.

— Ótimo. Leve a minha família embora. — Sua voz estava calma. — Eu ficarei aqui.

— Doutor, o cara que está vindo não quer conversar.

— Eu não me importo.

Ethan foi até a esposa, colocou o braço em volta dela e encostou a testa na de Amy. Sussurrou baixinho. Cooper não conseguiu ouvir, mas captou a linguagem corporal, a relutância dela...

Se ele ficar, você e Shannon conseguem levar a família embora. E Soren matará Ethan.

Mas o que você pode fazer a respeito? Lamento a franqueza, amigo, mas Soren já te deu uma surra antes. E agora sua mão direita é inútil, você mal consegue ficar de pé, e está sem balas.

Que esperança você tem contra Soren? Como pode derrotar um homem que não tem intenções para você captar?

Hora de escolher, Coop.

... e disse:

— Ele está certo. — Cooper voltou-se para Shannon. — Leve Amy e o bebê embora. Saia pelos fundos e tome cuidado. Soren virá atrás de nós, mas pode haver mais gente.

Quando ela hesitou, ele falou:

— Shannon. Por favor. Eles estão vindo.

Ela fez uma cara feia, depois ergueu a submetralhadora e voltou-se para Amy.

— Vamos.

Lágrimas desciam pelo rosto da mulher, e Violet continuava berrando.

— Não, não, você não pode...

— Pela sua filha. — Shannon colocou a mão no braço dela e puxou. — Vamos.

Ela puxou novamente, com mais força, e, sem tirar os olhos do marido, Amy andou.

— Eu te amo — disse Ethan.

Então elas se foram. Cooper ouviu as duas mulheres correndo pelo cômodo seguinte e, a seguir, o som de uma porta se abrindo.

Ok. E agora?

— Você não precisa ficar — falou Ethan. — Não faz sentido nós dois morrermos.

— Eu te disse, doutor. Tenho filhos também. — Cooper percorreu o cômodo à procura de uma arma, uma ideia, uma prece. — Além do mais, quem disse alguma coisa sobre morrer? Talvez a gente vença.

Bem, se você ao menos acreditasse nisso.

■

Sirenes berraram enquanto Holly Roge lutava contra os controles. O manche estava frouxo, o avião não respondia. Do lado de fora, o mundo virava e girava. Seu estômago deu um nó, como se ela estivesse fazendo uma retirada a toda velocidade quando o nariz do Wyvern mergulhou. Todos os painéis estavam apagados, e o controle de terra sumiu.

Sua mente convocou uma cena da academia, de um instrutor explicando sobre caças a jato modernos. *A coisa a ser lembrada*, dissera ele, *é que eles não são aviões. As asas não vão mantê-los voando. Isso é um foguete. Ele não voa, ele dispara, e você e seu computador trabalham em conjunto para dominar isso.*

Agora, com o computador desligado e os controles mortos, o foguete de Holly estava sujeito aos caprichos do vento e da gravidade.

Os pilotos haviam feito mil simulações, inclusive algumas para falhas de computador, embora aquilo fosse uma impossibilidade factível. Os sistemas tinham redundância tripla, e mesmo que os sistemas avançados falhassem, o controle básico deveria...

Do lado de fora da janela, o Leopardo Dois mergulhou de nariz, virou de barriga para cima e colidiu com o Leopardo Três.

— Não!

Ela sentiu a colisão como uma onda de calor e um súbito chute, depois o solo e o céu perderam toda a perspectiva. O caça estava completamente fora de controle, sirenes berravam, tudo estava morto, e havia um prédio adiante.

A memória do treinamento assumiu o controle. Holly cruzou o braço esquerdo sobre o peito, abaixou a cabeça e puxou a alavanca de ejeção.

Houve uma explosão embaixo dela, uma rajada de luz e barulho; seu estômago desceu aos joelhos, o vento frio bateu com força, tudo girou, sem horizonte, então ela sentiu um solavanco nas costas e o farfalhar e estalo do paraquedas se abrindo acima. Holly balançou em um longo arco, momentaneamente nivelada com o paraquedas, depois começou a descer, balançando conforme o *nylon* se inflou de ar.

Com a respiração acelerada e tremendo, ela ficou pendurada no céu.

Houve uma colisão embaixo dela, um amasso e uma batida mais alta do que um trovão. Ela olhou para baixo e viu o rabo do Wyvern se romper em uma lufada de fogo ao colidir com um dos prédios espelhados, aquele na direção do qual Holly ia. Chamas explodiram na lateral, e uma onda de choque se espalhou e quebrou todas as janelas.

Respire. Você tem que respirar. Qual é a sua condição, piloto?

Ela concentrou-se em inspirar golfadas trêmulas de ar e tentou avaliar. Obrigou-se a ser mecânica, não pensar ou sentir, simplesmente coletar dados.

As explosões continuaram no prédio embaixo de Holly, e rajadas de chamas dispararam pelas janelas.

No solo, ela viu os destroços retorcidos do Leopardo Dois e Três espalhados por 800 metros. Holly vasculhou o céu e não viu outros paraquedas. Ela foi amiga de ambos os pilotos, saiu para beber com Josh e deu conselhos de namoro para Taylor, e agora ambos estavam mortos, queimados ou explodidos.

E quanto ao restante das tropas?

Holly arrancou o olhar dos jatos queimando e voltou-se para o horizonte.

Apesar de as forças militares terem sido divididas em três posições, a maior, sem dúvida, estava perto de Tesla, um arco de 45 mil homens que se estendia por 3 quilômetros.

Três quilômetros onde acontecia uma batalha acirrada.

Fumaça subia como torres de centenas de pontos. Explosões tremeluziam como fogos de artifício ao longe, constantes e brilhantes, e o baque surdo dos sons chegava segundos depois.

A divisão de blindados estava na vanguarda, uma fileira irregular de tanques e transportes de tropas a 800 metros da cidade. Brinquedinhos na poeira. Enquanto Holly observava, clarões de luz espocavam entre eles, sem parar. Os tanques estavam atirando.

Mas no quê?

Ela não conseguia ver nenhuma força inimiga, nenhuma fileira de blindados adversários. Então no que eles...

Enquanto Holly observava, um tanque virou de lado, ficou assim por um momento, depois tombou de cabeça para baixo. Levou um tempo para o som chegar até ela, um baque fraco ao longe.

Um transporte de tropas explodiu em uma bola de fogo, e pequenas fagulhas voaram na borda da explosão, fagulhas que Holly sabia que eram soldados.

O deserto ergueu-se e consumiu uma formação de Humvees.

Como? De onde está vindo o fogo?

Podiam ser minas, ou...

Enquanto ela assistia, um dos tanques mais à frente virou o canhão lentamente em um arco. Luz jorrou do cano.

E o tanque ao lado explodiu.

Meu Deus. Eles estão se atacando.

De alguma forma, as máquinas foram comprometidas. Como o Wyvern.

E agora estão matando seus companheiros.

Congelando e perdida, Holly Roge ficou pendurada, impotente, 900 metros acima de uma visão do inferno.

CAPÍTULO 45

Shannon deu uma olhadela pela porta aberta para o cenário lá fora, um trecho curto de grama cinza-esverdeada que levava a um laguinho. A mesma floresta de média densidade subia por morros baixos. Parecia suficientemente pacato, mas aquilo apenas a deixava mais nervosa.

    Shannon nunca havia se encontrado com Soren, mas já tinha ouvido falar muito dele. Samantha amava o sujeito, provavelmente ainda continuava amando, mas de uma forma que deixava Shannon irritada. Um relacionamento que era como um curto-circuito, em que as fragilidades mútuas alimentavam um ao outro. Samantha precisava ser amada, e ninguém conseguia enxergá-la tão intensamente quanto um homem para quem um minuto parecia onze.

    Quanto a John, ele lhe dissera que Soren era o mais próximo que tinha de um irmão gêmeo, mas aquele era um reflexo sombrio; enquanto Smith vivia inteiramente no futuro, em planos dentro de planos que levariam anos para se concretizar, Soren morava no presente infinito igualmente repleto de camadas. Quando Smith falou sobre o velho amigo, havia afeto na voz, uma mistura de emoções que um tratador de zoológico poderia ter por uma cobra rara e especialmente letal.

E se você fosse essa cobra, onde estaria?

Provavelmente havia se passado menos de um minuto desde que ela apagou o cara que estava mirando em Nick, mas aquilo era uma eternidade em um combate, e mais ainda para Soren. Ele talvez tivesse estado disposto a ficar para trás de início e deixar a equipe tática fazer o serviço. Porém, agora que os agentes morreram, Soren viria em pessoa.

Deixe que ele venha. Melhor que seja Soren atrás de você e essa linda H&K 9 mm do que de Nick no estado em que está.

Chega. Se Soren estivesse lá fora, ela cuidaria disso. Shannon deu um passo para o lado e girou de um lado para o outro. Nenhum movimento. Atrás dela, o bebê continuava a chorar, enquanto a mulher — Amy? — tentava calar a filha e embalá-la.

Lá se foi a furtividade. Vamos tentar velocidade.

— Vamos — disse Shannon, apontando o morro mais próximo com a cabeça. — Vamos nessa.

Ela temia que Amy hesitasse, que tivesse a atitude típica de uma civil e congelasse, mas a mulher tinha colhões. Mesmo com lágrimas escorrendo pelo rosto, um bebê chorando nos braços e um marido que ficou para trás a fim de se sacrificar, ela fez o que era preciso, apenas começou a se mover. As duas começaram a dar uma corridinha, e Shannon vasculhou o ambiente, com a submetralhadora de prontidão. O ar estava frio e tinha cheiro de inverno e algas.

Entrar no arvoredo fez Shannon se sentir melhor, pois significava mais cobertura e mais espaço para ela usar o dom. Além disso, se o Dr. Park estivesse certo, Soren poderia até mesmo ignorá-las. No topo do morro, ela fez uma pausa por um momento e olhou para trás.

Exatamente a tempo de ver uma figura magra entrar na cabana pela porta dos fundos.

Shannon levou a arma ao ombro e mirou, mas era inútil, e ela sabia.

Amy viu o movimento na cabana e disse:

— Temos que voltar.

— Vamos. Continue andando.

— Nós podemos ajudar.

Shannon pegou a mulher pelo braço e puxou para que ela descesse pelo outro lado da elevação.

— Ande.

Meio indo à frente, meio puxando Amy, ela correu na direção da estrada. Shannon viu o SUV estacionado no acostamento. *Quase lá. Vamos, vamos.*

— Shannon — disse uma voz atrás dela.

■

Natalie estava no centro da caverna de Epstein e olhava, espantada.

A maioria das planilhas havia desaparecido e dado lugar a transmissões ao vivo do entorno da Comunidade Nova Canaã.

Cada uma mostrava um cenário de destruição inimaginável. Fogo, sangue e fumaça.

Com a filha pendurada a ela, Natalie sabia que deveria mandar que virasse o rosto, mas não conseguiu encontrar a voz. Ela apenas olhou, espantada.

Olhou um helicóptero cair em chamas do céu, com corpos pulando das portas abertas.

Olhou uma torre de canhão girar, e o cano apontar para um transporte de tropas a 50 metros. Após o coice silencioso e a rajada de fogo, o transporte desapareceu em uma nuvem de poeira que subiu ao ar.

Olhou raios de luz caírem no chão em meio aos soldados em fuga; homens e mulheres em equipamentos de combate correndo para todas as direções enquanto rojões caíam de drones que pairavam invisíveis no céu. Cada ataque fazia tremer o chão e arremessava pessoas como bonecas quebradas, com corpos contorcidos e rasgados.

Havia milhares de soldados a apenas quilômetros de distância, e aos milhares, eles estavam morrendo.

— O que você fez? — perguntou ela. — Meu Deus. O que você fez?

— Eu não queria fazer. Eles me obrigaram — respondeu Epstein com a voz trêmula. Ele secou os olhos com as costas das mãos. — Você ouviu. Eles me obrigaram.

■

Shannon deu meia-volta. O homem saiu de detrás de uma árvore, segurando o fuzil de assalto com uma segurança descontraída. Um homem que ela acabara de ver naquela manhã, a 2.500 quilômetros, protegendo John Smith.

— VanMeter — disse ela.

— O que você está fazendo?

Ele não está apontando o fuzil para você. Não ainda.

— O mesmo que você. John me mandou atrás de Ethan Park. — Ela segurou mais firme o braço de Amy. — Essas são a esposa e a filha dele.

— John não me contou.

— Ele geralmente repassa os planos com você, para garantir sua aprovação? — Shannon deu de ombros. — Sou amiga dele há dez anos, e uma coisa que aprendi é que John sempre tem surpresas.

— Sua vadia! — Amy tentou soltar o braço. — Você disse que estava nos protegendo.

Shannon soltou-a, depois virou e deu um tapa forte no rosto da mulher com as costas da mão. Amy conteve um grito e cambaleou.

Os olhos de VanMeter eram de um azul cintilante e muito bonitos, mas não estavam muito convencidos.

— Onde está o doutor?

— Soren está cuidando dele. — Ela apontou para trás com o polegar. — Na casa.

Aqueles belos olhos azuis piscaram por apenas um segundo, e Shannon deslizou. Foi para o lado e apoiou-se em um joelho, sabendo que os olhos de VanMeter voltariam fazendo uma varredura lateral. A mudança no plano visual garantiu a Shannon o segundo de que ela precisava; quando o homem ergueu a arma, ela notou que VanMeter percebeu o que estava acontecendo, então o matou.

Bem, John, você me disse que eu teria que escolher.

Ela ficou de pé, segurou Amy e falou:

— Vamos.

O tiroteio fez o bebê chorar novamente. O nariz de Amy estava sagrando, mas quando ela olhou para o cadáver, Shannon notou que a mulher entendeu a situação, e não ofereceu resistência quando elas correram para o SUV. Shannon destrancou as travas com o controle e escancarou a porta do motorista. Amy deu a volta pela frente, porém, Shannon disse:

— Não.

— O quê?

— Entre aqui. — Ela entregou as chaves. — Você tem para onde ir?

— Minha mãe. Ela mora em Chicago.

— Há gasolina o suficiente para isso. Não pare por nada. — Shannon deu meia-volta e retornou correndo morro acima na direção da casa.

■

No cinema, a cabana teria uma estante com armas e porta de vidro, e Cooper a teria quebrado e se equipado. Infelizmente, parecia que os Henderson não tinham lido o roteiro.

Cooper abriu o revólver e esvaziou as cápsulas vazias.

— Você têm mais balas?

— Nós tínhamos. Elas foram...

— Roubadas. Certo.

Ele deu uma olhadela para o lado, viu a TV mostrando imagens do Wyoming e obrigou-se a desviar o olhar. Não havia tempo para se distrair.

— E agora? — perguntou Ethan.

— Estou trabalhando nisso.

Quando ele se deu conta, foi tão óbvio que teve vontade de bater na testa. Os dois atiradores do lado de fora portavam fuzis de assalto.

Ele enfiou o revólver no bolso e começou a ir em direção à porta. Aí travou. *Você tem que pensar. Não pode contar com seu dom aqui.*

Cooper começou a rastejar como um soldado. A posição exigia força, e no momento em que acionou os músculos, sentiu uma dor lancinante no peito e aquela estranha sensação de batimento descompassado. Cooper arfou, depois se obrigou a prosseguir com o cotovelo, joelho, cotovelo, joelho. Cacos de vidro quebrados provocaram pequenos cortes. Quando chegou à base da janela, ficou de costas para ela e escolheu, entre os cacos, uma lasca em forma de adaga de 15 centímetros. Ele ergueu o fragmento lentamente e o virou a fim de ver o exterior da janela.

O reflexo era diáfano e translúcido, mas enquadrou bem a picape. Cooper virou o caco de vidro de lado, tentando se lembrar exatamente de onde os sujeitos caíram. Viu árvores e o céu ficando escuro, um borrão e...

Soren, andando na direção da casa com a mesma calma ausente e a comprida faca de campanha na mão direita.

Cooper abaixou o caco de vidro. O coração bateu como um baterista bêbado, com força e fora de compasso. As palmas de suas mãos estavam ensopadas, e sangue pingava de uma dezena de pequenos cortes.

Não havia maneira de pegar os fuzis, não sem encarar Soren.

Opções.

A porta dos fundos talvez estivesse liberada. Por outro lado, poderia haver uma equipe de atiradores de elite lá atrás, com ordens para esperar o verdadeiro alvo. Fazia sentido; Soren entraria pela frente e expulsaria os dois para o fogo.

Ok, uma janela lateral. Eles podiam pular e fugir, correr para o bosque. Só que o problema era o mesmo.

Além disso, quem você está enganando, Cooper? Você não vai conseguir ser mais rápido que Soren, não agora. Ethan talvez seja capaz, mas aí ele ficaria sozinho, e isso é o mesmo que matá-lo.

As mãos tremeram, e Cooper respirou fundo como se engolisse navalhas. Não havia opções. Eles tinham que oferecer resistência, e o melhor lugar para isso era dentro da cabana.

Mas como? A última vez que Cooper enfrentou aquele sujeito, perdeu de maneira espetacular. Agora a situação era bem pior.

Pense! Tudo que você tem está em jogo, e a roleta está girando devagar, a bolinha, prestes a cair.

Ele não conseguiria encarar Soren, não em uma luta justa. O dom do homem simplesmente o tornava muito poderoso. Um tempo morto de 11,2 segundos, meu Deus. Uma piscadela durava um segundo, um passo, cinco. Era um dom estranho e terrível, que...

Espere. Para a maioria dos anormais, o dom é apenas parte deles.

Mas o de Soren é diferente. De uma forma bem real, ele é o próprio dom.

Sua percepção de mundo é inteiramente forjada pelo dom.

Soren depende dele completamente e confiará no que o dom lhe disser.

... talvez pudesse ser usado contra ele.

Cooper se arrastou pelo chão, ignorando a dor. Era inacreditável o risco. Não se tratava apenas da vida dele em jogo, mas da de Ethan, da esperança que o cientista oferecia ao futuro. E tudo dependia de Cooper estar certo.

— Doutor, eu preciso que você confie em mim novamente.

Ainda carregando o caco de vidro que usara como espelho, Cooper olhou para trás. Estava fora de vista da janela. Ele ficou de pé e observou a sala. Mediu os ângulos na cabeça.

— Vê aquele armário? Quando eu falar, você se abaixa, vai até ele e entra. Não importa o que faça, não olhe para trás.

Ethan riu.

— Está falando sério?

Cooper sentiu a mesma vontade de rir, mas não o fez. Havia uma passagem em arco na sala de estar que dava para o que parecia ser uma cozinha, a saída pelos fundos que Shannon tomara.

— Vá agora.

■

Lionel Clay estava sentado na cabeceira da mesa, olhando em volta da Sala de Crise para um mundo que enlouquecera. Homens e mulheres de uniforme berravam uns com os outros, falavam ao telefone, mas todos olhavam para a mesma coisa.

A parede de painéis 3D, onde tropas americanas massacravam umas às outras.

Uma tomada feita do alto mostrava uma fileira de veículos queimando. Aqueles que ainda conseguiam andar avançavam até se expor e continuavam atirando uns nos outros.

Um helicóptero de ataque pairava sobre um pelotão de soldados correndo e cuspia balas traçantes. Homens cambaleavam e caíam como se empurrados por trás.

Um soldado sem braço se arrastava pelo terreno destruído.

Havia cadáveres por toda parte. Soldados mortos em grupos ou massacrados um por um.

Rajadas eram disparadas por drones táticos, e cada micromíssil atingia o solo com uma explosão que lançava veículos pesados para cima como brinquedos e destroçava corpos.

— O que está acontecendo?

Ninguém respondeu, e Clay se deu conta de que a voz saíra baixa e rouca. Ele bateu na mesa com o punho e repetiu:

— O que está acontecendo?

O general Yuval Raz, chefe do estado-maior das Forças Armadas, era um veterano de 40 anos, um homem cujo uniforme pendia com medalhas recebidas no mundo inteiro. Ele parecia querer se esconder embaixo da mesa.

— É um vírus. Um cavalo de Troia. Devia estar latente em todas as nossas máquinas de guerra.

— Não podemos desligar tudo?

— Nada está respondendo. O vírus subverteu o controle manual.

— Um programa de computador está massacrando soldados americanos aos milhares, e não há nada que possamos fazer a não ser assistir?

— Estamos trabalhando no problema, mas até agora...

— General!

O soldado que interrompeu tinha uma patente de tenente e segurava um telefone no ouvido. Ele precisava se barbear, embora a barba fosse, no máximo, falha. *Tão jovens*, pensou Clay. *Tantos e tão jovens.*

— Temos um lançamento não autorizado de míssil, um BGM-117.

— Um Vingador? — Raz olhou para Clay. — Ele foi lançado da Base da Força Aérea Warren, em Cheyenne. — Para o tenente, ele falou: — Qual é o tempo previsto de chegada à Comunidade?

— Senhor — disse o homem com olhos arregalados e rosto pálido. — O Vingador não foi lançado de Warren. O comando aéreo informa que o míssil foi lançado do USS *Fortitude*, um submarino de combate classe *Luna* na latitude 38,47, longitude -74,40.

— Norte 38, oeste 74? Mas isso é...

— Aproximadamente 150 quilômetros a leste de Washington. — O tenente engoliu em seco.

O general Raz pousou os dedos na mesa.

— Eles já tentaram acionar o mecanismo de autodestruição?

— Sem reação, senhor.

— Ative todas as baterias de defesa antimísseis. — Raz girou na cadeira. — Senhor, precisamos tirá-lo daqui imediatamente.

— O míssil está vindo para a Casa Branca?

Raz concordou com a cabeça.

— Você pode destruí-lo?

— Vamos tentar. Enquanto isso, o senhor tem que ir. Imediatamente.

Lionel Clay olhou em volta. Para os monitores, onde seus soldados queimavam e sangravam. Para os oficiais em volta da mesa. Para a bandeira americana que pendia frouxa no canto.

— Senhor, o Vingador é nossa tecnologia de ponta. É capaz de alcançar mais de 6.500 quilômetros por hora, cinco vezes a velocidade do som. O senhor precisa ir.

Você nunca quis isso. O cargo, a divisão do país, a guerra. Você deixou que outros o trouxessem até aqui.

Você sabia das coisas e deixou que acontecessem da mesma forma.

E agora milhares estão morrendo, e um míssil está voando na direção do centro da democracia americana.

Onde você estará quando ele acertar o alvo?

— Eu dei ordem para as tropas atacarem. Eu ficarei.

— Senhor...

— É uma ordem.

O general avaliou o presidente com um olhar, depois deu um aceno curto de cabeça.

— Sim, senhor.

Clay ficou de pé. Tirou o paletó do terno do espaldar da cadeira e o vestiu. Ele foi professor de história, não de matemática, mas o cálculo não era complicado. Se o míssil podia cruzar 6.500 quilômetros em uma hora, podia cruzar 150 em um minuto e meio.

O que significava que eles tinham 30 segundos.

— Senhor, as baterias antimísseis na baía Chesapeake estão disparando agora. — O tenente fechou os olhos e mordeu o lábio.

A Casa Branca ficou pronta em 1800. Foi ocupada por todos os presidentes, menos George Washington. Por 213 anos, ela representou o símbolo de tudo que os Estados Unidos são.

Todo mundo na sala olhou fixamente para o tenente, que segurava o fone no ouvido com dedos tensos, sem sangue. Não havia nada além do som de respiração.

Então algo no jovem oficial cedeu. Os ombros arriaram e a cabeça pendeu.

Acabou. Todos sabiam antes de o homem dizer:

— Negativo. Sem contato.

Quinze segundos.

Clay abotoou o paletó e ajeitou a postura. Os olhos varreram o ambiente. Engraçado, só agora ele percebeu quem estava ausente.

Seu merdinha, Leahy. No mínimo, você deveria estar aqui também.

Ele quis dizer alguma coisa. Quis encontrar palavras que dessem sentido a tudo aquilo.

Mas quais seriam?

Cinco segundos. Ele se esforçou para ouvir um rugido, depois se lembrou de que o míssil voava mais rápido do que as próprias ondas sonoras. *Nunca somos tão inteligentes do que quando criamos maneiras de nos autodestruirmos.*

— Eu lamento — falou Clay, e a seguir: — Deus abençoe os Estados Unidos.

O branco apagou o mundo.

■

Soren andou.

Passou pelo Porsche vermelho, arrastando os dedos pelo metal frio do capô. Passou pela picape destruída, esmigalhando com os pés o vidro do para-brisa.

Como sempre, John teve razão em estar preparado. A equipe tática havia falhado, e agora cabia a ele terminar a missão. Ele era a torre, porém não mais na fileira de trás. Agora andava pelo tabuleiro para forçar o xeque-mate.

O nada havia sido destruído, o estoque de oblívio cuidadosamente acumulado fora esvaziado. *É hora de ir embora, mas termine isso pelo seu amigo.*

A presença de Nick Cooper foi uma surpresa. O homem era resistente. Mas Soren viu a mão enfaixada, viu o homem cambalear e cair. Tudo o que aquela resistência conseguiu foi adiar o inevitável.

Ele andou até a cabana, calmo, alerta, no momento. Através da janela destruída, Soren viu a sala de estar, a televisão ligada, mas nenhum sinal de pessoas... até que avistou Ethan Park correndo agachado, mas não o suficiente, para uma porta em uma parede lateral. Um armário; e, no ócio da percepção, Soren catalogou os itens lá dentro, cobertores e casacos, varas de pescar e jogos de tabuleiro. Park entrou de mansinho e fechou a porta.

Soren fez uma pausa e tirou 30 de seus segundos para pensar. O doutor era inteligente, e se esconder em um armário era a ação de uma criança. Especialmente com Cooper dentro da casa. O que significava...

Óbvio. Uma armadilha. Era para Soren vê-lo entrar ali. Cooper estaria esperando em algum lugar onde pudesse cobrir a porta da frente e o armário. Ele sorriu ao imaginar John achando graça em um gambito tão simples.

Ignorando a porta da frente, Soren deu uma corridinha em volta da lateral da casa. Ao fazer a curva, ele absorveu o mundo: o laguinho, as árvores, Shannon entrando na floresta com Amy Park e o bebê. Ótimo. Não havia necessidade de cuidar dela agora.

A porta dos fundos estava entreaberta, sem dúvida deixada assim quando Shannon fugiu. Soren foi até ela, agilmente. Embora soubesse o que veria, ainda assim andou com cuidado e olhou pela borda do batente.

Nick Cooper estava na entrada da cozinha, em uma arcada que dava para a sala de estar. De costas para Soren, com o revólver erguido e apontado para a porta da frente. Soren quase ficou triste; o homem provara ser engenhoso, e embora fosse fracassar novamente, lutou até o fim.

Soren entrou de mansinho pela porta. Quatro passos o levariam até lá.

Ele deu o primeiro, depois o segundo passo. Ergueu a adaga de lâmina negra, tão leve que parecia uma extensão do braço.

O terceiro passo. Cooper segurava o revólver com a mão esquerda, apoiado contra a parede, com a mira firmemente voltada para a porta. Toda a atenção na armadilha que havia armado. As costas estavam expostas e sem proteção.

O quarto passo.

Soren puxou a adaga para trás, mirou entre as vértebras à esquerda da espinha e investiu.

■

Cooper sentiu o ar entrando na sala, sentiu o sangue pulsando nas veias. Ouviu os pequenos rangidos da cabana, sentiu o cheiro de suor e sangue. O braço estava cansado, mas ele manteve o revólver apontado para a porta. Tudo dependia disso. Cooper teria uma chance, uma única chance, e se errasse, ambos estariam mortos. Tinha que ser perfeito. Pela vida dele, pela vida de Ethan, de seus filhos e do país. Uma única chance.

E, no momento em que, pelo caco de vidro que havia apoiado na bancada da cozinha, ele viu Soren erguer a adaga e investir, Cooper girou o corpo. Tudo dependia daquele único momento em que a mão esquerda desse um golpe com o revólver pesado; ele torcia para que estivesse certo, que o que Todd lhe mostrou no restaurante fosse verdade. Quando Cooper viu Soren investir, com a adaga apontada e o pé de apoio trocado, seu dom captou a intenção do homem de forma tão evidente quanto neon. Ele deu um passo para o lado e enfiou o revólver com toda a força no pescoço de Soren.

O choque no rosto do homem foi a segunda coisa mais bonita que Cooper viu no dia inteiro.

O golpe foi feroz, incapacitante, e a faca caiu da mão de Soren, mas Cooper não parou para saborear o momento, apenas pegou impulso com o braço para trás e atacou de novo, desta vez no rosto, fazendo o monstro cair. Ele desabou no chão arfando, e um som gorgolejante saiu de sua garganta.

— Oi — disse Cooper.

Ele ergueu o pé e pisou com força, ouvindo os dedos estalarem como palitos de fósforo. Soren gritou e agarrou a mão arruinada com a boa.

— Que engraçado. — Ele mancou em volta do sujeito até o outro lado. — Eu percebi o motivo de não ter conseguido te derrotar. Você nunca atacou. Você esperou que eu me mexesse e aí colocou a faca onde eu estaria. Mas assim que você se compromete com uma ação, eu consigo te captar numa boa.

Cooper ergueu o pé novamente.

— Sabe como eu percebi isso? A única vez que eu te captei foi quando você esteve prestes a atacar meu filho. — Ele quebrou a canela esquerda do homem como um graveto. — Portanto, Todd manda um oi.

Soren berrou.

Do lado de fora, Cooper ouviu mais tiros, a mesma rajada rápida de antes. A submetralhadora de Shannon. Não houve resposta. Ótimo. Cooper sorriu. Então tentou se apoiar na parede e, em vez disso, caiu.

Um instante depois, Shannon estava na cozinha, correndo com a arma erguida.

— Nick!

— Eu estou bem. — Cooper pegou a mão oferecida por ela e ficou de pé, cambaleando. — E você?

— Ótima.

— Ei, doutor — berrou Cooper para o outro ambiente. — Você pode sair agora. Os mocinhos venceram.

No chão, o homem que havia colocado seu filho em coma se contorcia e gemia; seu rosto era uma ruína ensanguentada, a mão estava destruída, um osso saía da panturrilha. Cooper ficou assistindo. Após um instante, chamou:

— Doutor?

— Cooper. — A voz de Ethan veio fraca do outro cômodo. — Acho que você precisa ver isso.

Ele deu uma olhadela para Shannon, que apontou a arma para Soren. Cooper mancou através da porta em arco, passou pelos retratos destruídos e vidro quebrado, e parou onde Ethan estava, olhando espantado para a televisão.

Uma fileira de tanques em chamas em contraste com o horizonte de uma aparentemente ilesa Tesla. Cadáveres por toda parte, milhares de corpos que cobriam o deserto. Os prédios pré-fabricados queimando lentamente, com fumaça negra subindo ao céu. Helicópteros passavam pela bruma, atirando nos poucos soldados ainda de pé. Em seguida, a imagem cortou para algo novo.

Não, ah, não.

Algo que tinha sido a Casa Branca. O prédio havia sido substituído por uma imensa cratera. A terra em volta estava amassada e enrugada como um tapete. Uma coluna de fumaça espessa escondia a maior parte do ponto de impacto, mas os destroços estavam por toda parte. As colunas do Pórtico Sul estavam espalhadas como peças de montar para crianças. Cacos de vidro brilhavam no meio de montes de pedra calcária, mármore e aço retorcido. Poeira, terra, carne e osso misturados em um cinza profano. As árvores do jardim norte estavam queimando, uma plantação de fogo que balançava como folhas de outono.

Cooper deu um passo à frente e encontrou o volume.

— ... um míssil aparentemente lançado de um submarino. A Casa Branca foi completamente destruída. Acreditamos que o presidente Clay estivesse lá dentro no momento, juntamente com... Ai, meu Deus. — O locutor engasgou. — Foi um vírus de computador, um cavalo de Troia lançado por anormais. A força militar em Nova Canaã se autodestruiu. As baixas estão na casa das dezenas de milhares. Nós... — Uma pausa e um engasgo. — O país está em guerra no momento. Meu Deus, estamos em guerra contra nós mesmos.

Cooper encarou, espantado. Tudo aquilo pelo qual ele lutou estava em chamas.

Eles não estavam mais no precipício. Tinham caído de cabeça no abismo.

Sem pensar, Cooper chutou a televisão. O aparelho virou e se quebrou contra a parede, fazendo faíscas voarem. Ethan levou um susto e berrou:

— Meu Deus!

Cooper deu meia-volta e retornou cambaleando à cozinha. Soren tinha rolado de lado e estava deitado, tremendo. Shannon ergueu olhos arregalados.

— Por acaso eu ouvi...

— Sim. — Cooper abaixou o olhar.

Ethan juntou-se aos dois, viu Soren e repetiu:

— Meu Deus. — E a seguir: — Onde está minha família?

— A salvo — respondeu Shannon. — Ninguém está atrás deles. Ela está indo para a casa da mãe.

Lentamente, Ethan concordou com a cabeça.

— E agora?

E agora? Realmente, e agora?

Cooper sabia que o plano tinha pouca chance de dar certo, que provavelmente morreria tentando. Mas, ao invés disso, ele sobreviveu, salvou Ethan Park — e isso não importava. A Casa Branca fora destruída, o presidente estava morto, a nação, em guerra civil. John Smith venceu.

Não.

Não vou permitir isso.

— Doutor. O seu chefe, Couzen, você o conhece bem?

— Claro. Mas ele foi sequestrado...

— Não. Ele forjou o sequestro...

— Ele forjou o sequestro?

— Sim. Couzen está por aí em algum lugar e possui a receita para a última esperança que nós temos. Você vai me ajudar a encontrá-lo. — Cooper voltou-se para Shannon. — Isso não acabou.

— Nick...

— Não acabou. Não acabou, a não ser que a gente desista. A não ser que a gente permita que Smith vença. — Ele respirou fundo e tentou parar a tremedeira das mãos. — Tudo está desmoronando. Mas nós ainda podemos lutar. Só temos que decidir que vamos fazer isso. Meus filhos ainda estão vivos, e enquanto essa for a realidade, eu jamais desistirei.

Shannon encarou Cooper por um longo momento, sua guerreira valente, depois concordou lentamente com a cabeça.

— Qual é o plano?

— Nós vamos levar esse merda — ele apontou para Soren — de volta para Epstein.

— O quê? Por quê?

— Epstein disse que ele é o melhor amigo de Smith. Que entendia Smith melhor do que qualquer pessoa. — Cooper captou a confirmação nos olhos dela. — Ótimo. Vamos precisar disso.

— E quanto a mim? — perguntou Ethan.

Soren gemeu no chão. Como quem não quer nada, Cooper puxou a perna para trás e deu-lhe um chute na têmpora. O homem parou de se mexer. Depois, ele olhou para o cientista.

— Você e eu, doutor? — Cooper sorriu. — Nós vamos salvar o mundo.

EPÍLOGO

A lanchonete tinha balcões de fórmica e fotos de crianças feias grudadas atrás da caixa registradora. O cozinheiro o viu parado ali e perguntou:

— Dois cafés para viagem?

O homem concordou com a cabeça. *Você caiu em uma rotina. Essa terá que ser a última visita.*

Ele vasculhou o ambiente. Um gordo debruçado sobre um prato, bastante concentrado. Dois sujeitos em uniformes iguais conversando no balcão. O pequeno 3D mostrava uma cena de devastação. Ah, sim, a Casa Branca. Ele ouviu algo a respeito de ela ter sido destruída — há uma semana, talvez? —, mas esteve ocupado demais para investigar.

— Veja bem — falou um dos trabalhadores —, aquele míssil podia ter sido nuclear. Eles podiam ter bombardeado e incendiado Manhattan. Não fizeram isso. Então talvez a gente devesse...

— Os esquisitos tiveram a chance deles — respondeu o outro. — Há 99 de nós contra um deles. Quero ver conseguirem usar um vírus de computador contra uma baioneta.

O cozinheiro pousou o café no balcão.

— Quatro pratas. Meu nome é Zeke, a propósito.

Ele ofereceu a mão para um cumprimento. Era gorda e suada, e as unhas precisavam ser aparadas.

O Dr. Abraham Couzen olhou para a mão.

— Perdão, estou gripado.

Ele pousou quatro dólares no balcão, pegou o café e saiu.

Era início de dezembro, e o céu tinha um tom branco gelado. Abe tirou a tampa de um dos cafés e tomou um longo gole, depois mais um, e a seguir outro. Quando terminou, jogou o copo azul e branco na lixeira e começou a andar. A zona sul do Bronx não era uma parte glamourosa da cidade, mas Abe havia se acostumado a ela. E era o último lugar que alguém pensaria em procurar por...

Aquele homem esperando o ônibus. Você não o viu ontem?

A brisa tinha cheiro de gasolina e peixe. Lixo na cerca de arame assobiava ao vento. Abe levantou o colarinho do casaco e andou mais 15 metros, depois deu meia-volta. O homem não o seguiu.

Aquilo não significava nada. Ele podia estar sendo acompanhado por drones de altitude neste exato momento. Agências governamentais, grupos terroristas, espiões de Epstein — tantos dedos sujos mexendo no passado, vasculhando transmissões de câmeras à procura dele, revistando a casa.

Pierre Curie fez isso.

A ideia lhe ocorreu na noite anterior. Uma forma de garantir que o trabalho jamais pudesse ser levado.

O prédio era um retângulo de tijolos, baixo e sem janelas. Abe destrancou o ferrolho e pressionou o dedão no leitor biométrico. Conjuntos e mais conjuntos de lâmpadas fluorescentes piscaram e se acenderam, iluminando 185 mil metros quadrados de espaço previamente abandonado de um armazém. Foi ridiculamente fácil desviar dinheiro de Epstein para comprar o prédio e reconstruí-lo seguindo suas especificações exatas.

Barry Marshall fez isso.

Havia uma fileira de trajes de pressão positiva pendurados, com tubos de respiração que subiam até o teto. Atrás, bancadas de laboratório separadas por função: bancada úmida, bancada de instrumentos, mesa de cálculos. Congeladores e geladeiras de reagentes. Uma incubadora de banho seco. Um ciclador térmico. Uma fileira de centrífugas. Uma micropipeta. Três sequenciadores de DNA.

Era igual ao laboratório que ele havia abandonado em Cleveland. Mas ninguém sabia desse aqui, nem mesmo Ethan. Se os desgraçados quisessem seu trabalho, teriam que encontrá-lo primeiro.

Jonas Salk fez isso.

Havia coisas para resolver, dificuldades, problemas. Efeitos colaterais. Testes que Abe devia ter tido permissão para realizar. A pressa de Erik Epstein havia impedido tudo aquilo. Juntamente com a intromissão do governo.

Mas ele era um cientista. Seu trabalho era nada menos do que subjugar o universo com um mata-leão e obrigá-lo a cuspir os segredos.

Abe tomou um longo gole do café. Depois foi à geladeira, abriu a porta e pegou uma seringa. O fluido em suspensão no interior era leitoso.

Isso é uma tolice.

Ele abriu um algodão com álcool isopropílico.

Imprudente.

Enrolou a manga.

Mas Pierre Curie amarrou sais de rádio nos braços para provar que radiação provocava queimaduras.

Limpou o bíceps com álcool.

Barry Marshall bebeu um tubo de ensaio com a bactéria Helicobacter pylori *para provar que a úlcera tinha origem bacteriana.*

Pegou a seringa.

Jonas Salk inoculou a família inteira com sua vacina antipólio.

Enfiou a ponta da agulha na pele e pressionou o êmbolo.

E o Dr. Abraham Couzen se injetou com RNA não codificante para alterar radicalmente sua expressão genética.

Estava feito. Não havia como voltar atrás. Abe colocou a seringa de lado e abaixou a manga.

Ele sempre soube que era um gênio.

Agora era a hora de se tornar brilhante.

AGRADECIMENTOS

Eu sou grato a tanta gente que chega a ser vergonhoso.

Scott Miller e Jon Cassir são os melhores agentes no mercado, e é uma honra tê-los me protegendo.

A equipe inteira da Thomas & Mercer é extraordinária. Minha amiga Alison Daho fez uma edição primorosa com um bebê na barriga. Alan Turkus assumiu o controle com maestria quando o dito bebê insistiu em sair. Jacque Ben-Zekry, em breve, dominará o mundo. Gracie Doyle é a Rainha das Relações Públicas. Danielle Marshall é um gênio misterioso. Daphne Durham é invencível em conversas sobre livros regadas a bourbon. Jeff Belle é um verdadeiro exemplo de excelência. Obrigado também a Andy Bartlett, Terry Goodman, Paul Morrissey e Tiffany Pokorny.

Sou grato a Alex Hedlund, Palak Patel, Joe Roth e Julius Onah pela dedicação em não apenas fazer um filme, mas fazer um filmaço. Obrigado também a David Koepp por um roteiro estelar.

Robert Yalden, ex-integrante do Serviço Secreto, me ajudou com detalhes sobre a Casa Branca e ofereceu um ponto de vista assustador sobre segurança cibernética.

Enorme gratidão ao meu amigo de colégio Dr. Yuval Raz por descobrir como os anormais funcionam em nível genético, sem falar em como trazer Cooper de volta dos mortos. Quaisquer erros, incorreções ou delírios criativos são meus.

Joe Buice desenhou o panfleto da Loja Militar do Ringo no início da história, e Nick Robert concebeu o pôster para *(A)Normal*. Ambos fizeram isso por nenhum outro motivo a não ser gostar do livro, e isso é apenas a coisa mais bacana de todos os tempos.

Obrigado a todos os amigos e familiares que leram o livro e deram opiniões, especialmente Darwyn Jones e Michael Cook, cavalheiros e estudiosos.

A olhadela editorial de Marjorie Braman ofereceu observações excepcionais em todas as coisas que eu podia melhorar. Jessica Fogleman pegou todas as coisas que fiz errado.

Meus parceiros Sean Chercover e Blake Crouch foram fundamentais em todas as etapas. Não é apenas questão de que, sem eles, o livro seria pior; é que provavelmente ele sequer existiria. Obrigado também a Gillian Flynn pelo imenso apoio.

Obrigado a *você*, caro leitor, por apostar no meu livro. Espero não tê-lo decepcionado.

Minha família significa tudo para mim. Obrigado aos Sakey 1.0, também conhecidos como minha mãe, Sally; meu pai, Tony; e meu irmão, Matt.

Jossie, você é a melhor coisa que eu cocriei na vida. Sinto um orgulho louco de você e te amo tanto que fico tonto.

Finalmente, g.g.: minha parceira, minha esposa, minha vida. Eu te amo.

Este livro foi composto na tipologia Minion Pro,
em corpo 12/16, e impresso em papel off-white
no Sistema Cameron da Divisão Gráfica
da Distribuidora Record.